W0364586

L'Alchimiste du Roi-Soleil

Du même auteur
aux éditions Albin Michel

Dictionnaire du symbolisme animal, 1974.
L'Ermite, roman, 1986.

Jean-Paul Clébert

L'Alchimiste du Roi-Soleil

roman

LAURENCE

Albin Michel

© Éditions Albin Michel S.A., 1994
22 rue Huyghens, 75014 Paris

ISBN 2-226-06916-X

A Jean-Claude Guilbert.

I

Le voyage initiatique

BARGEMON est un bourg perdu de la haute Provence, entre Draguignan et Grasse, à la frontière des États du duc de Savoie, à la limite de la culture de l'olivier. Construit sur un coteau fertile, abrité des vents du nord par un amphithéâtre de montagnes dont les contreforts emprisonnent un bassin bien arrosé. Les sources sont nombreuses qui alimentent les fontaines du village, l'Artichaut, la Carafe, le Lavoir. Les environs sont au midi couverts d'oliviers ou de pins. En temps de paix, on y produit le foin, le blé, des cerises noires, de bonnes figues et toutes sortes de fruits délicats dont les femmes font des confitures pour l'hiver. Le village présente un lacis de ruelles qui toutes montent ou descendent, caladées de cailloux pointus, et de placettes ombragées de micocouliers. Les remparts s'ouvrent sur des lices qui prennent figure de boulevards dans l'esprit des notables. Les maisons sont verticales, empilant étage sur étage pour gagner de l'espace, avec au-dessus de la cave et de l'écurie la salle commune, les chambres, les débarras et enfin le grenier dans lequel on hisse le foin à l'aide d'une grosse poulie scellée en haut de la façade. Ces maisons, bâties en blocs de calcaire, percées de rares ouvertures, ont un aspect minéral, massif et rugueux.

Le climat est relativement sain, avec des étés très chauds et des hivers très froids. On dit des habitants qu'ils sont vifs, spirituels et industrieux. Parmi eux, des teinturiers, des cardeurs à laine, des savetiers, des tailleurs d'habits, des tripiers et autres artisans. Un apothicaire, mais pas de médecin qu'il faut aller quérir à Callas. Quatre auberges qui font surtout office de cabarets pour une population d'un millier d'âmes. Une église dédiée à saint Étienne, accolée à l'ancienne porte de la ville, et une chapelle au sommet du bourg, Notre-Dame-de-Montaigu, qui recèle une minuscule statue de la Vierge, haute comme la main, taillée dans le chêne et qui, dit-on, fait des miracles. Il n'y a point de bordel et, comme pour le médecin, il faut aller jusqu'à Callas pour payer des filles. C'est bien ainsi, d'ailleurs : les notables peuvent passer des ribaudes au docteur sans trop se faire voir. Autrement, les gens de Bargemon ne sortent guère. Ils tiennent à leur perchoir comme les poules qui ne songent pas à changer d'habitat et pondent là où elles nichent, quel que soit l'inconfort de leur domicile. Pour se distraire, ils ont le cabaret le dimanche, les veillées d'hiver au moulin à huile ou à la forge du maréchal, les réunions secrètes de la chambrette, et le passage des transhumants, des colporteurs, des faux sauniers et des contrebandiers. Plus souvent, hélas, passent aussi les troupes de soldats partant en guerre ou se débandant quand ils en ont assez : de toute façon, ils pillent, forcent, et font monter le chiffre des naissances. L'été, les femmes ont le lavoir où s'échangent les cancans (on n'imagine pas la crudité de leurs propos). Les vieilles sont sur le pas de leur porte où elles prennent le frais et l'air du temps sur des chaises paillées. Les hommes jouent aux boules, sous les arbres du boulevard. Quant aux enfants, ils sont comme partout dans les jambes du monde, zigzaguant entre les torgnoles et les glapissements.

Les gens de Bargemon, on les appelle les mange-bardote, c'est-à-dire friands de ce gros boudin préparé avec les boyaux et le sang des brebis et des chèvres. Cette recette, inventée par les femmes, est à l'origine d'un rituel compliqué qui vaut bien celui du cochon de la Saint-Antoine en janvier : une tuerie particulière qui ressemble à un sacrifice religieux et barbare, qui a pour théâtre la triperie communale, dans un décor glacé. Telles les figurantes d'un chœur antique, les femmes battent longuement le sang dans des jarres afin qu'il ne coagule pas; elles en ont les bras couverts jusqu'aux coudes et même le visage qu'elles essuient d'un revers de main et qui paraît affublé d'un masque de carnaval. Il faut les voir laver, dans l'eau froide de la fontaine, ces boyaux minces et translucides dans lesquels elles soufflent pour les gonfler comme des baudruches, sous les quolibets des hommes qui ne leur ménagent pas les réflexions égrillardes. Puis quand elles les gavent de ce sang cuit avec des oignons et des feuilles de sauge, pour les emporter chez elles en guirlandes triomphales en lançant à leur tour des allusions gaillardes aux mâles qui rient jaune.

C'est à l'issue d'une de ces cérémonies sanglantes et nourricières que naît à Bargemon, le 21 décembre 1683, Jean Drouin, fils de Victor Drouin, laboureur, et de Marthe, son épouse. Si endurcie soit-elle aux travaux de la terre, celle-ci n'accouche qu'avec difficulté. C'est son second enfant mais le premier est mort-né deux ans plus tôt. Selon la coutume, elle avait emporté le petit corps jusqu'au sanctuaire de Notre-Dame-de-Beauvezet, à Moustiers, distant de Bargemon d'une vingtaine de lieues. Un long et pénible voyage dans l'espoir, plus d'une fois exaucé, lui a assuré le curé, d'une résurrection, brève mais suffisante pour que l'enfant reçoive le sacrement du baptême de son vivant, avant de rejoindre le royaume des cieux.

Cette fois encore, Marthe craint pour sa vie autant que pour celle de l'enfant qui ne veut pas sortir d'elle, comme craignant à son tour une issue fatale dans ce monde d'infortune. Les dernières heures sont particulièrement éprouvantes. La femme est couchée devant la cheminée où brûle un feu ardent de fagot de genévrier dont l'odeur d'encens envahit la salle, et sur une civière formée de deux chevrons en équerre, obliquement posés sur un coffre. Elle écarte tant qu'elle peut les jambes comme ces bouts de bois qui sont sa croix. Autour d'elle s'affairent trois commères qui tisonnent sous les chaudrons pleins d'eau bouillante et dans lesquels trempent des linges. L'enfant se présente mal. On décide de faire venir le chirurgien de Callas qui n'arrive que le soir. Il doit opérer avec les fers, ce forceps impressionnant qui n'a rien d'un tire-bouchon. Ainsi Jean Drouin vient-il au monde, tiré par des tenailles. Ses cris se confondent avec ceux d'un cochon qu'on égorge dans la cour de la bastide. Mais il ne meurt pas.

Il est baptisé une dizaine de jours après sa naissance. C'est l'accoucheuse qui le porte sur les fonts baptismaux, hors de la présence de la mère tenue de rester à la maison et de garder le lit jusqu'à ses relevailles. Mais le père est là, un peu en retrait, derrière les parrains. Pendant le trajet, à l'aller comme au retour, il est accompagné de deux autres parrains dont la fonction est de jacasser comme des pies : plus ils jaseront, et pour ne rien dire, plus l'enfant sera éveillé et aura le verbe facile.

Pour annoncer l'heureuse naissance de son garçon, Victor Drouin a planté au-dessus de sa porte un fer de mulet, signe de fermeté. A la bastide, c'est jour de réjouissances. On fait une débauche de boudin frais, de foie de cochon, d'oreilles grillées et de salade de museau. On boit beaucoup aussi de vin chaud. Les voisines apportent à l'accouchée les offrandes symboliques, le pain, le sel, l'œuf et l'allumette. Que le petit soit bon comme le pain, sage comme le sel, plein comme l'œuf et droit (on saisit bien l'allusion gaillarde) comme la brouquette. Lui, il dort dans son berceau, dans une robe blanche à dentelles et la poitrine couverte de la chaîne et des médailles d'or, cadeaux des parrains.

A cet enfant, Marthe donne naturellement le prénom de Jean, celui de son premier. Une autre façon de le ressusciter. Pourtant, au fur et à mesure que les jours passent, dans l'angoisse, à guetter les signes d'une mort redoutée, elle constate que celui-là ne ressemble pas à l'autre. L'aîné était rond et potelé, et rien alors n'annonçait qu'il dût mourir si vite. Le cadet est maigre, presque malingre. Long comme l'avant-bras. Un visage fin qui contraste avec la grosse figure plissée du père, la hure des Drouin qui à force de chasser le sanglier ont de génération en génération acquis ce masque imitateur. Victor le regarde avec étonnement et, sans aller jusqu'à soupçonner sa femme qu'il sait fidèle, il se dit que ce pichon ne doit pas être d'ici.

Peu à peu la famille s'habitue à ce que l'enfant vive et manifeste même une grande vivacité. Dans le cœur de Marthe, il ne remplace pas l'autre : il est l'autre. Jean revenu à la vie, recommençant à vivre et rattrapant le temps perdu. Celui-là aura bien le temps d'apprendre qu'il vit à la place d'un autre, dont il a même usurpé le nom et l'identité. Qu'il n'est pas lui-même, en somme.

A la bastide, la seule pièce chauffée l'hiver, c'est la cuisine qui sert de salle commune. Avec sa vaste cheminée assez haute pour que le père puisse poser un instant son front fatigué sur le linteau lorsqu'il tisonne machinalement les bûches avant de se mettre à table. Cette cheminée et ce feu, ce sont les premières choses qu'a pu voir Jean en venant au monde. Bien qu'il fût encore aveugle, cette image dut l'impressionner. Maintenant qu'il a quatre ou cinq ans, ce théâtre d'ombres et de lumière, cette bouche de chaleur, retient toute son attention. C'est devant elle qu'il vit le plus clair de son temps, jouant avec les instruments mystérieux qui servent aux rituels du feu et de la cuisine, ces chenets en laiton, ces landiers en fer, ces grils, ce tisonnier, ces pincettes, et la broche surtout avec son mécanisme compliqué fixé au mur, son contrepoids de pierre et son mouvement d'horlogerie qui la fait tourner. La crémaillère aussi, avec ses dents de loup et son aspect terrifiant.

Bien sûr, on lui interdit de toucher à ces instruments. Tisonner le feu fait pisser au lit, répète sa mère. Mais dès qu'elle a le dos tourné, il attrape un de ces outils de fer, le caresse, le suce, s'emplissant la bouche de cette amertume et de cette âcreté. Ou ces clous tombés près de l'âtre, jamais semblables, si fins et si rouillés qu'il peut les tordre avec ses petits doigts, en faire des figurines, des animaux monstrueux, mi-chèvre mi-brebis ou chien-cheval. La mère elle-même prend grand soin de ces ustensiles, des objets précieux dont elle n'est pas peu fière : ce sont ses colifichets qu'elle chérit à l'égal des clefs de la maison qui pendent au clavaire de sa ceinture, et avec lesquelles Jean voudrait bien jouer aussi. Mais ces instruments ne sont pas seulement des jouets. Ce sont les outils qui font naître le feu, attisent les flammes, fouillent la braise, contribuent à ce spectacle fascinant de la cheminée éclairée.

Le feu, c'est d'abord la source de chaleur (chaud devant, froid au cul, comme dit le père) et la seule de la maison. Les chambres sont glacées, sauf quand elles abritent un malade qu'on réchauffe d'un peu de braises dans un pot de fer. Il n'y a que les bourgeois douillets pour se conforter d'une chaufferette ou d'une bassinoire. Tout enfant a ses lieux magiques. La plupart du temps, c'est la cave ou le grenier où s'entassent des trésors, rebuts des adultes qui ne jettent rien, objets merveilleux pour celui qui les découvre sans découvrir leur usage. L'écurie, l'étable, le cellier peuvent aussi receler des recoins mystérieux ou des caches secrètes. Chez les riches, ce peut être le placard à balais, chez les pauvres la gatouille où la mère serre ses serpillières. Pour Jean, c'est le devant de cette cheminée auquel il revient sans cesse, s'amusant avec la boîte à sel, la lampe à huile, le briquet à pierre.

La cheminée, c'est aussi la cache au trésor. Jean surprend un jour son père y mettant des pièces d'or dans une toupine replacée dans une niche dissimulée derrière la tasque et dont il masque ensuite les fentes avec deux doigts de suie écrasée. Jean n'osera jamais faire part de cette découverte extraordinaire; il lui suffit de savoir, ce qui alimente ses rêveries, que derrière le rideau de feu et la plaque de fer est scellé un pot de terre contenant de l'or rutilant. Dans son rêve, le feu transforme le fer en or.

Mais la cheminée n'est point le domaine du père, propriétaire des écus : c'est celui de la mère productrice de nourriture. C'est là que Marthe touille la soupe dans la grande oule, cette marmite pansue posée sur un trépied, ou surveille le ragoût qui mijote sur le potager, ce petit fourneau de plâtre percé de deux cavités emplies de braises sur lesquelles elle pose ses écuelles de terre vernissée, couleur de châtaigne fraîche. La cuisine maternelle relève, aux yeux de Jean, d'un cérémonial autrement impressionnant que la messe du dimanche. Les gestes de Marthe sont empreints de ferveur, tout autant que ceux du prêtre montant à l'autel. C'est elle qui officie et il voudrait lui servir d'enfant de chœur. D'autant que cette célébration revêt un caractère quasi clandestin. En ces temps de famine endémique, les gens se cachent pour manger. Point n'est besoin d'aller crier sur les toits qu'à la maison on prépare une daube de porcelet, une fricassée de lapereau ou une brochette de petits oiseaux. Tant mieux pour eux si les voisins en font autant, tous volets clos. Le ravitaillement se fait la nuit, à la lanterne sourde, quand les hommes reviennent de la forêt ou de la montagne, la biasse gonflée du produit de leur braconnage. Les habitants de Bargemon ont là-dessus une réputation justifiée : on les appelle les gros-culs, mais ils se défendent en assurant que ce sobriquet ne désigne que leurs savetiers qui prennent cet embonpoint à rester toute la journée assis sur leur derrière.

Quand Jean en a assez de courir les abords du village avec les autres garçons de son âge, de fronder les merles et de détrousser les nids de pie, c'est avec joie qu'il rentre à la bastide pour regarder sa mère préparer le souper. Il ne se lasse jamais de ses recettes qu'elle semble inventer chaque jour pour composer un repas digne de ce nom avec les maigres ingrédients dont elle dispose, tout en ronchonnant contre les malheurs du temps. Les poules, ça leur ferait mal au cul de pondre un peu? C'est vrai qu'elles ne picorent plus que des sauterelles et des criquets et sont si maigres qu'on se demande comment leur ventre pourrait encore contenir un œuf. La plupart du temps, quand son mari ne va pas à la chasse, Marthe fait avec ce qu'elle a : les herbes du jardin ou de la colline, et de cette ortolaille, elle tire des chefs-d'œuvre, comme sa soupe aux herbes sauvages ou ses tians d'orties qui n'ont jamais le même goût.

Toutes ces plantes du bon Dieu, Jean apprend vite à les reconnaître et à les trouver. Il a le droit d'aller se promener, à condition de ne pas revenir les mains vides. Il remplit donc sa biasse de ces herbes que sa mère trie ensuite en l'interrogeant inlassablement sur leur nom et sur leurs vertus culinaires. Mais ce qui intéresse aussi l'enfant, ce sont les méthodes de cuisson. Marthe ne jette pas, en vrac, toutes ces bonnes herbes dans un toupin d'eau froide. Regardant sa mère opérer, Jean apprend à évaluer le degré de chaleur de l'eau dans la marmite, au bruit d'abord, aux bulles d'air qui montent, au frémissement de la surface, comme à distinguer le petit bouillon du gros, ce boui-abaisse des paysannes provençales sans lequel le poisson du vendredi serait gâché. On lui confie bientôt le soin d'écumer le pot où le bouilli se libère de sa salive floconneuse et sale, de tremper la soupe avec le souci de ne pas transformer les tranches de pain en éponges ruisselantes ou en charpie, de retourner la raquette de morue sur la braise, de goûter les pois chiches si longs à s'attendrir...

Le plus fascinant à ses yeux, c'est la préparation des tisanes dont la famille fait un grand usage, malade ou non. Il apprend à ne pas confondre infusion et décoction, confusion qui réduit à rien le pouvoir des simples, lui dit sa mère. Elle a dans le coin de sa gatouille sa droguerie personnelle, des poudres en pots ou en sachets, des fleurs séchées, des racines à râper, des pommades qu'elle prépare avec autant de soin que ses confitures de buglosse ou de capsules de roses. Il n'a pas le droit d'y toucher, mais il sait déchiffrer les signes mystérieux que

Marthe, qui ne sait pas écrire, a tracés sur des étiquettes de papier gris. Un cœur pour le remède contre les vapeurs ou le souffle court, un couteau pour ceux qui pansent les plaies ouvertes, une tache noire pour l'arnica qui guérit des mauvais coups, une dent pour les grains de girofle, un triangle sur un paquet d'herbes nouées dont elle ne lui révèle pas l'usage.

A ce genre d'éducation, singulièrement opposé à celui des autres enfants du village, Marthe est tout attentive et tout attendrie. Elle défend son Jean contre les remarques de son mari, et quand elle dit « mon Jean », on ne sait si elle ne pense pas à l'autre, le premier. Le père, lui, voit d'un mauvais œil que son fils soit tout le temps dans les jupes de sa mère et qu'à l'âge de six ans il ne s'intéresse qu'au travail des femmes. Tu vas venir avec moi aux champs, dit-il de sa voix bronzante. Ta place est derrière le mulet, pas devant le fourneau! Il le menace de l'envoyer à l'école s'il continue à se préoccuper de l'état des confitures et à jouer avec le feu.

L'école! Jean y va de temps en temps, quand on n'a pas besoin de lui à la maison. C'est bien une punition. Dès les premiers frimas, l'instituteur réunit dans l'étable du père Vasse, une grande pièce souterraine, les drôles qu'il fait asseoir devant le cul des vaches, moitié dans la paille, moitié dans le purin. Sans doute y fait-il chaud, grâce à l'haleine baveuse de ces bonnes bêtes. On craint moins leur odeur que leurs coups de queue. Heureusement, les distractions ne manquent pas, comme ces loirs qui courent sur les poutres, la tête en bas, et dont les acrobaties provoquent des rires que le maître a du mal à réprimer. Celui-là vit sur place. Il a sa paillasse dans un coin sec de l'étable, avec son coffre à linge et son garde-manger portatif : c'est là qu'il prépare ses repas entre les heures de classe ou même pendant. Lui a droit à un siège, ne serait-ce qu'un tabouret à traire.

Celui qui fait la classe à Bargemon s'appelle Moussu Calin, mais on le surnomme l'Enfoiré, parce que les consuls l'ont choisi à la foire aux maîtres d'école qui se tient chaque année pour la Saint-Michel à Draguignan. Il portait au chapeau les trois plumes d'oie indiquant qu'il savait lire, écrire et compter. Pour la saison, qui va de la Toussaint à Pâques, il touche six sous par élève et pour viatique, si les parents sont satisfaits, une pièce d'or qui sera sa fortune pour tout l'été. Les enfants le trouvent ridicule avec sa redingote délavée et verdissante qui sent le moisi, ses minuscules lunettes bleues, son jabot de dentelle qui lui fait au menton un tas de mousse comme chez le barbier. Mais ils le craignent. Chargé d'inculquer à ces chères petites têtes blondes ou brunes des rudiments de lecture, d'écriture et de calcul, il se heurte à une efficace force d'inertie. Les morveux ânonnent des lettres et des chiffres dont ils n'ont que faire. Il n'y a qu'un morceau d'ardoise pour trois et, bien sûr, pas de papier. De toute façon, on n'y voit goutte. La seule fenêtre, trop haut percée, est bouchée de papier huilé et les calens éclairent juste le crâne de l'instituteur sur lequel l'humidité tombe en gouttelettes noirâtres qu'il éponge régulièrement avec un mouchoir à carreaux large comme une serpillière. A la paresse naturelle des enfants, il oppose une méchanceté contrôlée, usant de la férule sur les doigts, tirant les oreilles, obligeant le récalcitrant à s'agenouiller sur l'arête tranchante d'un soliveau et à rester ainsi une heure durant. En échange, les élèves frottent ses lunettes avec de l'ail pour le faire pleurer ou jettent des cloportes dans sa soupe. Lui ne songe qu'au moment où il pourra remonter chez lui, à l'adret de la montagne, du côté de Fours, pour cultiver son propre jardin.

Jean ne s'intéresse d'abord ni aux chiffres ni aux lettres. C'est à peine s'il regarde les images qui ornent l'alphabet et le syllabaire qui circulent, tachés de couleurs poisseuses. Peu lui chaut de savoir compter au-delà des doigts de sa main. C'est à l'estime qu'ici le berger totalise ses bêtes, sans jamais se tromper. Quant à lire, pour quoi faire? Les gazettes ne parviennent pas à Bargemon et les lettres sont plus rares que le facteur des postes. Des livres, le curé veut bien en prêter, mais ce ne sont que catéchismes et missels qui parlent de choses qui n'ont vraiment rien à voir avec les affaires du pays et le cours des événements villageois. Et ce n'est pas là-dedans qu'il apprendra un métier. A la maison, il y a bien une bible, mais c'est un ouvrage sacré, dans la mesure où seul le père a le droit de la sortir de son chiffon protecteur et d'en lire à haute voix quelques passages, les soirs de fête religieuse, en suivant de son gros doigt les lignes qui ressemblent aux sillons d'un labour. Dans ce livre-là, il est bien question d'événements familiers, de vols de troupeaux, de règlements de comptes entre familles ennemies, de nourriture tombée du ciel ou de soupe d'herbes amères, mais qui se passent dans un pays irréel où sous une chaleur torride les gens vont pieds nus dans le sable d'un désert sans forêt ni neige en hiver.

Pourtant, et malgré lui, et sans effort apparent, Jean apprend à lire, du moins les lettres majuscules. C'est presque sans réfléchir qu'il reconnaît les signes formant le mot âne ou le nom de Bargemon. Pour le calcul, il est plus réticent mais il sait mesurer en pieds, pouces et lignes, peser en livres, onces, gros, dragmes, scrupules et grains. L'instituteur lui reconnaît une intelligence et une vivacité d'esprit au-dessus de la moyenne. Mais il déplore en même temps une nature rebelle, une attitude irrespectueuse, un caractère sauvage et surtout une propension à répondre de façon impudente ou sarcastique aux observations qu'on lui fait.

A l'âge de sept ans, Jean quitte enfin les jupes de sa mère et le manteau de la cheminée. Son père l'envoie garder les bêtes dans la montagne, sous la houlette d'un vieux berger, le Fanaou, qui tire ce surnom d'un fanal antique qu'il porte à sa ceinture et qu'il ne quitte jamais. Quand vient la mauvaise saison, avant la première neige, il faut mener les porcs au-dessus du village, dans la forêt de chênes dont les glands sont encore tendres et frais. En temps de disette, les hommes eux-mêmes les ramassent pour en faire de la farine, mélangés avec des vesces, des fèves ou des pois chiches, et si l'on peut avec du seigle. Une farine à tout faire, bonne pour les soupes, les galettes et les tians. Comme depuis deux ou trois ans les récoltes ont été satisfaisantes, que le blé a bien donné, on laisse les glands aux cochons qui s'en régalent sur place, les disputant aux marcassins assez téméraires pour s'approcher de leurs cousins domestiques.

La garde des porcs ne nécessite pas une surveillance spéciale. Une fois qu'on leur a trouvé un bon coin, pas encore labouré par les groins, ils restent sur place dans un rayon de cent pas. Alors le Fanaou entraîne Jean ramasser des champignons, puis creuser les truffes qu'il revend aux aubergistes. Il a dressé à cet usage l'une de ses truies, au flair particulier. Mais il est plus fier encore de montrer à son pastoureau comment caver ces rabasses à la mouche. Au soleil couchant, dans la lumière rasante d'un rayon, il promène au ras du sol le bout d'une baguette de coudrier qui fait se lever un insecte doré dont la présence révèle l'endroit où est enfoui le précieux tubercule dans lequel, dit-on, elle pond ses œufs. Il faut beaucoup de patience pour déloger la mouche. Jean est fasciné par les gestes du berger, avançant à pas de loup sous les chênes verts, balayant le sol comme un sourcier de sa baguette magique et se plaçant de telle sorte que le rayon de soleil devienne réellement visible, frappant obliquement la terre et désignant le ventre fécond, exactement comme sur le tableau de l'Annonciation qui est dans l'église Saint-Étienne. Il tente à son tour d'apercevoir à temps la mouche d'or qui s'envole en zigzaguant, minuscule bijou transparent, révélateur du trésor parfumé. Le Fanaou lui explique que la truffe naît de la foudre, fille du tonnerre, et qu'elle tombe du ciel. Là où elle s'enfonce, elle brûle la terre et l'herbe ne pousse plus. Sa rareté fait son prix et le berger tire un bon parti de cette manne céleste. Les truffes que Jean creuse lui-même, il les porte à sa mère qui les vendra au marchand ambulant, mais pas avant de les avoir serrées dans un torchon propre et de leur avoir fait passer la nuit dans un toupin plein d'œufs qui, à travers leur coquille poreuse, absorbent une part du parfum. Ainsi la famille se régale-t-elle d'omelettes aux truffes, sans truffes.

Au printemps, c'est le grand voyage. Le Fanaou et Jean mènent paître les moutons et les brebis de la communauté sur le plateau de Canjuers où ils restent jusqu'à l'automne. Il faut à cela plus de doigté qu'avec les porcs. Encore que le troupeau, sachant qu'il trouvera sur les coussous une herbe fraîche et drue, ne s'attarde guère en route et grimpe allégrement le chemin muletier qui monte au col du Bel-Homme.

Là s'ouvre un autre monde. Une vaste crau plate comme une galette avec juste assez d'ondulations pour cacher quelques campagnes isolées, des bastides comme la Paresse, perdues dans la solitude et le silence éternels. Le vent y souffle la poussière qui danse dans le soleil. Rien n'est semblable au pays de Bargemon, dont on n'est éloigné que de deux ou trois lieues. Jean découvre l'horizon, c'est-à-dire une absence de limites. On pourrait marcher là pendant des jours, droit devant soi, sans jamais voir autre chose qu'un paysage immobile tournant lentement autour de soi.

Jean ne s'y habitue pas. D'année en année, y passant la plus grande part de son temps, il prend en horreur ce désert et ne regarde plus qu'à ses pieds. Éprouvé par l'immensité de l'espace, il concentre son attention sur l'infiniment petit. Le Fanaou a beau, le soir, quand ils sont roulés dans leur couverture, lui décrire les merveilles de la voûte céleste, lui nommer les étoiles et les planètes, lui expliquer que les premières sont fixes et les secondes mobiles, lui désigner des constellations qui portent des noms familiers, le Bouvier, le Chariot, la Grande Ourse, il n'écoute pas. Et dans la journée il est insensible à la course des nuages qui, selon le berger, annoncent le temps et les précautions à prendre.

Ce qui l'intéresse, c'est ce qui l'environne immédiatement, à portée de main, quand il est assis dans l'herbe ou sur une pierre. Il ne voit qu'à très courte distance. Plus loin, c'est le flou. Mais là, entre ses jambes, il découvre des merveilles. Il distingue chaque brin de plante, chaque patte d'insecte dans un univers miniature où grouille la vie. Il se passionne pour le travail des courtilières, la chasse des sauterelles, il retourne des cailloux pour examiner des vers et des larves tout occupés à leurs affaires. Peu à peu s'affine en lui le goût des choses mortes ou en putréfaction. Il passe des jours à surveiller des fourmis en train de transformer le cadavre d'un oiseau sanguinolent en squelette propre et délicat dont il démonte ensuite les articulations. Il déniche sous des feuilles mortes des mille-pattes affolés ou des colonies de champignons gros comme des grains de blé, d'un blanc éclatant sur la rouille d'une tige moisie. Il cherche des odeurs, aussi. Dans les troncs pourris d'arbres abattus par la foudre, dans les fentes des rochers qui, comme des blocs erratiques, semblent eux aussi tombés du ciel sur cette maigre terre. Des odeurs qui sentent mauvais, dit le Fanaou. Mais lui-même paraît ignorer qu'il émet à bonne distance des effluves de truffes, de sueur, de suint et de fromage couillant dont Jean voudrait bien s'éloigner. Il prend même l'habitude de manger loin de lui. Car, dans la nourriture des bergers, le goût est moins fort que l'odeur. Le pain sent le moisi et s'imprègne dans la biasse de celle de l'ail, des oignons, de ce fromage cachat pétri et fermenté longtemps dans l'eau-de-vie et qui explose littéralement au nez de celui qui débouche le flacon. De plus, le Fanaou a une prédilection pour l'ail sauvage, l'oignon cru et la piquette vinaigrée qui fait de ses invitations à déjeuner des supplices exemplaires.

Les dix ans de Jean ne se satisfont pas de cette nourriture d'anachorète. Alors, il apprend vite à piéger les lapins au lacet, à tirer les écureuils à la fronde, qu'il rôtit le soir sur un feu de braises. Comme il l'a vu faire à des braconniers, il dispose ses lèques, des pierres plates grandes comme la main, qu'il dresse obliquement sur trois bâtonnets entre lesquels il met un gland mâché. Tout à ce festin, l'oiseau bat des ailes et fait tomber les bouts de bois et la pierre sur lui qui l'écrasent. Peut-on parler de cruauté quand ailleurs des hommes et des femmes, réduits à la disette, mangent de l'herbe et rongent des racines? Lui fait un festin de roi avec sa brochette de rossignols et de rouges-gorges que le Fanaou daigne partager en regrettant de ne plus avoir de goutte pour arroser ça.

La cinquième année, Jean monte seul sur le plateau. Le Fanaou a cassé sa pipe dans l'hiver. On l'a retrouvé chez lui, un débarras prêté par la commune, effondré dans le tas de cendres de sa cheminée qu'il ne vidait jamais et qui s'entassait jusqu'à la porte : il a même fallu pousser celle-ci avec force pour découvrir le cadavre. De son vrai nom, Cyprien Chavasse. C'était un étranger, pas d'ici mais de Cabris, vers Grasse. On l'a enterré cependant avec les honneurs après trente années passées à garder les troupeaux de la commune. Jean hérite son fanal. A onze ans, il se débrouille très bien tout seul. La conduite et la surveillance des bêtes n'occupent qu'une partie de son attention. On dit des bergers qu'ils sont des poètes virgiliens quand on sait assez que la plupart d'entre eux s'ennuient à mourir dans la solitude des hauts plateaux et s'enferment dans un mutisme farouche. Jean en a croisé beaucoup, transhumants ou solitaires, qui lui sont apparus taciturnes et silencieux. De ne jamais parler à personne et de ne jamais s'exprimer qu'en cris, sifflements, onomatopées s'adressant aux moutons et aux chiens, n'améliore guère l'élocution. Ainsi le Fanaou parlait-il un langage incompréhensible, une bouillie de patois avec des mots mâchés puis crachés comme noyaux d'olives. Jean en a souffert, à qui sa mère s'est attachée à lui enseigner un français correct, c'est-à-dire le parler de Bargemon, et à détacher ses syllabes afin que les durs d'oreille le comprennent. C'est bon pour les vieux, disait-elle, de bretonner, de broutouler, de béguéguer!

Sur le plateau, six mois durant, Jean ne voit guère passer au loin que des ombres furtives. Sa seule relation est la Vieille. On l'appelle ainsi parce qu'elle n'a plus d'âge. Elle reste dans une cabane de pierre sèche enfouie dans le sol, à dix pas d'un gouffre sans fond qui s'ouvre à ras de terre, le gourg de Cachemaille, un trou si profond qu'on n'y entend pas les pierres tomber. Il y a sur la crau de Canjuers beaucoup de ces toumples où l'on jette les bêtes mortes, mais peu sont aussi redoutés que celui-là. La Vieille en est en quelque sorte la gardienne, en défend l'approche. En fait; elle protège le trou contre les hommes plutôt que les hommes contre le trou dont elle a fait sa propriété.

Elle habite là depuis la nuit des temps et passe pour devinaire et tempestaire. C'est à elle, dit-on, que l'on doit les terribles chavannes qui secouent parfois le ciel du plateau. On l'a accusée de faire tomber le fruit des filles imprudentes, de distribuer d'une main les philtres d'amour et de l'autre les poisons définitifs. Il faut dire qu'elle a la tête à ça, laide à faire fuir les corneilles. Mais elle est brave et Jean la visite volontiers quand il est dans les parages. Elle passe son temps assise sur un gros trépied de fer, celui qui supporte les lessiveuses, près du feu de sa mauvaise cheminée dont elle ramène les braises sous elle pour se réchauffer le fondement. Il ne lui reste qu'à mâcher des feuilles de laurier pour vaticiner à souhait et puer du bec. Elle vit dans une fumée perpétuelle qui refuse de s'échapper par les fentes de la borie et qui la fait pleurer. Elle mijote dans sa marmite de drôles de soupes, des brouets amers dont elle vante à Jean les vertus nourricières et qu'il n'accepte de partager que parce que c'est un garçon bien élevé.

Il apprend d'elle des recettes qui ne sont pas celles de sa mère, surtout dans la préparation des tisanes. Il découvre les secrets subtils de la décoction, de la fusion, de la teinture, et pourquoi telle herbe doit être infusée quand une autre doit être bouillie. C'est une éducation dont en tant qu'homme il n'aura pas besoin, à moins de vouloir faire l'apothicaire, mais il y prête attention, éduque son nez aux mystères des fumigations et sait bientôt distinguer cinq ou six variétés de thym aux résidus qui collent au fond des cassolettes. Il finit même par s'habituer à l'odeur personnelle de la Vieille qui n'a pas dû se laver depuis son retour d'âge. C'est peut-être cette fameuse odeur de sainteté dont parle le curé de Bargemon et qui s'exhale, dit-il, du corps momifié des martyrs dont on ouvre le tombeau.

Auprès de la Vieille, il apprend surtout les vertus des simples et s'aperçoit que la connaissance qu'en ont les femmes diffère singulièrement de celle des hommes, du Fanaou par exemple. Il sait bien qu'un corps de femme ne ressemble pas vraiment à un corps d'homme. Mais il s'étonne de ce qu'une même herbe n'ait point les mêmes effets selon que la main qui la prépare est masculine ou féminine, que son nom même soit différent selon le sexe de qui la désigne. Y aurait-il une science des femmes autre que celle des hommes?

Et puis la droguerie du Fanaou tenait dans sa biasse. Chez la Vieille, au contraire, ce sont des douzaines de bouquets de plantes séchées qui pendent aux crochets des poutres, ou emplissent des banastes, gonflent des sacs de toile. Hors du lait de ses trois chèvres, laides et maigres comme elle-même, elle vit de ce petit commerce et fournit les colporteurs qui sillonnent, de Lure au Queyras, ces badassières qui sont landes à plantes aromatiques et médicinales. Le badasson, ici, est le remède universel, une plante à guérir tous les maux. L'ennui c'est que, d'un village à l'autre, ce badasson n'est pas le même. Du serpolet, vous dit-on ici, du plantain, affirme-t-on là-bas. Le plantago, prétend l'apothicaire de Bargemon qui use volontiers de termes savants. Quant à demander à la Vieille, c'est inutile; elle emploie pour le désigner un borborygme emprunté au vocabulaire porcin.

Autre difficulté : les plantes séchées ne ressemblent en rien à ce qu'elles ont été de leur vivant. Les voilà recroquevillées, noircies, navrées d'avoir la tête en bas et se nourrissant de poussière. Leur parfum n'est plus le même, en étant plus intense. Il y en a d'autres que la Vieille a noyées dans une huile sirupeuse et qui nagent immobiles dans des bocaux de verre qui semblent irradier une lumière de soufre. Celles-là ont perdu leurs couleurs et sont devenues d'une pâleur transparente, des fantômes de plantes. A les regarder, on pense plus à des maladies qu'à des guérisons. Comme si le mal était là, enfermé dans la bouteille. Avec la peur de casser celle-ci et que la peste se répande dans la pièce. Ne crains rien, marmonne la Vieille qui lui montre comment luter ces flacons avec de la colle de farine, de blanc d'œuf et de pâte d'amandes. Un enduit tenace qui scelle à jamais le bouchon et dont les dents des rats ne viendront pas à bout.

A trop fréquenter la Vieille, le pâtre en oublie son troupeau qui plusieurs fois se disperse malgré les efforts du chien qui, lui, jamais ne quitte son poste ou n'abandonne sa vigilance. Et manifeste ouvertement sa réprobation. Les rapports du pâtre et du chien sont équivoques et pas du tout conformes aux habitudes. Entre le Fanaou et le chien, il y avait entente et complicité. Ils travaillaient ensemble. Avec Jean, c'est tout différent, l'homme et l'animal ne s'apprécient ni ne se comprennent. Chacun en fait à sa tête. Constatant l'absence ou l'incurie du nouveau berger, le chien prend des décisions et n'obéit plus qu'à regret. Il lui arrive même de corriger les ordres qu'on lui donne, pour le bien du troupeau.

Jean n'aime pas les bêtes, du moins celles de l'espèce moutonnière, les porcs et les brebis, ni les chiens domestiques. Il n'a de respect que pour les sauvages, le loup, le renard, la fouine... comme lui rebelles. Des loups, il en rôde de plus en plus, depuis que les terres cultivées retournent en friche et que les hommes se replient sur les villages pour se protéger des horreurs de la guerre. Affamés eux aussi, ils s'enhardissent jusqu'à venir dans les faubourgs, déterrer les cadavres frais des cimetières, attaquer les filles qui s'attardent hors des bastides isolées, et décimer les troupeaux mal gardés. Contre eux, les pièges – ces effroyables mâchoires de fer dont le ressort claque avec un bruit horrible – et les colliers de chiens hérissés de grosses pointes ne sont guère efficaces : il faut organiser des battues au fusil contre les mères et les petits. Il y a des ours aussi, mais plus haut dans la montagne, et Jean n'en a jamais vu sur le plateau, non plus qu'autour de Bargemon.

De ces loups et de ces ours, il se raconte des histoires à se faire peur. Il sait bien qu'à son âge, en leur présence soudaine, il ne pourrait que fuir, en abandonnant le troupeau. Il n'est pas d'un courage particulièrement exemplaire, mais quelquefois il aimerait qu'une telle attaque se produise. Cette perspective lui donne des frissons de peur et de plaisir...

De toute façon, il se sait mauvais berger et n'entend pas faire ce métier quand il sera grand comme un homme.

Son père l'entend bien, qui a pour lui d'autres projets. Quand Jean a douze ans, il décide de le mettre en apprentissage. Il ne veut pas que son garçon lui succède, cultive une terre qui ne lui appartient pas. La condition de laboureur est trop ingrate. Le seigneur, quand ce n'est pas le Roi, mange tous les bénéfices et ne laisse au paysan que la glane de ses récoltes. Et puis les temps ont changé, il n'y a plus de saisons, les étés trop secs succèdent aux hivers trop rudes, aux printemps trop humides. La terre se meurt et ressemblera bientôt à cette montagne qui, abusivement déboisée, a la pelade et ne produit plus que des croûtes de poils ou d'herbes rases qui nourrissent à peine les moutons.

On est en 1695. Mais qui se soucie de cette date? Seuls les notaires comptabilisent ainsi le temps qui passe. La plupart des hommes, eux, comptent en saisons, des hivers de six mois, des étés de trois semaines et le reste des jours s'effaçant dans un souvenir indécis. On se souvient d'abord des années de grand froid ou de longue sécheresse, de récoltes mauvaises ou d'heureuses moissons interrompues par la guerre. C'est ça l'histoire des petites gens qui en cette fin de siècle se mettent à croire à la fin du monde. Depuis 1673, date à laquelle il s'est marié, Victor Drouin a vu le temps se dérégler, une succession d'étés pourris, des récoltes désastreuses trois ans de suite, en 1677, 1678, 1679. En dix ans, le prix du blé et du pain a doublé quand les revenus n'ont pas bougé d'un sol. On recensait alors plus de morts que de naissances. Ensuite, il y eut une accalmie, et quelques années heureuses, de 1685 à 1689. Cela tombait bien puisque le petit était né deux ans plus tôt. Les moissons furent magnifiques, le grain se vendit à bas prix, les paysans retrouvèrent le plaisir des festins, des amours et des siestes. Bargemon redevint, un temps, ce petit Nice abrité des vents et des fureurs. Seuls les rentiers et les spéculateurs se mirent à geindre... Et puis sont revenus les disettes, les épidémies, le passage des soldats se nourrissant sur le pays et les impôts extraordinaires que le Roi levait pour payer ses mercenaires. En mai 1693, il n'y eut pas de printemps dans les cœurs. Après un été froid et pluvieux, un hiver rigoureux a laissé prévoir une nouvelle famine. Sont arrivés les brouillards malsains, puis des chaleurs tardives enniellant les blés, malgré neuvaines et processions. En avril 1694, le tabellion de Callas note dans son livre de raison qu'autour de lui « se pressent un nombre infini de pauvres que la misère et la faim font languir et qui meurent dans les places et dans les rues, dans les villes et dans les campagnes, par manquement de pain et par disette, et n'ayant point d'occupation et de travail, ils n'ont pas d'argent pour acheter du pain. La plupart de ces pauvres, pour prolonger un peu leur vie et apaiser leur faim, mangent des choses immondes, comme des chats, de la chair des chevaux écorchés et jetés à la voirie, le sang qui coule dans le ruisseau des bœufs et des vaches qu'on égorge, les tripailles, boyaux, intestins et autres choses semblables que les rôtisseurs jettent à la rue. Une autre partie de ces malheureux mangent des racines et des herbes qu'ils font bouillir dans l'eau comme les orties. D'autres vont déterrer les fèves et menus grains semés à ce printemps. Et tout cela produit des corruptions dans le corps humain et différentes maladies mortelles et communicatives comme fièvres pourpreuses qui atteignent même les personnes riches et accommodées... ».

Ah, ce pourpre qui fait apparaître sur le corps des taches rouges et rondes, se promenant du visage aux bras et aux jambes, et pour ce on les appelle papillons, semblant se poser çà et là pour disparaître et reparaître ailleurs, ou encore lentilles, des taches de rousseur dont se passeraient bien les filles!

A ces calamités que les prières n'arrêtent pas s'ajoutent naturellement la montée du prix des denrées les plus nécessaires et des objets les plus usuels, la spéculation honteuse des marchands et des bourgeois, des magistrats et des ecclésiastiques mêmes qui achètent à bas prix, avant que les blés mûrissent, des récoltes qu'ils entasseront, provoquant l'endettement des paysans et chez les citadins cette peur panique de manquer qui pousse aux émeutes de marché et aux attaques de convois.

Et puis, en 1694, le miracle : une récolte exceptionnelle que l'on moissonne partout à tour de bras. On se remet à convoler en justes noces et à faire des petits. Le commerce reprend et l'on entend de nouveau chanter les savetiers. On recommence d'acheter aux colporteurs que les années dernières avaient réduits à l'état de vagabonds et de voleurs.

Mais Victor sait bien que ce n'est que répit. L'avenir reste incertain. Dans ces conditions, la terre ne nourrissant plus son homme, mieux vaut donner au garçon un métier artisanal. Quoi qu'il arrive, on aura toujours besoin de chausser les pieds et de ferrer les mules. C'est à l'état de forgeron que Victor destine son fils. Il passe contrat avec les frères Blauvac qui sont installés maréchaux-ferrants à Bargemon et ne manquent pas d'ouvrage. Le petit y commencera comme apprenti, c'est-à-dire qu'il balayera, nettoiera, lavera, essuiera et rebalayera, rangera les outils, ira les chercher, ira les remettre en place, en apprenant au moins leur nom. A lui de regarder travailler les forgerons, s'il en trouve le temps. On verra plus tard à lui apprendre le métier. En échange de ces bons offices, il sera nourri et couché, sauf le dimanche où il reviendra à la bastide pour que sa mère s'occupe de son linge. Il mangera chez Joseph, le cadet des Blauvac, qui habite à côté de la forge. Il dormira dans l'atelier même, dans le recoin le plus obscur, une gatouille où l'on a mis une paillasse et un petit coffre où serrer ses hardes.

Jean se montre assez satisfait de ces dispositions. Il n'a nullement envie de suivre l'exemple de son père. Quand il le regarde, avec cette affection obligée que lui imposent les convenances, il voit un homme autoritaire, mais ne trouvant à exercer cette autorité que sur ses bœufs et ses mules. Il se dit maître chez lui, mais seule sa femme lui obéit. Un paysan maudissant la terre et le ciel, et les accusant de ne point payer de retour les efforts qu'il fait pour nourrir sa famille. C'est un savant, qui connaît l'époque des semis et le temps qu'il fera. Las, la nature s'acharne à le contrarier. Il le dit bien haut, en tout cas, ce qui n'empêche qu'au village il passe pour un nanti. Les terres qu'il cultive ne sont pas les siennes mais ce sont les meilleures du pays et si quelque part le blé ou l'épeautre mûrissent à point, c'est bien chez lui. Allez savoir : ce n'est pas son âne qui a pondu les pièces d'or qu'il cache dans sa cheminée!

La forge des Blauvac, la seule du pays, se trouve sur la grande place du village parce que l'espace de travail d'un maréchal déborde largement celui de sa boutique. Pour cercler une roue ou ferrer les mules, il a besoin d'occuper le dehors, sous les platanes auxquels on attache les bêtes. Ainsi la plupart du temps travaille-t-il aux vu et su de tout le monde. On l'aime bien parce que, justement, on peut le regarder travailler, ce qui est une des distractions favorites des gens de Bargemon.

Mais à l'intérieur, c'est un autre monde. La « fabrègue » des Blauvac est une grande pièce voûtée, creusée à même le rocher à vif, dont l'ondulation naturelle est percée de nombreuses niches servant de placards. Au rocher gris du fond s'opposent les murs de soutènement, noirs de fumée. Il fait sombre là-dedans quand bien même dehors le soleil brille. Il n'y a qu'une fenêtre, à droite, mais obscurcie par la poussière et d'épaisses toiles d'araignées qui font office de moustiquaire, et qui ne filtre qu'un jour glauque et triste. La porte, assez large pour laisser passer une carriole, est heureusement toujours ouverte, même en hiver, et il faut une fameuse tempête de neige pour que le maréchal se décide à la fermer, avec le plus grand mal d'ailleurs parce que les gonds coincent et qu'il n'a jamais trouvé le temps de les graisser.

A gauche, l'enclume au pied de la forge, avec son soufflet énorme, dont l'haleine est capable d'envoyer un homme à deux pas. Au milieu, le cepoun, ce billot de bois, en poirier sauvage, dont la surface plane a sous la main la douceur d'une savonnette. C'est là que Joseph s'assoit de temps en temps, entre deux coups de feu. Son trône, sur lequel aucun autre, pas même un visiteur de marque, n'est autorisé à poser les fesses, et surtout pas l'apprenti. Ce cepoun a même une fonction sacrée dans le village : lors des grands mariages, on le sort sur la place et les novis doivent sauter par-dessus en se tenant la main. Pour un peu, les consuls s'en serviraient pour rendre la justice et le notaire pour rédiger ses actes.

Le reste de la pièce est encombré de tas de ferrailles, d'instruments aratoires, de lourdes barres de fer brut levées contre le mur, lui-même couvert d'étagères portant en vrac les outils les plus divers. Seule au milieu de cet enchevêtrement de métaux brille l'enclume. Si lourde que deux hommes ne la pourraient bouger, plantée en terre comme tombée du ciel. Ses deux éperons pointus sont plus polis encore que la tranche du cepoun. Bien que la surface en soit glacée, jamais Joseph n'a dû caresser la peau de sa femme avec autant de plaisir qu'il flatte celle-ci.

Les Blauvac sont maréchaux de père en fils. D'ordinaire, en cette haute Provence, la forge est communale, comme le four, et confiée par élection à l'ouvrier le plus méritant, mais ceux-là sont propriétaires des murs et du fonds, ce qui leur donne un statut particulier et leur assure la considération du village. Joseph est le cadet, mais c'est lui qui a pris la place du chef de famille, son frère Jules s'effaçant volontiers devant son autorité et son savoir-faire. Joseph est petit, ridé, noir comme un noyau d'olive, mais l'œil vif, pétillant de malice, bavard comme une pie. Il dit exercer un art, non un métier. Il lit des livres, et chausse alors de minuscules lunettes rondes dont on ne voit pas la monture. Il n'est pas seulement maréchal à forge mais armurier-serrurier, c'est-à-dire qu'il est passé successivement par les états de taillandier, de dinandier, de batteur de fer, de greffier fabricant de gonds et verrous, de serrurier forgeant des clefs, de charron ferrant les roues des voitures.

Il est marié, sans enfant, avec la Louve, dite Grenadier, une grosse et brave femme plus haute que lui qui porte la moustache et la culotte. Maîtresse chez elle comme lui dans sa forge. En sa présence, il se tait, n'écoutant point les potins dont elle l'assomme après la soupe. C'est un homme doux et heureux. Et parce qu'il est doux et heureux, il boit. En cachette de sa femme. Sous prétexte de régaler ceux qui lui font l'honneur de visiter sa forge, c'est-à-dire tous les jours en fin d'après-midi, il abuse un peu du vin piqué de sa vignette. On raconte qu'un soir d'hiver il est rentré à la maison assez « fait » pour que la Louve le couche sans souper et tout habillé. Au milieu de la nuit, pris d'une soif ardente, il supplia sa moitié de lui porter de l'eau. Plus il insistait, fleurissant sa prière des mots les plus tendres, plus elle faisait la sourde oreille. Elle entendit à la fin un glouglou suspect venant de dessous la couette. Intriguée, elle éclaira la lampe pour surprendre son Joseph en train de boire au goulot le contenu de la bouillotte en terre pleine d'eau tiède qui réchauffait leurs pieds. L'histoire avait fait le tour des lavoirs, mais sans qu'on osât se moquer de lui.

Au contraire de Joseph, Jules son aîné est grand, chauve avec deux grandes ailes de cheveux blancs dressées de chaque côté de sa calvitie, et muet. Pas de naissance, bien sûr, mais, lassé du bavardage continuel de son frère, il a pris le parti de se taire définitivement. Il lui a laissé la parole en même temps que la direction de la forge. C'est un excellent ouvrier, mais taciturne et comme indifférent au monde qui l'entoure. Lui ne lit pas. Sans doute même ne rêve-t-il pas. Il se satisfait de faire son travail, suivant Joseph lors de ses allées et venues dans la forge, lui servant de valet, lui passant les outils dont il a besoin, ne rechignant jamais à accomplir les tâches ingrates et coltinant les lourdes barres de fer avec lesquelles Joseph sculpte les grilles et les balcons que lui commandent les châtelains de la région. Il n'a pas trouvé à se marier. Peut-être qu'il n'en a jamais eu envie. Du temps qu'il était jeune, il allait une fois par mois à Callas voir les dames après avoir fait une grande toilette et puis il s'en est lassé, pensant que c'était user bien du savon pour pas grand-chose. Il reste en haut du village, dans une seule pièce où il soupe et dort. Il a passé convention avec sa voisine, la Griotte, qui lui porte son repas, lave son linge et ravaude ses bas. A midi, il mange à la forge, debout, se contentant de pain, d'oignon et d'ail, avec un bout de fromage de brebis dur comme pierre qu'il râpe de son couteau à virole. Lui ne boit que de l'eau. Ce qui n'empêche pas son frère qui, lui, fait la collation dehors, avec Jean, sur le banc de pierre, de lui crier chaque jour que Dieu fait : « Oh, Jules! tu veux un verre de vin? »

Les Blauvac, qui n'ont pas de descendance, prennent Jean sous leur affectueuse protection. Ils sont exigeants avec lui mais sans dureté. Ils se félicitent de son habileté. Ils en feront quelqu'un, de ce petit. Et pourquoi pas leur successeur? Bien sûr, ils ne le montrent ni ne le disent mais ils s'emploient à lui inculquer les finesses du métier.

Le travail à la forge convient si bien à Jean qu'il s'y fortifie. Nourri, autant que faire se peut, par la Louve qui le considère bientôt comme son enfant, il ne devient pas très musclé mais acquiert une parfaite maîtrise de son corps. Son tempérament nerveux lui donne sa force. Le travail affine ses doigts qui deviennent d'une grande dextérité. Joseph lui confie de plus en plus souvent des travaux délicats de serrurerie pour lesquels ses mains font merveille. Il lui apprend à démonter et à remonter les serrures compliquées des coffres à secrets, des meubles à tiroirs dissimulés. Il lui donne des notions d'horlogerie, lui montre comment réparer les armes abandonnées dans la forêt par les soldats débandés. En quelques années, l'apprenti devient un véritable ouvrier, doué et consciencieux. Ce n'est plus lui qui balaie la forge et range les outils, c'est Jules qui, sans protester, s'en charge.

L'adolescent est surtout fasciné par les travaux de serrurerie. La fabrication des socs de charrue, le ferrement des chevaux ou le cerclage des roues l'ennuient comme une besogne grossière. Mais il se lèverait la nuit pour comprendre la délicatesse d'un ressort ou d'un déclic. Rendre un coffre impossible à ouvrir lui semble plus passionnant que d'en forcer l'ouverture. De toute façon, dedans sera un trésor. Mais ce n'est pas le trésor qui l'intéresse, c'est comment le cacher. Et empêcher les autres de s'en emparer. Dans les boîtes à bijoux qui lui sont confiées pour réparation, il s'amuse à enfermer des objets futiles, des cailloux ou des cloportes. Et, prétendant en avoir égaré la clef, il les garde sur son étagère, indifférent aux protestations du propriétaire à qui il fait entendre, en les secouant, qu'il y a quelque chose dedans.

Regardé avec une considération dont il n'a pas l'habitude, Jean est heureux dans la forge. C'est la tanière qu'il faut à ce renard sauvage, au contraire de ce désert de cailloux où il ne trouvait nulle part à s'abriter. La pénombre, le halètement du gros soufflet, le tintement des marteaux sur le métal, les envols de braises en gerbes d'étincelles confortent son plaisir, ainsi que la présence des deux hommes suant et peinant dans cette nuit rouge. Plus que dans le foyer de la Vieille, c'est dans la cheminée de sa mère qu'il a l'impression de pénétrer tout entier.

Mais la forge des Blauvac, ce n'est pas seulement l'antre du bon sorcier, fabricant d'objets magiques. C'est aussi le refuge des solitudes et de l'ennui. Un lieu clos et chaud, à l'abri des intempéries climatiques et des tempêtes conjugales. Tous les prétextes sont bons, aux yeux des hommes de Bargemon, pour s'y rendre : un piège à loups ou une lampe à réparer. Mais ce n'est jamais pressé, on reviendra, plusieurs fois. – Et ma lampe, Joseph? – Elle est là, dit le forgeron en montrant le coin où le client l'a posée quinze jours plus tôt. Celui-là n'insiste pas. Il n'est pas venu pour la lampe, mais pour parler de la pluie et du beau temps. C'est fou ce qu'on peut parler de la pluie et du beau temps dans cette cave où justement le jour ne pénètre pas, où il n'y a pas de saisons. C'est dans cette pénombre perpétuelle, éclaboussée d'étincelles rouges, que les hommes évoquent la chasse dans la verte forêt, la transhumance sur les routes mangées de soleil, le travail des moissons en pleine canicule, les progrès de l'ortolaille dans la fraîcheur des jardins, la pêche aux truites dans la rivière vive. C'est là aussi que les lièvres sont plus gros que nature et que se multiplient à l'infini les grives. Chacun y va de sa galéjade tandis que Joseph tape sur son fer et que Jules lime sa clef. A toute heure du jour, il y a toujours un homme ou deux qui restent là une grande heure, sans souci de gêner les forgerons dont ils suivent les mouvements et qu'ils accompagnent dans leurs courts déplacements.

Jean, lui, reste silencieux. Il écoute à peine ces histoires qu'il ne connaît que trop, parce qu'ici on parle souvent pour ne rien dire, pour faire la conversation, par politesse en somme : on se répète et quand on trouve l'occasion de faire rire on recommence trois fois, quatre fois, avec les mêmes effets. Mais si Jean ne rit guère, il apprécie l'art du mensonge que ces adultes pratiquent avec habileté et volupté. Augmenter la taille d'une truite n'est pas déformer la vérité, c'est l'orner, la parer de rubans, la couvrir de fleurs. D'un ordinaire poisson qui a mordu à l'appât on fait le premier esturgeon offert à l'évêque. Ce n'est pas mentir, c'est enjoliver. Raconter un événement en le flattant un peu, c'est justement broder. Et tout le monde est content. N'est pas dupe celui qui consent. Il retient la leçon.

Il remarque aussi qu'on ne parle jamais ici des misères du temps, des guerres, de la famine, des épidémies... Ça porte malheur. Non plus de politique, ça fâche. Pour la politique, il y a la chambrette, un autre lieu clos, et plus clos encore que la forge des Blauvac puisque c'est une pièce sans fenêtre, une grande salle au premier étage d'une maison vide, rue Rompe-Cul. Mais Jean n'en sait guère plus. Les réunions y sont réservées aux hommes qui s'y rendent certains soirs, à la lanterne sourde, en rasant les murs et en y pénétrant comme dans un bordel. Chaque habitué a sa clef (celle-là, Jean la reconnaîtrait entre toutes) et y emporte, dissimulée sous sa veste, une bouteille de vin. La politique doit donner soif. Tard dans la nuit, les hommes ressortent, un par un, avec des mines de conspirateurs. Les femmes ne sauront rien des propos échangés.

Quand Jean a quinze ans survient au village un événement mémorable, l'apparition d'une troupe d'étrangers comme il n'en a jamais vu. Sales, hirsutes mais point déguenillés. S'ils avaient une voiture, on les prendrait pour des comédiens ambulants comme il s'en montre quelquefois dans les grandes villes, Castellane ou Draguignan. Ceux-là ne sont que des boumians, des bohémiens, qu'on appelle ainsi parce qu'ils couchent dans les grottes, les baumes. Quatre hommes et trois femmes, avec une demi-douzaine d'enfants de tout âge. Le plus vieux est évidemment le chef de la bande, un grand et bel homme, aux dents éblouissantes, au teint cuivré, somptueusement vêtu d'une veste d'écarlate à la matelote, avec deux rangs de boutons dorés, un habit d'étamine de soie marrron, une culotte de taffetas, des bas rouges et un chapeau à ailes de corbeau. Il porte l'épée au côté et deux pistolets à crosse dans la ceinture. Les autres hommes portent des habits de drap gris fer avec des culottes de calamande rouge et des bas gris. Les femmes, dont deux jeunes et fort belles, ont des robes multicolores qui traînent à terre, des bijoux partout dont des poids à peser l'or, et les cheveux enfermés dans un fichu noué en turban. Les enfants sont à moitié nus. Tout le bagage de la troupe est accroché aux flancs d'un mulet, d'un petit cheval galeux et d'une jument borgne.

Avec la permission des consuls, mais promettant de ne pas rester plus de trois jours, ils installent leur camp sur la lice au pied des remparts. Ayant attaché leurs montures aux troncs minces des micocouliers, ils dressent deux tentes comme font les soldats et les femmes s'activent autour d'un feu où trône une énorme marmite. Autour d'eux, le vide se fait. Les gens ne les regardent que de loin, derrière leurs fenêtres. On a fait rentrer les poules, évidemment.

Mais les boumians ont l'air bien sage. Les hommes ont aménagé une petite forge portative avec une enclume de pierre à demi enterrée et un soufflet en peau de chèvre, les poils en dedans, dont les pattes sont munies de chevilles de bois. Une fente aménagée au sommet assure, s'ouvrant et se fermant, le fonctionnement de cet instrument bizarre mais efficace. Le forgeron travaille assis, devant son feu, tenant le soufflet de la main gauche et ses pincettes de la droite.

Jean est intrigué par cette technique qui lui paraît à la fois primitive et astucieuse, en tout cas différente de celle que lui enseignent les frères Blauvac. Il est le seul à s'approcher sans crainte du campement, après son travail à la tombée du soir. Les boumians semblent l'ignorer mais le forgeron qui travaille à ses pieds a tout de suite compris l'intérêt que le garçon porte à son ouvrage. Sans rien dire, il s'applique à ralentir ses gestes pour faire valoir les facettes de son art. Pour lors, il répare une rôtissoire, celle de l'une des auberges sans doute, mais autour de lui s'amassent d'autres ustensiles de métal qu'il doit remettre en état sur place puisque la loi lui interdit de les emporter. Il y a dans le pays d'autres ouvriers, chaudronniers, étameurs, dinandiers, refondeurs de cuillers en étain qui tiennent boutique, concurrents du maréchal, mais on sait bien qu'ils n'ont pas toujours le tour de main de ces boumians, possesseurs, dit-on, de secrets qu'ils se transmettent de tribu en tribu et qui ont fait leur réputation, un peu ternie peut-être par celle de voleurs de poules et de jeteurs de sorts. Cette crainte ancestrale n'empêche pas les ménagères de leur confier leur vaisselle qu'elles peuvent surveiller du pas de leur porte. Et puis les artisans bohémiens sont moins chers que le père Blauvac.

Jean qui a entendu parler de ces fameux secrets n'espère pas les surprendre là, rien qu'à regarder travailler cet homme. Mais il sent bien que dans leur silence réciproque passe un courant de sympathie et de connivence. Et quand ce silence se rompt enfin, c'est pour rompre cette impression.

– Comment t'appelles-tu, mon garçon? – Drouin, monsieur. – Alors, tu es un peu des nôtres : la drouine, chez nous, c'est le chaudron... Et que fais-tu? – Je suis apprenti maréchal à forge. – Un noble métier, qui sert le feu et le cheval, les deux choses les plus respectables après père et mère.

La nuit est tombée, les boumians sont assis autour du grand feu où cuit la soupe. Une des femmes allaite, sans pudeur, le sein nu. Un gros sein bruni qui jaillit de son corsage largement ouvert. Jean n'en a jamais vu de si beau, ni de si près. En riant, elle sort l'autre et le lui présente dans la paume de sa main. Il en rougit de confusion, et de désir.

Avec leur teint basané et leurs boucles d'oreilles, leurs chapeaux rabattus sur les yeux, leurs costumes de couleur, les boumians ressemblent à des corsaires de terre ferme tels qu'on les décrit dans les histoires de pirates. Sur les bras des femmes, à leur cou, à leurs oreilles, à leurs chevilles même, des bijoux brillent et semblent d'or pur, comme les sequins dont elles ornent leur poitrine. De quelle île au trésor viennent donc ces gens qui n'ont ni feu ni lieu, parlent entre eux une langue incompréhensible et semblent rire de leur condition d'éternels exilés? Leur bonne humeur étonne Jean, habitué aux rires feutrés des paysans de Bargemon. Il ne comprend pas leurs plaisanteries, dont il est peut-être l'objet, mais il sourit avec eux, avec ces femmes qui fument la pipe comme des lansquenets et ces hommes qui jouent du violon.

Le lendemain, avec la permission de Joseph, Jean fait visiter la forge à son nouvel ami le boumian, Marco. Celui-là regarde tout, de son œil vif et noir, et plus précisément l'établi de serrurerie. On sent qu'il a envie de caresser ces outils, mais il ne touche à rien. Blauvac qui l'a d'abord suivi en craignant qu'il ne lui dérobe l'un de ces instruments le regarde maintenant avec curiosité et même bienveillance. Une telle attention pour son travail le flatte, lui qui n'a pour visiteurs que des laboureurs indifférents à son art.

Marco termine sa visite par le plus important, la forge elle-même, avec son soufflet, son brasier et son enclume. Devant le tas de braises rougeoyantes, il se signe. Jean surprend ce geste inattendu et se demande si le boumian n'a pas plutôt esquissé un signe cabalistique. Les bohémiens, et surtout ceux qui travaillent le métal, ne passent-ils pas pour sorciers? A sa question muette, le tsigane répond :

– Vous êtes heureux, vous les gadjés, vous avez des maisons et en plus de vos maisons vous avez deux temples, l'église et la forge. Vous pouvez honorer Dieu dans l'une et dans l'autre. A l'église, vous priez et vous brûlez de l'encens; dans la forge, vous travaillez le fer et vous apprivoisez le feu. Nous, les fils du vent, nous n'avons ni maisons, ni églises, ni forges. Nous prions sous les étoiles et nous entretenons le feu dans la forêt. Il y a bien longtemps, notre peuple a été chassé de la communauté des hommes parce que l'un de nos ancêtres avait accepté de forger les clous de la Croix. Depuis, nous sommes condamnés à errer sans foyer. C'est notre destinée et nous en sommes fiers. Il y a bien longtemps aussi, l'art du feu était maudit parce que c'était la part du diable, et, comme nous étions des parias, c'est à nous qu'a été attribué ce rôle ingrat mais nécessaire : forger les outils et les armes. Il nous a fallu nous cacher dans les grottes, dans les mines, dans les souterrains où nul ne pouvait entrer sans pécher. Et pourtant les autres étaient bien contents quand on leur apportait des épées flamboyantes et des socs de charrues polis comme la glace, à se regarder dedans. Ils étaient satisfaits des mors qu'on mettait à la bouche de leurs chevaux et les femmes nous payaient pour réparer le fond de leurs marmites. C'est ainsi que nous avons survécu, malgré l'exil et les persécutions. Dieu nous a peut-être donné la part belle...

– Tu crois vraiment que Dieu y est pour quelque chose, dit Joseph, Lui qui ne se soucie guère des Turcs ou des infidèles et qui a bien assez à faire avec son peuple élu, les bons chrétiens?

– Mais oui, dit Marco. Le tsigane est une créature de Dieu comme l'homme blanc. Il a même sans doute mis plus de soin à sa création.

– Comment cela?

– Selon notre tradition, Dieu un jour se décida à façonner l'homme. Il prit de l'argile, forma une statue à son image et la mit à cuire dans son four. Puis Il partit se promener et oublia son ouvrage. Quand Il revint, l'homme était brûlé, tout noir : ce fut l'ancêtre des nègres. Dieu recommença mais cette fois Il craignit tellement de laisser passer l'heure qu'Il ouvrit le four trop tôt : l'homme était encore tout pâle. Ce fut l'ancêtre des Blancs. Dieu tenta une troisième expérience qui enfin réussit : l'homme était cuit à point, la peau dorée. Ce fut l'ancêtre des tsiganes.

Jean et les frères Blauvac l'ont écouté en silence et ne trouvent rien à dire. A contre-courant des idées reçues, la bonne parole et la leçon salutaire viennent toujours de l'étranger. On écoute bien les histoires des colporteurs, les racontars des contrebandiers, les vantardises des passeurs de moutons, mais que ce soit un famélique Égyptien qui se mêle de leur en remontrer, voilà qui dépasse l'entendement d'un honnête Bargemonais.

La nuit suivante, Jean ne parvient pas à dormir. Il pense à ces hommes qui vivent dehors, voyagent sans cesse, prenant ce qu'ils trouvent sans songer qu'ils volent, comme la pie qu'accusent les propriétaires. Et qui ont l'air heureux de ce genre de vie. Ils appréhendent un monde qui ne se limite pas aux frontières de la commune et des collines avoisinantes. Ils sont chassés partout mais n'ont point de maîtres. Ils se cachent mais ne paient pas d'impôts. Ils ne savent ni lire ni écrire mais connaissent les secrets des plantes et des bêtes. Ils sont pauvres mais se parent de pièces de monnaie dont ils font des bijoux... Il rêve de partir avec eux, pour aller ailleurs sans se fixer nulle part. Il se voit bien, lui aussi, assis en tailleur devant une enclume de fortune, métamorphosant des clous rouillés en cuillers brillantes... Mais c'est sur l'image d'un sein gonflé qu'il s'endort. Quand le lendemain, un lundi, il arrive de la bastide pour reprendre son travail à la forge, la troupe des boumians est partie, ne laissant de son passage qu'un feu éteint et des tisons noircis.

Depuis le passage des bohémiens, Jean ne regarde plus la forge avec le même œil. Ce n'est plus un simple lieu de travail, l'atelier où chaque matin on se rend, maussade, pour gagner quelques sous au service d'un maître. Ses gestes ne sont plus seulement mécaniques. Ses mains, quand son esprit est ailleurs, ne fabriquent pas seulement une serrure anonyme. Aux notions de bel ouvrage et de conscience professionnelle que lui inculque Joseph s'ajoute le sentiment de participer à un rituel. Il ne cesse de penser à la remarque de Marco sur l'église et la forge, temples du paysan sédentaire. La lumière céleste et le feu souterrain. Que dirait le curé du village de se voir associé au maréchal Joseph en train de tisonner son feu dans un grand éclaboussement d'étincelles, lui qui se contente de prier, les bras en l'air, entre quatre pauvres chandelles de suif jaune? Ne verrait-il pas dans cette concurrence inattendue une caricature de la messe en cérémonie de magie noire? Et pourtant Jean, se mettant au travail, a l'impression de servir un officiant : ce Joseph qui ressemble soudain à celui de la crèche calendale et qui pour lors tape comme un sourd sur un bout de fer, tout auréolé de sa propre lumière. Dans la pénombre de la forge, de plus en plus pareille à la grotte de la Nativité, il émet une sorte de rayonnement, plus doux mais plus vif aussi que celui de la lampe qui, en plein jour, éclaire le coin où il travaille. Pour un peu, Jean, tout à sa rêverie, le prendrait pour un de ces saints dont le curé lui a montré les images. Et lui-même, limant son fer dont naîtra une clef, se prend pour un enfant de chœur attentif à ne pas se laisser surprendre au moment de l'élévation. En se couchant, ce soir, dans son recoin, après avoir clos la porte et soufflé les calens, il regarde une dernière fois la braise qui rougeoie comme la lampe du Saint-Esprit qui brille jour et nuit devant l'autel de l'église.

En 1707, Jean a vingt-quatre ans. On ne l'appelle plus que par son nom de famille, Drouin. Le petit Jean a cédé la place à un adulte, commençant déjà à vieillir. Grand, malingre, efflanqué même dans un habit qui flotte autour d'une carcasse osseuse, et dont les manches trop courtes laissent à nu de très longues mains maigres qui ressemblent à des serres de rapace. Avec un constant sourire, plus énigmatique qu'aimable.

Tel qu'il est, il plaît aux filles, assez averties pour le lui montrer. Mais elles ne lui plaisent pas. Quand elles lui sourient, en le croisant sur la lice le dimanche, il croit qu'elles ricanent, bêtement. Il évite les fêtes du village, ne participe ni aux farandoles ni aux charivaris, préférant rester avec les hommes, c'est-à-dire les vieux, à la terrasse des cabarets. Jamais il ne s'est égaré dans les buis avec une petite que les moiteurs de l'été rendent toute drôle et prête à sauter le pas après le brasier de la Saint-Jean.

S'il a de temps en temps des bouffées de désir, c'est en face de femmes faites, ces lavandières belles et plantureuses qui remontent de la rivière, leur panier sur la tête et découvrant à nu des bras ronds et dorés. Il a même une préférence pour celles qui promènent ainsi majestueusement un embonpoint dont elles voient bien l'effet sur cet échalas apparemment timide. C'est avec l'une d'elles qu'il a connu sa première étreinte, il y a trois ans seulement. La Moutte, épouse d'un maçon qui la délaisse pour la bouteille, une lourde brune piémontaise aux yeux bleus, avec une chair appétissante dans laquelle il s'est enfoui avec plaisir. Et qui surtout ne demandait pas qu'il l'aimât. Très tôt, en effet, il s'est heurté à cette contradiction de l'amour, divisé entre ce doux sentiment qui vient du cœur et porte à des futilités de langage, et ce désir ardent qui exige de se repaître d'un corps offert. Ses brèves et rares aventures avec des femmes du village lui ont aussi fait pénétrer les mystères de la chair, au premier rang desquels celui dont on ne parle jamais : combien les parties nobles du corps ont moins d'importance que les parties honteuses. La découverte du sexe féminin lui a été moins une source de plaisir qu'un abîme de réflexion. L'amour fait, et la femme endormie, abandonnée, ouverte, il demeure longtemps à contempler de près cette béance close, ce puits sans ouverture, cette bouche d'ombre... ces lèvres verticales d'un rouge de corail que semble protéger cette touffe de poils plus légers que les cheveux, et dont il respire l'odeur subtile à nulle autre pareille. Avec la même passion que sur la crau il examinait le dessous des pierres, cet univers chaud et humide, il se penche fasciné sur cette chair secrète, fragile, encore mouillée de plaisir, en essayant de comprendre pourquoi et comment un simple repli du corps humain peut provoquer autant de désir. Profitant du sommeil de sa compagne, il a des curiosités osées. Son regard s'attarde en ces lieux que la pudeur défend d'approcher, mais qui ont pour lui l'attrait de l'intimité la plus grande et du secret le mieux gardé. C'est comme s'il entrouvrait la cache aux pièces d'or derrière la plaque de la cheminée.

Il n'a aucun mal à trouver des partenaires complaisantes qui préfèrent aux fleurettes contées ses caresses particulières qui font bientôt sa réputation. Il n'est pas d'un tempérament passionné mais, plus que des reins vigoureux, plaisent à ces dames ses attouchements subtils auxquels elles ne sont pas habituées.

Un matin de l'été, quand Drouin ouvre les portes de la forge, il y a déjà un client qui attend pour faire ferrer sa mule attachée au micocoulier. Assis sur le banc de pierre, il porte des vêtements usagés mais de bonne confection, un manteau d'écarlate sur un habit bleu ciel dont la veste descend jusqu'aux genoux et s'orne, sur toute sa longueur, d'une rangée de boutons dorés. Ses poches en sont également bordées. Drouin est étonné du nombre de ces boutons qui le couvrent partout, comme les sequins sur le corps des femmes bohémiennes. L'étranger porte encore un gros jabot de dentelle d'un blanc douteux et des manchettes plissées. Sous son chapeau noir à très large bord, une perruque à rouleaux terminée en arrière par une cadenette nouée d'un ruban noir. Des guêtres hautes et des souliers à crochets d'argent. Aux mains, de grosses bagues, en or et en brillants, et une lourde chaîne au gousset. L'homme semble porter une fortune sur son habit. Comment fait-il pour, sur la route, échapper aux malandrins? Il est vrai qu'il tient d'une main ferme une solide canne à pommeau de métal, une arme sans doute redoutable, et deux pistolets dans la ceinture.

Il doit venir de loin. Les bagages dont il a déchargé sa mule sont volumineux, deux grandes banastes recouvertes de toile épaisse. En tout cas, il est bien élevé, lève son chapeau devant Drouin, en montrant encore à ses oreilles des boucles comme celles que l'on porte contre les maux d'yeux. C'est un homme fort, un peu bedonnant, certainement adonné à la bonne chère et au vin en bouteille, le teint légèrement couperosé, les mains grasses. Un bourgeois, c'est évident, malgré la poussière qui couvre sa perruque et ce linge négligé.

Dans une langue châtiée, il demande qu'on vérifie les fers de sa mule, la Miole, qu'il présente comme une personne. C'était son nom quand je l'ai achetée, dit-il. Toutes les mules s'appellent mioles, répond Jean. Mais celle-ci est fort belle, grande et forte. Une bonne bête pour escalader la montagne. Elle doit valoir cher.

C'est Jules qui s'en occupe. Drouin retourne à son travail dans la forge où l'étranger le suit, en s'excusant, prétextant chercher le frais.

Jean s'est remis à la réparation minutieuse d'une serrure au mécanisme délicat, celle d'un coffre à secrets. L'homme s'est assis tranquillement sur le cepoun, sans que Joseph proteste. Il faut pardonner à un étranger de ne point connaître les usages du pays. Il a l'air d'un vieux chat, l'air satisfait, les yeux mi-clos mais ne quittant pas du regard les gestes du serrurier. Quand Jules a fini de ferrer la Miole, l'homme ne bouge pas. Il n'a visiblement aucune envie de s'en aller et Joseph n'a pas de raison de l'en prier, malgré l'occupation illégitime du cepoun. Personne ne parle. Mais Drouin entend presque les pensées de Joseph et de Jules qui, vaquant à leur ouvrage, se posent des questions sur la qualité de l'étranger. Ce ne peut être ni un marchand ni un colporteur, encore moins un faux saunier. Peut-être un employé des fermes, en tournée d'inspection, chargé de contrôler les impôts. Pourtant il est trop embarrassé de bagages. Plutôt un voyageur. On n'a pas vu s'il arrivait de la Savoie ou du Comtat. La mule doit porter son matériel de couchage et ses provisions de route. L'état de ses souliers témoigne d'une longue pérégrination. Il y a encore des aiguilles de pin plantées au bas de sa perruque, il a couché dans la montagne.

Au bout d'un long moment tout de même, il se lève et s'approche de l'établi de Drouin. Et cette fois, il parle. Du beau travail! dit-il, du doigté et de la précision, c'est rare de nos jours! Des mots qui ne sont pas du vocabulaire familier dans la forge mais qui font plaisir. Il prend en mains quelques outils et les examine avec soin. Joseph est visiblement inquiet. Le bonhomme doit être un envoyé du Roi, chargé de dépister la fausse monnaie. Et son inquiétude grandit encore quand l'étranger demande s'il y a une bonne auberge dans le bourg. J'y resterais volontiers un jour ou deux, ajoute-t-il.

Au Chapeau-Rouge on loge bêtes et gens, répond Drouin sans malice. L'homme remercie, règle son dû et s'en va, tirant sa mule lourdement chargée. Après son départ, les maréchaux ne font pas de commentaire. Le lendemain matin non plus. Mais – comment dire? – les trois hommes sentent la présence de l'inconnu parmi eux. On dit qu'au Chapeau-Rouge il a préféré la Goutte-d'Or, où pourtant le confort est moindre : de la mauvaise litière au lieu de bonne paillasse, une nourriture plus frugale. Allez donc savoir ce qui se passe dans la tête d'un étranger!

Celui-là est de nouveau là, en fin de matinée. Sans se retourner, les forgerons savent qu'il se tient sur le pas de la porte. Après les salutations d'usage, il entre dans la forge et y tourne en rond, comme désœuvré ou attendant une diligence. Joseph a si bien prévu son retour qu'il a ostensiblement posé sur le cepoun un soc d'araire tout neuf. L'autre est obligé d'aller s'asseoir sur un sac de pommes de pin dont on se sert pour rallumer le feu.

– Permettez-moi, messieurs, de me présenter, je m'appelle Lascaris, je suis philosophe et voyage pour mon plaisir et mon éducation, avant de prétendre faire celle des autres. Je viens du Comtat et me rends en Italie, en prenant des routes détournées pour éviter la soldatesque dont la brutalité et la vulgarité heurtent singulièrement ma sensibilité. C'est ainsi que je viens d'arriver dans votre village et que, charmé par l'accueil que j'y trouve et la beauté du pays, j'ai décidé de m'y reposer.

Drouin n'a jamais entendu si beau discours, ni mots aussi vides de sens : sensibilité, charme, beauté ne désignent rien qui soit de sa pratique. Et puis un philosophe, qu'est-ce donc? Il n'ose évidemment le demander. Or, voilà que, devinant sa pensée, M. Lascaris, avec un sourire « charmant », lui demande : Savez-vous, jeune homme, ce qu'est un philosophe? Jean hésite, qui entend filousofe comme fielouse.

– Sans doute le mari de la fileuse, répond-il, quelqu'un qui file au rouet ou au fuseau... encore que ce ne soit pas un métier d'homme!

– La définition est drôle et inattendue, mais après tout pas si loin de la vérité. Encore que dans ce cas, mon ami, le fil soit celui des idées et le tissu celui des connaissances. Un philosophe, voyez-vous, est un amateur de la sagesse, c'est-à-dire de la vérité. Il cultive la vertu et la morale.

– Comme notre curé, alors?

– A cette différence que le prêtre explique d'où vient le monde et que le philosophe cherche à savoir où il va, et par quels moyens.

Joseph, qui lit des livres, et toujours prêt à croire ce qu'il y a dedans, est assez surpris d'entendre parler quelqu'un comme d'autres écrivent. Et sa surprise se mue en réticence. A beau parler, qui vient de loin. Sagesse et vérité, vertu et morale sont des marchandises qui ne doivent pas peser lourd dans la balle d'un colporteur.

– Et ça vous fait vivre, monsieur, de chercher où va le monde? Il faut sans doute de la fortune pour travailler de la sorte, sans profit. Ou de la sainteté. Mais, sauf votre respect, vous n'avez pas l'air d'un ermite ou d'un moine!

– Il y a tant de façons de se procurer de l'argent! dit Lascaris. On dit qu'on ne le trouve pas sous le pied d'une mule : eh bien, moi, c'est grâce à la mienne que je fais ma pelote.

– Serait-elle savante, monsieur?

– Non, si vous entendez qu'on l'a dressée à faire des tours... C'est plutôt à moi que l'on a appris cela, ajoute-t-il en riant. Sachez, dit-il encore, que je suis un vieil homme fatigué, j'ai beaucoup voyagé, visité toutes les cours d'Europe, en Hongrie, en Pologne, en Allemagne, j'ai vécu à Prague et à Berlin, longtemps à Paris... j'ai vendu mon savoir et dilapidé ma science. Je vivais pauvrement quand j'étais riche et richement quand j'étais pauvre. Un usurier fait croître le nombre de ses écus en les faisant fructifier. Mon secret à moi, si c'en est un, est de multiplier cet argent sans léser les autres. En faisant en somme ce que notre bon Roi lui-même croit devoir faire... Vous-mêmes, en ce pays, je veux dire en cette partie de la Provence, êtes assez habiles, ce me semble, aux manipulations monétaires!

Les trois maréchaux-ferrants qui interrompent leur ouvrage l'écoutent, ébahis, leur tenir un long discours sur cette fausse réforme qui, en effet, fleurit autour de Draguignan et de Grasse. Se moque-t-il d'eux ou cherche-t-il à les faire parler? Joseph et Jules savent bien que pour répondre aux entreprises du pouvoir central, plus que jamais à court d'argent et à bout d'expédients, cette réforme des espèces anciennes dans un sens évidemment favorable à l'émission, la fausse réforme s'est établie dans les provinces, et ici plus qu'ailleurs, jusque dans les châteaux, les presbytères et les maisons épiscopales. De hauts personnages se livrent au trafic de fausse monnaie.

Lascaris leur démontre que l'exemple vient de plus haut. Souvenez-vous, dit-il, de la sombre affaire des pièces de quatre sols, c'était dans les années 1670, quand Colbert avait jonglé avec la monnaie comme un vulgaire joueur de bonneteau. La virtuosité de son contrôleur général des Finances, le comte de Pontchartrain, avait suscité l'admiration de ses pairs en sachant tirer de la monnaie officielle quelque quatre-vingts millions de plus. Sa technique était relativement simple : les monnaies en cours, louis d'or et d'argent, ne portaient aucune valeur faciale et circulaient, en principe, selon l'aloi que leur attribuaient les ordonnances royales. Il suffisait que ces ordonnances fussent prises au bon moment pour que l'État fût bénéficiaire d'une élévation ou d'un abaissement de la valeur de ces louis. Souvenez-vous aussi des années 1689 et 1693, quand on obligea les Français à remettre leurs vieilles pièces à bas prix, en échange d'autres censées avoir plus de valeur mais ressemblant aux premières comme des jumelles : la différence paya la guerre... Pensez aux spéculations sur le marc d'or ou d'argent auxquelles se livrèrent à l'étranger des Français habiles, couverts eux-mêmes par les escroqueries de l'État. Des spéculations d'ailleurs qui se retournèrent contre le pouvoir, pris à son propre piège. Vous savez que notre Roi lui-même vient d'envoyer à la Monnaie toute sa vaisselle d'argent, en espérant que tous les seigneurs de sa cour en feront autant, ce qui est loin d'être le cas, croyez-moi. Ceux-là préfèrent au contraire fondre leurs louis en forme de candélabres dont la valeur sera à l'abri des manipulations royales. Celles de ce Chamillart en particulier, digne successeur de Pontchartrain père, qui, non content de vouloir imposer du papier-monnaie auquel personne ne saurait accorder sa confiance sinon pour aller aux lieux, a sur l'ordre même du Roi fabriqué lui-même de la vraie fausse monnaie : des pièces dites de dix sols qui ne contiennent que pour six sols et trois deniers de métal. Et ceci, mes amis, n'est qu'un aperçu du talent de nos escamoteurs!

Tandis que Lascaris s'éponge le front, épuisé par sa diatribe, Joseph le considère avec suspicion. N'est-ce pas un provocateur, chargé par ce Chamillart même de découvrir le forgement des fausses pièces qui, c'est vrai, courent le pays et s'échangent ouvertement : médailles saucées qui, ayant été battues en cuivre, ont été argentées ou recouvertes d'une feuille d'étain, médailles fourrées dont l'intérieur, au contraire des francs, n'est ni d'or ni d'argent, et pièces écouanées, limées ou rognées, dont on récupère la poudre d'or, drainée par les collecteurs des hautes vallées.

Mais si Lascaris n'est pas un provocateur – son jeu paraît un peu gros, cependant –, il est peut-être lui-même un de ces puissants et mystérieux émissaires, parcourant les routes en quête d'ouvriers habiles, capables de diriger quelque atelier de fausse monnaie. Le cas s'est plusieurs fois rencontré. Après tout, un garçon comme Drouin peut faire l'affaire s'il veut s'élever au-dessus de sa condition. Il est qualifié pour ce travail clandestin qui nécessite les qualités dont Lascaris la veille lui a justement fait compliment. Et n'a-t-il pas à sa disposition les outils nécessaires? Comme forgeron, il peut fournir les balanciers et comme serrurier-armurier les carrés et les poinçons, comme artiste enfin le travail d'orfèvrerie... Que risque-t-il, sinon d'être dénoncé, arrêté, exposé au carcan de la place publique, un supplice qui menace aussi bien les innocents, comme on le voit tous les jours?

Sans attendre de commentaire à son discours, Lascaris est parti faire son tour de ville, laissant dans la forge des Blauvac la plus grande perturbation. Si Jules, à son habitude, ne trouve rien à dire, Joseph néglige son travail pour donner son avis. L'occasion est trop belle pour un bavard de son espèce. Des faux-monnayeurs, dit-il, on en voit partout, qui courent les chemins avec les colporteurs et les faux sauniers. La situation du pays favorise leur circulation, lieu de passage obligé entre la Provence et les États de Savoie pour tous ceux qui n'ont point intérêt à rencontrer gabelous et gardes royaux. Encore que la frontière soit particulièrement surveillée depuis quelque temps par les troupes du duc Amédée. Joseph cite des affaires tragiques ou cocasses. Il en sait de belles sur cette vie clandestine qui grouille dans la montagne, et sur la vertu et la morale, comme dit Lascaris, des notables du coin.

Mais Drouin ne l'écoute pas. Les propos du philosophe le troublent et l'intriguent. Depuis longtemps, il n'est plus l'apprenti mais le compagnon des Blauvac qui le traitent désormais d'égal à égal, et de plus en plus en digne successeur. Mais pas plus qu'il n'a voulu ressembler à son père et prendre l'état de laboureur, il n'a guère envie de passer toute sa vie dans cette forge obscure et de vieillir comme les deux frères enchaînés à leur enclume. Ces chaînes, il brûle de les limer. La vraie vie n'est-elle pas ailleurs? Pourquoi lui-même ne prendrait-il pas la route pour voir où va le monde? Le beau métier que celui de philosophe! De bons souliers, un grand chapeau et une mule docile écorneraient un peu son pécule mais lui permettraient d'acquérir à bon prix sagesse et vérité, vertu et morale, une pacotille légère qu'il s'en irait vendre aux ignares et aux mécréants contre argent comptant, et bien gagné.

Et puis le soir, dans son galetas, il se pose des questions simples sur la sagesse de la sagesse, la vérité de la vérité, la vertu de la vertu et la morale de la morale, car il faut bien que ces qualités aient elles-mêmes leurs qualités si on les prétend utiles, nécessaires et efficaces. Ainsi de l'argent qui ne vaut que ce qu'on veut lui faire valoir. Voilà que ces quelques louis qu'il a gagnés et serrés sous sa paillasse ne valent point la somme de travail qu'il a fournie pour les mériter à la fin de l'année, mais seulement un nombre de sols qui varie et diminue selon le bon vouloir du ministre des Finances. Et si le Roi lui-même donne le ton en déclarant que dix sols n'en valent que six, on ne voit pas que la vérité cesserait d'être sage et la vertu d'être morale si tout bon citoyen se mettait à rogner sa monnaie, à écorner ses pièces et à tricher sur leur poids. Il s'endort enfin, rêvant qu'à son établi il lime un fer de mule en faisant couler dans son tablier en peau de mouton une pluie de sable d'or fin.

Comme s'il avait prévu les méditations de Drouin et voulu lui laisser le temps de réfléchir, Lascaris ne se montre pas de deux jours. On sait bien qu'il n'est pas parti. Tout le village ne parle que du séjour prolongé de cet énigmatique étranger à La Goutte d'Or, dont il est d'ailleurs le seul pensionnaire. Il paraît qu'il raconte sur lui-même des histoires fantastiques aux feignants qui, de plus en plus nombreux, y vont boire en fin de journée. Il prétend être beaucoup plus âgé que la plupart des hommes, avoir vécu dans un couvent grec creusé dans une montagne inaccessible et auquel on parvient assis dans un panier halé du sommet comme une balle de foin, vendu des fourrures d'ours et des défenses d'éléphants dans la Russie la plus glacée, connu toutes les capitales de l'Europe, servi à la cour de l'empereur allemand Rodolphe II. Il dit parler une douzaine de langues dont le persan, le syriaque et le chinois, avoir six fois changé de nom et trois fois de visage... Et autres fariboles dont on n'est pas sûr qu'elles soient toutes des balivernes. Comme il paie à boire, on boit ses paroles. Et l'on apprécie fort son talent pour la galéjade, le rire dont il accompagne l'énormité de ses dires. On reste sur ses gardes quand même, bien décidé à ne pas répondre à ses questions, s'il en pose. Il n'en pose pas. Mais chacun, rentrant chez soi, s'en pose sur la véritable identité de cet inconnu.

Aux forgerons, quand il revient deux jours plus tard, Lascaris ne dit rien de ces divagations, sachant bien qu'elles leur sont déjà connues. Pour justifier son intrusion, il proteste de l'amitié soudaine qu'il a pour les trois maréchaux et parle de chaleur humaine, une expression qui rejoint morale et vertu dans le catalogue des mots nouveaux à Bargemon. Il prétend aussi n'avoir trouvé nulle part des artisans aussi habiles, et ne pas se lasser de les regarder travailler. Surtout Jean dont il ne quitte plus l'établi. Joseph s'étonne un peu de ce qu'un philosophe, qu'il sait manieur d'idées abstraites, s'intéresse d'aussi près à l'art mécanique. C'est que vous regardez par le petit bout de la lorgnette, répond Lascaris. L'amour de la sagesse doit se nourrir de la connaissance des choses pratiques. Si l'on veut savoir comment marche le monde, et comment Dieu a conçu sa vaste horlogerie, il faut d'abord considérer la maîtrise des outils. Et de se lancer dans une longue digression sur la noblesse du travail de la forge, du feu, des métaux et de leurs alliages.

A propos d'alliages, Lascaris en vient à évoquer l'alchimie

qui est, dit-il, le véritable art des philosophes. Mais de cette science nouvelle il ne dit rien dans la forge. C'est à la promenade où il entraîne Drouin qu'il en parle. Depuis deux ans, Jean ne va plus le dimanche à la bastide de ses parents. Son père vieillissant lui reproche de ne point rester à la terre quand c'est lui qui l'a placé en ville. Les dernières entrevues ont été pénibles. Sa mère s'est réfugiée dans un mutisme obstiné et n'est plus que le fantôme d'elle-même. Alors il a espacé ses visites, puis cessé tout à fait de retourner à la bastide, sauf pour Noël. C'est désormais la Louve qui s'occupe de son linge. Et ses dimanches, il les passe avec les hommes au cabaret où il joue aux cartes, en trichant effrontément.

La promenade que lui propose Lascaris est une occupation nouvelle, comme le mot. Les gens de Bargemon, s'ils connaissent bien l'art de la flânerie, ne pensent pas qu'on puisse se promener, c'est-à-dire marcher sans but, pour aller nulle part, en regardant les arbres et devisant des affaires du monde. Jean et l'étranger forment ainsi à leurs yeux un couple bizarre, aperçu sur la route, s'éloignant assez pour qu'on les perde de vue et ignore le sujet de leur conversation.

Aux propos de Lascaris, Drouin est particulièrement attentif. Cet homme qui semble tout savoir parle d'une voix monotone et lente mais tout ce qu'il dit a de quoi séduire un jeune esprit éveillé. Comme c'est utile, un philosophe! Et comme c'est merveille, cet art de l'alchimie dont on lui dit qu'il transforme tout simplement le fer en or! Au début, l'élève a du mal à comprendre le catéchisme du maître. Il lui faut peser chaque mot de l'énoncé. La première surprise passée – car l'affirmation de Lascaris a de quoi faire sursauter un honnête forgeron –, il est tout ouïe. L'un mâche ses mots, l'autre les digère.

– Je suis philosophe, dit Lascaris, c'est-à-dire qu'instruit des secrètes opérations de la nature j'imite ses procédés pour parvenir à produire des choses plus parfaites que les siennes. Ce que la nature a fait dans le commencement du monde, nous pouvons le faire à notre tour en remontant au procédé qu'elle a suivi. Ce qu'elle fait peut-être encore, à l'aide du temps dont elle dispose, dans ses solitudes souterraines, nous pouvons le lui faire achever en un instant, à condition de l'aider et de la placer dans de meilleures circonstances. L'alchimie est l'art de perfectionner ce que la nature a laissé imparfait dans le règne minéral et d'arriver au trésor de la pierre philosophale ou teinture seule capable de favoriser la transmutation définitive. L'alchimie, en imitant le processus par lequel est assurée la génération des espèces, métamorphose les métaux vils ou malades en métaux parfaits et sains. Substituant la santé à la maladie, elle s'apparente à la médecine. La flétrissure des métaux est une sorte de lèpre qui, selon qu'il s'agit du fer, du cuivre, de l'étain ou du plomb, affecte respectivement la bile, le sang, le phlegme ou la bile noire. Aussi est-ce une thériaque et un poison que contient la pierre qui sont requis pour soigner et convertir ces métaux en or, en chassant leur impureté, et notamment le soufre. En résumé, et pour ta première leçon, sache que l'alchimie est la science qui enseigne à préparer une certaine médecine ou élixir, lequel étant projeté sur les métaux imparfaits leur communique la perfection. Remarque bien que l'alchimie ne mélange ou ne compose rien, elle fait que ce qui existe déjà à l'état latent croisse et devienne actif. Par conséquent, elle est comparable à la botanique ou à l'agriculture plutôt qu'à la chimie. Et, de fait, la croissance d'un arbre ou d'un animal est un processus alchimique se produisant dans le laboratoire de la nature et exécuté par le Grand Alchimiste, le pouvoir actif de Dieu dans la nature.

Ces derniers mots viennent à temps. Drouin allait justement demander : Et Dieu dans tout ça?

– Sache, mon ami, dit encore Lascaris au cours d'une autre promenade, que l'alchimie est une science secrète : elle doit demeurer la propriété d'un petit nombre d'initiés et il n'en faut point divulguer les arcanes. Qu'adviendrait-il en effet si, par hasard, le commun des mortels réussissait à transformer tout le plomb de l'univers en or? Celui-ci perdrait toute sa valeur, en conservant toutefois une beauté que n'a pas le plomb. Mais, la rareté faisant le prix, c'est alors qu'il faudrait trouver le moyen de transmuer l'or devenu vil en plomb autrement précieux.

Sache aussi, mon ami, qu'il s'est trouvé des alchimistes accusés d'être trop loquaces, de révéler plus qu'il ne leur était permis, profanant ainsi le caractère sacré de leur art, et pour cela chassés du cercle des élus.

Sache encore, mon ami, que si la voie de la découverte suprême était facile, il n'y aurait point de mérite à l'emprunter. Si l'adepte profère des paroles obscures et multiplie les recettes incompréhensibles, c'est autant pour celer le mystère de son travail que pour exciter l'intelligence du profane. Quand celui-ci croit comprendre une phrase prononcée par son maître, il lui donne aussitôt un autre sens et en cherche un autre, caché derrière, ne se contentant jamais d'une première lecture et soupçonnant toujours une vérité plus profondément enfouie au fond de ce puits merveilleux.

Le plaisir de l'alchimiste est de chercher, autant, ou plus, que de trouver. Plus d'un initié préfère le chemin de la perfection à la perfection même. Sa quête suffit à l'emplir de joie. De la méditation, de la réflexion et de l'expérimentation naît une grande béatitude. Si l'alchimie est un art, c'est bien parce qu'elle fait appel d'abord à l'imagination et à la dextérité manuelle. Le but est sans doute de produire de l'or, mais tout cet or ne vaut pas la volupté de le faire apparaître sous ses doigts. Il y a une profonde satisfaction à manier certaines substances, à surveiller son fourneau, à réussir le mélange des métaux, et la première récompense est autant dans les yeux surpris des spectateurs qu'au fond de la coupelle. Mais quand l'or daigne se montrer au fond du creuset, l'alchimiste peut craindre que cette révélation lui soit fatale. Il se sait à la merci de tous les gens avides de surprendre son secret et capables de vouloir le lui arracher de force. Les rois eux-mêmes, informés de tels prodiges et empressés à remplir le vide de leurs cassettes, dépêchent auprès de lui des émissaires chargés de l'obliger à travailler pour le Trésor public. Et l'alchimiste sait bien l'usage que les grands de ce monde feront de cet or : la guerre au loin, les conquêtes au large, l'accumulation de richesses dans leurs coffres personnels. Ils seront comme le roi Midas qui souhaita que tout ce qu'il touchât se transformât en or et qui, exaucé, mourut de faim devant un poulet aurifié.

C'est pour cela que les adeptes esquivent les invitations et les honneurs qu'on leur propose. Si certains d'entre eux ont réussi dans leur entreprise, ils ont pour la plupart disparu dans la foule, peu soucieux d'être remarqués, interrogés, menacés, torturés même. D'autres, allant de cour en cour à travers l'Europe pour montrer leurs talents le temps d'une expérience, ont fui bien vite avant d'être enfermés comme poule aux œufs d'or. Sans compter tous ceux, les plus nombreux, qui n'ont pas vraiment réussi et se sont trouvés réduits à faire croire qu'ils en étaient capables. Leur escamotage accompli, ils remballaient leurs ustensiles et pliaient bagage, trop heureux d'échapper à temps aux poursuites. Crois-tu que ce soit par esprit de contrition que je cours les routes, vis en ermite ou me déguise en contrebandier, me nourris de cet épeautre indigeste dont vous faites votre ordinaire, au lieu de me pavaner à la cour de quelque grand seigneur qui ferait de moi son grand argentier? Non, mon fils, je fuis les fatales conséquences de ma réussite.

Ma seule consolation, vois-tu, est de trouver un héritier qui parvienne là où je suis parvenu, après qu'il aura échoué là où j'ai échoué, au bout de tant d'années de recherches, qu'il perfectionne cet art où je suis passé maître et que lui-même, un jour, forme un souffleur qui lui succédera.

Cet enseignement préliminaire, Lascaris le distille patiemment, d'une promenade à l'autre. Il répète volontiers la signification des mots que Drouin entend mal. Qu'est-ce qu'un adepte, monsieur? C'est celui qui, entré dans le mystère de l'alchimie comme un moine en religion et initié à ses secrets, ne cesse plus d'y travailler comme l'autre de prier, se donne tout entier à cet art en méprisant dès lors toutes les autres tentations de la vie profane, et du grade de souffleur accède enfin à celui d'opérateur. Et qu'est-ce qu'un souffleur? me demanderas-tu, c'est toi, mon ami, qui du soufflet de ta forge provoques la fusion des métaux en leur mystérieux alliage. Et l'opérateur, celui qui parvient à les transmuer, le cuivre en or, l'étain en argent.

De semaine en semaine, Drouin assimile lentement cette nourriture trop lourde qu'il a du mal à digérer et qui cependant rassasie son appétit de connaissances. Il ne croit pas à ce pouvoir de faire de l'or avec du cuivre et de l'argent avec de l'étain. Car il ne voit pas qu'à taper dessus avec la meilleure volonté du monde, on changera la nature de ces métaux. Ou alors, il y a une autre méthode que celle de la forge. Mais combien même un homme tel que ce Lascaris en aurait, avec d'autres, trouvé le moyen, son but resterait aussi étrange que son art : être capable de fabriquer de l'or et réclamer en échange des sacs d'écus! Demander d'être payé en argent comptant quand on a des doigts assez agiles pour faire naître des pépites aussi simplement qu'un âne fait ses crottes!

Pourtant, s'il a du mal à croire à cette transmutation, Drouin est séduit par cette tentative, par ce travail des métaux qui dépasse singulièrement celui de ferrer les mules. Il y a là de quoi intriguer l'habile ouvrier qu'il est devenu. C'est vrai qu'il est loin de tout connaître du mystère des alliages et de la nature des métaux, et ce Lascaris a probablement là-dessus des vues nouvelles que Joseph n'a pas. Transmise de père en fils depuis des générations, la technique du feu employée par les forgerons n'a peut-être pas révélé tous ses secrets! Le moyen de parvenir à les percer! Par la vertu de la foi, dit cet homme. Mais Jean ne saurait y croire comme on lui demande de croire en Dieu et en Ses œuvres. Il est trop sceptique et toute sa profession de foi tient dans ces bribes d'éducation religieuse qu'a tenté de lui inculquer le curé de Bargemon, aussi inculte entre nous que la crau de Canjuers. Quand Lascaris lui explique qu'en tentant de changer un métal vil en or solaire l'alchimiste s'intéresse moins à cette transmutation qu'à sa propre transformation, que l'alchimie est d'abord une technique de salut dans laquelle, indépendamment de son intérêt pratique, chaque opération chimique ou physique a un sens spirituel, Drouin ne le croit pas. Il y a trop de contradiction entre ce désir de sauver son âme et cette volonté de faire fortune.

Il a des doutes sur l'honnêteté de cet homme. Quoi, il prétend faire de l'or quand il lui plaît et le voilà devant lui, sur une route poussiéreuse, au bout d'un village perdu, vêtu d'habits usés, mal lavé et puant des aisselles, les cheveux filasse sous une perruque ébouriffée, appuyant sur un mauvais bâton une démarche claudicante (il dit avoir mal aux pieds à force de courir le monde) quand, riche de son or fabriqué, il devrait porter aigrette à son chapeau et habit de soie dans les salons d'une précieuse! Il est difficile de croire à son désintéressement comme à ses belles paroles selon lesquelles l'or ne le séduit que comme symbole de pureté et n'a à ses yeux qu'une faible valeur monnayable. Quelle est donc la nature de cette pureté réduite à quelques onces d'or dormant au fond d'une escarcelle?

Lui, Drouin, sait bien ce qu'il ferait de cet or. Il mangerait et boirait tout son soûl, dormirait dans des draps de toile, paierait une garce tous les samedis, se baignerait une fois par mois dans un chaudron de cuivre et se ferait frotter le dos par un valet, se vêtirait de soie et de taffetas, achèterait une campagne au midi de Bargemon, irait voir la mer à Toulon... Et puis quoi encore? Peut-être ferait-il comme ce maître : courir les routes, en goûtant l'air du temps et cherchant à se reconnaître dans le grand labyrinthe du monde, satisfait d'avoir en poche, sans la montrer, une fortune brillant dans l'obscurité de son gousset, d'entrer dans les auberges en jetant sur la table un écu contre un chapon en réclamant la meilleure place près du feu...

N'est-ce pas le rêve d'un songe-creux? Un piège dont les dents s'apprêtent à se refermer sur lui? L'art des philosophes n'est-il pas une opération magique et maudite? Ce sage n'est-il pas le diable lui-même, le tentant avec la pomme d'or de la connaissance interdite? Bien qu'il ne croie nullement à ces contes de curé, à ces histoires de bonne femme dont le catéchisme se sert pour éduquer les enfants et les naïfs, il ne va tout de même pas risquer son âme sur de si fallacieuses promesses!

Et puis, il demande des preuves, il veut voir de ses propres yeux ce qu'on lui promet. Un jour il s'enhardit à demander à Lascaris de lui montrer comment on procède pour changer le cuivre en or. Ne pourrait-il produire devant lui ne serait-ce qu'un scrupule de ce métal?

J'allais y venir, dit Lascaris. C'est la seconde étape de cet enseignement que tu parais digne de recevoir. Il fallait que je m'assure d'abord de ton intérêt et te tâter pour me convaincre que tu n'irais point me dénoncer. Je te connais assez maintenant pour opérer devant toi quelque opération des plus faciles. Encore qu'il faille pour cela, tu l'entends bien, nous cacher.

Alors une nuit, au cœur du village profondément endormi dans la fatigue et la bonne conscience, Jean ouvre à Lascaris la porte de la forge, après avoir voilé d'un sac le fenestron déjà opaque. C'est la première fois que Drouin se trouve de nuit dans la forge, hors de son galetas. Ce décor familier dont il connaît les recoins est soudain tout différent. Autour des braises rougeoyantes qui n'ont guère de mal à crever la couche de cendres grises dont Joseph les a recouvertes par souci d'économie, d'immenses ombres courent sur les murs, ailes de chauves-souris, têtes de loups aux dents menaçantes, pinces d'écrevisses géantes qui naissent des outils s'animent sous la lueur vacillante des chandelles que, la porte soigneusement refermée, il a allumées.

Lascaris, apparemment indifférent à cette atmosphère inquiétante, sort de son sac deux petits fourneaux portatifs, de son gousset une bourse nouée d'un cordon, de sa poche une lame de cuivre d'un pied de diamètre. Il commence par faire chauffer l'un des fourneaux, sur un trépied posé au-dessus des braises qu'il demande à Jean de ranimer. Il lui montre la pièce de cuivre afin qu'il reconnaisse la nature du métal. C'est du cuivre, assurément, reconnaît Drouin. Lascaris la met alors sur le fourneau de telle sorte que seul le centre soit chauffé. Cela fait, il tire de l'un des compartiments de sa bourse un sachet de poudre blanche dont il répand une pincée au centre de la lame, en l'étalant avec une minuscule spatule de bois. Jean suit avec attention tous les gestes de l'alchimiste, dont les mains agiles quoique potelées manipulent avec dextérité les instruments, mais ses manchettes de dentelle qu'il n'a pas jugé bon de relever cachent, comme malgré lui, une partie de l'opération. Après avoir laissé chauffer la lame, à feu doux, il lui montre que la poudre pénètre le cuivre, jusqu'à disparaître dans la masse. Il retire la lame du fourneau et la plonge dans l'eau d'une bassine. Il l'en sort quand elle est refroidie et fait constater à Drouin que sa partie centrale est bien devenue de l'argent. Sans doute pour en être tout à fait convaincu faudrait-il détacher ce cercle intérieur et le peser. Mais il n'y a pas dans la forge de balancier assez précis. D'ailleurs, l'opération n'est pas terminée. Lascaris change de fourneau et recommence son expérience. Cette fois c'est de la poudre rougeâtre, légèrement orangée, qu'il dépose sur la partie exposée au feu. Au bout de quelques instants, il l'en retire, la refroidit et la montre à son élève : le cercle d'argent s'est transformé en cercle d'or, d'un beau jaune, qu'avec un morceau de peau de daim Lascaris fait briller. De l'or, à n'en pas douter. Il découpe alors la plaque de telle sorte que ne lui reste en main que la partie métamorphosée. Et il rompt encore celle-ci en plusieurs fragments pour montrer à Jean que la teinture a également agi à l'intérieur de la lame de cuivre.

La teinture? C'est ainsi, dit-il, que nous nommons ces poudres qui permettent la transmutation. Sans elles, rien ne se ferait. Tu sauras plus tard de quoi elles sont composées. Tout le secret de la transmutation des métaux réside dans cette composition. Contente-toi aujourd'hui de constater que j'ai bien transformé du cuivre en argent et cet argent en or. As-tu relevé quelque tricherie dans ma manipulation? Jean est obligé de reconnaître qu'il n'y a vu que... du feu.

Maintenant, dit Lascaris, je vais te montrer quelque chose de plus compliqué. De son sac, il tire un flacon, hermétiquement bouché, qui semble renfermer de l'eau claire, dont il verse de quoi remplir le fond d'une écuelle de terre. Avec une pincette d'horloger, il place sur le fourneau une pièce de monnaie, un pfennig de cuivre. Une fois chauffée, la pièce est retirée du feu et recouverte d'une sorte de cire, une pâte d'un vert sombre qu'il étale avec la spatule. Ainsi masquée, il la repose sur le fourneau et la chauffe encore jusqu'au rouge. Lorsque la cire a complètement fondue et s'est comme intégrée au cuivre, Lascaris retire la monnaie, la plonge dans l'eau de l'écuelle où elle grésille un moment avant de blanchir à vue d'œil. Quand il la sort de son bain et la présente au bout de sa pincette à Drouin, celui-ci peut constater que de cuivre elle est devenue d'argent. Et pour mieux l'en convaincre, Lascaris la scie en deux : l'intérieur est bien d'argent homogène.

Beau tour de passe-passe, se dit Drouin, surpris mais pas vraiment convaincu. Il y a escamotage, c'est évident. Mais remarquable d'efficacité. Ce Lascaris est un grand manipulateur. N'en crois rien, dit le philosophe qui voit au sourire de Jean que celui-ci ne veut pas être dupe. C'était bien du cuivre et c'est bien de l'argent. L'agent de cette transformation est ce liquide que tu prends pour de l'eau pure. C'est en réalité la dissolution concentrée d'un sel d'argent, liqueur incolore que rien ne distingue de l'eau. Mais ne t'avise pas d'en boire, ta gorge n'y résisterait pas. Les objets de cuivre préalablement chauffés et trempés dans cette dissolution en sortent recouverts d'une couche d'argent métallique. Cela relève du domaine de la chimie. Quant à la faire pénétrer à l'intérieur de la pièce, c'est autre chose, un des premiers secrets de l'alchimie opératoire. Pour l'instant, je ne t'en dirai rien, tu en as assez vu pour un apprenti.

Et de remettre dans son sac ses ustensiles, dans son gousset les sachets de poudre, dans ses poches les morceaux de monnaie et les fragments de la lame de cuivre. Drouin voudrait bien les examiner plus minutieusement mais n'ose le demander.

– Et puis, ajoute Lascaris, cesse de parler d'escamotage. Le mot est vilain. Il nous vient des Juifs du Comtat qui appellent ainsi, les escamots, les tours de malice avec lesquels ils font entrer ou sortir de leur ghetto les marchandises et les produits dont ils font commerce, obligés qu'ils sont de tourner une loi qui les condamne à vivre d'expédients.

Lascaris s'est assis sur le cepoun. Peut-être attend-il les réactions de celui à qui il vient de découvrir les prémices de son art. Jean se décide à lui poser la question qui l'intrigue. Pourquoi le prendre pour confident, lui, simple ouvrier sans éducation ni expérience, ne sachant guère lire ou écrire, ne connaissant du monde que l'horizon borné de Bargemon? A ceci près, répond Lascaris : tu es d'une habileté manuelle hors de proportion avec le métier que tu exerces, comme j'ai pu m'en convaincre en te regardant travailler, tu as dans le regard une curiosité que tu auras bien du mal à dissimuler, et ta jeunesse enfin fait de toi un être réceptif, capable d'apprendre vivement les rudiments d'un art difficile. Je cherche depuis longtemps un compagnon qui laisserait tout pour me suivre, me servir et m'aider, surtout au cours de mes expériences qui demandent une adresse que mes mains me refusent de jour en jour plus cruellement.

– Vous suivre peut-être, vous aider sans doute, mais vous

servir, jamais. Vous êtes devenu maître, je ne suis point né valet.

– C'est un orgueil qui t'honore. Mais je n'ai pas parlé de l'état de domestique. De disciple, au contraire. Je t'enseignerai les rudiments de mon art jusqu'à ce que toi-même, sous mes yeux, sois capable de changer la nature des choses.

– Ou d'en donner l'illusion?

– Tu as raison d'être sceptique. Je n'espérais pas te convaincre par de belles paroles que l'alchimie est une vocation spirituelle. Il est bon que tu commences par croire qu'il s'agit de charlatanerie et que tu deviennes d'abord un habile jongleur de mots et joueur de gobelets, que tu manipules les métaux avec tant de dextérité que les gens y verront ce que tu voudras qu'ils voient. Ce n'est que lorsque tu auras acquis cette technique que tu pourras commencer à réfléchir sur la moralité de l'entreprise et te prendras au jeu, voulant effectivement réussir au lieu de tricher.

– Vous vous moquez, n'est-ce pas? Vous n'êtes pas homme à tromper le monde et vous ne voudriez pas que je le fisse pour vous! Je ne sais pourquoi mais je commence à croire à la vertu de votre art. Et si vous voulez bien continuer à me l'enseigner, je vous suivrai volontiers. Quitte à vous abandonner si je m'aperçois que c'est moi que vous dupez!

– Tu as là, dit Lascaris, un bel exemple des pouvoirs de l'alchimie naturelle qui fait d'un fils de laboureur un garçon assez éveillé pour saisir le sens caché des choses. En ceci encore, d'un vil métal elle fait de l'or. Et c'est sans doute un signe du destin qui t'a placé sur ma route. Viens donc avec moi et je serai ton père spirituel avant même que de faire ta fortune. Car c'est ce but auquel je te convie. N'as-tu pas envie de changer de condition et de t'élever dans cette société pour qui tout ce qui brille est de l'or? De fréquenter, comme je l'ai fait, la cour des princes et le cabinet des savants, la ruelle des précieuses et l'antichambre des prélats?

– En vous vendant mon âme, peut-être?

– Tu donnes trop de prix à celle-là, mon garçon. Rassure-toi, je ne suis moi-même qu'un pauvre diable.

– Riche, tout de même!

– Assez riche pour mépriser la richesse, veux-tu dire, riche du savoir qui fait de moi un homme libre...

– ...de courir les routes?

– De fuir le monde à ma guise, pour me trouver moi-même.

– Et non de vous fuir vous-même?

– Mon ami, tu fais des progrès stupéfiants! Voici qu'en quelques phrases tu viens de parcourir bien des étapes d'une éducation qui t'a manqué mais dont tu t'imprègnes aisément. Sans vouloir trop te complimenter, je n'ai jamais rencontré terreau aussi fertile. Nul doute qu'un jour en ton cœur ne fleurisse la rose hermétique que nous rêvons de cueillir et dont bien peu de jardiniers ont réussi à produire quelques boutons. Je vois avec satisfaction que je ne me suis point trompé sur ton compte. Je ne saurais trouver décidément meilleur compagnon. Allons, c'est entendu, je t'emmène.

– Je voudrais auparavant voir encore quelques-unes de vos opérations.

– Tu as tort, mon fils, d'en trop demander. C'est sur un coup de tête que tu dois te décider. A trop réfléchir, on ne sait plus quoi penser. A me faire confiance, tu n'as rien à perdre et tu as tout à gagner. Fais ton bagage, te dis-je, et laisse là cette vie sans avenir dont tu vois déjà le déroulement sans histoires. Il faut ferrer la truite quand elle mord et je te promets une pêche miraculeuse. Demeure auprès de moi et tu ne le regretteras pas!

– Ma biasse est déjà prête, dit Drouin en souriant.

Drouin quitte Bargemon furtivement, comme un prisonnier qui s'évade. A l'aube du jour suivant, il rejoint Lascaris qui l'attend au bout du village, avec la mule lourdement chargée. Lui n'emporte rien que son vieux sac de berger, son couteau, un peu de linge, les quelques pistoles de son pécule. Il n'a pas prévenu ses parents. A quoi bon voir pleurer sa mère et crier son père? Il n'a été leur fils que par accident. Leur véritable enfant, c'est l'autre Jean, le mort-né, dont il a quelque temps pris la place. Mais à Joseph, il a voulu laisser un souvenir, une trace de son passage. Sur le cepoun, bien en vue, il a posé la chaîne d'or que son parrain lui a offerte pour son baptême et qu'il a toujours portée au cou. Le forgeron comprendra pourquoi il est parti avec l'homme aux boutons d'or.

Parti, mais où? Lascaris a dit se rendre en Italie et par le chemin le plus court, celui de Grasse puis de Nice. C'est trop dangereux, lui assure Drouin. D'abord il faut passer dans les États de Savoie où l'armée est sur le pied de guerre. Il faut ensuite franchir le Var, redoutable frontière où les gardes guettent les contrebandiers et les soldats déserteurs. Jean le sait assez qui depuis des années entend les récits des gavots passant régulièrement et clandestinement des troupeaux de moutons entre le Piémont où la viande est moins chère et la Provence où elle se vend à prix d'or. L'entreprise est rentable mais risquée. Il faut se cacher des douaniers qui surveillent les villages de montagne et comptabilisent les hommes absents de leur foyer. Ils sont à la foire, disent les voisins, ou ils font du bois dans la forêt. En réalité, les bergers se relaient pour ne pas rester plus de trois ou quatre jours hors de chez eux. Le troupeau est de vallée en vallée repris en main par des complices qui, à la fin, se partagent les bénéfices. Mais il faut passer les cols les plus redoutables, difficilement accessibles, même après la fonte des neiges, et surtout avec trois mille bêtes effrayées et transies.

Par contre, il est une route, beaucoup plus longue il est vrai, qui offre plus de sécurité, celle du val de Barcelonnette et du col de la Madeleine. Les hommes de cette vallée, qui forme comme une république indépendante, sont farouchement attachés à leurs libertés et contrarient toutes les tentatives des autorités à les discipliner. On trouvera là des complices dignes de confiance. Il faut seulement y arriver et, de Bargemon, monter vers le nord, à travers des montagnes où les chemins sont singulièrement scabreux et malfamés, au dire des muletiers qui passent à la forge. Il faut aussi longer la frontière de la Savoie et déjouer la surveillance des sentinelles. Combien de jours faudra-t-il? Drouin n'en sait rien. Heureusement, c'est encore l'été et les cols restent ouverts.

Lascaris n'est pas pressé. Son projet de se rendre en Italie relève d'une fantaisie. Il n'a, dit-il, d'autre but que de revoir des paysages qu'il a autrefois aimés et plus précisément de descendre jusqu'au sud de la péninsule pour y visiter les volcans.

– Et pourquoi des volcans, monsieur?

– Parce que ce sont les athanors de la nature, par lesquels elle convertit ses feux intérieurs en métaux brûlants et les matières incandescentes, le bitume, le basalte et le soufre, qu'elle vomit en torrents de lave ardente. Vois-tu quelque lieu qui soit plus propre à enflammer la passion d'un alchimiste ou quelque tombeau plus propre à sa régénération?

– Je savais l'Italie un pays chaud, dit Drouin, mais pas à ce point.

Il s'inquiète aussi des frais d'une telle entreprise, mais Lascaris le rassure. Il a assez d'argent pour ce voyage et trouvera bien, en route, des châteaux où exercer son talent, faire fructifier ses pépites et les convertir en belle monnaie sonnante. Il faudra seulement secouer la poussière de ses habits et faire bonne figure à la porte des châtelains. En attendant, il se rend aux raisons de Drouin et se décide pour la route de Barcelonnette.

De Bargemon vers le plateau de Canjuers, le chemin muletier monte avec des sinuosités de couleuvre à travers les buissons. Son tracé n'est pas le fruit du hasard. Emprunté depuis des siècles, il suit la loi de l'économie paysanne, le meilleur rendement pour le moindre effort, et le juste équilibre entre la longueur du trajet et la pente du terrain. Qu'elle soit en tas ou déroulée, dit Lascaris, une corde a toujours la même longueur. Vois-tu, ajoute-t-il, ce sentier est à l'image même du voyage que nous entreprenons. Le but est là, tout proche, à portée du regard, ce col où tu dis que nous devons passer, mais pour y parvenir il nous faut monter lentement, aller de droite à gauche, et de temps en temps même paraître nous éloigner ou revenir en arrière alors qu'insensiblement nous ne cessons de progresser sur la bonne voie.

Parvenu au col du Bel-Homme, Drouin regarde le pays qui fut le sien, et qui ne l'est déjà plus. Un moutonnement infini de montagnes vertes qui d'ici se ressemblent toutes et pourtant ne sont pas les mêmes, comme les gens sur la place du village. Et quand il se retourne, il a devant lui un autre pays, la crau où il a été berger. Deux mondes clos au-delà desquels il n'est jamais allé et dont il ne sait rien.

Sur le plateau, il est encore chez lui. Mais si le paysage n'a pas changé, il ne le voit plus avec le même œil. L'homme ne reconnaît pas le territoire de l'enfant. L'horizon lui semble plus proche et les ondulations de terrain moins prononcées. Il retrouve l'odeur du thym frais qu'il a oubliée mais pas celle du suint des brebis qui l'accompagnait partout. S'il n'éprouve guère de plaisir à revoir cette solitude désertique où il a vécu ses premières années et cette nature ingrate qu'il n'aime pas, il est tout fier de faire étalage de la science acquise auprès des autres bergers et surtout de la Vieille. Il parle à Lascaris de sa bonne fée dans son antre de sorcière, de ses tisanes et de ses potions magiques, de tout ce qu'elle lui a appris sur les vertus des simples. Mais la Vieille est morte. Des chasseurs l'ont trouvée l'hiver dernier pendue à sa poutre, comme ses bouquets de fleurs séchées dont elle avait pris la grisaille : comme eux, elle était devenue craquante et poussiéreuse. Lasse non pas de vivre depuis si longtemps, mais de ne pas mourir enfin, après un si long siècle passé sur cette lande inhabitée.

C'est bien dommage, dit Lascaris. J'aurais aimé connaître cette femme, non pour les coctions et décoctions dont tu m'entretiens, mais pour son herbier. Il y a dans cette région, m'a-t-on dit, quantité de plantes qui me sont inconnues ou dont j'ai entendu parler sans jamais les voir. Or tu sauras, mon ami, que les plantes jouent un rôle essentiel dans la préparation de ces poudres et teintures dont l'adepte se sert pour domestiquer les métaux. Comme je te l'ai montré, il ne suffit pas pour convertir le cuivre en or et l'étain en argent de les soumettre au feu, encore faut-il nourrir leur combustion d'ingrédients divers, tant minéraux que végétaux. Et parmi eux, justement, ces simples dont les médecins de village et les bonnes femmes usent dans la composition de leurs onguents et de leurs remèdes. Les apothicaires en savent long là-dessus, pour qui l'alchimie n'est qu'une chimie détournée.

– Je connais les plantes qui poussent sur cette crau, dit Drouin. Je sais les reconnaître et où les trouver, mais je ne saurais vous dire leur nom qu'en patois et ce n'est pas votre langue.

– Oh, je sais, d'un pays à l'autre elles changent de nom et les savants eux-mêmes se disputent l'honneur de les baptiser à grand renfort de mots latins auxquels le vulgaire n'entend rien. Une longue pratique de l'herborisation m'a appris qu'il ne fallait point tenir compte des étiquettes. Pour ma part, j'identifie ces plantes à leur aspect, à leur odeur, à leur habitat. Mais sais-tu que pour être utiles au philosophe elles doivent être recueillies à divers moments de l'année ou de la saison, et selon le temps qu'il fait? Il est des périodes privilégiées où elles exaltent leurs vertus, comme ces bonnes herbes de la Saint-Jean, récoltées au plus fort des ardeurs du soleil. Je te ferai grâce d'un discours sur un sujet que tu connais sans aucun doute aussi bien que moi. Éclaire-moi plutôt sur deux d'entre elles qu'on trouve, semble-t-il, dans cette région et dont le rôle est essentiel dans les travaux de l'alchimie opératoire. On les nomme lunaires, la grande et la petite. *Lunaria major* et *lunaria minor,* disent les traités hermétiques.

– Nous voilà revenus à vos histoires de fausse monnaie.

– Comment cela?

– Ici, on appelle lunaire la plante que les bonnes femmes nomment monnaie-du-pape, à cause des petites pièces noires, qui ressemblent à des patacs, aplaties dans une bourse transparente.

– Décris-la mieux.

– Au printemps, elle fait de belles fleurs d'un bleu violet qui se transforment en été en gousses larges et rondes, plates comme des hosties et grosses comme des louis d'or, vertes d'abord et opaques, puis, quand elles sèchent sur pied, translucides comme du papier huilé et laissant voir, collés entre les parois, trois ou quatre grains noirs. On dirait d'un jeu de dominos. On colporte bien des histoires sur son compte. Certains l'appellent l'herbe des égarés parce que, disent-ils, celui qui marche dessus est condamné à se perdre. On dit aussi que pour la cueillir il faut aller vers elle à reculons et qu'alors elle rend invisible son possesseur. Ou encore que le mulet qui y pose son sabot perd son fer. Ce ne sont que contes de veillées. D'ailleurs, elle est trop commune pour justifier de telles croyances. A mon avis, les vieux la confondent avec une autre plante qu'on dit aussi lunaire, ou herbe à la lune, langue-de-serpent, ou encore botriche, selon le berger qui fut mon maître. Celle-là a de grosses feuilles épaisses, disposées comme des écailles, avec une tige droite qui produit un épi de grains jaunes pareil à celui du maïs. La Vieille la comparait à une quenouille.

– Ce doit être celle que je cherche, la grande ou la petite. Les alchimistes courent à sa recherche. Ils la cueillent le quatorzième jour de la nouvelle lune, la mettent à sécher à l'ombre puis l'enterrent dans un pot de terre renversé l'ouverture en bas. Des mois plus tard, ils en distillent le résidu dans un alambic de cuivre pour obtenir un suc qu'ils nomment saturnie. Les apprentis souffleurs se contentent de piler cette plante dans un mortier de marbre avec un pilon de bois, mais son pouvoir en est réduit. Ce suc en effet est à la base des deux matières indispensables à la transmutation des métaux, l'huile de soleil et la poudre métallique, ou poudre de projection. Tu m'en verras faire un grand usage. Mais leur préparation requiert beaucoup de soin. Pour fabriquer l'huile de soleil, il faut d'abord calciner de l'or fin, le réduire à l'état de mâchefer, le piler et le passer au tamis. Puis verser sur la poudre obtenue le suc des lunaires, placer le tout dans un alambic et le mettre à feu doux, sans remuer. La distillation produira cette liqueur que l'on recueillera dans un flacon hermétiquement bouché et exposé au soleil le temps d'un été. Pour obtenir la poudre métallique, on commence par procéder de même en calcinant et réduisant de l'or fin en scories que l'on écrase et tamise. Il faut ensuite placer cette poudre dans un papier vierge, puis dans un linge immaculé, la déposer dans un panier et l'enfouir dans la terre, l'y laisser quinze jours et quinze nuits à partir du septième jour de la nouvelle lune. Au bout de ce temps de mûrissement, mettre la poudre dans une fiole de verre et la recouvrir avec le suc des lunaires, luter avec soin et exposer au soleil jusqu'à ce que la poudre soit sèche, verser ensuite sur elle de l'huile de soleil qui doit surnager de deux doigts. Exposer de nouveau le flacon au soleil pour que la poudre boive l'huile, verser de l'eau magistrale sur cette poudre imprégnée d'huile, mais bien sèche, exposer encore au soleil jusqu'à ce que la poudre ait complètement absorbé l'eau magistrale.

– Vos recettes de cuisine, dit Drouin, sont bien compliquées. Celles que notait ma mère dans son livre étaient tout de même plus simples!

– Tu as raison de parler de cuisine, mon garçon. Il y a correspondance entre ces deux arts. Les mots qui désignent les ustensiles et les modes de cuisson sont souvent les mêmes. Quant à la complication, tu t'apercevras, quand tu seras assez riche pour fréquenter la table des grands de ce monde, que les cuisiniers ont eux aussi des recettes fort détaillées où se mêlent non seulement les ingrédients, mais aussi les arômes et les fumets. Un fond de sauce peut être aussi difficile à préparer que mon huile de soleil.

– Vous avez parlé à la fin d'une eau magistrale, sans me dire quelle en est la nature.

– Je vois que tu es fort attentif à mon école et cela me comble d'aise. Apprends que pour posséder cette eau il faut encore calciner de l'or auquel on ajoute deux parts de salpêtre et une de vitriol lui aussi calciné, et en distiller le mélange.

– Il me semble, dit encore Drouin, qu'au départ de vos préparations il vous faut toujours un peu d'or. Et qu'ainsi, à la fin, vous ne faites point d'or sans or!

– Voilà une juste réflexion! Tu touches là au plus secret de nos opérations et il te faudra plus d'expérience pour en comprendre le mécanisme. Restons-en là pour aujourd'hui. Ce que je t'ai révélé, et que je te répéterai jusqu'à ce que tu le saches par cœur, est le début de ton enseignement. Exerce ta patience, la première vertu de l'adepte.

Les derniers jours de l'été passent ainsi à herboriser sur le plateau. Ils vivent frugalement, se nourrissant des provisions emportées qui s'épuisent, du pain, des oignons, des olives, du fromage sec. Avec quelques amandes ramassées sous des arbres trop éloignés des campagnes pour que les paysans soient allés les y chercher. Il fait un temps magnifique et pour dormir ils se contentent de se rouler dans leur manteau.

Sur la crau, ils ont l'air de flâner. Un berger qui de loin les apercevrait pourrait s'étonner de leur comportement. Ce ne sont ni des pâtres ni des chasseurs. Ce ne sont pas des voyageurs, pressés d'arriver et marchant en ligne droite, ni des soldats égarés, encore moins des contrebandiers ou des faux sauniers puisqu'ils ne font rien pour se cacher. Quand on croit qu'ils vont gagner le fond d'une doline, les voilà qui s'en détournent soudain et prennent une autre direction. Ils se conduisent à terre comme des oiseaux dans le ciel. Deux silhouettes noires, telles des corneilles qui picorent dans les champs avant de s'envoler lourdement. Quelquefois, ils disparaissent derrière un bosquet de chênes verts rabougris et on les croit partis pour les voir ressurgir ailleurs, après un long parcours invisible au fond d'un lit de torrent asséché. Peut-être sont-ils de ces savants naturalistes, dont on signale de temps en temps l'apparition dans la région, d'étranges personnages ceinturés de boîtes rondes en métal qui s'amusent à ramasser des sauterelles ou des cloportes. A moins que ce ne soient plutôt des espions au service du duc de Savoie chargés de repérer le terrain que ses troupes vont envahir.

Les deux hommes savent bien qu'ils sont observés. Dans la montagne la plus déserte, il y a toujours quelqu'un, charbonnier, bouscatier ou braconnier, à l'abri d'un buisson, à l'affût de tout ce qui bouge, avec cette vue perçante d'un aigle capable d'apercevoir un mulot à un quart de lieue. Mais peu leur importe. Lascaris ne porte d'attention qu'aux plantes, et plus particulièrement à ces lunaires dont il finit par découvrir quelques beaux pieds en pleine floraison. En les trouvant, il pousse de curieux petits cris de joie et glousse comme un dindon. Voilà le début de ta fortune, dit-il à Drouin.

Celui-ci commence à songer que celle-ci tarde un peu à se montrer et constate que sa condition n'a guère changé depuis que sur ces lieux mêmes il faisait le berger. Il se demande pourquoi le philosophe s'attarde tant en chemin sous le prétexte d'herboriser. A ce train-là, ils ne verront pas l'Italie avant l'an prochain.

– Sois patient, lui répète Lascaris. Ton éducation ne saurait se faire en un jour. Une opération alchimique peut demander des semaines, voire des mois d'attente – on ne force point le mouvement de la nature –, et de même ton initiation aux secrets de notre art exige de mûrir comme un fruit au soleil. Je veux que tu sois prêt, quand nous arriverons au-delà des

Alpes, à exécuter quelque belle transmutation propre à éberluer les seigneurs qui nous combleront de bienfaits. Nous sommes loin du compte. Enfin, pour te faire plaisir, nous allons changer de quartier.

Quittant le plateau de Canjuers, ils gagnent la montagne de Malay, la Maudite, en évitant le seul hameau de la crau, Broves, barricadé contre les loups et les voleurs. Ils grimpent au col de la Glacière où déjà la végétation est différente. Lascaris a le bonheur d'y trouver des lis martagons que leurs grappes de fleurs rouges désignent de loin. Drouin en a déjà vu. A Bargemon, on appelle cette plante rare le martagoun, dont la racine passe pour guérir de l'obsession, lui disait la Vieille. Ce lis a aussi la propriété d'ouvrir les serrures des portes les mieux closes et les déduits féminins les plus récalcitrants. On l'appelle la racine d'or. Que d'or dans tout cela! Depuis que Jean connaît le philosophe, tout semble devoir se convertir en métal solaire. Une obsession que ne guérira sûrement pas cette plante dont Lascaris lui dit qu'elle est une bénédiction pour l'adepte qui en fait une poudre efficace dans la transmutation.

Mais la plante qu'il recherche avec le plus d'obstination, c'est l'alchimille qui, comme son nom l'indique, a été baptisée par les adeptes eux-mêmes. C'est en effet sur ses feuilles, joliment festonnées en étoile, qu'ils recueillent le matin une grosse perle de rosée, l'eau céleste dont ils se servent pour abreuver les métaux.

– Est-ce de cette eau, demande Drouin, que vous vous êtes servi à la forge?

– Non, c'était de l'eau magistrale. Cette rosée est bien autre chose. T'es-tu jamais interrogé sur ce phénomène curieux qui fait apparaître à l'aube ces fines gouttelettes sur les herbes et sur les feuilles, quand même la nuit a été sèche, sur cette humidité qui vient de la terre et non du ciel, qui naît d'elle-même aux premiers rayons du soleil?

– Nous l'appelons rousade. On la craint pour les bêtes qui

commencent à brouter trop tôt le matin. Cependant il y a des filles qui s'en servent pour avoir belle peau et faire partir les boutons.

– Et comment font-elles pour la recueillir?

– Avec leur mouchoir elles l'épongent et puis chez elles tordent le linge au-dessus d'une écuelle.

– C'est ainsi, dit Lascaris, que procède l'adepte, qui passe une toile de lin soigneusement lavée à l'eau de pluie sur les herbes, mais seulement les herbes vertes, le trèfle, le sainfoin, la luzerne par exemple, et en exprime le suc dans un flacon qui est vite et soigneusement bouché. Sous l'effet de la chaleur appliquée avec sagesse, et grâce à son nitre subtil, la rosée élève et ennoblit tous les sels que la nature a réservés pour le grand œuvre. Je t'expliquerai plus loin ce qu'est le grand œuvre mais sache déjà que la rosée y est essentielle en raison de son esprit singulièrement volatil.

– Qui s'envole?

– Qui s'évapore, comme la rosée au soleil.

– Je me souviens, dit Jean, qu'enfants, on jouait aux œufs volants. On dérobait des œufs dans le poulailler et les perçait d'un trou pour les gober, puis remplissait les coquilles avec de la rosée du matin. On rebouchait le trou avec de la glu et mettait les œufs au soleil sur une pierre plate. Au bout d'un moment, ils se mettaient à trembler, comme s'il y avait eu des poussins dedans, puis brusquement ils se soulevaient et montaient en l'air, pas très haut évidemment mais tout de même, avant de retomber et de se casser.

– Voilà un jeu bien instructif, mon garçon. Sais-tu qu'au temps de ma jeunesse un philosophe du nom de Cyrano qui était de Bergerac prétendait qu'il avait ainsi rempli des fioles de rosée et que, les ayant attachées à sa ceinture, il s'était envolé jusque dans les États de la Lune et du Soleil?

– Il faudrait de bien gros œufs, et ceux de nos poules n'y suffiraient pas.

– Eh bien, figure-toi qu'aux antipodes (ne me demande

pas où c'est, je n'y suis jamais allé) vivent de drôles d'oiseaux, si grands qu'avec un seul de leurs œufs on ferait une omelette pour toute une auberge!

De la montagne du Malay, les deux hommes redescendent par le vallon du Fil jusqu'aux abords d'un bourg qui porte le nom de Mons. C'est en principe un monde nouveau que Drouin doit découvrir, l'autre versant d'un horizon qu'il n'a jamais quitté. Pourtant, il y reconnaît une nature familière. Rien n'a changé. Ce n'était pas la peine de venir si loin. Tout de même, quelque chose est différent. Un homme travaillant dans un champ, à qui Lascaris demande s'il y a une auberge à Mons, répond dans une langue tout à fait incompréhensible. Ce n'est ni du provençal, ni du savoyard. Lascaris croit reconnaître une intonation piémontaise, mais lui qui parle couramment italien s'avoue incompétent. Deux autres tentatives, auprès d'indigènes rencontrés plus loin, sont aussi vaines. A ses gestes éloquents, on ne lui renvoie qu'une bouillie de mots, une polenta de sons inarticulés.

Ce n'est qu'au village d'Escragnolles, où ils trouvent enfin une hostellerie, qu'un quidam leur donne l'explication de ce jargon. Les gens de Mons, comme ceux d'Escragnolles, parlent une langue qu'on n'entend pas dans le reste de la Provence. On dit que c'est l'idiome des Sarrasins qui ont autrefois fait souche dans le pays, mais il s'agit en réalité de l'ancien patois de Gênes conservé dans ces villages depuis que les peuplades de la côte ligurienne s'y établirent il y a plusieurs siècles.

– Nous ne resterons pas ici assez longtemps pour l'apprendre, dit Lascaris en se couchant voluptueusement sur une paillasse, avec ce bonheur ineffable de dormir sous un toit après un vrai repas chaud.

L'hostellerie où ils sont descendus, la seule du pays, s'appelle l'Auberge sanglante. Elle ne porte aucune enseigne à ce titre mais c'est sous ce nom qu'elle est connue à trente lieues à la ronde. On l'appelle ainsi, leur dit le tavernier, depuis que dans les dernières années du siècle passé elle a été le théâtre de nombreux assassinats de voyageurs dépouillés. On raconte même qu'avec les cadavres les aubergistes préparaient de la chair à pâté qu'ils donnaient à manger à ceux-là mêmes qu'ils s'apprêtaient à égorger dans la nuit. Mais ce sont les mauvaises langues qui rapportent ces ragots. Les propriétaires ont changé, le nom est resté. Les muletiers et les charretiers, qui ne sont pas gens à s'effrayer pour si peu, continuent de s'y arrêter parce qu'elle est au bord de la route et, après boire, parlent de ces crimes avec des plaisanteries douteuses sur la qualité des plats qu'on leur sert.

– Ferme quand même la porte, dit Lascaris en soufflant la chandelle.

Le lendemain matin, le philosophe qui se fait passer pour droguiste interroge l'aubergiste sur la montagne qu'on voit s'élever au nord de cette route qui va de Castellane à Grasse. C'est l'Audibergue, apprend-il. N'est-ce point là que se trouve une mine de fer très pur dont on lui a parlé quelque part? C'est pas plus vrai que le trésor de la chèvre d'or, répond le bonhomme. Cependant, ajoute-t-il dans un français châtié, il serait à désirer que cela fût vrai afin que les pauvres gens puissent avoir en hiver une occupation industrielle telle que la fabrication des clous pour les souliers dont on fait ici une grande consommation.

Si vous voulez du fer, ajoute-t-il, descendez à Caille, vous y verrez le plus gros morceau qu'on vous montrera jamais. C'est un fragment d'étoile, une pierre tombée du ciel avec un fracas épouvantable, dont on tremble encore, la queue d'une comète enflammée. La nuit qu'elle est tombée, il n'y avait point d'orage ni de vent, mais elle a secoué toute la montagne, et les maisons, les meubles, les gens eux-mêmes sous leur courtepointe. On aurait dit la fin du monde. Les chiens hurlèrent jusqu'au matin. Les habitants n'osèrent pas sortir avant que le soleil brillât de nouveau, comme à l'ordinaire. D'abord on ne sut pas ce qui était arrivé ni où était tombée la chose, cette espèce d'étoile filante plantée en terre. C'est un berger qui, quelques semaines plus tard, la découvrit sur l'Audibergue. Une grosse pierre qui n'est pas d'ici, noire et brillante, qui avait creusé sous elle un trou à manger une charrette. Le berger en instruisit son maître qui vint la voir et la fit traîner par des bœufs jusque dans la plaine où elle fut abandonnée. Au début tout le monde est venu la regarder, puis on s'y est habitué. Un maréchal-ferrant de Caille la fit transporter près de sa forge. Il en brisa un morceau pour voir s'il pouvait le forger et il en fit des fers à mulet qui furent d'un bon usage. Mais il négligea d'ouvrir le reste du bloc et l'abandonna à son tour. Depuis, il est toujours là, dans la rue, comme un cepoun. Les vieux s'assoient dessus. Vous pourrez peut-être l'acheter, mon bon monsieur, mais vous ne l'emporterez pas dans votre poche.

L'aubergiste leur raconte encore qu'en face de ce village de Caille il se trouve une grotte souterraine fort belle et très riche en concrétions. Des voûtes très élevées on y voit pendre des pointes de rochers qui semblent menacer les curieux qui la visitent. L'entrée en était autrefois très petite et seuls des enfants pouvaient y pénétrer. Un jour, des amateurs d'histoire naturelle élargirent avec un pic la crevasse qui servait de seuil et s'engagèrent dans la grotte pour y admirer le travail de la nature. Ils se chargèrent de morceaux de stalactites pour en faire l'ornement de leurs cabinets. Mais pendant qu'ils étaient occupés à leurs recherches, l'humidité de la caverne affaiblit la lueur des torches dont ils s'éclairaient. Ils se hâtèrent de remplir leurs poches et de prendre la fuite. Dès qu'ils furent au passage étroit, le volume de leurs poches pleines de concrétions, et même leurs vêtements qui avaient grossi en s'imbibant de cette humidité, les empêchèrent de se glisser par l'ouverture. Dans ces entrefaites, ils perdirent leur dernière lumière, ce qui les effraya au point de négliger de réfléchir au moyen de sortir de ce piège. Revenus à eux, ils vidèrent leurs poches, quittèrent leurs vêtements et se sauvèrent en chemise, après s'être écorchés en plusieurs endroits de leur corps. Cet événement fit du bruit au village, le peuple se rendit à la grotte, en élargit considérablement la porte de manière à n'être plus obligé d'en sortir tout nu.

Quand ils parviennent au sommet de l'Audibergue, Drouin rit encore de cette histoire, toujours enclin à se moquer de tout ce que son maître porte dans ses poches, déformées par les racines, les pierres qu'il y enfourne. Du moins, dit Lascaris, le vent ne m'emportera pas, tandis que toi, avec ton squelette en arête de poisson, tu risques de t'envoler comme tes coquilles d'œuf...

Pour lors, ce sont des pyrites qui gonflent les basques du philosophe. Il est très heureux de sa trouvaille et montre à Drouin ces petits cristaux cubiques, jaune d'or, qui sont assez durs, dit-il, pour être taillés, polis et employés comme objets d'ornement. C'est l'or des fous, que les savants nomment aussi marcassite. L'intérêt pour moi n'en est pas dans son aspect illusoire : d'elle on peut facilement extraire du soufre par fusion ou par sublimation. La pyrite est l'un des principaux instruments dont se sert la nature pour reproduire le plus noble de tous ses éléments. Elle a renfermé dans cette matière vile le plus précieux des trésors, ce feu fixe, ce feu sacré qu'elle avait départi aux êtres organisés tant par l'émission de la lumière du soleil que par la chaleur douce dont jouit en propre le globe de la terre.

– Je n'entends rien à ce discours, dit Drouin, mais je reconnais que ces cubes dorés trouvés si banalement à terre ont de quoi surprendre l'imagination. Toutefois ils sont bien lourds et je ne comprends pas que vous n'en chargiez pas la Miole plutôt que vos reins.

– C'est qu'ils me sont très précieux et je ne voudrais pas les confier à une bête qui peut un jour ou l'autre, piquée par un taon, s'enfuir au galop et ne point nous revenir.

Elle est bonne fille pourtant, la Miole, qui ne renâcle pas tant qu'on lui laisse le temps de souffler un peu et de brouter à son aise pendant que ces deux fadas cueillent des herbes dont elle ne voudrait pas.

Au levant de l'Audibergue s'étend le vaste plateau de Caussols, une crau qui ne ressemble en rien à celle de Canjuers. Ici le sol est à nu, érodé par le vent, creusé comme une éponge par le ruissellement des eaux pluviales qui ont sculpté le calcaire en lui donnant des formes fantastiques. S'y succèdent dolines, gouffres, avens et clapiers. La mule elle-même a du mal à poser le pied. Les hommes s'y tordent les chevilles et manquent plus d'une fois de chuter dans l'un de ces trous qui s'ouvrent devant eux. Drouin trouve que cette course au trésor est jalonnée de trop d'embûches. Lascaris le réconforte comme il peut.

– Comme disait mon ami Bernard Le Bovier de Fontenelle, un bel esprit sage et savant, la botanique n'est pas une science sédentaire et paresseuse qui se puisse acquérir dans le repos et l'ombre d'un cabinet; elle veut qu'on coure les montagnes et les forêts, gravisse contre des rochers escarpés, s'expose au bord des précipices!

– Mais rien ne pousse ici, dit Drouin.

– Tu ne vois rien pousser, veux-tu dire, parce que tu as sur l'œil une taie qui rend ta vue opaque. Si tu regardais de plus près, tu découvrirais sur cette calotte chauve d'intéressantes taches de couleur, roses, grises, bleues, jaunes, violettes, qui sont de fines pellicules collées sur la pierre comme des peaux squameuses et qu'on nomme des lichens. Ils vivent de l'air du temps, sans besoin d'autre nourriture, se contentant de boire un peu de rosée au lever du jour. Un bel exemple de renoncement aux tracas du monde! Mais allons plus au nord où, comme tu le désires, la végétation reprend ses droits.

La partie septentrionale du plateau de Caussols offre en effet le spectacle infini d'une variété considérable de plantes, au milieu desquelles Lascaris, ne retenant pas un enthousiasme soudain, caracole comme un collégien lâché dans la cour de récréation. Ayant laissé tomber ses sacs et sa veste, en bras de chemise il court d'un buisson à l'autre en poussant ses petits cris de fille chatouillée. Il ne cesse de se pencher, de cueillir, de brandir et de montrer de loin à Drouin qui se repose à l'ombre de la Miole des spécimens rares. Viens voir, mon fils, le séneçon laineux, la sarrète à tige nue, la renoncule d'Illyrie, la valériane tubéreuse, la potentille des rochers, l'astragale vésiculeux, l'érysme alpin, le bulbocode printanier, la sévoine voyageuse, le daphné camélée, la fritillaire à involucre, la scille d'Italie, l'androsace septentrionale, l'érythone dent-de-chien! C'est le paradis retrouvé, l'éden des botanistes!

– Êtes-vous sûr, monsieur, de n'avoir point besoin d'ellébore qui guérit la folie?

– Moque-toi, mon garçon, mais sais-tu que voilà un véritable jardin botanique, où sont réunies les espèces les plus rares, un *hortus deliciarum* comme en ont rêvé les moines apothicaires et les mystiques rhénans! Il y a là de quoi préparer cent onguents différents et autant de thériaques. De quoi guérir une ville entière de tous ses maux.

– Et ces plantes vous seraient utiles dans vos opérations alchimiques?

– Non, tu as raison, je m'égare. Je ne suis pas droguiste, après tout. Laissons ces fleurs aux bonnes femmes qui cueillent les simples et aux colporteurs qui en font commerce. Il me plairait toutefois que tu prennes le temps d'apprendre à connaître leurs vertus, cela pourrait te servir utilement.

– Pour lors, dit Drouin, je vais me contenter de faire bouillir quelques feuilles de sauge avec une gousse d'ail car je crois bien que vous avez pris un coup de soleil sur la perruque. Vous voilà tout en nage et rouge comme un gratte-cul.

– C'est d'un bon bain que j'aurais besoin, dit le philosophe. Je ne me suis pas déshabillé depuis que nous avons quitté ton village et je me sens l'envie d'un sanglier qui cherche un trou de boue pour s'y débarrasser le poil de ses parasites. Toi-même, tu commences à sentir outrageusement le suint, mon ami.

– Je déteste l'eau, dit Jean. Et puis c'est mon odeur à moi, j'y tiens.

Le lendemain pourtant les deux hommes descendus du plateau parviennent au bord d'un torrent que les indigènes appellent le Loup. Il coule entre des rochers abrupts et son accès est difficile. L'eau en est glacée. Drouin refuse d'y tremper les pieds. Lascaris veut s'y baigner. Il se défait de ses habits comme un oignon de ses peaux, qu'il plie soigneusement sur l'herbe de la rive. Devant le tas de vêtements qu'il confie à son disciple, il a, un bref instant, un air de suspicion. Mais il ne dit rien. Nu, sans sa perruque, il ne ressemble en rien à l'homme que Drouin côtoie ordinairement. La nudité de l'homme, à laquelle il n'est pas habitué, lui paraît inconvenante et malsaine. Mais ce n'est que lorsque Lascaris, après s'être longuement ébroué et frotté de saponaire, ressort du torrent que Jean remarque une anomalie au sexe de son maître. Il a trois couilles. Drouin ne peut détacher son regard de ce phénomène. Et puis au fur et à mesure que Lascaris s'approche de la berge, il constate qu'il ne s'agit pas d'un troisième testicule mais d'un sachet de peau, couleur chair, placé sous le pénis et rattaché aux reins par un fil de même couleur. C'est là sans doute qu'il cache sa poudre d'or ou sa fameuse teinture. Jean a beau affecter de regarder soudain ailleurs, le philosophe n'est pas dupe.

– Connais-tu meilleure cachette, mon fils? dit-il en s'essuyant avec une poignée d'herbes. Il faudrait un voleur bien effronté pour me fouiller jusque-là, ou une garce! Ne t'avise pas de divulguer mon secret, on te rirait au nez.

Il ne dit pas cependant ce qu'il y a dans sa troisième génitoire.

En franchissant le Loup, Drouin a enfin le sentiment de changer non seulement de pays mais aussi de saison. Laissant derrière lui l'été, il entre dans l'automne comme dans un nouveau paysage. Cela se sent à la couleur des feuilles, à l'odeur de l'humus, au bruit du vent qui annonce la pluie. Devant eux se dresse une montagne, le Cheiron, protégée par des barres imposantes qu'il ſaut contourner. Heureusement, ce temps convient mieux à la Miole qui avance maintenant plus vite que les hommes obligés de calmer son ardeur. Sans doute a-t-elle humé des herbes plus fraîches et plus succulentes que les plantes rabougries des plateaux.

Quant à Lascaris, il promet à Drouin la découverte de nouveaux simples aux usages multiples. Jean commence à se lasser de cette quête botanique. A-t-il donc quitté la forge et son métier pour s'entendre seulement vanter les mérites de la benoîte ou de la jusquiame dont personnellement il n'a que faire? De plus en plus souvent, il laisse Lascaris explorer les broussailles pour s'acagnarder au pied d'un arbre et prendre un peu de ce sommeil que les nuits déjà froides l'empêchent de goûter pleinement. En fait, il s'ennuie. Et son aversion pour la nature ne fait que croître. Il est las de marcher sans savoir où il va. Lascaris l'exaspère quand chaque jour, en fin d'étape, il s'occupe de ses plantes, les sort de son sac, les expose à l'air, les retourne, les change de place avant de les remettre dans de petites poches de papier gris. Sans cela elles moisiraient, dit-il. Mais il voit bien que son disciple boude son entreprise.

Pour réveiller son attention et sa curiosité, il s'efforce de varier son enseignement. Abandonnant l'énumération fastidieuse des plantes, il lui parle maintenant de la signification cachée des choses que la nature dispose sur le chemin du philosophe. Ces choses ne sont pas seulement des choses, elles veulent dire quelque chose. Elles nous font signe et nous mettent sur la voie de la connaissance. Point n'est besoin, vois-tu, de s'embarrasser de livres – encore que j'en aie lu de quoi emplir une bibliothèque, je n'en porte pas avec moi – quand on a devant soi le livre de la nature. Si on sait le lire, on s'aperçoit que tout y est écrit. Il faut, je te l'accorde, savoir le déchiffrer. Toi qui justement n'es point alourdi d'un bagage scolaire, tu es fort capable de comprendre qu'un objet n'est pas seulement l'objet que son nom désigne, et qu'il est aussi ce qu'on en fait, comment on le voit ou l'utilise, comment on l'apprécie ou le méprise. Regarde la Miole. Évidemment, c'est une mule, de l'espèce la plus ordinaire, et c'est aussi notre compagne de voyage, le porteur de nos bagages, notre guide dans les passages scabreux, qui nous juge avec sa tête de mule que nous croyons têtue. Et mieux encore, c'est un animal qui n'a point de mère qui soit mule comme elle, ni de père mulet : celle-ci ne sait même pas si elle est née de l'accouplement contre nature d'un âne et d'une jument ou d'un cheval avec une ânesse. Elle n'aura pas de descendance et restera vieille fille. Ne crois-tu pas que ce soit là une bête extraordinaire?

Mais ce n'est point de mule que je veux t'entretenir : elle ne sert à rien dans le déchiffrement de mon univers. Au contraire, regarde ce chêne creux, dont le ventre s'est vidé de ses entrailles, qui ne tient plus debout que par la peau et continue cependant à lever les bras au ciel. Pour le berger qui passe, ce n'est qu'un vieil arbre dont le bois tomberait en poussière si on le coupait. Pour le philosophe, c'est l'image de l'athanor, le fourneau secret des sages qui s'en servent pour leurs sublimations, calcinations, fusions, digestions et distillations. Comme cet arbre vénérable, il est creux et, dedans, le feu dévore le mercure qui est un serpent endormi dans ce trou. N'y mets pas la main, il te brûlerait. Vois ce corbeau là-bas, posé sur la glèbe et picorant des graines qu'il va digérer, assimiler et rejeter dans sa fiente : c'est ce que nous nommons l'œuvre au noir, la première phase, celle de la putréfaction. Et cette huppe qui vient de s'envoler en criant à l'orée du bois, oiseau royal, coiffé du diadème...

– Mais elle pue! dit Drouin.

– C'est qu'elle comble son nid de matières putréfiées, elle n'en évacue jamais ses excréments ni ceux de ses petits. Alors ceux-là vivent sur un lit d'ordures où grouillent des vers dont ils se nourrissent. Et puis, pour faire bonne mesure, la huppe a sous la queue une glande qui expulse une odeur nauséabonde qui éloigne de sa nichée les prédateurs. C'est ainsi que d'aucuns croient que son nid recèle une pierre capable de provoquer des songes extraordinaires à ceux qui la gardent près d'eux pendant leur sommeil... Eh oui, tant de beauté se baignant dans la merde! Le philosophe peut en prendre de la graine et tu feras bien de t'en souvenir la prochaine fois que tu te vautreras dans le lit d'une ribaude!

Cette fois, Drouin ne s'ennuie pas à écouter Lascaris. Cette attirance pour la pourriture qui donne naissance à la vie, il l'a éprouvée quand il était pâtre. Et voilà qu'à des sensations d'enfant, des odeurs suspectes, des matières ignobles, son maître donne une signification secrète. C'est avec une attentive curiosité qu'il l'écoute parler de la galle du chêne-kermès, cette petite bille de faux bois qu'on croit être une graine quand elle n'est que l'habitacle sphérique d'un ver qui y grouille, né de la piqûre d'un insecte. Ou du sceau-de-Salomon, qui n'est pas un champignon, comme le croyait Jean, mais une plante vivace dont le rhizome produit une tige qui à l'automne tombe en laissant sur le sol une cicatrice en forme de sceau : symbole, dit Lascaris, du scel dont nous lutons nos flacons de façon qu'ils soient hermétiques. Il ne faut pas non plus confondre cette convallaire avec l'étoile de terre, qui est bien un champignon cette fois, qu'on dit aussi vesse-de-loup, une boule clouée au sol et posée au centre de quatre triangles rayonnant en étoile : à maturité, le sac éclate et diffuse une fine poussière malodorante que les alchimistes recueillent avec soin pour l'introduire dans leurs préparations.

Après avoir remonté la clue de Corand et gagné le plan du Peyron, les deux hommes laissent à main droite la cime du Cheiron dont la pénible escalade leur serait inutile. Un chasseur solitaire leur dit que ce haut lieu se nomme Jérusalem, ce qui laisse Lazcaris rêveur. Serait-ce là que doit se poser la

Cité de Dieu? Les voies du Seigneur sont décidément impénétrables. Vers le levant, ils atteignent la forêt qui couvre le rebord septentrional de la montagne. Les conifères y sont plus nombreux que les chênes. Le sous-bois est dense, les coupes sont rares, les sentiers incertains. Nulle trace de cabanes de bouscatiers ou de charbonniers. Ici, l'homme n'a pas encore exercé ses ravages contre la nature.

Peu à peu ils s'enfoncent dans des fourrés épais où la marche devient hasardeuse. Le soleil ne pénètre plus entre les branches et Lascaris craint de se perdre. Il dit avoir une boussole, mais elle est enfouie quelque part au plus profond des sacs que porte la mule. Regardez de quel côté se trouve la mousse sur les troncs, dit Drouin, elle indique toujours le nord. Cependant il est bien obligé de constater que les arbres en sont couverts de tous côtés à cause de l'humidité tenace et de la pénombre perpétuelle qui règnent ici. Au moins, remarque-t-il, nous allons pouvoir faire une belle poêlée de champignons. Voilà des sanguins, des coulemelles, des trompettes-de-la-mort. Malgré leur nom sinistre, ceux-là sont un délice. Il attend que le philosophe commente à son habitude et lui vante les vertus alchimiques de ces craterelles. En vain. Voyons, mon bon maître, vous n'allez pas prétendre que ces mystérieuses créatures végétales ne trouvent pas d'emploi dans vos recettes! C'est pourtant ainsi, dit Lascaris. Aucun adepte n'en parle et les livres sont muets là-dessus. C'est un apothicaire qu'il faudrait interroger. Mais toi, tu t'y connais, n'est-ce pas?

J'en sais ce que m'en disait ma mère quand elle en préparait, et ce que racontait la Vieille qui avait un goût particulier pour les plus suspects d'entre eux.

Et il est tout heureux d'en remontrer pour une fois à monsieur je-sais-tout. Apprenez donc, monsieur, que ce lactaire qu'on appelle chez nous pinin, si vilainement couvert de vert-de-gris et de taches rosâtres qu'on dirait la peau d'un homme malade de la peste, est un régal cuit sur la braise. Mais il colore l'urine en rouge, ce qui inquiète fort ceux qui en goûtent pour la première fois. Vous devez pouvoir expliquer ce phénomène. Et me dire aussi par quelle fantaisie de la nature le pleurote, qui pousse au pied des arbres, d'un orange flamboyant, brille la nuit comme la citrouille creuse où les enfants plantent une chandelle? Et savez-vous seulement comment de cet esque qui ressemble à une langue de bœuf plantée dans cette souche de chêne on tire l'amadou qui sert à nos briquets? J'ai vu mon père le préparer : on en fait macérer la croûte dans de l'eau un jour ou deux, le bat comme femme pour l'aplatir, le fait sécher au souleillon, et le trempe enfin dans du salpêtre. L'amadou est alors prêt à s'enflammer. N'est-ce point là une opération alchimique? Et tenez, ce coprin chevelu qui a l'air coiffé d'un bonnet de vieille fille tout fanfreluché et comme elle tout blanc dehors, tout noir dedans, imaginez-vous qu'on en fait de l'encre pour écrire en ébouillantant son chapeau et en ajoutant à ce jus quelques gouttes de vinaigre pour l'empêcher de moisir?

– Voilà que tu m'apprends des choses fort utiles, mon ami. Tu viens de réussir ton premier examen, que je ne voulais nullement t'imposer d'ailleurs. Tu as raison, j'ai trop longtemps négligé ces champignons qui eux aussi se nourrissent de pourriture et dont la croissance relève de cette mystérieuse alchimie naturelle que je m'efforce de reproduire. Entre les champignons et les moisissures, il y a certainement des correspondances secrètes, intéressantes à examiner. Nous allons nous y mettre.

– Où cela, monsieur?

– Ici même, dans ce bois dont l'humidité est si propice.

– Mais où coucherons-nous? Pas sur ce sol, tout de même!

– Si, mon fils. Regarde cet épais tapis d'aiguilles de pin qui vaut bien la paillasse d'une taverne. Seulement, pour nous préserver de l'humidité, nous prendrons soin de dormir sur nos manteaux, et non dessous.

Drouin a perdu d'un coup tout son entrain. Il aurait mieux fait de se taire. Au diable, la fortune! Il ne veut pas attraper une fluxion de poitrine pour le caprice de ce vieux fou! Et s'il le laissait là, occupé à dresser une cabane de sauvages avec des branches tordues? Ou s'il plantait un bon coup de couteau dans le derrière de la mule pour qu'elle s'enfuie au galop : le philosophe serait bien obligé de courir après ses bagages et de sortir de ce bois.

– Et ce plat de champignons que tu nous as promis, lui crie Lascaris, il serait temps d'allumer un feu... avec ton amadou, évidemment!

Ils s'en passeront. La pluie s'abat avec le soir. Une pluie obstinée dont on voit bien qu'elle va durer longtemps. Le philosophe sort alors de son bissac un énorme parapluie de toile rouge, capable d'abriter une famille entière et sous lequel les deux hommes s'installent pour dormir sans souper, coudes au corps et la tête sur les genoux repliés. Drouin commence à haïr son mentor.

Toute la semaine, il vit un cauchemar. La pluie ne cesse d'être présente, sans tomber vraiment, et les voyageurs sont enveloppés d'une humidité collante. Du ciel déjà noir, le jour ne pénètre plus jusqu'au sous-bois où ils errent comme des âmes en peine. Une lueur glauque baigne la forêt et les pins surgissent lentement du brouillard cotonneux. Du haut des arbres, dont on ne voit pas la cime, pendent d'immenses draperies d'un vert bleu qui semble émettre sa propre lumière. Des lambeaux, mais on dirait des linceuls, de mousses géantes se referment sur eux comme le piège d'une araignée monstrueuse où ils vont se prendre telles des mouches. Drouin a l'impression de marcher au fond d'une mare pestilentielle dont on viendrait de vider l'eau. Les pieds s'enfoncent dans un humus épais et mou. Les mains ne peuvent même pas s'appuyer aux troncs des arbres couverts d'autres mousses gluantes et floconneuses. On s'attend presque à voir de gros poissons nager en l'air à travers les branches. Le fond des mers doit être ainsi. A ce bain de moiteur s'ajoute une forte odeur de pourriture. La forêt semble faire sous elle et se complaire dans ses excréments. Bien sûr, aucun oiseau n'anime cette voûte fermée comme un couvercle. Et la marche est rendue encore plus pénible par les branches basses des pins, chicots dressés horizontalement en forme de poignards et d'épées, entre lesquels il n'est pas possible de déployer le trop vaste parapluie. Le soir, une buée glacée les pénètre par le cou et descend jusqu'aux reins. La mule elle-même frissonne, qui a déjà bien du mal à se frayer un passage dans ce chaos de bois mort.

– Mais que cherchez-vous là, monsieur? demande Drouin exaspéré, vous n'entendez pas tout de même trouver dans cet enfer de puanteur des plantes aromatiques? Des vénéneuses, peut-être, car ici tout sent la mort!

– La vie, veux-tu dire! La gestation de tout être animé ou inanimé, la tourbe originelle dont se nourrissent ces arbres vénérables qui, ailleurs, végéteraient sans s'épanouir. Sais-tu que le bois le plus dur n'a d'abord été qu'une gelée et ce pin majestueux une goutte de mucosité! Qui fait la rose ou l'épi, sinon le fumier? Nous devons travailler non sur la rose, mais sur cette pourriture qui engendre la vie. De même que nous naissons, comme dit l'Évangile, entre les fèces et l'urine de notre sainte mère, c'est dans la putréfaction que germe le grain et d'elle que jaillit la tige blanc et vert, pure, sans tache, s'élevant droit au ciel. N'est-ce pas des scories informes que crachent les volcans que nous tirons nos lingots? Il en est de même de l'art des philosophes, qui cherchent dans les matières les plus viles les éléments qui leur permettront de nourrir les métaux et de les préparer à ressusciter de leur gangue pour retrouver leur pureté première. Vois comment dans la nature l'or s'engendre au fond des entrailles de la terre, c'est-à-dire dans ses intestins, ses boyaux, sa fabrique d'excréments. Oui, mon garçon, il faut t'y faire, l'or naît de la merde.

– Et nous y sommes jusqu'au cou, monsieur!

– Au lieu de te plaindre, fais-en ton profit. La traversée de cette forêt, dont tu verras un jour la fin, est une étape nécessaire sur la longue route où je te mène pour parfaire ton éducation. Regarde autour de toi et considère ces mousses et ces moisissures dont nous sommes envahis. Comme les plantes sèches de la colline ensoleillée, elles ont leurs vertus. Et plus grandes encore. Je te citerai seulement, et te le montrerai quand j'y verrai un peu plus clair dans ce labyrinthe, le lycopode, ou pied-de-loup, dont les savants ne décident pas s'il est mousse ou lichen : ses capsules enferment une poudre qui prend feu au contact d'une flamme et les adeptes le nomment soufre végétal.

Ce soir, pour te bercer, je te parlerai d'un autre mucilage qui bave des arbres pleurant sur ta tête : c'est la fameuse manne que les Écritures disent être tombée du ciel pour nourrir les Hébreux affamés dans le désert. Il s'agit en réalité d'une gomme sucrée qui exsude de plusieurs espèces de conifères, en particulier les mélèzes. Elle se montre d'abord en larmes, au cœur de l'été, puis en grosses gouttes qui, à l'automne, coulent le long du tronc jusqu'au pied, où on la recueille sur des feuilles mortes, grasse à souhait. Ce miel aérien fut longtemps la nourriture des ermites retirés dans les forêts. « Et le Seigneur leur fit pleuvoir la manne pour manger et il leur donna le pain du ciel. » Mais on s'est abusé sur son compte en la comparant à une pluie d'or. J'ai vu en Hollande un grand tableau attribué à Zeno, dit *Le Maître à la récolte,* qui montrait les Hébreux, en costume de notre temps, ramassant à pleines corbeilles cette manne sous forme de pièces rondes comme des monnaies, des écus au soleil, car c'est d'argent que l'homme est toujours le plus affamé. Quant à nous, les adeptes, nous l'associons à la rosée car il est encore dit, dans l'Exode : « Le matin la rosée s'étendit tout autour du camp et comme elle avait recouvert la surface de la terre, apparut dans le désert quelque chose de menu et comme écrasé par le pilon, à la ressemblance du givre sur le sol. »

– Ce n'est que de la melade, grogne Drouin.

– Tu veux dire la gomme des sages. Cette substance visqueuse et transparente est dite aussi gomme de l'or par les philosophes qui en usent dans leurs opérations. Et sache que l'on donne son nom, la gomme rouge, à notre soufre primordial. Dès qu'un rayon de soleil percera ce rideau de pluie, nous nous en procurerons et nous en sustenterons.

Pour lors, ils n'ont à se mettre sous la dent qu'une vieille miche de pain et un morceau de fromage, durs et chancis eux aussi, couverts d'un lichen bleu-vert qui ressemble singulièrement à de la moisissure. C'en est, dit Lascaris (il ne me lâchera jamais les basques, pense Drouin), et tu sais que celle-ci, au contraire de celle qui vient sur les confitures, est comestible : il semble même qu'on puisse l'utiliser dans la pharmacopée pour guérir certaines affections.

– Que ne la grattez-vous pour en emplir vos fioles! Vous en trouverez sûrement l'usage dans votre cuisine alchimique!

– Ne sois pas insolent, mon garçon. Je conçois que l'école te paraisse fort mal abritée et que ton estomac digère mal une nourriture spirituelle, mais ne commence pas à regimber, d'autant que, rassure-toi, nous n'allons pas moisir ici!

La plaisanterie ne le fait pas rire. Il regarde le dos de ses mains et songe à l'état de ses pieds. Les extrémités de son corps ne sont pas loin de rancir à leur tour.

Il n'est pas au bout de ses peines. Sortant enfin, une semaine plus tard, de ce bois maudit, et sous un soleil revenu qui fait fumer leurs habits et le poil de la Miole, ils descendent vers la clue d'Estéron. Mais le soir tombe avant qu'ils n'y parviennent. Ce sera pour demain. En attendant, dit Lascaris, nous allons dormir à l'abri de ce cimetière isolé qui me paraît jouir d'une grande paix.

– Pas à l'intérieur, tout de même?

– Le craindrais-tu? Le commerce des morts profite au philosophe qui peut à leurs côtés méditer sur la vanité du monde. *Et in Arcadia ego.* Saturne qui règne ici est favorable à l'œuvre au noir, et tout ce que je t'ai enseigné sur la putréfaction fertile est illustré par ce champ clos où le plomb des cercueils annonce l'or de la résurrection. Je sais, tu ne crois en rien, mécréant, et moi-même j'ai l'esprit trop positif pour me sentir conforté par ces croyances illusoires, cependant comme je te l'ai dit cent fois, il faut ne point prendre les choses à la lettre et s'en tenir à l'esprit. Tu verras demain, au grand jour, que ce cimetière n'est pas placé par hasard sur notre chemin mais qu'il te réserve une nouvelle leçon. Va, et allume un feu à l'opposé des maisons afin qu'on n'en voie pas les lueurs. Et tâchons de dormir au sec.

Quand Drouin se réveille, il est seul, avec la mule qui broute librement, débarrassée de ses banastes. Il goûte fort ce moment de solitude et se réjouit d'échapper au moulin à paroles de son maître. Il se prélasse au soleil et s'épouille avec délices. Au diable toutes ces moisissures dont il entend bien se débarrasser à jamais! Hélas, au bout d'une heure, Lascaris reparaît, sortant du cimetière et tenant à la main ses inséparables sachets. Qu'a-t-il encore trouvé, et parmi les tombes? Drouin ferme les yeux et se résigne à subir un nouveau discours. Le philosophe va-t-il lui parler encore de la mort, quand il renaît à peine à la vie? Mais oui.

Lascaris lui montre une poudre verdâtre qui, à première vue, ne diffère en rien des mousses et des lichens déjà rencontrés, et qu'il dit avoir recueillie en raclant l'intérieur d'un vieux tombeau ouvert. Jean rit jaune. Les voilà détrousseurs de cadavres! Ne proteste pas, dit Lascaris, la science a tous les droits. Crois-tu que la médecine progresserait s'il était interdit aux anatomistes de fouiller les corps? Je n'ai fait que prélever, sur une pierre enfouie, un peu de cette usnée qui ne peut se développer qu'au contact des morts et en tapisse les cercueils. D'autres que moi, et plus irrespectueux, la recueillent sur les crânes, et particulièrement ceux des pendus qu'on a laissés longtemps exposés à l'air aux gibets et potences des carrefours. De cette matière exemplaire, que la nature ne produit nulle part ailleurs, on a de tout temps fait un onguent efficace pour les plaies ouvertes. A la guerre, je l'ai vu appliquer sur des blessures qui cicatrisaient ainsi plus vite. Barbiers et chirurgiens l'achètent fort cher. La préparation de cet onguent des armes, comme on l'appelle, est assez simple. Tu prends de cette mousse qui se forme dans le crâne d'un pendu, de la mumie qui est une autre pommade dont les saleurs se servaient jadis pour embaumer les corps, puis du sang humain, de l'axonge qui est graisse de porc fondue, de l'huile de lin, de l'huile de rose, de la térébenthine qui ainsi que la manne coule des pins, du bol arménien ou argile rouge. Tu mêles le tout et le malaxes dans un vaisseau de terre qui ait le col étroit. On peut y ajouter des vers de terre lavés dans du vin rouge et séchés au four, du santal rouge, de l'hématite, ou pierre de fer... ou encore d'autres ingrédients qui ont pour qualité commune la couleur rouge. Mais l'essentiel de cette composition demeure cette usnée dont les vertus sympathiques ont été confirmées par mon maître Athanase Kircher et dont votre Roi tolère la récolte sur ses champs de bataille dévastateurs. Et si je t'oblige à considérer cette mousse funéraire, c'est qu'elle entre, elle aussi, dans la composition de la matière première du grand œuvre, avec les qualités du salpêtre.

Le soir suivant, les deux compagnons trouvent refuge dans une bastide abandonnée, au débouché d'un vallon. Une grande bâtisse de pierre et de bois dont les environs sont envahis de ronces et de lambrusques. La toiture en bardeaux de mélèze est aux deux tiers crevée, les portes ouvertes, les fenêtres béantes. Au rez-de-chaussée, la grande étable conserve sa mangeoire emplie de foin pourri, au-dessus de laquelle se laissent voir, à travers le plancher effondré, des chambres dont les murs s'avancent dans le vide au milieu de poutres enchevêtrées. On y accède dangereusement par un escalier qui ne semble plus soutenu que par des toiles d'araignées. Les propriétaires ont dû partir précipitamment ou mourir subitement parce que restent là des meubles, des tables avec leurs tiroirs dans lesquels dorment des couverts d'étain, un grand lit à baldaquin qui s'est replié sur le sol, et même au mur deux antiques tableaux à thème religieux sous lesquels une branche de buis s'est desséchée dans un petit bénitier en terre. Dans la salle contiguë à l'étable, la cheminée est pleine d'une cendre récente et l'on imagine que des chasseurs doivent s'y reposer devant un feu réconfortant.

Lascaris naturellement visite la maison de fond en comble, récupérant quelques beaux clous forgés encore plantés dans des linteaux spongieux. Par acquit de conscience, il tapote les murs et fouille derrière la tasque pour sonder un creux où serait la toupine au trésor, mais il n'est pas le premier : des trous ont été déjà pratiqués, mettant au jour des niches dissimulées mais vides. Puis, tandis que Drouin allume un feu avec les planches trouvées sur place et s'apprête à faire rôtir un lièvre qu'il a piégé le matin, le philosophe fouine dans la gatouille et dans la cave. Il ne cherche point des bouteilles de vin, encore qu'il ne les laisserait pas vieillir plus longtemps, mais une poignée de salpêtre qu'il jette sur la dernière table encore debout.

Drouin, tout occupé à tourner lentement sa lèbre dont les reins commencent à roussir, évite de prêter attention à ce qui va faire l'objet de l'inévitable leçon de choses quotidienne. Dans son dos, ce n'est plus le philosophe qui fait son cours magistral mais cet enfoiré d'instituteur assurant avec conviction que deux et deux font quatre et que la Terre tourne autour du Soleil. Dans cette masure abandonnée, si loin de son enfance, Jean regrette la cuisine de sa mère et la forge des Blauvac. Qu'a-t-il fait depuis, sinon errer comme un proscrit aux trousses d'un illuminé qui prétend que la fortune est au bout du chemin? Il ignore donc le proverbe : pierre qui roule n'amasse pas mousse? De la mousse, fan de chichourle, ils en sont couverts comme une crèche calendale. Heureusement, le lièvre est cuit et c'est en mastiquant son râble qu'il écoute d'une oreille très distraite ce que Lascaris trouve à dire sur ce salpêtre dont il a devant lui une écuelle pleine qui jure singulièrement avec celle où Drouin lui a servi son rôti.

– Ce nitre qui nous sert de fondant pour séparer l'or des autres métaux ne porte pas vainement le nom de sel de pierre, puisqu'il croît sur la face obscure des murs de nos maisons, cristallisé en fines aiguilles comme le givre, quand le temps est au sec, et qui ronge peu à peu, quand le temps est humide, les moellons qui l'entourent, en s'étalant bien haut avant de se rétracter de nouveau. C'est de tous les sels le moins simple et, quoique les chimistes aient abrégé sa définition en disant que c'est un sel composé d'acide nitreux et d'alcali fixe végétal, il est aux yeux des adeptes un composé de feu et d'air accumulés et concentrés avec une petite quantité d'eau et de terre, éléments qui sont exaltés par la fermentation putride et par le travail profond de la vie animale et végétale. De tous les sels, le nitre ou salpêtre est celui qui se dissout, se détruit et s'évanouit le plus complètement et le plus rapidement, et toujours avec une explosion qui démontre le combat intestin et la puissante expansion des fluides élémentaires qui s'écartent et se fuient à l'instant que leurs liens sont rompus. Cette détonation du nitre est le plus terrible phénomène que la nature, sollicitée par notre art, ait jusqu'ici manifesté. Car c'est encore une des propriétés particulières du salpêtre que de brûler et de détoner en vase clos, sans avoir besoin, comme toute autre matière combustible, du contact et du ressort de l'air libre.

Cette force, poursuit inlassablement Lascaris tandis que Drouin, repu, somnole devant la cheminée, il appartient à l'adepte de la domestiquer. Par bonheur, la nature, toujours sage, s'est refusée à nous offrir ce sel en grande quantité, sans doute pour nous éviter la tentation de fabriquer par trop de poudre à canon. Les alchimistes ont alors cherché les moyens de s'en procurer en exposant à l'air un mélange proportionné de matières végétales et animales en putréfaction. Pas n'importe lesquelles, et c'est pour cela que je te fatigue avec mes histoires de pourriture...

Drouin fait un effort de politesse. Ce n'est pas tant vos

leçons qui me fatiguent que la digestion de ce lièvre dont j'ai trop mangé, et auquel vous n'avez guère touché. Voilà ce qui nous éloigne l'un de l'autre : vous entendez produire de l'or avec de la charogne, tandis que je me gave de cette nourriture dorée pour en faire demain ce que vous pensez...

En descendant encore de la montagne, ils découvrent, tapi dans un vallon solitaire, un hameau d'une vingtaine de maisons éparpillées autour d'une placette. La rue principale, qui fait au moins cent pas de longueur, est jonchée de feuilles de buis écrasées par le piétinement des bêtes et des gens et qui, ainsi réduites en bouillie, servent habituellement de fumier pour ces terres pauvres. Voilà, dit Lascaris, une manière très économique de se procurer du nitrogène. Et de réduire à l'état d'éponges nos semelles déjà bien éprouvées, rétorque Drouin.

Par bonheur, il y a, malgré l'exiguïté du bourg, une espèce de taverne, sans enseigne, une écurie transformée à peu de frais et dont on a même conservé les mangeoires. Les cinq ou six clients attablés et qui jouent aux cartes cessent brusquement de parler à l'entrée des étrangers et regardent par en dessous ces deux épouvantails à moineaux surgis du néant. Conscient du mauvais effet qu'il produit, Lascaris s'ébroue et prend l'attitude du grand seigneur dont la voiture a versé avec son équipage aux abords d'un village de vilains. De son gousset, il sort une grosse pièce qu'il jette sur une table vide et ordonne qu'on leur serve du vin chaud. A la cannelle, s'il vous plaît!

A la vue de l'argent, le tavernier se précipite vers eux et les conduit à la meilleure place, près de la cheminée. Les conversations n'ont pas repris. Il y a sans doute quelque chose de fascinant dans le spectacle de ces deux personnages, un petit gros et un grand maigre, plantés là comme des chenets, la barbe hirsute, le chapeau cabossé, les souliers boueux, mais avec un air de suffisance qui en impose.

Le seul qui ne les regarde pas est un curieux bonhomme assis seul à la table voisine. Curieux parce qu'il ne porte pas de chapeau. A part l'aubergiste, nul ne saurait, dans un cabaret, se découvrir en public. Celui-là non seulement n'a pas de coiffure sur la tête mais non plus posée à côté de lui. Sort-il ainsi? Pour lors, il soupe de morceaux de pain trempés dans une écuelle de vin rouge. Il mange gloutonnement. Il a l'air affamé et pourtant ce n'est pas un malheureux. Ses habits sont encore plus usés que ceux de Lascaris, mais d'aussi bon tissu et d'aussi bonne coupe. Le fait qu'il soit assis seul dénonce que sa condition est au-dessus de celle des paysans qui l'entourent. Un tabellion peut-être, ou un médecin de campagne.

Lascaris et Drouin reviennent lentement à l'état de civilisés. La soupe d'épeautre et le vin chaud leur ont redonné des couleurs et de l'aplomb. Les voyant manger comme tout le monde, les clients se sont remis à parler, à voix basse cependant, se penchant les uns vers les autres avec des mines de conspirateurs ou, pire, de marchands de truffes. Lascaris demande si on peut les faire coucher. Hélas, il n'y a que la grange, ouverte à tous les vents. Comme il est trop tard pour reprendre la route, nous nous en contenterons, exceptionnellement. Mais qu'on s'occupe de la mule!

En allant quérir le bagage de son maître en compagnie du tavernier, Drouin questionne celui-ci, d'un ton détaché, sur leur voisin, l'homme sans chapeau.

– Mais c'est moussu le baron, seigneur de Varages et propriétaire du château! Vous ne le connaissez donc point?

– Il n'a pas l'air de rouler carrosse, votre châtelain!

– C'est qu'il a eu bien des malheurs, monsieur, ses terres ne sont que badassières incultes et, sa condition lui interdisant de travailler, il est sans revenus et vit de maigres rentes. Mais c'est un homme fier que le monde respecte, bien qu'il soit un peu bizarre parfois...

Comme ils entrent dans la salle, Drouin ne peut en savoir davantage. Le châtelain est toujours là, regardant dans le vide, indifférent à ce qui l'entoure, fumant une longue pipe de terre qui pue effroyablement.

Un château dans ce pays perdu, c'est peut-être une aubaine pour nous, dit Lascaris. Il ne précise pas le sens qu'il donne à ce mot mais, se levant, il se présente avec beaucoup de cérémonie au bonhomme qui se lève à son tour. Monsieur de Lascaris, philosophe et voyageur, pour vous servir, monsieur! Agénor Gasparin, baron de Varages, monsieur, et votre serviteur! répond le hobereau. Lascaris l'invite à se joindre à eux et offre un nouveau pichet de vin chaud.

– Je me suis laissé dire, monsieur le baron, que vous possédiez un château?

– Une modeste bastide, monsieur, qui me vient de mes ancêtres. C'étaient, je dois vous en avertir, de farouches réformés et les intrépides boucliers des huguenots, puisque c'est le nom qu'on nous donne. Les guerres de religion nous ont malheureusement fâchés avec la fortune et je n'ai plus guère les moyens d'assurer le train de vie que le destin m'avait assigné. Le siècle est aux manants et la fin des temps est proche. Par bonheur, il me reste mes chères études, qui me consolent des iniquités.

– Des études?

– J'ai la faiblesse, monsieur, de m'intéresser aux origines du monde et aux manifestations primitives de la vie. Je me flatte d'être en ce domaine un antiquaire éclairé. Vous-même qui êtes philosophe comprendrez aisément que de tels travaux peuvent fortifier l'esprit et conforter l'âme d'un noble infortuné. Ah, monsieur, je vois bien que vous êtes étranger à ce pays et que vous voyagez pour parfaire votre éducation. J'aimerais avoir de vous des nouvelles du monde. Je ne sors plus guère de mon domaine et mes correspondants, avec l'âge, se font de plus en plus rares. Je n'ai personne à qui faire part de mes réflexions. Vous me feriez un grand honneur en acceptant de vous détourner un instant de votre route et de me rendre visite. J'aurais plaisir à vous montrer mon cabinet où j'ai ramassé quelques curiosités de la région.

– Je ne saurais, répond Lascaris, me dérober à une invitation aussi séduisante et, si vous le permettez, j'irai dès demain m'enrichir de vos lumières. Je vous souhaite la bonne nuit, monsieur.

De sa place, Drouin s'est fort diverti de voir s'échanger tant de politesses devant une cheminée fumeuse entre deux personnages accoutrés comme des vagabonds à qui l'on a donné de beaux habits trop usagés. Ce n'est pas ainsi qu'il voyait un châtelain. Mais son maître a raison, un château même négligé vaut mieux par ce temps qu'une cabane de berger.

Le lendemain, après avoir fait une toilette inhabituelle, ils se rendent donc à la bastide du baron. Elle est plantée dans un creux de vallon, toute rose au milieu des pins verts, comme un lactaire délicieux dans une clairière. C'est un château de très petite taille, mais n'y manquent ni les tours d'angle, ni le perron avec son escalier, ni son fronton avec ses pots à feu. Sa façade domine quelques terrasses superposées, envahies d'herbes folles, aux balustres cassés. Il y a même un ancien bassin orné de fontaines sculptées, pour lors complètement à sec. Malgré son aspect délabré, la demeure conserve un charme suranné et plaisant.

Debout devant sa porte, toujours tête nue, le maître de maison reçoit ses visiteurs et appelle son domestique, un grand escogriffe répondant au nom de Gaspar. Puis les fait entrer dans un salon du rez-de-chaussée. C'est un cabinet de curiosités, répondant à la mode qui s'est répandue depuis quelques années chez les gens de qualité qui se morfondent dans la province et pour qui la science semble devoir prendre le pas sur la religion. Un temple domestique dédié à la botanique, à la zoologie, à la géologie, la minéralogie et autres déesses modernes. Rassemblés en vrac, entassés sans ordre, débordant des armoires et des vitrines, s'amoncellent des coquilles, des pétrifications, des minéraux, des plantes séchées, des silex taillés, des pierres de foudre, des squelettes d'oiseaux, des bêtes empaillées, des cadavres animaux momifiés, des tableaux anatomiques et de gros in-quarto dont le cuir se fendille. Les meubles disparaissent sous ces collections d'objets dont l'âge vénérable est attesté par une épaisse couche de poussière.

Agénor Gasparin leur prie d'excuser ce désordre. On ne trouve plus de domestiques, dit-il, et le seul qui lui reste invoque sa fierté d'ancien soldat pour refuser d'épousseter ce qu'il appelle des vieilleries. J'en suis réduit, avoue le baron, à faire le ménage moi-même et l'éducation que j'ai reçue ne m'a guère préparé à cette tâche. Cependant, vous n'êtes point ici dans un musée : c'est un cabinet de travail où je passe le plus clair de mon temps à rêvasser sur la nature de ces merveilles.

Drouin est singulièrement fasciné par des gravures italiennes représentant des corps humains écorchés et dépouillés, dont les muscles détachés du squelette retombent mollement sur les côtés comme des feuilles ou des fleurs, en créant un sentiment mêlé d'attirance et de répulsion. D'autant que ces suppliciés présumés ont sur la figure un air de béate satisfaction qui contraste violemment avec l'étalage de leurs entrailles coulant hors du ventre en paquets de gros vers blancs.

Quant à Lascaris, il semble aux anges dans ce capharnaüm. Il ne cesse d'aller et venir, avec ces petits cris qu'il poussait en herborisant. Il palpe, hume, lèche même des minéraux de toutes les couleurs. Il caresse avec amour des rognons de silex et des chandelles de marbre jaune. Il examine avec étonnement un cristal de roche creux dans lequel s'agite un peu d'eau prise au piège et dont on ne voit pas comment elle a pu pénétrer à l'intérieur de cette masse translucide et dure. Je vous l'achète, crie-t-il au baron qui le suit de près, tout heureux de trouver des amateurs pour admirer ses collections.

– Il est à vous, dit Agénor.

– Mais à quel prix?

– Je vous le donne. J'en ai assez joui, comme d'ailleurs de beaucoup de ces choses qu'il me faudrait renouveler. Je n'ai malheureusement plus les moyens d'en acquérir ni la force d'en chercher. Ma vue baisse et s'il me reste le toucher, viendra le temps où je ne reconnaîtrai pas les couleurs. Voyez-vous, messieurs, le paradoxe de ma situation? Autrefois, j'achetais aux paysans qui les trouvaient dans leurs champs ces curiosités minérales, ces pyrites, calamites et autres fantaisies de la nature, et je les payais en blé ou en orge. Et me voilà maintenant si démuni que j'en serai bientôt réduit à vendre ces cristaux contre des sacs de haricots au premier colporteur qui passera. N'est-ce point un sort injuste?

– Alors, dit Lascaris en veine de générosité, laissez-moi vous offrir pour celui-ci un petit écu!

– Non, monsieur, je ne vous demande que la grâce de rester encore un peu. Votre visite m'est un baume au cœur. Et d'accepter de partager à midi ma modeste collation. J'ai assez d'ortolaille pour vous contenter. Venez voir par vous-mêmes.

Et le baron les entraîne dehors, jusque dans son jardin. Comme d'autres curiosités naturelles, il leur présente ses choux dont il a planté une trentaine de rangs. Des choux de toutes les formes et de toutes les tailles. Voilà, dit-il, l'ordinaire de mes menus. La croissance de ces caulets est savamment calculée pour qu'ils soient à point à tout moment de l'année. Il y en a pour chaque saison. Mon domestique et moi ne mangeons guère que cela mais il paraît que c'est excellent pour la santé. Vous en goûterez tout à l'heure. Je m'en occupe moi-même, les plante, les sarcle, les arrose et je vais aussi les laver à la fontaine du village parce que ici l'eau m'est comptée. Sans doute se moque-t-on de moi, je le sais bien, surtout depuis qu'on a découvert qu'au plus fort de l'été, quand le soleil assomme, je prends soin de poser sur mon crâne chauve une feuille de ces choux dont l'humidité se conserve sous ma perruque.

– A propos de cette perruque, interrompt Lascaris, je vous demande pardon mais quelle espèce de poudre y jetez-vous pour qu'elle ait cette couleur rare?

– De la farine de chêne pourri. C'est un usage dont mon pauvre père m'a donné la recette. Eh oui, messieurs, je fais des économies sur les frais de toilette, ce qui me permet d'aller de temps en temps, comme hier, faire bombance à la taverne. A propos, si nous allions sous la treille boire un peu de vin pour nous rafraîchir l'esprit?

A l'abri d'une vigne redevenue sauvage et dont les pampres courent sur un vieux bâti de fer, il fait une douce température. C'est mon cagnard, dit le baron et je m'y attarde volontiers quand je suis las de mes travaux d'érudition. N'y est-on pas heureux, mes amis?

– Vous avez, dit Lascaris, une grande chance de vivre ici. Le pays est superbe, votre château splendide, votre cabinet passionnant... et vos choux magnifiques. Que demander de plus au destin? J'ai moi-même souvent souhaité demeurer dans une maison de campagne à ma mesure et savourer cette douce oisiveté. Quel dommage qu'il nous faille repartir...

– Mais vous avez bien le temps, dit Agénor précipitamment. Le temps va revenir à la pluie, les chemins vont s'embourber, votre mule va prendre froid. Que ne restez-vous quelques jours pour vous reposer des fatigues du voyage et vous préparer à traverser cet hiver qu'on annonce rigoureux!

Lascaris et Drouin évitent de se regarder, ou n'en ont pas besoin tant leurs pensées sont communes. Certes, ils ne vont pas laisser passer l'affaire!

– Ah, dit Lascaris, quelle tentation! Nous paierons notre écot, évidemment, et vous dédommagerons pour la mule. Et peut-être me laisserez-vous vous aider à classer vos objets de curiosité...

– Je vous baise les mains, dit le baron tout ému. Oh, de grâce, acceptez de loger dans la chambre d'en haut, vous y serez comme des poussins sous la mère.

Tout heureux d'avoir des hôtes, il ne tient plus en place.

– Venez là, je vais vous montrer vos appartements.

– Je préférerais voir d'abord la cuisine, dit Lascaris.

– La cuisine?

– L'endroit où votre domestique prépare les repas et où, sans doute, vous les partagez.

La stupéfaction se lit sur le visage du baron. Il ne sait que répéter :

– La cuisine!

Puis il se reprend un peu.

– Je vous assure, monsieur, de sa propreté et des talents de Gaspar. Sans doute est-ce le réduit de deux célibataires auquel une main féminine fait cruellement défaut, mais la vaisselle y est lavée avec soin. Enfin, puisque vous y tenez...

Avec des grâces versaillaises, il les conduit dans une pièce située à l'autre bout du rez-de-chaussée. Dès qu'ils s'en approchent, ils sont surpris par une forte odeur nauséabonde qui fait frémir les narines de Drouin. Mais Lascaris semble la humer avec délices.

– Du soufre s'écrie-t-il, on a brûlé du soufre, ici! Vous avez du soufre chez vous, monsieur, et quel usage, s'il vous plaît, en faites-vous?

– Ce n'est point du soufre, dit le baron, penaud, c'est la soupe aux choux, une soupe quasi perpétuelle dont nous avons toujours un pot sur le feu. Vous en dînerez tout à l'heure.

La pièce sert à la fois de cuisine et de salle commune. Elle est presque aussi grande que le cabinet de curiosités mais se trouve orientée au nord, dans une semi-obscurité. La cheminée est grande à se tenir debout sous le linteau, avec un large potager, une broche à rôtir un bœuf et une haute crémaillère aux dents menaçantes. A gauche s'ouvre la gatouille où s'entassent en vrac des tonnelets, des jarres, des sacs. Au milieu, une grande table en bois épais, trois chaises paillées et bancales. Au fond, une armoire dont il manque les portes et qui contient une incroyable quantité de bocaux. Nous faisons beaucoup de confitures, explique Agénor, et des pots de champignons qui abondent par ici. Il suit avec inquiétude les mouvements de Lascaris qui examine avec soin les ustensiles et le potager.

– Monsieur est sans doute maître queux! se permet de remarquer Gaspar, mécontent de voir piétiner son domaine.

Lascaris prend familièrement le bras du baron et l'entraîne vers le salon. Et là, s'asseyant comme chez lui, il entreprend de lui expliquer en quoi consiste sa philosophie et à quelles recherches il se livre. Au mot d'alchimie, Agénor bat des mains. Vous êtes un homme selon mon cœur, dit-il. Il a lui-même, paraît-il, des lumières dans cette science et, sans la pratiquer, s'y intéresse vivement. Il a lu des livres dont il cite les titres en mauvais latin et dont Lascaris, visiblement, n'a jamais entendu parler. Ce sont certainement des grimoires à l'usage des sorciers de village ou des almanachs d'astrologue dont le vieux fou nourrit ses rêveries.

– Il me serait donc agréable, continue Lascaris que, pendant le bref séjour que nous accorde votre hospitalité, je puisse, avec mon compagnon, user de votre fourneau pour réaliser quelques opérations. Votre présence, d'ailleurs, me serait fort avantageuse.

Le baron est ravi. Abriter sous son toit des faiseurs d'or et les y voir travailler à leur art dépasse ses plus folles espérances. Et ne peut-il en supputer quelque modeste bénéfice?

– Mes recherches sont purement philosophiques, dit Lascaris qui lit dans ses pensées, et n'ont d'autre but que de désencombrer le chemin qui nous mène à la sagesse.

– Certainement, dit Agénor, je ne doute pas de votre désintéressement, comme vous pouvez être assurés du mien. Il me suffit, pour être comblé, d'assister à vos travaux. J'ai toujours pensé, messieurs, que la quête du Graal devait commencer par le forgement d'une bonne épée.

En quelques heures, la cuisine du château se transforme en laboratoire de chimiste. On retire les toupins de graisse de porc pour les remplacer par des cornues de verre, la table est débarrassée de ses écuelles pour se couvrir de creusets en grès et de coupelles, au grand désespoir de Gaspar qui cherche à sauver les restes de sa soupe aux choux. On mangera froid, dit le baron pour calmer l'angoisse de son domestique, et dans le salon pour ne point gêner ces messieurs. Sur l'ordre de son maître, Drouin, qui retrouve ses gestes familiers, nettoie la cheminée et le potager, ainsi que les divers instruments propres à l'art de vivre au coin du feu, répare un vieux soufflet dont le cuir s'est fissuré et défait les bagages dont la mule était chargée. C'est la première fois qu'il peut en inventorier le contenu. Il découvre alors des ustensiles dont il ignore encore l'usage, de petites bouteilles de verre entourées d'une sparterie protectrice, d'autres aux formes étranges de cougourde et de coloquinte, des flacons dont le col s'enroule sur lui-même comme un serpent, des tubes et des verres sans pied qui ne sauraient tenir debout, et un curieux fourneau portatif, de forme circulaire, coiffé d'un couvercle bombé et transparent. Tous ces instruments couvrent bientôt la grande table, sur laquelle les mains du baron papillonnent avec une curiosité fébrile mais sans oser s'y poser.

Lascaris réclame encore de Gaspar des écuelles de bois et de terre, des pincettes, une louche en étain, des mortiers avec leur pilon, de ces mortiers jamais lavés où l'on écrase l'ail, et demande s'il n'y a point quelque part des cuillers en étain cassées, des pieds de chandelier rompus, des objets de métal hors d'usage. Agénor s'inquiète pour son argenterie, quelques pièces qu'il a sauvées du désastre et cachées après l'édit royal ordonnant aux notables de fondre leur vaisselle. Mais Lascaris n'en veut pas tant. Il se contentera des débris d'étain que dans ces bastides isolées on conserve toujours en espérant le passage hypothétique d'un estanier qui en fera de nouveaux couverts.

Ce laboratoire provisoirement aménagé, Lascaris, déjà maître des lieux, ramène le baron au salon.

– Sachant votre amour de la science, je ne vous demanderai pas s'il vous plairait d'assister à une transmutation d'un morceau d'étain en lingot d'or. Le spectacle est assez impressionnant, même pour un savant averti des merveilles de l'industrie humaine. Mais l'opération est délicate et réclame du temps. Plus de temps que vous n'envisagiez peut-être de m'en accorder sous votre toit. Vous savez sans doute, puisque vous avez lu tous les livres, que l'alchimiste dispose de deux méthodes pour parvenir à son but. La première, qu'il nomme la voie sèche, consiste à mêler un sel céleste, ou mercure des philosophes, à un corps métallique terrestre et à faire chauffer ce mélange dans un creuset : elle ne demande que quatre jours de préparation, mais c'est la plus difficile et la plus dangereuse, réservée à un petit nombre d'élus auquel je me flatte d'appartenir, et son résultat n'est pas assuré, surtout dans les conditions précaires de ce laboratoire de fortune. La seconde méthode, ou voie humide, qui conduit elle aussi à la préparation de la pierre philosophale, exige que la matière soit chauffée très lentement, passant successivement par l'œuvre au noir, l'œuvre au blanc et, enfin, l'œuvre au rouge. C'est la plus sûre, mais elle nécessite des soins attentifs pendant près de quarante jours!

Le baron reste muet un long moment. Il doit compter combien de choux va lui coûter ce long mois d'hospitalité. Par ailleurs, le voilà assuré d'une compagnie qui le flatte et le désennuie de sa solitude. Enfin, le philosophe a dit vouloir le dédommager et, de tout cet or fabriqué sous ses yeux, il récoltera bien quelques limailles.

– Topez là! monsieur. Ma maison est la vôtre, aussi longtemps qu'elle vous sera nécessaire.

– C'est parfait, dit Lascaris, et vous ne regretterez point d'assister à des expériences devant lesquelles plusieurs princes de l'Europe se sont déjà étonnés. Pour ne point perdre de temps, nous commencerons demain dimanche.

– Vous n'allez pas entendre la messe, j'imagine? et sans doute êtes-vous athée, monsieur le philosophe!

– N'en croyez rien, baron. Je ne fréquente pas les offices, mais avant chaque opération je m'en remets à Dieu. Un Dieu qui n'est ni celui des catholiques ni celui des réformés, mais le grand architecte de l'univers sans qui le monde ne serait point animé. La prière comme la concentration d'esprit sont les prémices de l'alchimic opératoire. Il lui faut un examen de conscience, sinon une confession des péchés, une pureté d'intention et la résolution de ne pas enfreindre les lois divines. Comme un cuisinier doit avoir les mains propres, un adepte doit posséder une âme blanche. Quand il approche du fourneau, il lui faut être dans les dispositions morales du prêtre qui monte à l'autel. Tout parpaillot que vous soyez, vous me comprenez!

Le lendemain matin, après une longue nuit de plein sommeil dans une chambre froide et humide qui leur paraît un nid douillet, le maître et son disciple prennent possession du laboratoire. Lascaris, en perruque et bras de chemise, commande à Gaspar d'allumer du feu dans la cheminée et d'entretenir de la braise dans le potager. Puis il dispose ses instruments sur la table, aidé de Drouin dont les gestes sont encore hésitants et sous le regard satisfait du baron qui s'est discrètement assis à l'écart dans un vieux fauteuil défoncé.

Il leur donne en même temps quelques explications sur les ustensiles qu'il est en train d'assembler. Ceci, dit-il en montrant un ballon de verre sans pied surmonté d'un long tube ouvert, s'appelle un matras. Et cela un pélican, qui me sert d'alambic, avec son chapiteau d'où sortent deux becs opposés et dont la panse est également surmontée d'un chapiteau duquel partent deux tubes qui rentrent latéralement dans cette panse, de sorte que le liquide qu'on y enferme retombe constammment dans cette dernière. Voici enfin l'athanor, le fourneau circulaire, formé comme vous le voyez de trois parties. L'inférieure, qui contient le foyer, est percée de trous favorisant l'accès de l'air nécessaire à la combustion et d'une porte par laquelle on peut introduire la source de chaleur, soit de la braise, mais son entretien est délicat, soit une lampe à huile pourvue d'une mèche d'amiante comme celle que vous apercevez là-bas. En augmentant les brins composant la mèche, on peut intensifier la chaleur. La réussite de l'opération repose presque tout entière sur la graduation de cette chaleur et c'est à toi, mon garçon, dit-il à l'intention de Drouin, que reviendra cette tâche ingrate. Je t'apprendrai qu'il y a quatre degrés de chaleur nécessaires à la réalisation de l'œuvre : le premier se situe en dessous du degré d'ébullition de l'eau pure, le second entre ce point d'ébullition et celui de la fusion du soufre ordinaire, le troisième est un peu inférieur à celui de la fusion de l'étain, le quatrième enfin à la limite de celui de la fusion du plomb. Au-dessus du foyer de l'athanor se trouve le four proprement dit, porté sur trois saillies en triangle, et sur lequel reposeront la coupelle coiffée de son moufle et l'œuf philosophique, c'est-à-dire le matras de tout à l'heure. Vous remarquerez sur la paroi du four deux trous opposés, fermés par des verres de cristal, qui permettent de voir ce qui se passe à l'intérieur. Enfin, tout en haut de l'athanor, ce dôme en verre opaque et très épais a pour fonction de réfléchir la chaleur sur la matière lga chauffer et pour ce nous l'appelons réverbère. Mais nous n'en sommes pas encore là. Il nous faut d'abord préparer le mélange primitif qui, dans l'œuf, doit se transcender en pierre philosophale, indispensable à la transmutation.

Et Lascaris s'aventure dans un long discours sur la préparation de la matière du grand œuvre, devant Drouin qui bâille et Agénor qui s'endort. Quant à Gaspar, il est, dès le début de la représentation, sorti en se signant et grommelant que tout ceci n'est que sorcellerie et diablerie.

– Il s'agit d'abord, dit Lascaris sur le ton doctoral d'un instituteur indifférent à l'indifférence de ses élèves, de former un corps nouveau en réunissant les deux principes antagonistes dont est formée la matière unique de la nature. On peut employer à cela un grand nombre de substances tirées des trois règnes, minéral, végétal et animal. Tu te souviens, Drouin, de tout ce que je t'ai appris sur les herbes, la rosée ou les moisissures. Voilà d'où nous pouvons tirer notre matière première éloignée, comme la nomment les adeptes avant qu'elle ne se transforme par leurs soins en matière prochaine. Cette matière éloignée que l'on recueille dans les herbes, la rosée ou les moisissures, et cela je ne te l'ai pas encore dit, est signée par un esprit métallique qu'elle reçoit de la mère terrestre. Cet esprit universel qui descend sur la terre s'y revêt de sel et de soufre volatils, ainsi que de mercure fixe de l'air et du feu. On appelle alors cette matière chaos. L'artiste doit recueillir cet esprit quand les semences de Saturne le fécondent, par temps de pluie ou d'orage, de préférence au mois de mars quand le Soleil passe du Bélier au Taureau, et en octobre, où nous sommes, quand il pénètre dans le Scorpion avec la Lune dans le Capricorne. Ces données astrologiques ne doivent point t'effrayer, mon garçon. Je sais ta répugnance à l'égard du ciel et des étoiles, mais il te faudra accepter l'idée que les astres ont une influence considérable sur la croissance des plantes et des minéraux. Maintenant, pour continuer ma démonstration, il me faut attendre qu'il pleuve, ce qui visiblement ne devrait pas tarder.

Effectivement, dans l'après-midi, après une plantureuse soupe aux choux exceptionnellement accompagnée de saucisses de ménage parce que c'est dimanche, il se met à pleuvasser. Lascaris recueille un peu d'eau de pluie dans un pot de terre dont il transvase le contenu dans un flacon qu'il ferme hermétiquement afin, dit-il, que les esprits sulfureux ne s'évaporent pas. Mais cette fermeture hermétique n'est pas celle d'un vulgaire bouchon. Il y a, précise-t-il, plusieurs sortes de luts pour boucher un vaisseau de façon que l'air lui-même n'y puisse pénétrer. Le lut d'amandes fait avec le tourteau exprimé de ces fruits et qu'on incorpore à une suffisante quantité de colle d'amidon pour lui donner la consistance d'une pâte ductile. Le lut gras, ou de terre glaise séchée et pulvérisée, mêlée à de l'huile de lin cuite avec un tiers de son poids de litharge, ou pierre d'argent. Le lut de chaux, préparé en mettant dans un mortier un blanc d'œuf avec un peu d'eau, y ajoutant de la chaux délitée à l'eau, et qu'on étend sur des bandes de toile à utiliser dans l'immédiat. Le lut terreux enfin, fait avec de la terre à four détrempée et mélangée à du crottin de cheval et de la bourre hachée. Aujourd'hui, nous nous contenterons d'une pâte de farine et de blanc d'œuf pour estouper ce flacon d'eau de pluie.

Pourquoi de l'eau de pluie? Parce que celle des rivières et des puits contient toujours des matières minérales qui nuiraient aux réactions chimiques. Celle des citernes, qui nous vient du ciel, est distillée naturellement, elle est donc pure.

– Après avoir lavé la toiture de toutes ses poussières? demande Drouin.

– Tu as raison, mon fils, et j'ai dit une sottise. Ton bon sens me réjouit. La seule eau pure est celle que l'on recueille directement de la pluie elle-même. Encore que celle-ci se charge aussi quelquefois de corps étrangers, bien qu'en très faible quantité, qui la dénaturent. On a signalé des pluies rouges, qu'on disait être de sang mais dont la couleur était celle des poussières soulevées par le vent et que l'eau du ciel faisait retomber sur la terre.

N'oublie pas ce que je t'ai enseigné : les choses ne sont pas ce qu'elles paraissent. Et sache encore qu'une chose est à la fois simple et multiple. Ainsi de l'eau. L'eau de pluie n'est pas l'eau de source, l'eau crue n'est pas l'eau cuite. Il y a aussi l'eau battue, qu'on a fait bouillir et laissée refroidir et qu'on brasse violemment pour la charger d'air. L'eau bénite à laquelle certains adeptes dont je ne suis pas accordent des vertus. L'eau minérale qui sourd des volcans éteints et possède des qualités métalliques. L'eau chaude qui jaillit naturellement de quelques sources et qui guérit les maladies du corps et de l'esprit...

Te parlerai-je encore d'une eau que le vulgaire méprise parce que notre corps la rejette : l'urine. Recueillie dans des récipients non métalliques, elle est fort utile à notre art. Si on l'examine en effet par coagulation ou distillation, on la trouve chargée de sel, de soufre et de mercure, en quantités variables selon notre état de santé. L'urine la plus légère est celle où domine la salinité, la plus lourde est mercurielle. L'urine sulfureuse tient entre ces deux extrêmes. Ainsi l'adepte doit-il choisir entre l'urine d'un vieil homme, plus lourde que l'eau de pluie, et celle plus légère d'un homme jeune, ou celle d'une servante ayant eu des rapports amoureux, d'une femme abandonnée de son mari, d'un moine chaste ou encore d'un benêt comme toi, si chargé d'ignorance que tes eaux doivent peser lourd dans la balance de cuivre. Mais revenons à notre eau de pluie.

Lascaris demande à Drouin d'occulter les deux fenêtres de la cuisine avec des sacs afin que le laboratoire soit plongé dans une quasi-obscurité. Puis, avec des pincettes, il approche le flacon au-dessus de la braise du potager. Au bout d'un certain temps, il fait constater à ses compagnons que l'eau contenue dans le vase se colore de façon lumineuse, passant lentement par toutes les teintes de l'arc-en-ciel qui irradient dans le noir. C'est assez impressionnant mais Drouin ne peut s'empêcher de penser qu'il y a là stratagème, car il n'a jamais vu que l'eau de pluie bouillie se colorât ainsi. Le philosophe a dû, sans être vu, y jeter quelque poudre de son invention. La prochaine fois, il surveillera plus attentivement le moindre de ses mouvements.

Longtemps, Lascaris manipule le flacon au bout de ses pincettes, en évitant l'ébullition. Enfin, le portant à la hauteur de ses yeux, il paraît satisfait et demande à Drouin de dégager les fenêtres. Puis il montre, déposée au fond de l'eau redevenue claire et transparente, une petite couche de boue brunâtre. C'est, dit-il, la terre tartreuse de notre matière première. Il la fait aussitôt décanter à travers la gaze d'un moule à fromage dérobé au trésor de Gaspar et sécher lentement dans une coupelle avant de l'enfermer dans une petite boîte en os. C'est assez pour aujourd'hui, dit-il en mettant la boîte dans la poche de son gilet.

Agénor, déçu, boude un peu après souper, tandis que

Lascaris semble perdu dans ses pensées et que Drouin entreprend de réparer, avec la permission du baron, un vieux fusil accroché au linteau de la cheminée du salon depuis la dernière guerre de religion. Il a dans l'idée de remplacer la prochaine soupe aux choux par une brochette de petits oiseaux ou un rôti de marcassin et son maître lui accorde volontiers une matinée de congé pour courir les bois autour du château.

Les jours suivants, Lascaris s'occupe à classer ses propres sachets d'herbes et de lichens, qu'il trie, épluche, nettoie de leurs scories et de leurs débris, rejetant les parties abîmées, ne gardant que les exemplaires en bon état de fraîcheur, puis étiquette ses paquets, inscrivant sur de minuscules fragments de papier des hiéroglyphes qu'il est seul à déchiffrer. A ses côtés, le baron le regarde faire, sans le déranger par des questions qui pourtant lui brûlent les lèvres. Drouin, lui, astique tous les ustensiles de la cheminée qui en ont bien besoin, couverts d'une patine de suie qui colle aux doigts. Il faut que le fer brille, dit Lascaris. Mets-y de la salive, mon garçon, on va les tremper dans un bain de saponaire qui va leur redonner éclat et jeunesse.

Puis il lui demande de broyer au mortier quelques-unes de ses plantes, les lunaires en particulier, et de les réduire en poudre fine qu'il verse dans les plus petits récipients de la cuisine du baron : tasses ébréchées, salières, coquetiers, drageoirs, tout est bon pour former bientôt une collection de bibelots qu'il dispose sur une étagère, après les avoir étiquetés avec soin.

– Ces poudres, dit-il, ne sont encore que matière qu'il nous faut traiter par les sept opérations qui dans l'œuvre se succèdent ainsi dans un ordre immuable : séparation, calcination, sublimation, distillation, coagulation et coction. Ce qui justifie, ajoute-t-il à l'adresse du baron, le temps que je vous ai demandé de m'accorder. Il me faudra bien deux longues journées pour amener ces poudres et ces souches de plantes à leur état convenable.

Et de fait il lasse la patience de Drouin et d'Agénor en s'agitant devant le potager sur lequel il fait chauffer ses résidus. Affectant un air affairé, il néglige de commenter ses opérations et Drouin, dans son dos, ne voit pas toujours ce qu'il fait exactement. D'autant que le philosophe lui demande de broyer, pendant ce temps, des fragments de minéraux.

Puis il passe à une autre expérience. Je vais maintenant travailler sur le salpêtre, ces efflorescences salines qui croissent sur les vieux murs et dont, souviens-toi, mon fils, je t'ai déjà longuement entretenu. Il faut en extraire l'eau mère dont les anciens adeptes disaient que, filtrée, évaporée, coagulée, dissoute plusieurs fois, elle devenait l'aimant du cosmopolite d'où ils pouvaient extraire le mercure hermétique, dissolvant universel de l'or. Voyez comment je procède à son apparition.

Il prend une poignée de salpêtre qu'il jette dans un chaudron posé sur le feu clair de la cheminée, commande à son aide de souffler et de tisonner afin que la flamme reste ardente. Au bout d'un moment, il leur fait constater que le nitre s'est réduit en une masse grisâtre, d'aspect pierreux. Il la retire du feu et la laisse refroidir. Un peu plus tard, il la brise en morceaux qu'il place dans une terrine de grès avec beaucoup d'eau dans laquelle ils se dissolvent lentement, ne laissant au fond que des fèces. Il prélève cette première eau sans en troubler le fond, la remplace par une plus fraîche, et recommence plusieurs fois, la goûtant de temps en temps du bout de la langue. Une heure après, il est satisfait. L'eau, dit-il, ne sent plus ni le sel ni le nitre. Il sort alors les fèces qui ressemblent maintenant à de l'amidon et les fait sécher sur un plat. Puis les broie au mortier pour obtenir une nouvelle poudre qui a, précise-t-il, des vertus admirables pour purifier le sang, mais nous ne sommes pas là pour faire de la pharmacie.

A la fin de la semaine, Lascaris passe du salpêtre au tartre, dont il assure pouvoir faire un autre dissolvant efficace. Il envoie Drouin dans la cave du château où dorment de vieilles futailles, vides depuis longtemps et sèches à souhait. Tu entreras dedans, dit-il, et d'une herminette tu en racleras soigneusement les parois. Tu lèveras une croûte épaisse de deux doigts. C'est cela le tartre, blanc ou rouge selon la couleur du vin que le tonneau a contenu.

– Je n'eus jamais que du vin rouge, dit le baron.

– Je le préfère au blanc, dit Lascaris sans préciser s'il parle du vin ou du tartre. Savez-vous que le vin, que nous buvons sans jamais penser à sa composition, contient du soufre, du phosphore, du fer, du cuivre et d'autres éléments encore? En ébouillantant cette lie de vin, en la filtrant et la faisant évaporer ensuite, je vais obtenir une crème de tartre qui a pour vertu de dissoudre les métaux. Il faut à cette opération apporter beaucoup de soin car l'acide aérien qu'elle contient risque d'exploser et de briser le vaisseau dans lequel on la conserve.

Entre deux expériences, le philosophe visite tout le château, court de la cave au grenier, comme pour une chasse au trésor à laquelle Agénor renonce à participer. Il en ramène encore du salpêtre, du gros sel moisi puisé dans une jarre où jadis ont macéré des restes de cochon. Il trouve aussi sous les combles d'autres vieux fusils brisés, des mousquets démantibulés, des pistolets dont la crosse a pourri, qu'il tend à Drouin. Vois ce que tu peux en tirer, du laiton, de l'étain, du cuivre, que sais-je!

– De toute façon, je n'en ferai plus rien, dit le baron que l'on n'a pas consulté. Et si vous en faites de l'or, cocagne!

Depuis que Drouin rapporte régulièrement de sa chasse des lapins, des faisans, des perdrix, Agénor a rajeuni de vingt ans. Surtout pas aux choux, les perdrix! crie-t-il à Gaspar. Désormais nourri de cette sauvagine dont il avait perdu le goût, il est prêt à admettre toutes les fantaisies de ses hôtes. A la longue, tout de même, il ose s'enquérir auprès du philosophe de ses projets de transmutation. Il est impatient, n'est-ce pas, d'en voir un peu plus.

– Demain, je me mettrai à l'ouvrage, dit Lascaris. J'attendais une conjonction favorable des astres, la voici venue. Maintenant que j'ai produit ces poudres qui sont la matière première de l'œuvre, je vais, si vous voulez bien me prêter attention, vous expliquer ce que j'entends en tirer : la pierre philosophale, une teinture qui, mise en contact avec les métaux, les change immédiatement en or si elle est d'une extrême pureté, en argent si elle est de moindre qualité. Cette pierre philosophale change non seulement les métaux vils en métaux nobles mais elle passe pour guérir les maladies, prolonger la vie humaine, et c'est à elle que je dois mon exceptionnelle longévité. On lui accorde également les dons de sagesse et de vertu. Comme elle ennoblit les métaux, elle purifie l'esprit de l'homme, extirpe de son cœur la racine du péché. Sa production est évidemment le grand secret de l'alchimiste. Bon nombre d'adeptes ont cru le dévoiler mais fort peu y sont parvenus. La plupart d'entre eux se sont brûlés et consumés à son premier contact. Tous ont tenté les méthodes les plus audacieuses. Mais les plus habiles sont convenus qu'elle ne pouvait être obtenue que du soufre et du mercure. Pardonnez ma pédanterie, mais je dois ici vous donner une leçon de chimie. Les deux éléments antagonistes dont est formée la matière unique de la nature sont le soufre et le mercure, qu'il s'agit de réconcilier. Le soufre, auquel correspond l'or, est mâle et solaire; le mercure, auquel correspond l'argent, est femelle et lunaire. Le soufre et le mercure seuls, célibataires, sont stériles, mais de leur union, favorisée par un troisième élément, le sel, peuvent naître divers métaux et nombre de minéraux. Les adeptes ont choisi de représenter cette cérémonie nuptiale par un roi vêtu de rouge et une reine habillée de blanc, unis par un prêtre.

– Vous voulez dire, interrompt le baron, que le soufre, le mercure et le sel sont les trois principes qui entrent dans la composition de tous les corps?

– Vous citez Paracelse qui n'a rien dit d'autre que cela exactement. Selon ce maître incontesté, la terre, l'eau, l'air et le feu ne sont pas les composants ultimes et irréductibles de la matière. Ce ne sont pas des corps simples mais bel et bien composites. C'est en fait grâce à l'admixtion des trois éléments que j'ai cités que chacun devient visible et tangible. De même pour le soufre, le mercure et le sel ordinaires qu'on trouve dans la mine, dans le laboratoire ou à l'office. Dites-vous que tout corps a trois constituants : le combustible, le vaporeux et le solide : c'est-à-dire le soufre, le mercure et le sel. Soufre et mercure s'opposent et se combattent, mais se réconcilient grâce à l'intervention du sel, sous l'action du feu. Du feu qui justement résout en flammes le soufre, en fumée le mercure, et en cendre le sel. Ainsi doit-on d'abord extraire des corps appropriés le soufre et le mercure pour les confronter au sel si l'on veut parvenir en leur transmutation en or et en argent.

– Qu'entendez-vous par corps appropriés?

– Paracelse dit expressément que le soufre, le mercure et le sel ne sont pas identiques selon les corps qui les contiennent, c'est-à-dire qu'ils diffèrent en qualité. Chaque objet possède son soufre, son mercure et son sel particuliers, et il semble qu'il y ait autant de soufres, de mercures et de sels qu'il y a de corps. L'or n'est pas, par exemple, le produit d'une combinaison constante de soufre, de mercure et de sel : il y a divers soufres, mercures et sels aurifères correspondant aux diverses variétés d'or qui existent. Il nous faut donc choisir soigneusement le corps dont, sous l'action de la chaleur, nous obtiendrons ces deux principes, le soufre et le mercure, qui, réunis par le sel, donneront naissance à la pierre philosophale, seule capable de résoudre la transmutation des métaux en or ou en argent.

– Mais, demande encore le baron, comment passe-t-on du soufre et du mercure à l'or et à l'argent?

– Hélas, vous ne pourrez pénétrer plus avant dans les arcanes de notre art. Je vous en ai assez dit pour que vous suiviez avec quelque intérêt les nouvelles expériences que je vais tenter devant vous. Je vous donne rendez-vous à demain.

Le soir même, dans leur chambre, Drouin s'étonne auprès

de son maître qu'il livre ainsi ses secrets à un profane comme le baron. A cela, Lascaris répond volontiers :

– D'abord, cet homme mérite notre respect. Ce n'est pas un savant mais ses collections prouvent qu'il est curieux des mystères de la nature. S'il n'est probablement pas capable d'en faire une analyse intelligente, du moins a-t-il l'avantage d'y être sensible. Et puis je ne lui révèle rien qui ne soit bien connu des érudits. Les instruments que j'ai exposés à son regard sont reproduits dans tous les livres. Quant aux opérations que je vais effectuer devant lui, je doute qu'il y comprenne quelque chose et soit jamais à même de les reproduire. Enfin, songe un instant au bénéfice que nous allons tirer de sa présence et de son hospitalité. Sans celle-ci, je n'aurais pu t'entraîner à des travaux pratiques et t'enseigner les manipulations que tous mes beaux discours ne sauraient décrire efficacement. C'est dans ce laboratoire de fortune que tu vas faire tes premières armes. Il faut que tu sois reconnaissant au baron de le mettre à ta disposition. Nous avons fort besoin de lui et il nous faut un peu l'appâter par de belles paroles et du bon spectacle. Ébloui par le cérémonial dont je prends soin d'entourer mes démonstrations, il n'osera pas à la fin nous réclamer le prix de son loyer, trop content d'avoir abrité chez lui des personnages hors du commun. Je les connais, ces hobereaux de la province, leur ennui et leur vanité les conduisent toujours à ouvrir leur bourse aux baladins de passage qui les flattent d'une représentation qu'ils se croient seuls à voir. Et je suis sûr que ce vieil original, malgré ses affûtiaux et sa soupe aux choux, a quelque part des rouleaux de pièces d'or qu'il sacrifierait volontiers pour se faire valoir.

– Mais nous ne sommes point des baladins, monsieur, et vos opérations ne ressemblent en rien aux tours de passe-passe des escamoteurs! Ou alors c'est moi que vous trompez!

– Je te remercie de le remarquer, mon ami. Il faut pourtant que tu saches que, comme le disait l'abbé Trithème, l'alchimie est une chaste prostituée qui, ayant beaucoup d'amants, les déçoit tous et ne concède son étreinte à aucun. Elle transforme les sots en fous, les riches en misérables, les philosophes en andouilles et les trompés en très loquaces trompeurs. Voilà au moins une transmutation qui ne manque pas de réussir. Là-dessus laisse-moi dormir et profiter de ce lit douillet dont j'ai si longtemps manqué.

Drouin, lui, a du mal à trouver le sommeil. L'attitude de Lascaris le trouble. Est-ce un authentique faiseur d'or ou un manipulateur habile, un philosophe en quête de sagesse ou un écornifleur soutirant de l'argent aux naïfs? Son attirail impressionne, comme sa faconde, mais il n'a pas jusqu'ici montré l'efficacité des pouvoirs dont il se dit investi. Ses protestations de pureté contrastent singulièrement avec son souci de faire fortune. N'est-il pas en train de gruger ce vieux fou de baron?

Et lui-même, Drouin, que va-t-il retirer de cette aventure? Le voilà attaché aux basques d'un inconnu, le suivant comme un chien, lui servant de compère, obligé d'écouter ses sermons et d'apprendre avec des mots savants une science pleine d'étrangetés. En fait, tout ce qu'il a pu apprendre à ce jour, et aurait pu découvrir tout seul, c'est que la vie naît de la pourriture pour y retourner plus tard. Le beau bénéfice que voilà et qui ne lui sert à rien. Si, tout de même, à être là couché dans un lit à baldaquin dont il craint seulement que le ciel ne lui tombe sur la tête. Et dans la plus belle chambre d'un château.

Le lendemain matin, Lascaris secoue son disciple que la douceur de la couche incite désormais à faire la grasse matinée. Lève-toi, lui dit-il, aujourd'hui est un jour faste pour l'exercice de notre art. Hier, c'était la Toussaint, nous voici à la date choisie par l'Église pour honorer les morts, c'est-à-dire implorer la résurrection. Et les matières viles de la terre ont elles aussi le droit de prétendre à renaître sous une forme plus parfaite.

– Je me souviens, dit Drouin en s'habillant, qu'à cette occasion ma mère préparait la veille la lampe des morts. Elle versait de l'huile dans une assiette pour y placer une mèche tenue droite par un gros morceau de sel. Cette lampe devait brûler toute la semaine. Elle la posait sur la table avec le couvert, du pain, du vin et du sel à l'intention des défunts qui pouvaient revenir cette nuit-là dans leur ancienne demeure. Ma mère disait aussi que les morts entraient parfois chez eux, au petit matin, en tenant à la main des ossements enflammés en guise de flambeaux. C'est vous dire si je passais là une nuit de cauchemar.

– Voilà qui me plaît assez, dit le philosophe, et va te mettre dans les meilleures dispositions pour m'aider à réussir cette projection dont je vais étonner notre baron.

Dans cette pauvre cuisine transformée en laboratoire de fortune, Lascaris ouvre la séance avec une certaine ostentation. Officiant face à la cheminée avec son bel habit bleu, il fait placer son desservant à sa gauche. Le baron s'installe à droite, dans son fauteuil comme le roi sur la scène de la Comédie-Française. Gaspar se tient respectueusement en arrière, debout comme un valet à la porte d'un salon. Prenant entre ses mains une coupelle qu'il a posée sur un morceau de linge immaculé, l'alchimiste se tourne vers ses fidèles et la leur présente comme un ciboire. Ceci, dit-il, est la poudre de projection, obtenue à partir du suc des lunaires, et distillée avec de l'huile de soleil et de la poudre métallique. C'est elle qui, jetée en juste proportion sur les métaux en fusion, doit les transmuer en argent ou en or selon le degré de perfection que j'ai su lui donner.

Puis il s'approche de la table et allume son fourneau sur lequel il pose un creuset dans lequel il verse quelques gouttes de mercure liquide. Il en surveille attentivement la coction, en prenant garde que le métal ne fume pas. Avec une petite cuiller de vermeil, il dépose un peu de sa poudre sur un morceau de cire molle et l'en enveloppe hermétiquement avant de la placer sur le mercure en fusion. J'ai trop l'habitude de cette opération, dit-il, pour peser exactement les vingt-quatre grains ou le scrupule de poudre à mêler à cette once de mercure, mais un souffleur apprenti devrait le faire avec minutie. Si l'on mettait trop de poudre, la matière obtenue deviendrait cassante et il faudrait recommencer.

Au bout d'un quart d'heure, passé à régler constamment la flamme du foyer, Lascaris retire le creuset du fourneau et l'en écarte pour qu'il refroidisse. Ce qui ne demande guère que quelques minutes. Au bout de ce laps de temps, il invite le baron et Drouin à s'en approcher. Merveille! Le mercure s'est volatilisé pour faire place à un petit tas d'or d'environ six gros.

– Vous pouvez le prendre avec des pincettes, dit Lascaris à Agénor, il ne brûle pas.

Le baron saisit délicatement le morceau de métal et l'élève à la hauteur de ses yeux, devant une chandelle. C'est de l'or, dit-il en bégayant presque d'émotion, de l'or véritable, à n'en point douter, de l'or pur!

Et il le tend à Drouin qui l'examine sur toutes ses faces.

– On dirait bien de l'or, effectivement, dit-il enfin sous le regard meurtrier de son maître.

– De l'or, oui, dit Lascaris, mais il n'est point de la meilleure qualité. Si nous avions ici les instruments nécessaires à sa pesée, nous pourrions constater qu'il est encore mêlé de scories et peu propre à satisfaire ces messieurs de la Monnaie. Mon regard exercé s'en aperçoit à l'œil nu. Un tel métal ne saurait qu'abuser le pauvre monde. J'ai seulement voulu vous montrer à quoi conduisait la voie sèche, la plus rapide et la moins satisfaisante. Il me reste à emprunter devant vous la voie humide, plus longue et plus sinueuse, mais au bout de laquelle nous attend la splendeur solaire d'un or plus pur que celui que la nature s'efforce de produire.

Cette seconde méthode exige la difficile obtention de la pierre philosophale dont je vous ai déjà entretenu. Le plus doué des alchimistes n'y réussit pas toujours, qui est à la merci non de son talent, mais de la qualité de ses poudres et de ses huiles. Celles que j'ai employées pour extraire l'or du mercure sont encore trop fraîches. Il faut donner au suc des plantes le temps de mûrir à la chaleur terrestre et pour cela les enterrer plusieurs semaines au cœur de l'été. Aujourd'hui, la saison ne se prête pas à cette gestation, et je dois me contenter des préparations que j'ai en réserve. Et plutôt que de courir à un échec qui décevrait votre attente, je préfère vous décrire ce soir avec des mots plutôt qu'avec des gestes les deux étapes de cet œuvre. Quitte à tenter ensuite de le réaliser en votre indulgente présence.

La première opération consiste à purger le mercure avec du sel et du vinaigre, le sublimer avec du vitriol et du salpêtre, le dissoudre dans l'eau-forte, le sublimer derechef, le calciner et le fixer, en dissoudre une fine partie par défaillance ou déliquescence dans une cave où il se résoudra en liqueur. Distiller ensuite cette liqueur pour en séparer l'eau spirituelle, l'air et le feu. Mettre l'autre partie de ce corps mercuriel calciné et fixé dans l'eau spirituelle qu'on dit aussi esprit liquide mercuriel distillé. Les putréfier ensemble jusqu'à leur donner une couleur noire. Alors il s'élèvera de cet esprit liquide un soufre blanc non odorant qu'on appelle sel ammoniac. Dissoudre ce sel dans l'esprit mercuriel, puis le distiller jusqu'à ce que le tout se résolve en une liqueur baptisée vinaigre des sages. D'autre part, prendre un peu d'or confronté à de l'antimoine et réduit à l'état de chaux. Mettre cette chaux d'or dans le vinaigre des sages et laisser se putréfier. A la surface du vinaigre apparaîtra une terre foliée de la couleur des perles orientales et vous saurez que vous êtes en possession d'une chaux d'or assez pure pour servir à la seconde opération.

Pour effectuer celle-ci, mêler cette chaux d'or à deux parties de l'eau spirituelle chargée de son sel ammoniac. Placer cette confection dans le vase de cristal que nous nommons l'œuf philosophique, scellé d'un lut hermétique. Chauffer avec un feu doux et constant. L'eau ignée dissoudra peu à peu la chaux d'or. Il se formera alors une liqueur dite l'eau des sages contenant les quatre qualités élémentaires, le chaud, le sec, le froid et l'humide. Laisser putréfier cette composition jusqu'à ce qu'elle devienne noire, couleur de la tête du corbeau. Cette noirceur, ou saturne des sages, fait connaître à l'artiste qu'il est sur le bon chemin. Elle est d'une forte puanteur et pour s'en débarrasser il faut encore bouillir jusqu'à ce que le vase ne présente plus qu'une substance blanche comme la neige. Il faut enfin fixer par le feu cette liqueur blanche qui se calcine et se scinde en deux parts, l'une blanche pour l'argent, l'autre rouge pour l'or. Ainsi posséderez-vous la double pierre philosophale capable de transmuer un métal en argent ou en or. L'élixir blanc et l'élixir rouge.

– Cela relève du miracle, dit Agénor.

– Ou de la cuisine, rétorque Drouin.

Son esprit est singulièrement en éveil. Sa raison lui conseille de ne pas prendre à la lettre les phases de cette recette compliquée, mais son intuition le pousse à tenter l'expérience. Et c'est avec application que, dès le lendemain et pendant une longue semaine, il s'entraîne à opérer sous les yeux de Lascaris qui le conseille et le guide. Il prend garde de suivre très exactement ses directives, sans montrer d'impatience quand le résultat se fait attendre. Il recommence cent fois les mêmes opérations, au point de pouvoir manipuler les yeux fermés matières et instruments. Après tout, s'il s'agissait d'un travail de prestidigitation, il lui faudrait un plus long exercice encore. Mais Lascaris le dissuade de justement fermer les yeux. Dans cette opération, la vue est essentielle puisque c'est la couleur de la matière chauffée qui indique les étapes de l'œuvre en cours. Souviens-toi, dit-il, qu'il te faut passer du noir au blanc, puis du blanc au rouge, avec les nuances les plus délicates qui t'indiquent s'il te faut accélérer ou ralentir la chaleur de ton foyer. Regarde bien ce qui se passe dans ton matras de verre.

Effectivement, sous l'action du feu, la préparation grise se met à foncer jusqu'à noircir, non de ce noir opaque de la nuit, qui semble la négation même de toute couleur, mais de ce noir brillant d'un morceau de charbon fraîchement brisé. La tête de corbeau, te dis-je. Longtemps après, alors que Drouin tisonne et souffle tour à tour, se forme autour de la matière noire un nimbe de couleur pâle, comme celui qui entoure la tête d'un saint, une auréole de plus en plus claire qui semble palpiter. Puis, de cette couronne de givre, des rayons descendent vers le centre de l'ombre et l'éclipsent brusquement. La matière est devenue d'un blanc d'abord laiteux, neigeux enfin.

– Tu as réussi la première opération, dit Lascaris. Arrête-toi en chemin. Et produis-moi, avec cet élixir blanc, quelque beau morceau d'argent!

Drouin retire le matras du feu, le laisse refroidir et l'ouvre enfin avec une hâte un peu fébrile. Dans un creuset il verse la matière refroidie et y ajoute une pincée de la poudre métallique et quelques gouttes de l'huile de soleil que lui tend son maître. Puis il fait encore chauffer le mélange avec une cuillerée de mercure. D'abord rien ne se passe et il regarde déçu le philosophe qui sourit. Ton cœur n'est pas assez pur, lui dit-il, pour mériter de réussir la transmutation, mais tu en es tout près. Il te manque la foi, la vraie, l'absolue, celle qui ne supporte pas d'être, comme ce métal, entachée de la plus infime impureté, celle enfin qui permettrait de traverser un mur si l'on croyait assez à cette possibilité. Mais ne te tourmente pas, tu es sur le seuil de la porte. Regarde ce qui te reste à faire.

Et Lascaris pose doucement le bout de ses doigts sur le mélange refroidissant. Rien ne se passe encore et puis, comme il lève la main, Drouin voit l'argent qui vient de naître dans le creuset. Qui a donné le coup de pouce final? Lascaris, Dieu, l'alchimie?

Recommence maintenant, dit le philosophe. C'est quand on est tombé de cheval qu'il faut aussitôt remonter en selle.

Drouin, patiemment, rallume le fourneau et replace l'élixir

blanc dans le matras. Dans l'œuf de cristal, la matière paraît insensible au feu qui reprend. Et puis, peu à peu, au centre, se forme une irisation, un petit morceau d'arc-en-ciel qui tremble et déploie ses couleurs comme des ronds dans l'eau, chacune distincte de l'autre, des cercles concentriques de violet, d'indigo, de bleu, de vert, de jaune pâle. Manque encore l'orangé alors que les couleurs semblent se manger et prendre la place de leurs voisines en s'étendant. Voilà l'orange, et puis le rouge qui lentement envahit toute la surface de la matière et gagne ses bords. Comme un tison qui se rallume, une braise d'étoile rubescente.

Drouin n'ose y croire, et pourtant quand il retire le matras du feu et le refroidit, c'est avec émotion qu'il projette cette matière rouge sur du mercure et qu'il la fait chauffer dans un autre creuset. Cette fois, il retient le bras de Lascaris. Laissez-moi faire, s'il vous plaît! Il est dans un état second. Il agit comme un automate. Il ne sait plus ce qu'il fait. Toutefois il continue de régler son feu comme un cocher conduit en pensant à autre chose. Enfin, il retire le creuset du fourneau. Il n'attend pas que la matière soit complètement refroidie et, au risque de se brûler gravement, pose son doigt dessus. Quand il le soulève, l'étoile rouge s'est métamorphosée en fragment de soleil!

Curieusement, Lascaris semble lui-même aussi surpris du résultat. Doutait-il à ce point des talents de son élève? Et plus singulièrement, c'est Agénor qui montre le moins d'étonnement. Un alchimiste produit de l'or, c'est dans l'ordre des choses, comme la poule pond son œuf. Il ne songe même pas à féliciter Drouin et se contente de se frotter les mains comme s'il était l'artisan de cette réussite. Tout de même, il offre à ses hôtes un verre d'un marc ancien qu'il a jusque-là caché au fond d'un coffre. Après tout, c'est sous son toit, dans sa cuisine, que l'expérience a été menée à terme. Et c'est tout naturellement qu'il déclare : Nous avons gagné!

– Vous avez vous-même gagné, dit doucement Lascaris,

d'assister à des opérations pour lesquelles des princes joueraient une part de leur fortune. Votre bénéfice est moins dans ces quelques oripeaux d'or que je vous laisserais volontiers en gage de ma bonne foi que dans votre initiation à cet art hermétique réservé aux élus. Vous voilà entré dans le secret des adeptes et la compagnie de l'élite scientifique des temps nouveaux. Vous devriez faire sur ce que vous avez vu une communication à quelque société savante de ce pays, qui vous mettrait en valeur et que je transmettrais avec plaisir aux personnes que je connais à la Cour, susceptibles de prendre en considération votre analyse de ces travaux et votre témoignage de leur efficacité.

Le baron ne regrette pas son marc. Il boit du petit-lait.

Drouin trouve que le philosophe pousse un peu loin le bouchon et le lui dit quand ils se retrouvent dans leur chambre. Agénor n'est pas si naïf et c'est un brave homme. N'est-ce pas le ridiculiser vainement que d'ainsi l'encenser?

– Il faut bien, dit Lascaris, le préparer à notre départ. Il est temps que nous reprenions la route, sinon l'hiver va nous piéger dans cette sinistre masure dont j'ai bien assez. Et comment payer notre écot autrement que par des démonstrations de sympathie et de reconnaissance? L'or que je lui laisse est de médiocre qualité mais suffit amplement à le dédommager de ses soupes aux choux et de son lit à puces. Je n'ai pas l'intention de lui régler sa pension. Enfin, ne crois-tu pas qu'il en a eu pour son dérangement? Bien d'autres en ont vu moins qui se sont déclarés satisfaits.

La séparation n'est douloureuse que pour Agénor. Vous avez éclairé mes dernières années, leur dit-il en les accompagnant au bas de ses terrasses. Je vais maintenant m'enfermer dans ce long hiver, le dernier sans doute, mais votre souvenir restera dans mon cœur comme une lampe perpétuelle dans le tombeau d'un martyr.

Drouin se demande qui en fait trop, du philosophe ou du baron.

Quittant le château du hobereau, les deux hommes se dirigent vers le nord en descendant vers la vallée de l'Estéron. A la forêt succèdent des alpages. La marche y est une promenade, où leurs jambes se dégourdissent après cette longue étape sédentaire. C'est presque une récréation. Le maître et l'élève font tacitement la trêve des études. Lascaris ne joue plus les mentors et dispense Drouin de ses leçons d'histoire naturelle. La mule elle-même reprend du poil et trottine allégrement. D'autant que le temps est beau, avec sur les bois lointains les admirables couleurs d'un automne finissant. Une tapisserie de roux et de rouges. Le philosophe ne peut s'empêcher de commenter tout de même ce spectacle.

– Vois l'automne opérer la grande transmutation des feuillages. Le grand architecte a enveloppé le paysage de brume et l'a lavé de pluie, puis il a soufflé sur tout cela et l'on voit apparaître l'or jaune, l'or vert, l'or rouge, tous les ors... Les arbres, mon ami, sont comme les métaux : il faut qu'ils meurent pour livrer l'or qu'ils recèlent.

– Et ces pins, ces sapins, qui restent noirs?

– Ceux-là résistent il est vrai et, contre eux, l'alchimiste ne peut rien. Ce sont arbres de deuil et l'on meurt à leur ombre. Mais dans le même temps, ils symbolisent l'immortalité des corps qui meurent et renaissent comme alternent les saisons. Jadis les Romains les enveloppaient de laine et les couvraient de violettes ainsi que des momies attendant le retour à la lumière.

Au bord d'une rivière, ils découvrent une cascade fort curieuse qui retient un instant leur attention. Un vent léger emporte une grande quantité de gouttes d'eau qui, dans le soleil, montent en l'air pour former une queue de paon où brillent toutes sortes de nuances. Une phase de l'œuvre, dit Drouin. Voilà que tu préviens mes réflexions, dit Lascaris, tu es décidément sur la voie du progrès. Considère ces branches qui reçoivent ces gouttelettes et se recouvrent de tuf pour prendre des formes étonnantes, vois ces mains, ces griffes, ces crêtes de dragon, ces masques de démon... cassantes comme du verre. Le baron n'avait pas de telles merveilles dans ses collections et si nous n'étions pas si chargés nous pourrions en emporter et les revendre à des amateurs de curiosités.

Ce qui émerveille surtout Drouin, c'est la capacité du philosophe à convertir une chose sans valeur en marchandise de prix. A l'entendre, il saurait exploiter le vent ou l'air de Paris en bouteilles. Et pourquoi pas la boue, la lie de vin, et toutes ces pourritures dont il fait si grand cas mais que l'on proposerait en vain dans une foire? Si c'est cela l'alchimie, il faut admettre que c'est une science bien intéressante et si elle ne transforme pas le plomb en or, du moins fournit-elle le moyen de gagner de l'argent avec de la poussière. Ragaillardi par le séjour au château, Drouin regarde Lascaris d'un œil moins sévère et n'est plus loin de croire que cet habile homme fera bel et bien sa fortune. Soyons donc patient et si l'Italie est encore éloignée, à ce train, tâchons de mettre à profit ce voyage éducatif pour apprendre quelques-uns des stratagèmes de cet escamoteur qui a tant de tours dans son sac.

Mais voilà bien d'autres jongleurs et funambules : les habitants de ce petit village d'Aiglun, accroché dans la montagne comme un nid d'hirondelles sous une poutre. Il faut sans doute un grand sens de l'équilibre et un mépris du vertige pour se déplacer sur ces roches abruptes percées de rues qui dévalent en ruisseaux secs vers le gouffre d'une rivière qui frappe avec une fureur mugissante les assises de ce bourg inaccessible. La vie de ces habitants ne doit être qu'un siège perpétuel dont ils ne verront jamais la levée. Il est vrai que les Savoyards et la peste elle-même doivent renoncer à escalader ce repaire et à y pénétrer. Les étrangers assez téméraires pour s'y aventurer en sont certainement refoulés et Lascaris entend passer au large. C'est la Miole qui est contente : elle regardait d'un très mauvais œil cette montée scabreuse.

Son bonheur est de courte durée. Il faut traverser le torrent sur un pont de bois, fait de planches disjointes et de cordes usées, qui se balance dangereusement au-dessus des eaux en colère, et plie sous leur poids. Drouin maudit ces cailloux et ces lingots dont son maître a empli ses poches. Si celui-ci se contentait de mousses, ils auraient plus de chances d'arriver de l'autre côté. Enfin, après un moment d'angoisse, ils touchent terre.

– Ce pont traversé a-t-il une signification? ironise Drouin désormais formé à chercher dans tout objet un sens secret et réduit à ne plus pouvoir casser une noix sans briser une vertu.

– Libre à toi de considérer la commodité d'un tel ouvrage pour passer d'une rive à l'autre ou le danger qu'il fait courir au téméraire qui l'emprunte pour affronter l'autre monde!

Pour l'instant, l'autre monde ne diffère guère de celui qu'ils viennent de quitter. Une semaine durant, les deux hommes parcourent des montagnes, empruntent des vallées, suivent des chemins de crête, en se dirigeant droit au nord. Ils marchent en silence, l'un derrière l'autre, Lascaris en tête, la mule au milieu. Ce n'est qu'aux étapes du soir que le philosophe reprend son enseignement et, tandis que Drouin prépare le repas, épuisant le sac de haricots que leur a généreusement offert Agénor, il lui assène de nouvelles recettes de cuisine opératoire. L'effet en est celui d'une tisane de tilleul. Au coin du feu, Drouin somnole. Malgré lui, les paroles de l'alchimiste pénètrent son esprit sans qu'il y prête attention. Il apprend qu'on peut apprendre en dormant. Le discours qu'il entend sans l'écouter est comme ces contes dont une mère berce son petit. Il faut dire que Lascaris a quelque talent à dérouler comme des phylactères de longues phrases qui, de bouche à oreille, forment un écheveau qui enveloppe l'auditeur comme les bandelettes d'une momie. Le conte de ce soir a pour titre : tout est en tout et réciproquement.

– Car, dit Lascaris, encore que nous voyions de l'eau, de la terre, de l'air et du feu séparés, on ne les trouve jamais pourtant si parfaitement purs qu'ils ne soient toujours engagés les uns avec les autres. Quand par exemple tu regardes du feu, comme maintenant, ce n'est pas du feu, ce n'est que de l'air très étendu, l'air n'est que de l'eau fort dilatée, l'eau n'est que de la terre qui se fond et la terre elle-même n'est autre chose que de l'eau beaucoup resserrée. Et ainsi, à pénétrer la matière, tu connaîtras qu'elle n'est qu'une, qui, comme une excellente comédienne, joue ici-bas toutes sortes de personnages sous toutes sortes d'habits. Autrement, il faudrait admettre autant d'éléments qu'il y a de sortes de corps, et si tu me demandes pourquoi le feu brûle, et l'eau refroidit, vu que ce n'est qu'une seule matière, je te réponds que cette matière agit par sympathie selon la disposition où elle se trouve dans le temps où elle agit. Le feu, qui n'est rien que de la terre encore plus répandue qu'elle ne l'est pour constituer l'air, tâche à changer en elle par sympathie tout ce qu'elle rencontre. Ainsi la chaleur du charbon étant le plus subtil et le plus propre à pénétrer un corps, se glisse entre les pores de notre masse au commencement, parce que c'est une nouvelle matière qui nous remplit et nous fait exhaler en sueur. Cette sueur, étendue par le feu, se convertit en fumée et devient air. Cet air encore davantage fondu par la chaleur de la contrariété s'appelle feu, et la terre abandonnée par le froid et l'humide qui liaient toutes les parties tombe en terre. L'eau d'autre part, quoiqu'elle ne diffère de la matière du feu qu'en ce qu'elle est plus serrée, ne nous brûle pas, à cause qu'étant serrée elle demande par sympathie à resserrer les corps qu'elle rencontre, et le froid que nous sentons n'est autre chose que l'effet de notre chair qui se replie sur elle-même par le voisinage de la terre ou de l'eau qui la contraint de lui ressembler...

Le reste du discours s'effiloche avec la fumée du feu qui s'éteint à leurs pieds. Drouin a plus froid encore depuis qu'il sait que ce froid a des raisons aussi compliquées. Du coup, il n'a plus sommeil. Et c'est très clairement qu'il entend le philosophe conclure par ces mots définitifs : Cela n'est pas fort épineux à comprendre quand on connaît le cercle parfait et le délicat enchaînement des éléments.

Là-dessus, lui-même se recroqueville sous sa couverture et se met sur-le-champ à ronfler comme un goret.

A marcher ainsi des jours et des jours, dans un paysage dont la diversité même engendre la monotonie, à ne plus rencontrer d'objet, plante, animal ou caillou, sans entendre lui donner une valeur d'exemple ou une vertu hermétique, à ne s'endormir qu'au bruit de mots aussi vides de sens que pleins de sonorité, Drouin a le sentiment de se détacher de lui-même, de n'être plus rien qu'un corps articulé par un mécanisme d'automate, une marionnette dont son maître tire les fils pour la faire avancer, cueillir de la salade sauvage, ramasser des champignons, allumer du feu, mastiquer même et jusqu'à pisser. Il ne fait plus rien par lui-même. Il ne pense plus qu'avec les phrases de l'autre. Quand il lui arrive encore de parler, sa voix lui semble celle d'un ventriloque. Et c'est bien cela qu'il devient : la poupée animée d'un esprit qui n'est pas le sien.

Ce qu'il sait maintenant c'est que l'art alchimique est avant tout celui de la parole. Ce n'est point tant l'habileté de la manipulation qui compte que le discours dont on l'accompagne. La véritable transmutation est celle des mots vils en mots nobles. De phrases banales, mais assemblées avec soin, on peut faire croire à l'incroyable. La matière première de l'adepte, c'est le langage. Mets-toi bien cela dans la tête, Drouin, et fais-en ton profit.

Après avoir passé le col du Trébuchet et dévalé les pentes du bois de Gourdon, en direction de la vallée du Var, les deux voyageurs aperçoivent soudain l'étrange cité d'Entrevaux. Logé fort à l'étroit dans une boucle de la rivière, le bourg se tasse au pied d'un rocher abrupt et effilé comme une aiguille. Il est ceint de remparts tout neufs et l'on ne peut y pénétrer qu'en sautant le torrent sur un petit pont lui-même fortifié. Des hauteurs de la rive droite, on ne voit qu'une carapace de tortue dont les écailles se dorent au soleil.

– Ne te fie pas, dit Lascaris, à cette torpeur apparente. A

y bien regarder, nous voici devant la citadelle alchimique telle que l'a décrite mon maître Henri Khunrath, dans son *Amphithéâtre de la sagesse éternelle*. Considère attentivement la façon dont les sages architectes ont conçu cette ville dont le nom signifie qu'elle est située au carrefour de deux routes. Cette citadelle est entourée d'un large cercle divisé en vingt et un compartiments, ayant chacun une entrée. Vingt de ceux-ci n'ont pas d'issue et se trouvent barrés par le mur énorme qui les isole de la citadelle. Ils signifient les vingt voies parmi lesquelles peuvent se fourvoyer les chercheurs de la doctrine hermétique. Des inscriptions y indiquent probablement les opérations fausses que représentent ces voies, telles que : essai de transmutation de l'argent en or par augmentation, essai de travail sur le mercure vulgaire, et cætera. Et comme ces vingt compartiments communiquent entre eux, l'amateur philosophe peut errer longtemps avant de reconnaître sa sottise. Le vingt et unième compartiment, celui qui se présente en avant de la ville, est le vrai chemin. Mais à peine l'adepte s'y est-il engagé qu'il se heurte à un gardien qui lui barre le seuil d'un pont-levis franchissant le torrent d'eau qui isole la citadelle. Plusieurs conditions sont exigées ici de lui : la connaissance de la matière du grand œuvre, puis la foi et le silence. C'est pourquoi tu verras, si tu as de bons yeux, quelques futurs adeptes qui, n'ayant pu franchir le pont-levis, ont réussi à grimper sur le mur du fossé et, de là, à regarder à l'intérieur de la citadelle alchimique, dont ils connaissent bien les secrets mais qu'ils sont incapables de réaliser eux-mêmes. Cependant, regarde mieux : un heureux initié a pu passer par la porte de la citadelle, et parcourt maintenant les sept angles de la ville, correspondant aux sept opérations transmutatoires : dissolution, purification, puis introduction dans le vase scellé, solution par putréfaction, multiplication, fermentation et projection. Enfin l'adepte parvient au but désiré, la pierre philosophale, que tu vois là-bas, sous la forme d'un château flambant neuf, à la pointe extrême du rocher en aiguille, à laquelle ne mène encore qu'un sentier étroit, sinueux et vertigineux.

Assis sur un rocher, les deux hommes contemplent longuement cette cité singulière. Allons-nous y pénétrer? demande Drouin.

– Pourquoi irais-tu là où tu es déjà? Ne vois-tu pas que c'est toi qui as franchi le pont et montes vers l'antre du dragon tapi sous la pierre? C'est bien toi, je t'assure, qui te retournes maintenant vers toi et te fais un signe de la main auquel tu devrais répondre.

Drouin se force à rire. Mais le cœur n'y est pas. Son esprit est troublé. Ce diable d'homme a vraiment le don de le décontenancer.

– Je ne sais pas, dit-il, si là-bas j'éprouve des sensations physiques, mais ici j'ai faim et soif. N'est-ce pas l'heure de dîner?

Quittant Entrevaux, ils longent le cours du Var vers l'ouest, jusqu'au pont de Gueydan, et là le remontent vers le nord. La route est pénible jusqu'à Sausses où Lascaris fait provision de sel en grain que produit là une fontaine.

A Daluis, ils descendent à l'auberge de la Pignate, la seule du pays. Elle est vide. Pas un client. Une grande salle pourtant, capable d'accueillir les traditionnelles et bruyantes tablées de muletiers. L'aubergiste, un très gros homme avec une figure avenante, roule vers eux en s'essuyant les mains, à moins qu'il ne les frotte à la perspective d'avoir enfin des hôtes. Il leur explique que le dernier charretier est passé il y a deux dimanches; encore était-il souffrant et il est monté sans souper.

– Alors qu'est-ce que vous faites toute la journée? demande Lascaris.

– Je mange. Je mange ce que je prépare à tout hasard pour les clients de passage... qui ne passent ni ne mangent.

Il dit cela avec un ton jovial, et du rire dans l'œil. Il a bien une femme, minuscule et furtive, une souris qu'on aperçoit brièvement devant le trou de sa gatouille où elle disparaît. Puisque ces messieurs manifestent l'intention de souper, il jette un fagot dans la cheminée. Mais le conduit est froid et elle refoule, souffle des bouffées de fumée qui s'obstinent à planer dans la salle à la hauteur des yeux, malgré les grands gestes théâtraux avec lesquels le maître du logis secoue son tablier.

– Je n'ai pas grand-chose à manger, dit-il à ses hôtes en posant devant eux un pichet de vin. Je peux vous couper une tranche de jambon de montagne et vous faire sauter une poêlée d'œufs avec des truffes. Pour vous faire patienter, voilà des olives cassées et un pot de tapenade. Après, il n'y aura que du fromage et un reste de tourte aux airelles que ma femme a enfournée hier. Il ne faut pas nous en vouloir, mes beaux messieurs, mais la pratique est rare de nos jours et le ravitaillement bien difficile avec ces guerres qui nous menacent.

Et, en attendant que son épouse casse les œufs, il s'assied familièrement à leur table sur laquelle il a posé d'autorité trois gobelets. C'est lui qui sert, qui boit le premier, à la santé des voyageurs. Lascaris ne peut guère protester, résigné à supporter le vain bavardage d'un homme qui n'a parlé à personne depuis des semaines. Eh bien non, l'aubergiste au contraire pose des questions sur le voyage de ses clients avec la discrétion de celui qui a l'habitude de recevoir des gens peu soucieux de révéler la nature de leurs activités. Il demande seulement des nouvelles du temps qu'il a fait ces jours derniers dans les vallées d'en bas, si les oignons y ont de grosses peaux annonciatrices d'un hiver rigoureux et si l'on parle de nouveaux impôts. Bien sûr, il est allé regarder la mule dans l'écurie et sans doute tâter les bagages. Il sait sûrement que les voyageurs viennent du Midi et montent vers le haut pays. Il examine l'air de rien les boutons d'or et les bagues du plus vieux, et les mains maigres comme celles d'un crocheteur de serrures du plus jeune. Mais son investigation ne va pas au-delà. Au troisième pichet, offert par la maison, il renonce à deviner leur profession.

Après le souper, gavés et repus par ce festin inattendu, Lascaris et Drouin s'installent devant la cheminée qui, renonçant à bouder, fait ronfler un bon feu clair. L'aubergiste, qui a lui-même débarrassé la table, leur offre la goutte, une liqueur de genièvre qui râpe le gosier et fait chaud au ventre.

– L'hiver sera rude, dit-il. Les premières grives sont passées et les chats ne quittent plus la maison. Il a neigé sur Saint-Honorat. Les cols seront bientôt fermés.

N'obtenant pas de réplique, il se tait. Nullement vexé, parce que en ces pays de montagnes les silences sont souvent des politesses, non des désaveux. Tout de même, le repas, la chaleur et la perspective de dormir à l'abri entraînent Lascaris à la conversation, sinon à la confidence. Comme nous n'avons pas les moyens, dit-il enfin, de séjourner longtemps dans une auberge aussi cossue que la vôtre, nous envisageons de trouver quelque part un gîte pour y passer la mauvaise saison et y attendre les beaux jours avant de poursuivre notre voyage. Peut-être connaissez-vous une bergerie inoccupée, une grange abandonnée, où nous pourrions nous réfugier. Bien sûr, nous viendrions honorer votre table de temps en temps et payer largement notre écot.

L'aubergiste a soudain l'air navré. Il a de grands gestes comme on en voit aux matamores de foire. Il se gonfle de tant d'importance qu'il semble grossir encore.

– Que demandez-vous là? L'impossible. Aucun des paysans qui peuplent cette vallée de misère n'acceptera de prêter à des étrangers le toit d'une de ses cabanes où il serre son bois ou son foin. Oh, des maisons vides, il y en a, ici même dans le bourg, abandonnées aux loirs et aux araignées, mais les propriétaires n'y veulent point faire de frais et pour payer moins d'impôts ont levé les toitures et bouché les fenêtres. Quant à y mettre des gens de passage, ce serait avouer que justement ils sont propriétaires, ce que tout le monde sait d'ailleurs.

Et puis, façon de tâter le terrain, il ajoute :

– De plus, on vous y trouverait facilement.

– Mais nous ne nous cachons pas, proteste Lascaris. Nous sommes, mon compagnon et moi, en quelque sorte des pèlerins, des moines, sans habits il est vrai, mais soucieux de méditer dans la solitude et de vivre en ermites vagabonds.

L'aubergiste n'en croit pas un mot, mais à son sourire on voit qu'il apprécie l'humour de ce gros mensonge. Et leur reverse une rasade de genièvre. Lui aussi a le goût de la plaisanterie :

– Je connais bien un endroit où vous pourriez, sans souci d'être dérangés, passer l'hiver à égrener votre chapelet et à réciter vos patenôtres. C'est la grotte du Chat, là-haut, dans la montagne. J'y allais chasser autrefois, maintenant plus personne n'y monte, les jeunes sont devenus trop paresseux de nos jours pour s'aventurer dans des endroits pareils. Les bergers s'y réfugient quelquefois à la belle saison quand éclate un orage, mais en hiver vous y serez comme des coqs en pâte, nul ne viendra vous visiter.

– Elle est grande?

– C'est un ancien lit de rivière souterraine, il y a plusieurs galeries qui communiquent. Tout au fond, même sous dix pieds de neige, vous y serez au chaud. Pour l'eau, il y a une petite source en contrebas.

– Nous irons la voir demain, dit Lascaris à Drouin.

Celui-ci ne manifeste pas un enthousiasme débordant. Passer tout l'hiver dans une grotte! Ce n'est pas vraiment ce qu'il espérait. Belle demeure pour des faiseurs d'or! Ce philosophe, qui se vante d'avoir été reçu dans les châteaux et à la cour des princes, le voilà réduit à se cacher comme un réformé en fuite. Il a quand même assez d'argent pour prendre pension dans une auberge de porte-balles. Comme il n'a jamais été question entre eux de gages, Drouin trouve normal que l'alchimiste paie les frais du voyage.

– On serait mieux ici, dit-il d'une voix doucereuse.

– Vraiment! Et que ferais-tu dans cette taverne, sinon te prélasser devant le feu en humant le rôt, en attendant la soupe, sinon jouer aux cartes et boire avec les muletiers, lutiner la servante, bayer aux histoires de voyageurs... La belle occupation!

Drouin regarde autour de lui et ne voit ni muletiers, ni servante, ni voyageurs. Peut-être faut-il attendre que les routes soient enneigées, le pays coupé du monde, pour les voir apparaître.

– Et puis, reprend Lascaris, que pourrais-je t'apprendre, ici? Tu t'imagines que je vais dévoiler les arcanes de mon art devant des ignares! (Drouin regarde encore autour de lui et ne voit point d'ignares non plus.) Non, mon garçon, à enseignement secret, école secrète. Il nous faut la solitude et le silence. Quand je disais à notre hôte que nous étions des ermites, je mentais à peine. Les adeptes sont des moines, bien qu'ils servent une autre religion que celle de l'Église, celle de la raison et de l'expérience. Ils ont, comme les anachorètes, besoin de se retirer loin du monde pour n'entendre que leur voix intérieure, cette voix mystérieuse qui est celle des prophètes et des visionnaires. On nous traite d'illuminés parce que justement nous portons en nous la lumière et que nous tentons d'en éclairer les autres. Mais cette lumière est fragile, vacillante, comme la flamme de cette chandelle, et craint les courants d'air, les vents mauvais, le souffle des méchants. Il nous faut la protéger et la cacher au fond du temple. Et quoi de plus semblable à un temple qu'une grotte? Rassure-toi, viendront les beaux jours, l'éveil du printemps et le renouvellement de la sève. Nous sortirons de notre trou et descendrons de la montagne, ce haut lieu de la révélation, vers ces plaines italiennes ensoleillées où notre art pourra briller de tout son éclat.

La grotte du Chat, dont l'entrée est invisible de loin, est un dédale de galeries s'entrecroisant et s'enfonçant dans l'obscurité, en formant quelques salles où l'on peut se tenir debout. Ailleurs, il faut se courber, marcher à genoux ou même ramper.

L'air y est constamment renouvelé par cette disposition même et la température qui y règne est nettement plus élevée qu'à l'extérieur. Le sol en a été piétiné et battu par la longue occupation des hommes qui y trouvèrent refuge. Je ne sais pas si nous y serons comme des coqs en pâte, dit le philosophe, mais du moins comme des poules au nid.

Après avoir décidé de s'y installer, ils ont vendu la Miole à l'aubergiste, ou plutôt ils l'ont échangée contre des provisions d'hivernage. Le tavernier leur a bien volontiers remis les sacs d'épeautre et de féculents dont il n'aura pas l'usage, la mauvaise saison venue. Il n'est pas mécontent de se débarrasser des réserves de l'an dernier, prêtes à se gâter. Et contre quelques écus supplémentaires, il leur a consenti des jambons salés, des saucisses sèches, des pots de fromage cachat et un tonnelet d'eau-de-vie pour les grands froids. Vous pourrez toujours braconner autour de la grotte, dit-il à Drouin en qui il a instinctivement reconnu un homme de la campagne averti des ressources naturelles. Ça ne manque pas de renards et de blaireaux, et, diable, quand on a faim...! Gardez-vous seulement des loups et des ours qui deviennent méchants quand ils sont à jeun, éloignez-les en faisant du feu, ce n'est pas le bois qui vous fera défaut. Songez seulement à économiser vos briquets et vos brouquettes. Au printemps, j'enverrai mon neveu voir si vous n'êtes pas morts.

C'est donc le dernier voyage de la Miole. Trois fois, elle porte bagages et provisions jusqu'à l'entrée de la grotte, avant de rejoindre une écurie qu'elle doit trouver bien hospitalière.

– Ne pourrions-nous la racheter quand nous partirons d'ici? demande Drouin qui s'inquiète déjà d'avoir à prendre sur son dos la batterie de cuisine du philosophe.

– Chaque chose en son temps, veux-tu. Nous aviserons plus tard. Pour lors installons-nous confortablement afin de jouir quelques mois de cette paix indispensable à nos réflexions.

En pénétrant dans la grotte, Lascaris prononce des paroles

incantatoires : Visitetis Interiora Terrae Rectificando Invenietis Occultum Lapidem Veram Medicinam!

– Que dites-vous, monsieur?

– Je rends hommage, mon fils, à mes initiateurs qui ont dans cette phrase voulu indiquer l'entrée secrète du souterrain qui recèle le trésor des alchimistes. Cela veut dire : Visitez les entrailles de la terre, en rectifiant vous trouverez la pierre cachée, véritable médecine. Mais si l'on emploie le latin, c'est parce que les initiales de cette formule forment le mot Vitriolum, notre vitriol. La grotte est le laboratoire de l'alchimie naturelle. La formule le dit assez. Reste à savoir ce qui se cache sous le mot rectifier...

– Rectifier une liqueur, récite Drouin, c'est la rendre plus pure en la distillant. La rectification est une distillation par laquelle on purifie les liquides, tantôt en en séparant de plus volatils qui les altèrent, tantôt en les volatilisant eux-mêmes pour les isoler des matières qui leur ôtaient leur pureté.

– Je vois que tu as bien retenu mes leçons, dit Lascaris. J'espère seulement que tu comprends ce que tu répètes comme un perroquet.

Au creux de ce labyrinthe dont ils ont minutieusement étudié les méandres, ils ont choisi d'occuper, à mi-chemin de l'entrée et du fond, une salle ronde où des lits de pierre horizontaux leur permettront de dormir au sec. Une cheminée naturelle semble propre à faire du feu sans être par trop incommodé par la fumée.

Après avoir installé leur bagage et leurs provisions dans les encoignures de la roche, Drouin prétend disposer devant le foyer improvisé ses ustensiles de cuisine que Lascaris repousse en étalant ses instruments de travail. Nous ne sommes point là, dit-il, pour concocter des petits plats mais pour t'apprendre à cuire les métaux. Les sels, les huiles et le vinaigre dont je veux t'entretenir n'ont rien à voir avec tes condiments. Sur ce grave sujet, les deux hommes se fâchent, s'invectivent, en viennent presque aux mains. C'est leur première dispute violente. Eh bien, vous mangerez froid, dit Drouin. Et toi, tu resteras ignare et inculte, tout juste bon à ferrer les oies! dit Lascaris.

Pendant plusieurs jours, Drouin boude dans son coin, se désintéressant du ménage et négligeant son service. Il évite surtout de regarder le philosophe qui se livre à de mystérieuses manipulations sur ses poudres, dont il dose les mélanges, et sur ses fourneaux qu'il démonte et remonte, nettoie et modifie. En s'affairant devant le feu qu'il entretient lui-même, il brûle des choses horribles qui dégagent, par bouffées, des odeurs nauséabondes qui obligent Drouin à fuir hors de la grotte.

Dehors, c'est l'hiver. Les arbres ont l'air morts, la gelée blanche recouvre le sol et des corbeaux croassent en tournoyant au-dessus de leur cachette comme s'ils attendaient que meurent les ermites pour se repaître de leurs cadavres. De la vallée monte un épais brouillard qui transforme les montagnes voisines en îles sombres flottant sur une mer d'écume. Le temps est à la neige. Il va falloir songer à faire de grosses provisions de bois.

Au froid qui l'envahit, Drouin préfère encore l'atmosphère empestée de la grotte. Et comme il commence à s'ennuyer ferme, si peu habitué à rester sans rien faire, il se rapproche de l'alchimiste pour voir ce qu'il est en train de manigancer.

– Tiens-moi cette fiole, lui dit Lascaris d'un ton neutre, comme si rien ne s'était passé entre eux.

Dans la grotte, les journées sont terriblement longues. Peut-on d'ailleurs parler de jours, se confondant avec les nuits? Les deux hommes vivent dans la lumière artificielle de quelques chandelles ou à la lueur du feu. Et qu'a-t-on besoin de savoir l'heure? Ils dorment quand ils ont sommeil et mangent quand ils ont faim. Tous leurs efforts consistent à faire coïncider à peu près le rythme de l'un avec celui de l'autre. Et, la pénombre ne permettant guère de se livrer à des expériences pratiques, Lascaris se contente de discourir, inlassablement, et Drouin de l'écouter parce qu'il n'a que cela à faire et se sent la tête vide. Couché sur son manteau, en chien de fusil, il se laisse bercer par la voix monotone du philosophe, visiblement inspiré par ce décor singulier.

– Sache qu'il y a quelque analogie entre les grottes et les mines qui sont comme les veines et les artères de la terre, et ce n'est pas par hasard que l'on parle d'une veine d'argent. Mais elles ne sont point là pour véhiculer du sang; elles sont les entrailles mêmes où s'opèrent digestion et gestation. La terre y produit les minerais qui, à l'instar des fruits, y mûrissent lentement. Sans doute avec une lenteur qui n'est pas à notre échelle. Il faut des siècles pour que l'embryon se forme et se développe. Le procédé est le même que celui qui préside à notre naissance. Fécondée par le soleil, ou la lune, la terre ne cesse d'enfanter métaux et pierres précieuses qui, comme l'enfant dans le ventre de sa mère, se nourrissent de son sang. Ainsi du rubis que tu vois à cette bague que je porte, il a pris naissance dans sa minière : il était blanc au début de sa vie, il a graduellement contracté sa rougeur. Comme la matière du grand œuvre.

Évidemment, la nature, comme la femme, nourrit aussi en son sein des avortons et des monstres, qui sont ces métaux vils tels que le plomb ou le fer. Dans l'ensemble, elle s'applique à donner naissance à des enfants de noble lignée plutôt qu'à des bâtards. Si rien n'entrave le cours de la gestation, tous les minerais deviennent de l'or. Laissé dans sa matrice, n'importe quel métal finirait par devenir de l'or, grâce à la lente maturation à l'œuvre dans les entrailles de la terre. La finalité de la nature, c'est l'achèvement du règne minéral, sa maturation ultime. La transmutation naturelle des métaux en or est inscrite dans leur propre destinée. Mais il faudrait des centaines de siècles. La terre a le temps, les hommes ne l'ont pas. Alors, comme le métallurgiste transforme les embryons ou minerais en métaux en accélérant la croissance commencée dans la terre mère, l'alchimiste rêve de prolonger cette accélération et de la couronner par la transmutation finale de tous les métaux ordinaires dans le métal noble qu'est l'or, tirant cette noblesse de sa maturité quand les autres, cessant de croître, demeurent immatures. D'où le rôle salutaire de l'adepte qui aide la nature à remplir sa finalité, à atteindre son idéal, c'est-à-dire l'achèvement de sa progéniture.

Ce que la nature a fait dans le commencement, nous pouvons le faire également en remontant au procédé qu'elle a suivi. Ce qu'elle fait encore, à l'aide des siècles, dans ses solitudes souterraines, nous pouvons le lui faire achever en un instant, en l'aidant et en la mettant dans des circonstances meilleures. De la même manière que nous faisons le pain, nous pourrons faire les métaux. Sans nous, la moisson ne mûrirait pas dans les champs, le blé ne se transformerait pas en farine sous nos meules, ni la farine en pain par le brassage et la cuisson. Concertons-nous donc avec la nature pour l'œuvre minérale aussi bien que pour l'œuvre agricole et les richesses seront à nous.

– Ainsi, dit Drouin, si nous attendions assez longtemps dans cette grotte, nous verrions ce sable qui nous entoure, déjà d'un beau jaune, se transformer en or pur?

– Sans aucun doute. Mais que ferais-tu alors dans cette prison dorée? En lècherais-tu les parois jusqu'à ce que tes dents s'aurifient à leur tour? Crois-moi, il vaut mieux essayer aujourd'hui de fabriquer quelques gros et beaux lingots qui nous assureront la fortune et le respect de tous. On ne saurait être riche qu'au milieu des pauvres. Et saint parmi les mécréants, ajoute Lascaris un peu précipitamment, car n'oublie pas que l'adepte est d'abord un sage qui recherche avant tout à dégager son âme de la gangue des péchés.

– Comme vous parlez bien, mon maître!

Une lueur ironique dans l'œil de Drouin convainc le philosophe que son moinillon n'est pas vraiment dupe de ses protestations de pureté.

Drouin commence à souffrir d'être ainsi enfermé et de respirer cet air raréfié. Par moments, l'angoisse lui serre la gorge. Il supporte de plus en plus difficilement la vue et le contact des murs de sa prison, ces parois de safre, ce sable durci mais malléable qui ne résiste pas aux coups de griffes des ours ni aux ongles des hommes. Les occupants successifs de la grotte ont ainsi marqué de longues balafres ces creux et ces bosses contre lesquels ils s'appuyaient et dont la poussière jaune imprégnait leur pelage ou leurs vêtements. Cette matière est si fine qu'elle se résout en liquide sec : de minces filets qui tombent du plafond et coulent comme dans un sablier, mesurant un temps qui n'est pas celui de la vie humaine.

Lascaris lui-même doit être impressionné par cette matière obsédante puisqu'il raconte à son propos des histoires étonnantes. J'ai rencontré en Hollande, dit-il, il y a quelque cinquante ans, un savant chimiste du nom de Becher, qui rêvait au bord de la mer. Cet homme, que les pêcheurs prenaient pour un fou, avait l'habitude de se mettre nu au soleil, au risque de voir sa peau brunir comme du pain brûlé. Il passait son temps allongé sur la plage et finit par remarquer que la peau de ses bras retenait des parcelles de sable brillantes qu'il identifia comme des paillettes d'or accrochées à ses poils. Si donc les dunes de la mer recelaient ce précieux métal, même en quantités fort dispersées, pourquoi ne pas les tamiser? Il chercha et prétendit avoir trouvé le moyen mécanique d'extraire cet or. Il fit part de sa découverte aux états généraux de ce pays qui examinèrent avec le plus grand soin sa proposition. Elle ne fut rejetée qu'en raison du mauvais état des finances du royaume qui ne permettaient pas de consacrer à l'opération les dépenses nécessaires.

A la fin de ce conte, Drouin rêve moins au sable pailleté d'or qu'à la proximité de la mer dont Lascaris ne lui dit rien. Il a soudain une grande soif de cette étendue d'eau que l'on dit presque infinie et dont il imagine mal qu'elle peut conduire à des pays lointains. Avez-vous beaucoup navigué? demande-t-il à son maître. J'ai surtout voyagé par la route, répond celui-ci. Je n'ai pas le pied marin et tout le mal de mer que j'aie jamais éprouvé m'est venu des mauvais carrosses qui m'ont promené aux quatre coins du monde.

Cette confidence en amenant une autre, Lascaris égrène dès lors le chapelet de ses avatars. Accroupi près du feu, enveloppé dans son manteau, le visage à demi masqué par un tissu qui lui enrobe le front, il ressemble à un roi mage fatigué de sa trop longue pérégrination. Mais il évoque avec un certain talent les souvenirs les plus frappants de sa vie aventureuse. Se souciant peu d'ordonner les lieux et les dates, il va au petit bonheur selon un fil conducteur qui doit se dérouler dans sa tête. Ainsi commence-t-il par parler de ses séjours à Prague parce que, dit-il, les maisons pauvres étaient recouvertes de goudron sur lequel on avait étendu du sable qui, de temps en temps, se mettait à couler du toit sur la tête des passants. Comme ici. Là-bas aussi, le temps qui passait, mesuré par ces autres sabliers, était différent de celui qui règle ailleurs la vie quotidienne des hommes. J'y ai vu, au fronton de la maison commune des Juifs qui occupent ce ghetto, une horloge dont les aiguilles tournent à l'envers. Les esprits raisonnables te diront que c'est parce que les Juifs écrivent de droite à gauche. Il n'empêche qu'on avait là l'impression de remonter le temps et d'espérer rajeunir. Et quiconque vivait à Prague vivait hors du temps ordinaire. On y rencontrait des vieillards d'un âge incertain qui ne se souvenaient même plus de leur jeunesse trop lointaine. Ils parlaient encore la langue de leurs ancêtres, celle de la Bible, et se livraient à de perpétuelles exégèses des Écritures sacrées. La vieille ville était un creuset où s'effectuait la transmutation des idées les plus originales. Les alchimistes y étaient naturellement plus nombreux qu'ailleurs et je me rappelle avoir habité la rue de l'Or, dont toutes les boutiques étaient occupées par des laboratoires. De l'une d'elles, visible seulement les jours de brume, sortait, tous les trente-trois ans, un être inconnu, de taille gigantesque, le visage imberbe et jaune, de type mongol, qui traversait la rue et disparaissait au carrefour. On l'appelait le Golem. Une créature fabriquée de toutes pièces par un rabbin avec la boue gluante de la rivière. Cette créature de glaise, animée par un signe gravé sur son front, n'était pas une œuvre de Dieu, comme ce bohémien dont tu m'as raconté l'origine, mais celle d'un homme qui avait contredit la nature. Son apparition annonçait chaque fois des calamités et des exactions dont souffrait régulièrement la population juive. D'autres ingénieurs avaient réussi à donner un semblant de vie, par de pareils procédés alchimiques, à des simulacres d'hommes, de petite taille, qu'ils nommaient homoncules et qui leur servaient de valets, nourris d'eau de rose à peu de frais. La ville tout entière baignait dans une atmosphère de magie, noire, blanche ou rouge comme les étapes du grand œuvre. J'ai longtemps vécu là, à la cour de l'empereur Rodolphe, lui-même personnage fort étrange qui délaissait les affaires de son peuple pour se consacrer aux travaux de la science. Enfermé dans son palais, il ne s'occupait que d'astronomie, s'entourant des plus grands scrutateurs du ciel comme Tycho Brahe et Kepler, dont j'ai beaucoup appris. Mais sa véritable passion était l'alchimie, dont il avait reçu les premières leçons de ses médecins ordinaires Thadeus de Hayec et Michel Mayer, des adeptes convaincus. Le palais n'était qu'un vaste laboratoire où les valets eux-mêmes servaient d'aides et de préparateurs. Cet empereur fut l'un des rares monarques à retirer d'importants bénéfices des pratiques spagyriques. A sa mort on trouva, dit-on, quelque quatre-vingts quintaux d'or et soixante d'argent. Ainsi qu'une appréciable quantité de poudre philosophale qui a depuis mystérieusement disparu. C'est auprès de ce génie que j'ai opéré mes projections les plus spectaculaires. J'ai dû cependant quitter un jour sa cour parce qu'y régnaient des mœurs contre nature pour lesquelles je n'ai pas de goût.

Je me suis alors réfugié chez un autre grand prince allemand, l'électeur Auguste de Saxe. Lui travaillait de ses propres mains aux opérations alchimiques dans un laboratoire qu'il possédait à Dresde et que le peuple désignait sous le nom de Maison de l'Or. Sa femme, Anne de Danemark, partageait son intérêt pour le grand œuvre, auquel elle travaillait dans son château de Hanneberg, où je séjournai également. Tu remarqueras combien les tribulations d'un adepte sont marquées par ces étapes initiatrices que sont les châteaux, lieux clos par excellence, forteresses du secret, théâtre souterrain des orgies de l'esprit et domicile des fantômes...

De jour en jour, Lascaris, se parlant comme à lui seul, et remontant dans son propre temps, continue de se remémorer les époques les plus singulières de son existence interminable. Des nuits blanches de Moscou aux jours londoniens assombris par le brouillard, des moiteurs pestilentielles de Venise au soleil vert de la Spree berlinoise, des tavernes littéraires de Vienne aux monastères secrets de Constantinople.

Au cours des semaines qui passent, les provisions s'épuisent qu'il faut désormais rationner. Quant à l'eau, il devient de plus en plus difficile de s'en procurer et de faire fondre les morceaux de neige glacée que Drouin recueille à l'entrée de la grotte. La petitesse des vases dont ils disposent ne permet d'obtenir que des fonds de liquide sale dans lesquels il s'efforce de cuire les derniers haricots qui mettent une mauvaise volonté évidente à s'attendrir. La neige, pourtant, c'est de l'eau de pluie gelée, n'est-ce pas, et Lascaris n'en a-t-il pas vanté les mérites? Drouin est bien près de croire que décidément l'alchimie ne nourrit pas son homme et que cette science capable de tant de miracles est impuissante à produire de quoi manger et boire. A moins que vous n'ayez, mon maître, encore quelque secret qui permette de rendre les métaux comestibles et vos acides buvables?

– Les questions les plus stupides, mon garçon, provoquent quelquefois les réponses les plus subtiles. Sache que les adeptes cherchent depuis longtemps la formule d'un or potable dont l'effet serait non seulement nourrissant mais guérisseur. De tous les métaux, on peut en principe tirer des sels, des essences, des huiles potables. Mais, comme l'ont pensé les médecins arabes, c'est l'or qui constitue le remède universel à toutes les maladies. C'est lui qu'il faut rendre assimilable par le corps humain et la voie buccale. Certains alchimistes y sont parvenus, dont la formule s'est perdue. J'ai jadis rencontré l'un d'eux qui opérait à Castelnaudary. Il se nommait Pierre Fabre et pour illustrer son nom avait pris pour armes parlantes un forgeron martelant un fer rouge sur son enclume, celles-là mêmes auxquelles tu pourrais prétendre. C'est auprès de lui que j'ai appris cette recette de l'or potable qu'il entendait utiliser efficacement contre les ravages de la peste. Écoute bien. Il faut dissoudre l'or par l'eau régale ordinaire. Quand l'or est dissous, il faut jeter dans la solution de la très bonne huile de tartre, petit à petit, jusqu'à ce qu'elles ne bouillonnent plus l'une avec l'autre et se soient accoisées, c'est-à-dire apaisées, et ce dans une grande fiole de verre, où il faut jeter après de l'eau claire et limpide afin que l'or tombe en poudre jaunâtre au fond de la fiole. Tu passes ensuite cette liqueur avec sa poudre à travers un papier gris dans un entonnoir de verre, afin que ton or demeure sur le papier en poudre jaune, sur laquelle tu verses encore de l'eau commune, pour la bien laver et lui ôter toute l'acrimonie des sels qu'elle a pris en sa dissolution. Il faut sécher cette poudre par une chaleur lente ou au soleil qui ne soit guère violent, puisqu'elle prend feu bien souvent à une grosse chaleur et tonne comme la foudre, et c'est pourquoi on l'appelle or tonnant ou or fulminant. Quatre grains de celui-ci dans de l'eau de scabieuse, ou une cuiller d'eau thériacale, sont un grand préservatif contre la peste. Il chasse tout le venin pestilentiel hors du corps par transpiration et sueurs, et fortifie le cœur avec lequel il a une merveilleuse sympathie.

Ce Fabre était un grand médecin spagyriste. C'est lui qui m'a appris la nécessité de recourir toujours au plus petit, c'est-à-dire à l'essence des choses. Ainsi le corps d'un pestiféré réduit en cendres constitue un premier remède contre la peste, mais le sel extrait de cette cendre a des effets attractifs beaucoup plus durables qui aspirent le venin, et l'esprit de ce sel une vertu plus efficace encore, et enfin cet esprit réincarné dans le sel universel une puissance presque absolue sur la maladie.

– Est-ce là, monsieur, d'où vient l'expression : y mettre son grain de sel?

– Tu ne crois pas si bien dire. Je me souviens de la première expérience à laquelle j'assistai auprès de cet adepte singulièrement doué. C'était, si je ne me trompe, le 22 de juillet de l'année 1627, jour de la Sainte-Madeleine, et en présence de magistrats de la ville et d'ecclésiastiques, de très dévots religieux de l'ordre des Capucins. Lesire de Sérignol, lieutenant général de la sénéchaussée du Lauraguais, chargé des enquêtes judiciaires, y assistait comme examinateur. Il maniait lui-même le soufflet et activait le feu, pour que dans une expérience si rare, si inouïe, on ne pût concevoir le moindre soupçon de fraude. Un demi-grain de poudre de ce sel universel, en l'espace d'une demi-heure, transforma une once entière de vif-argent en argent absolument pur, beaucoup plus net et éclatant que l'argent ordinaire. Ce grain, recueilli et pesé avec soin, se révéla non seulement plus rouge, mais aussi plus gros et plus lourd qu'il ne l'était primitivement. Sa puissance ne s'était nullement épuisée dans la première transmutation d'une once de vif-argent : il lui en restait encore et, grâce à elle, une drachme de plomb fut changée en argent pur et véritable, dans une seconde expérience contrôlée...

– Mais, monsieur, vous dites avoir vécu cela en 1627, cela fait quelque quatre-vingts ans! C'est impossible, à vous voir si vaillant!

– Je t'ai dit être fort vieux, ou plutôt d'un autre âge. Je suis né il y a si longtemps que je ne m'en souviens plus. Je ne te dirai pas le secret de ma longévité, que je dois à l'absorption d'élixirs de longue vie dont je n'ai pas moi-même la formule, mais que j'ai eu le bonheur de trouver au cours de mon premier voyage à Prague, dans certains châteaux perdus de la région des Carpates où vivent encore des vampires.

– Vous vous moquez!

– Ce sont les gens qui colportent là-dessus les légendes les plus invraisemblables qui se moquent du pauvre monde, auquel ils croient faire peur. Derrière ces contes de bonne femme, il est cependant une vérité secrète dont la révélation pourrait être terrible si elle était divulguée au vulgaire. N'en demande pas plus. Sous le masque de vampires, se sont cachés des hommes qui ne savent comment dissimuler autrement le fardeau d'une existence désormais perpétuelle. Ceux-là, incapables de vieillir, ne peuvent plus mourir que d'une mort accidentelle, qu'à la fin ils appellent de tous leurs vœux.

– Je ne crois rien de ces balivernes.

– Heureusement, mon fils, et continue de n'y point croire, à moins que tu ne veuilles risquer de perdre à jamais le sommeil.

– Mais vous-même, prétendez-vous...

– Non, rassure-toi, je ne suis ni vampire ni immortel. Tu n'as devant toi qu'un vieil homme que les rides n'atteignent plus et qui, cessant de recourir à ses drogues, mourra de sa belle mort quand il en aura assez de vivre ou qu'un accident viendra mettre fin à cette vie errante.

– Cet élixir de longue vie, dit Drouin, dont vous ignorez la recette, est-il un autre produit de votre art hermétique?

– Je te dirai seulement que le mot désignait la pierre philosophale dans les textes alchimiques que nous ont légués les médecins arabes et qu'il se présente sous la forme d'une poudre sèche.

N'est-ce pas celle qu'il cache sur son ventre? Il serait plaisant que le philosophe ait associé sa drogue de jouvence à l'organe de la génération. S'il osait, Drouin lui demanderait si cette longévité est héréditaire. Mais c'est par trop ridicule. Le vieux est en train de le berner effrontément. A moins qu'il ne tâte sa crédulité.

Le doute. Toujours ce doute qui le ronge comme un acide. Comment savoir assurément si Lascaris n'est pas un imposteur? Il ne peut le lui demander. Il n'en a pas l'audace. Et puis la réponse elle-même ne saurait le convaincre. S'il n'est qu'un habile escamoteur, le philosophe ne l'avouera jamais à son élève. A moins qu'il n'entende en faire le complice de ses escroqueries. Mais alors, lui faut-il attendre si longtemps, déguiser son mensonge sous tant de vérités, ne l'entraîner à des opérations si compliquées que pour lui montrer enfin qu'il ne s'agit que d'adroits tours de passe-passe? Aurait-il besoin, pour l'associer à sa coupable industrie, de l'endormir avec tant de connaissances théoriques quand il suffirait de lui apprendre simplement l'art de la prestidigitation?

Ne pouvant poser à Lascaris la question qui lui brûle les lèvres, Drouin en formule une autre.

– De tous les adeptes que vous avez rencontrés, n'y en eut-il jamais qui ne fussent que des charlatans, trompant avec art la confiance des naïfs et profitant de leur ignorance pour glisser, par exemple, parmi les ingrédients nécessaires aux opérations chimiques, des composés aurifères qui, détruits par le feu, laissaient apparaître l'or?

– Tu as raison de te le demander et c'est la question que se poseront les examinateurs quand tu seras à même d'opérer tout seul. Oh oui, il en était et il en est encore qui déshonorent notre art par leur malhonnêteté. Ils sont même sans doute plus nombreux que les authentiques alchimistes. Et la méthode qu'ils emploient est souvent celle que tu évoques avec intelligence. Ces misérables sont d'ailleurs d'une grande habileté. Les uns utilisent des creusets ou des coupelles à double fond dans lesquels ils dissimulent des chaux d'or ou d'argent recouvertes d'une pâte appropriée. D'autres font un trou dans un morceau de charbon et y coulent une poudre d'or ou d'argent. Ou bien ils imbibent ce charbon avec des dissolutions de ces métaux, et le pulvérisent pour le projeter sur les matières destinées à être transmuées. Ils usent aussi des mêmes réactifs pour envelopper les papiers qui entourent leurs produits. Des fioles, des vaisseaux, des ustensiles de toute nature les contiennent ainsi d'avance, à l'état de poudres ou de teintures imbibées. Ils remuent les substances fondues avec des spatules ou des bâtonnets creux et remplis de limaille d'or ou d'argent. Ils mêlent les chaux d'or et d'argent avec les chaux de plomb, d'antimoine ou de mercure. Ils enferment dans du plomb des grenailles ou des petits lingots d'or ou d'argent qui reparaissent après calcination à la coupelle. L'or blanchi au mercure est donné pour de l'étain ou de l'argent. Le mercure chargé de zinc et passé sur le cuivre rouge teint celui-ci en or. Les eaux-fortes employées dans les traitements des métaux vils contiennent déjà de l'or ou de l'argent dissous... Que te dire encore? Il existe bien d'autres stratagèmes qui relèvent tous d'une certaine connaissance de la chimie, ce qui permet à ces trompeurs d'éblouir les foules par des commentaires savants dont ils accompagnent leurs fausses démonstrations.

– Voilà qui éclaire singulièrement ma lanterne, dit Drouin. Si je ne parviens pas au degré de perfection que vous souhaitez me voir atteindre et que j'échoue dans mes propres transmutations, je pourrai toujours, avec ce que vous m'avez appris, gagner ma vie sur les tréteaux en singeant vos opérations!

– Tu ne parles pas sérieusement?

– Certainement non, mais je crains, mon maître, que vous ne m'ayez pas encore tout à fait débarrassé des scories qui encombrent la pureté de mon cœur.

Si la transmutation du plomb en or paraît encore bien lointaine à Drouin, malgré les expériences suspectes effectuées chez le baron, sa propre métamorphose en minéral est en bonne voie. Depuis le temps qu'il est là, dans cette grotte, il s'engourdit et vit au ralenti comme une marmotte. Il n'a pas les réserves de graisse de cet animal habitué à hiverner et ses os prennent le pas sur sa chair. Il se sent squelette habillé ou épouvantail empaillé. Il ne s'habite plus. Son esprit flotte quelque part, au centre de la salle et loin de ce corps qu'il n'a pas envie de regagner.

Curieusement, il est heureux de cette sensation. Il baigne dans une paix reposante, une sorte d'indifférence à ce qui l'entoure. Les gestes de la vie quotidienne, chercher du bois, faire fondre de la neige, entretenir le feu, touiller la bouillie de châtaignes, il les exécute dans un état second, en pensant à autre chose, ou plutôt en ne pensant à rien. C'est agréable comme un endormissement, quand on laisse sourdre en soi des images incontrôlées, absurdes et somnifères. Mais cela vient peut-être des tisanes amères que Lascaris le force à avaler sous prétexte de le soutenir.

Quant à celui-ci, il dort tout le temps et ronfle comme un moine aux matines. Et quand il ne dort pas, il reste assis devant le feu, sans le voir, avec les yeux vides d'un aveugle. Régulièrement sort de sa bouche un petit sifflement prolongé, la langue entre les dents. Lui aussi se pétrifie. Quelle mystérieuse transmutation s'opère en lui?

Va-t-il insensiblement se transformer en bloc de saindoux, en billot de bois, en statue de sel, en cadavre vivant... Sous sa perruque doit apparaître cette mousse verte qu'il recueille dans les cimetières et de ses entrailles pourrissantes vont peut-être s'échapper des étrons d'or!

Dehors, la neige est tombée si abondamment qu'elle a bouché l'entrée de la grotte et interdit les corvées de bois. Une lumière pâle, légèrement rosée, filtre à travers ce bouchon d'ouate qui lute hermétiquement le vase clos où les deux alchimistes attendent leur résurrection, dans la fumée et la pénombre. La cheminée ne tire plus, son conduit naturel fermé sans doute lui aussi par la neige et les derniers bouts de chandelles expirent les uns après les autres.

De temps en temps, Drouin secoue la léthargie qui l'envahit. Il reprend conscience de l'incongru de sa situation. Réfugié avec un vieux fou dans une grotte qui sera probablement leur tombeau. Ils vont mourir ainsi sans s'en apercevoir, loin d'un monde qui les ignore. Quelqu'un les trouvera un jour, beaucoup plus tard, en pénétrant par hasard dans ce trou à renards, et s'étonnera de leur attirail hétéroclite, ces fioles, ces coupelles, ces pincettes, ces sachets de poudres sèches, qu'il prendra pour les débris d'une civilisation inconnue ou disparue, mais n'en volera pas moins les lingots d'or et d'argent que ces étrangers ont laissés traîner autour d'eux comme des objets sans valeur.

En contemplant le philosophe, affaissé comme un sac, le gilet aux boutons d'or dérisoirement ouvert sur une bedaine obscène, Drouin a des sentiments contradictoires. De la pitié pour cet homme fatigué de vivre depuis si longtemps, à l'en croire, et de venir de si loin, à l'en croire encore, pour aller si lentement vers un but incertain. De l'amusement pour ce beau parleur. De l'admiration pour ce manipulateur dont les expériences, il doit l'avouer, le séduisent. Mais une répugnance évidente pour ses prétentions à se dire plus savant que les autres, à se prévaloir d'une science secrète et peut-être maudite, à faire croire qu'il est capable de changer le cours des choses et la marche du monde. Et enfin, de façon plus confuse, une animosité contre ce maître prenant son élève pour valet. Sans doute prétend-il assurer sa fortune, mais n'est-ce pas une fortune dont lui-même entend profiter? Devenu vieux et maladroit, moins apte à séduire par ses savants discours et ses tours de manchettes, il espère sans doute que son disciple, devenu aussi habile que lui, travaillera à sa place et lui versera une commission. Comment peut-il croire qu'une fois en possession de ses secrets l'apprenti ne cherchera pas à voler de son propre zèle et à le laisser au bord de la route?

Ainsi chemine sournoisement dans l'esprit de Drouin l'idée d'abandonner le philosophe quand il en saura assez de sa philosophie.

Dans l'immédiat, il a surtout envie de quitter cette grotte, ce froid qui le pénètre, et d'abandonner ce voyage en Italie qui ne mène nulle part. Malheureusement, il est trop tard pour revenir en arrière, et s'il rêve avec mélancolie de la forge de Bargemon, il n'envisage nullement d'y retourner. En quelques mois, il a changé de peau et s'est confronté à une autre vie. Il est un autre. Il n'est plus lui-même, et surtout plus ce frère mort-né dont il a pris la place pendant des années. C'est cela : en devenant un autre, il devient lui-même. Il sourit de satisfaction en constatant que dans le même temps il est devenu intelligent. En un tour d'alchimie naturelle, le plomb s'est changé en argent.

A la fin de l'hiver, les relations entre les deux hommes se détériorent encore. Ils font chambre à part. Drouin a transporté son baluchon dans une salle voisine où il dort enfin tranquille. Mais il y fait froid et, dans la journée, si on peut appeler journée cet espace de temps entre deux sommeils, il rejoint le philosophe et le feu que celui-ci, sortant peu à peu de sa torpeur, a rallumé.

Un jour tout de même, cette éternité prend fin. Au plafond de la grotte se forment des gouttes d'eau qui, hésitantes d'abord, se décident à tomber. C'est le dégel. Drouin sort pour goûter un autre air. Il y a encore un peu de neige sur le sol mais le ciel est ensoleillé et les premiers oiseaux parlent dans les arbres. Derrière lui, Lascaris ressemble à un ours sortant de sa tanière.

– Nous allons pouvoir nous remettre en route, dit-il, et dans un mois nous serons en Italie.

– Sans la mule?

– Il nous faudra franchir la frontière et nous nous cacherons plus aisément sans une bête de somme, visible de loin et capable de braire au plus mauvais moment. Nous en rachèterons une de l'autre côté de la montagne.

– Et croyez-vous, monsieur, que je vais porter vos fourneaux et vos cailloux? Ne voyez-vous pas l'état dans lequel vous m'avez mis, après cette longue abstinence? Je tiens à peine sur mes jambes, maigres comme celles d'une sauterelle, et la tête trop lourde de tout votre enseignement.

– Rassure-toi, nous n'allons pas nous embarrasser de tout cet équipage. Je vais laisser ici, enterrés au fond de la grotte, mes outils de travail. Ils sont à vrai dire bien délabrés et j'en acquerrai de plus neufs chez le premier apothicaire piémontais. Un jour, peut-être reviendras-tu en pèlerinage dans cet œuf où tu es éclos, et content de retrouver ces premiers instruments de ta fortune. Nous n'emporterons que ces lingots et ces limailles, et ces sachets de poudres, avec quelques flacons de mes huiles. Prends seulement ces pincettes et ces fioles de verre qui ne pèsent pas lourd. Un colporteur en a plus dans sa balle, avec laquelle il franchit les torrents les plus coléreux et les cols les moins praticables. Courage, mon fils, tu verras bientôt les palais lombards et vénitiens dont tu n'imagines pas la magnificence. Nous y serons reçus comme des princes!

– Après un peu de toilette, peut-être?

– Il faudra en effet que je racle la crasse qui colle à ta peau et celle aussi qui encroûte ton esprit. Mais pour lors, prenons le large, matelot!

A la sortie de la grotte, les deux hommes ont vraiment l'air de ressuscités issus de leur tombeau. A leur apparition, toute femme sensée tomberait dans les pâmes. L'aubergiste de Daluis lui-même ne les reconnaît pas au premier abord. Il les prend pour des réformés en fuite, condamnés à errer à travers la montagne dans le dénuement le plus complet et chassés par les soldats du Roi. Puis, son regard se portant sur les boutons d'or du gilet de Lascaris, il lève les bras au ciel. Seigneur Dieu! Ces beaux messieurs! Dans quel état êtes-vous! Entrez vite et montez dans votre chambre, je vais vous y faire porter de l'eau chaude. Vous avez sacrément besoin d'être étrillés.

Et il les pousse dans l'escalier. Il ne tient pas à ce que sa clientèle voie qu'il héberge de tels épouvantails. Parce que cette fois il y en a, des clients. Toute une tablée de muletiers et de charretiers qui font bombance avant de reprendre la route libérée des dernières neiges.

Nus dans leur baquet d'eau tiède et sale, Drouin et Lascaris attendent que la femme du tavernier rapporte leurs habits qu'elle est allée brosser. La poussière s'en ira, dit-elle, mais pas l'odeur : il faudrait les faire tremper au moins trois jours et sécher autant sur le pré.

– Avez-vous donc confiance en ces gens-là, demande Drouin pour leur abandonner ainsi vos vêtements de prix? Souvenez-vous de l'Auberge sanglante d'Escragnolles. Et comment nous défendre de leur rapine dans la situation où nous sommes?

Ils sont en effet aussi dépouillés que des moutons après la tonte. Assis face à face dans le même tonneau, les genoux levés, ne sachant où mettre les bras, évitant de se toucher et tous deux fort mal à l'aise. Lascaris occupe les deux tiers du volume et Drouin se recroqueville tant qu'il peut. Décidément, il déteste cet homme qui, sans perruque, a l'air plus nu encore. Quand le philosophe se lève enfin, Drouin constate qu'il a conservé sa fausse génitoire dont la couleur a cependant singulièrement changé et se distingue fort, par sa noirceur, des grelots qui l'entourent.

– Ne crains rien, dit Lascaris, cette bourse est faite d'une vessie de porc aussi étanche que mes flacons lutés. Quant à notre fortune, elle est là dans nos sacs. Les boutons de mon habit ne sont, vois-tu, que de cuivre doré et sans valeur. Et si tu crains d'être changé en chair à pâté, songe à tous les témoins qui nous ont vus entrer.

Beaux témoins en vérité qui, à l'entrée des deux étrangers dans la salle, ne lèvent point les yeux de leurs écuelles, bien trop occupés à tremper leurs moustaches dans une daube épaisse dont le fumet fait presque défaillir Drouin. Ces faces rubicondes, aux yeux plissés, sont celles de muletiers aux tayoles rouges, habitués à conduire de longs convois, avec leurs bêtes harnachées de cuir et pastillées de cuivre, sur les chemins vertigineux de la montagne et se fiant au pied très sûr de leurs mulets.

C'est à l'un d'eux que Lascaris demande la route de Barcelonnette. Il n'y a pas à se tromper, c'est droit au nord en suivant la rivière jusqu'à sa source, et de là au col de la Cayolle. Une affaire de trente lieues, en comptant les détours. En trois ou quatre jours, vous y serez rendus. Après le col, il ne vous restera qu'à vous laisser couler dans les gorges du Bachelard, un méchant torrent... mais d'ici là vous aurez le temps de vous renseigner.

Ce que ne dit pas le muletier, c'est la difficulté de l'expédition. Et le lendemain, sortis de Daluis au petit matin, restaurés et vaillants, les deux piétons découvrent un paysage fantastique en s'engouffrant dans un étroit couloir qui se faufile comme une couleuvre entre des roches d'un rouge ardent. Ce sont des schistes, prétend Lascaris. Les portes de l'enfer, plutôt, inhumaines, stériles, dépouillées de toute végétation, à part des lichens pâles qui font des taches maladives. Le Var, tout en bas, se creuse dans cette roche rubescente un lit d'une profondeur effrayante. Le chemin, loin de suivre le lit du torrent, s'élève sur la lèvre de l'abîme. Sans même la protection d'un parapet, il contourne les ravins, les escarpements, les corniches, avec des à-pics formidables et des précipices au fond desquels le regard n'ose se porter. Puis il apparaît creusé entre de hautes parois verticales d'où tombent des pierres qui jonchent le sol cahoteux. Il débouche ensuite au bord d'un gouffre impressionnant, hérissé d'aiguilles, entouré d'un étrange chaos de plissements et d'encorbellements. Des couloirs d'éboulis, semblables à des plaies sanglantes, le coupent sans cesse, qu'il faut franchir sur des ponts de rondins qui font peur. Les détours sont brusques et retors. Et toujours ce rouge intense qui colore la roche comme si elle était en feu. Drouin a l'impression de marcher au cœur d'un tas de braises dont les couleurs cramoisies ne se seraient pas effacées avec le refroidissement.

Enfin, après un dernier tournant, les montagnes consentent à s'écarter. On aperçoit au loin les plaques vertes des alpages et des prairies cultivées. Le schiste rouge ne se laisse plus voir que par poches ou rognons, et fait place à des obélisques et des pyramides de calcaire gris. Drouin respire, satisfait de sortir de ce chaos minéral.

– Tu as tort, dit Lascaris, de ne point apprécier ce caprice de la nature. C'est en de tels lieux que la garce accouche des métaux qu'elle met à notre disposition. Les couleurs de ces roches indiquent assez qu'elles recèlent du cuivre, du plomb argentifère, du soufre surtout. Sois heureux que je ne t'envoie pas là-haut casser des cailloux pour en extraire ces précieuses matières.

Au petit bourg de Guillaumes, serrant ses maisons grises et laides entre des débris de remparts, ils ne trouvent à se loger que dans un vieux pressoir qu'on leur abandonne pour la nuit. Ici, point d'auberge ni de cabaret. Pas même une bégude pour étancher la soif des charretiers. Mais de l'eau partout, dans des auges de pierre ou de bois, pour abreuver les mulets. La tristesse du paysage, des montagnes dénudées et du schiste retrouvé n'incline sans doute pas les habitants à faire la fête au café. Chacun reste chez soi à compter ses noix ou ses sorbes, ces baies du cormier que les marchands ambulants achètent pour les revendre aux fabriques de chocolat. Aux voyageurs qui s'étonnent du délabrement de la ville et du nombre impressionnant de maisons ruinées, on dit que le bourg a brûlé tout entier il y a un quart de siècle et que beaucoup de gens se sont résignés à n'y plus revenir. Et, comme si la nature avait voulu contresigner la fureur incendiaire des hommes, elle a dans cette haute vallée du Var fait succéder au chaos rouge des schistes de Daluis celui des marnes noires de Villeneuve-d'Entraunes qui, au-delà de Guillaumes, forment un horrible décor de deuil, avec les larmes de torrents dévalant sur les flancs de la montagne et le linceul sale de la rivière qui coule au fond de cette vallée de la désolation.

Drouin manifeste sa hâte de quitter ce purgatoire. Toutes les belles leçons du philosophe sur les accouchements de la nature ne valent pas la peine de se rompre le cou sur ces pierres tranchantes et de navrer son regard sur ces monuments sculptés dans la houille. Heureusement, la rive droite du Var se montre un peu plus aimable. Certes, il reste à franchir de profonds ravins qui semblent à leur tour évacuer des cônes de déjection, telle une matière fécale pétrifiée, mais ces sexes de la terre se parent d'une toison de prairies verdoyantes et de bosquets de pins sombres. Ils atteignent Saint-Martin, un hameau qui paraît n'être bâti que de bergeries formant remparts autour de fermes d'un type nouveau que découvre Drouin. Dans ce décor pastoral, il ne reconnaît guère celui de son enfance. Ici, les maisons sont hautes de deux ou trois étages. Sur la façade orientée au midi courent de longs balcons de bois, comme si les gens avaient tout le temps de contempler à loisir ce vaste cirque de pentes boisées de noyers et de frênes, que surplombent des pâturages et une forêt de mélèzes. Ne crois-tu pas, dit Lascaris, que ces promenoirs leur servent plutôt à sécher leur linge et leurs fruits, comme les souleillans qu'abritent ces toitures débordantes? Des toitures en bardeaux de mélèze que l'on coupe à la vieille lune, leur explique le patron de l'auberge où ils s'arrêtent, et que l'on fait sécher pendant dix ans avant de les employer.

Cette hostellerie contraste avec celle de Daluis. Ici, c'est une femme qui dirige la maison et veille à une propreté à laquelle les voyageurs ne sont plus habitués. Les tables sont grattées au couteau. Des tables curieuses d'ailleurs, que Drouin n'a jamais vues. Creusées au centre et sur toute leur longueur d'une rigole qui communique par de petites saignées avec des écuelles elles aussi creusées dans la masse. La patronne verse à l'un des bouts de la table la soupe qui remplit successivement tous les creux. Quand le premier est plein, le client ferme le passage de la saignée avec sa cuiller et la soupe file chez le voisin. Après le repas, un grand seau d'eau suffit à faire la vaisselle.

Même les chambres sont propres et claires. La bonne Mme Roux accepte de faire leur lessive et de ravauder leurs vêtements éprouvés par tant d'aventures. Drouin soigne les engelures qu'il a attrapées dans la grotte du Chat et les enduit de graisse de marmotte; mais au dos du talon les ampoules se sont transformées en crevasses qui suppurent et il souffre le martyre en remettant ses souliers.

Le jour levé, ils reprennent la route, abandonnant celle de la Cayolle qu'on leur dit impraticable pour celle du col d'Allos, moins enneigée. Seulement, pour y arriver, il faut d'abord monter au col de Champ. Le chemin grimpe à travers des buis épais dont les chicots pointus et durs blessent les chevilles. La vue est superbe, et Drouin, pour une fois, en convient, sur le village de Saint-Martin, le Var torrentiel et, de l'autre côté, des montagnes à l'infini. L'Italie est juste derrière, dit Lascaris. A portée de main, en somme. En attendant, ils marchent à l'opposé, en direction du nord-ouest. Le sentier atteint un plateau ondulé, couvert d'immenses pâturages traversés de ruisseaux encore couverts de glace. Malgré le soleil vif, il fait un froid intense. Drouin n'est jamais monté si haut et s'étonne des efforts de sa poitrine pour respirer. Quant au philosophe, il émet des bruits de soufflet de forge. Il traîne la patte. Drouin a mal aux pieds et ses engelures sont à vif.

Le pire, c'est qu'après ce gazon d'herbe tendre il leur faut redescendre dans les éboulis de nouveaux schistes où ils perdent la trace du sentier, errent à travers un dédale de rocs agressifs qui leur cachent l'horizon. Plusieurs fois ils se heurtent à un cul-de-sac qui les oblige à remonter pour trouver un autre passage. Ce sont les hauts et les bas de la destinée humaine, dit Lascaris.

Après s'être perdus dans une forêt de mélèzes d'une taille démesurée, ils aperçoivent enfin la vallée du Verdon et un curieux bourg fortifié, flanqué de remparts tout neufs et entouré de forts qui de loin ont l'air de jouets d'enfants. C'est Colmars, dit Lascaris.

– Comment savez-vous le nom des villes avant d'y pénétrer? demande Drouin. Me cachez-vous être déjà passé ici?

– Non, mon fils, j'ai seulement consulté la carte des États de la Provence et de la Savoie avant de quitter ceux du Comtat. Et ces remparts flambant neufs m'indiquent qu'il s'agit là des derniers travaux de M. de Vauban pour contenir les prétentions du duc de Savoie. La frontière est là toute proche, et nous avons eu jusqu'ici bien de la chance de n'être pas tombés sur des gardes. Par prudence, nous allons éviter cette ville et remonter la rivière en suivant cette rive, plus douce à notre marche que celle d'en face qui me semble bien abrupte.

– Je me serais bien rassasié d'une volaille à la broche, dit Drouin.

– Eh bien, montre-nous tes talents. On a vu assez de mouflons et de chamois courir la montagne. Es-tu sans ressources pour les piéger? Alors, contente-toi de nous attraper une de ces gélinottes ou un de ces coqs de bruyère qui nous crient aux oreilles. Ce sont morceaux de roi.

Mais ce n'est pas avec un fil de cuivre que Drouin peut espérer capturer ces oiseaux-là. Ils se contenteront encore de ce fromage qui pue bon, dont Lascaris a acheté un gros pot à l'aubergiste de Saint-Martin. C'est aussi une fantaisie de votre alchimie naturelle, dit Drouin, que de produire des mets qui ont mauvaise odeur et bon goût? Ah, dit-il encore en songeant aux gallinacés de la forêt, connaissez-vous la bienheureuse pourriture de ces grives qu'on laisse pendre par les pattes des jours durant jusqu'à ce que perle la goutte, qu'on mange à la limite du supportable et dont les entrailles sont autrement bénies que celles de la Vierge? Sais-tu, mécréant, répond Lascaris, qu'à Paris le fin du fin est de déguster des ortolans la tête sous une serviette afin qu'aucun effluve de ce fumet divin ne se perde dans la pièce?

En attendant, ils ont bonne mine, tous les deux assis sur une souche, plus pauvres d'aspect que les bergers rencontrés, reniflant et soufflant sur leurs doigts gourds, rongeant leur quignon de pain dur en se racontant des histoires de festins et des recettes de grande table. Quand on est capable de changer le plomb en or, grogne Drouin, on pourrait aussi bien transformer cette miche en chapon!

– Il n'est rien de meilleur pour digérer, dit Lascaris un peu plus tard, que la contemplation du spectacle de la nature, comme celui que nous avons sous les yeux, cette verte vallée et ces douces prairies qui y descendent. Vois combien, malgré la réticence de l'hiver à céder la place au printemps, la vie reprend autour de nous. Les plantes refleurissent. Regarde ces pavots jaunes dont on tire une poudre somnifère, ces genépis et ces armoises dont on fait des liqueurs toniques, cet arnica qu'on appelle l'herbe aux femmes battues parce qu'elle les console des bleus qu'elles ont mérités...

– Nous avons déjà vu tout cela, proteste Drouin qui commence à avoir une indigestion de toutes ces herbes. Vous en avez plein les poches.

– Je vais pourtant te montrer quelque chose que tu n'as pu voir jusqu'ici parce qu'on ne l'aperçoit qu'à l'approche du printemps. Attends seulement demain et le lever du jour.

Effectivement, à l'aube suivante, le philosophe secoue son disciple et l'entraîne mal réveillé à l'orée d'un bois de mélèzes, là où la prairie est naturellement plus grasse. Et dans l'herbe il lui montre une masse verdâtre et gélatineuse, gonflée de rosée nocturne, trouée comme une éponge, qui tremble et remue quand on la frôle du pied. On dirait de la gelée de viande gâtée.

– C'est assez répugnant, dit Drouin.

– On l'appelle crachat de lune, fleur du ciel, vitriol végétal, beurre magique, écume printanière, graisse de rosée, purgation des étoiles, émeraude des philosophes... Les savants la nomment trémelle ou nostoc. Tu vas la voir, aux premiers rayons du soleil, se résorber et se dessécher rapidement, puis disparaître sans laisser la moindre trace de son passage sur la terre. Plusieurs chimistes ont travaillé sur cette merveille en croyant y trouver la véritable matière première de l'œuvre. Il est difficile de se prononcer sur sa nature véritable. C'est une espèce d'eau congelée, sans odeur et sans saveur, ressemblant à une fraise de peau verte, sortant du sol pendant la nuit ou après un gros orage. Dans les plus fortes chaleurs, elle conserve une froideur très grande si on la tient à l'ombre. Sa matière aqueuse est très volatile et à la moindre caresse du soleil elle s'évapore à travers la peau très mince qui la contient. Elle ne se dissout ni dans le vinaigre ni dans l'esprit-de-vin, mais si on l'enferme dans un vaisseau bien scellé, elle s'y dissout d'elle-même en une matière fort puante, à l'odeur des excréments humains, ce qui manifeste une abondance de soufre volatil. Au commencement de la dissolution, l'eau dans laquelle se résout cette matière paraît de couleur bleu céleste, puis violette, ensuite rouge pourpré et, s'éclaircissant doucement, couleur d'aurore, ambrée d'or. La pellicule surnage longtemps dans cette eau et il se précipite enfin, au fond du matras, une poudre blanche semblable à l'amidon. Pour réussir cette opération, il faut cueillir la fleur du ciel avant le lever du soleil, la nettoyer soigneusement de toute la terre et autres impuretés qui pourraient s'y attacher. Il ne faut la toucher ni la cueillir avec un instrument de métal, seulement avec du bois ou du verre. Les adeptes disent qu'elle contient l'esprit universel et en tirent un esprit doux qu'ils emploient comme dissolvant de l'or.

– Regardez plutôt ces magnifiques pissenlits, dit Drouin. Si vos fameuses huiles de soleil avaient la vertu de nos huiles d'olive, quelle belle salade nous ferions, propre à épurer notre sang et à guérir ce vilain bouton qui vous gâte le nez.

– Je te trouve fort irrespectueux depuis quelque temps, mon garçon. Tu sembles vouloir ruer dans les brancards comme un muleton rétif qui ne se soucie ni de la carotte ni du bâton. J'ai usé jusqu'ici de la première, ne m'oblige pas à utiliser le second.

– Pour mon plus grand bien, peut-être?

– Mais certainement. Ton initiation passe par l'obéissance. Tu dois avoir l'échine plus souple si tu veux réussir dans la vie. Le beurre résiste mieux aux coups que le roc, et la ruse vient toujours à bout de la force... Quand je parle de bâton, ajoute-t-il, c'est au figuré!

– On ne sait jamais avec vous. Les choses n'étant pas ce qu'elles sont, n'est-ce pas...

Les voyageurs continuent de suivre la rive gauche du Verdon, dont le volume se réduit. Au large d'Allos, dont ils aperçoivent les maisons aux toitures plus fortement pointues, ils rencontrent un joueur de vielle à roue qui, tout en marchant, mouline son instrument pour son seul plaisir. Après les banalités d'usage, Drouin s'enquiert de la nature de cet instrument qui l'intrigue. Comment s'en sert-on?

– Des chanterelles qui s'appuient sur la mouche et les bourdons tandis que sonne la trompette aux sauts du crapaud.

– Voilà une définition selon mon cœur, dit Lascaris. Monsieur est poète, sans doute?

Non, l'homme n'est qu'un humble montreur de marmottes dont il a deux spécimens dans sa boîte. Des animaux dressés pour danser en musique et qu'il promène de foire en marché pour amuser les badauds. Pour répondre à ces politesses, Lascaris déclare que lui-même effectue des tours de passe-passe, de cartes et de gobelets. Et dit qu'il retourne chez lui, en Italie, avec son neveu. A propos, ajoute-t-il, le col est-il sûr?

Il ne précise évidemment pas s'il se soucie de la neige ou des gardes-frontière. Mais le joueur de vielle, avec cet instinct propre à ceux qui vivent en marge de la société, répond sans hésiter :

– Vous seriez bien avisés de ne pas l'emprunter. Le passage

est fort étroit et scabreux. C'est un piège à rats et vous y feriez de mauvaises rencontres. Prenez donc à main droite dès que vous ne verrez plus ce bourg d'Allos, et montez droit en suivant le cours d'un torrent. Vous laisserez à gauche la Pyramide chauve et le Grand Cheval de Bois. En montant toujours, vous atteindrez le col du Talon. Évidemment, c'est un peu haut et encore dans la neige, mais vous y serez seuls. De là, vous pourrez redescendre sur la vallée du Bachelard qui vous mènera droit à Barcelonnette. En trois jours au plus vous y serez rendus.

Puis il leur tire le chapeau et s'éloigne en moulinant sa vielle qu'ils entendent encore longtemps après qu'il a disparu.

– Allons, dit Lascaris, un musicien est forcément digne de confiance et un baladin sait bien où il ne faut pas mettre les pieds. Suivons son conseil. Courage, mon garçon, nous approchons du but!

Monter, monter encore, monter toujours, avec pour seule perspective celle de devoir descendre ensuite le long d'un chemin aussi long et aussi raide! Est-ce là cet art de voyager que le philosophe lui vantait dans la forge de Bargemon? Drouin est las d'avancer avec le seul bénéfice de voir tourner lentement autour de lui un horizon fermé de toutes parts. Ses engelures lui font mal et lui échauffent la bile. Il est de fort méchante humeur et ne desserre plus les dents. Et, comme pour en finir plus vite, avec cette aventure stupide, il accélère le pas en distançant son compagnon qui lui crie de l'attendre, qu'il a quelque chose à lui montrer. Drouin ne se retourne même pas. Si c'est pour se pencher encore sur une de ces gélatines immondes, à vous soulever le cœur, le vieux peut ravaler sa salive, il ne l'écoutera pas. Il n'a que faire de toutes ces poudres de perlimpinpin et de ces huiles solaires, de ces plantes lunaires dont cet illuminé prétend faire de l'or. De l'or, oui, il en a vu sortir de ses mains. Mais n'était-ce pas grâce aux stratagèmes qu'il lui a complaisamment décrits dans la grotte du Chat?

Et puis, le lendemain, il se dit que le philosophe a tout de même un secret qui mérite qu'on s'attarde à le dévoiler. Il a dans la tête les clefs d'un extraordinaire pouvoir et entre les jambes ce mystérieux sachet où il cache sans doute la véritable poudre de projection qui, quel que soit le moyen qu'il emploie, lui permet bien de montrer de l'or là où les autres n'en voyaient pas. Va-t-il, lui, Drouin, abandonner cette chance exceptionnelle d'atteindre à la fortune? Il en sait assez, maintenant, pour reproduire les manipulations effectuées devant lui au château du baron. S'il n'est certainement pas capable de faire d'une scorie informe un pur lingot d'or, il peut au moins séparer cet or d'un morceau de soufre. A-t-il encore besoin des leçons de ce maître? Après tout, c'est lui qui, dans ces palais vénitiens dont Lascaris flatte son imagination, montrera à l'assistance étonnée les lingots brillants sortis de ses manchettes. N'est-ce pas à cela que l'a entraîné l'enseignement du philosophe? Mais l'Italie est loin. Existe-t-elle seulement? Y a-t-il vraiment, derrière ces montagnes enneigées, un autre pays, où les gens parlent une langue étrangère, où brille un soleil éternel, où des princes attendent comme rois mages les alchimistes chargés de présents?

Après avoir dormi sous un rocher inconfortable, les deux hommes entreprennent de descendre vers cette vallée du Bachelard que leur a indiquée le joueur de vielle. Aux mélèzes succèdent les hêtres et les érables. Le sous-bois n'en est pas pour autant accueillant. Partout, ce ne sont que troncs rompus, arbres tombés, racines jaillissant des éboulis, branches embarrassant le chemin. S'y frayer un passage est des plus éprouvants, d'autant que la pente est fort raide et que, plus d'une fois, l'un ou l'autre glisse et dévale sur les fesses avec des jurons de charretier. Lascaris surtout multiplie les chutes, se balafre le visage, perd son chapeau puis sa perruque qu'il remet de guingois. Il prend du retard sur Drouin qui, plus alerte, saute les obstacles et se faufile entre les rochers avec l'agilité d'un chamois. Curieusement, Drouin ne sent plus ses engelures.

Une sorte d'excitation s'est emparée de lui. Il court presque pour distancer le philosophe qui peine et s'essouffle en portant sans cesse la main à son cœur. Veut-il protester de son affection pour ce disciple qui s'éloigne de lui ou cherche-t-il à calmer les sursauts d'un organe qu'il n'a pas su transmuer en acier?

Lascaris lui crie de l'attendre, le supplie, l'injurie tour à tour. Sa voix se perd entre les arbres et sa silhouette s'efface dans la brume qui monte de la vallée. Dans l'esprit de Drouin se forme la méchante idée de l'abandonner. Ce n'est pas vraiment lui qui pense cela, mais quelque chose en lui. Exactement comme le voulait Lascaris : n'essaie pas de comprendre au pied de la lettre, mais laisse-toi envahir par cette voix intérieure qui guidera tes mains et tes gestes! Eh bien, la voix intérieure lui susurre une très vilaine action. Laisser ce vieil insensé se fatiguer, tel un poisson au bout d'une ligne, et s'effondrer sur place, tomber dans un trou, se trancher la gorge sur une branche acérée, ou simplement s'asseoir pour mourir épuisé de fatigue et de froid, se tasser sur lui-même, trembler un instant et disparaître sans laisser de traces comme son crachat de lune au premier rayon du soleil, ou se couvrir de moisissures, se putréfier pour donner naissance au grouillement des vers, puis au tourbillon des mouches, se minéraliser, peut-être, comme ces pierres grises qui ont des airs d'éponge, se pétrifier comme les branches de la fontaine de l'Estéron, en s'enveloppant de cette croûte cassante qui déformerait ses membres, se répandre en une poudre enfin, qu'aucun autre adepte ne viendra recueillir respectueusement pour en faire la matière première de son grand œuvre... Quelle fin exemplaire pour un alchimiste immortel!

Drouin s'étonne de ces pensées qu'il ne contrôle pas. On dirait de ces images qui vous assaillent avant le sommeil, qui dansent comme des bulles de savon, légères, fragiles, impossibles à saisir ou à retenir. Et, bien qu'il tente de résister à ces lubies, c'est maintenant un ordre que lui donne la voix intérieure : celui d'abandonner le philosophe à son sort.

Mais, au fait, où est-il? Drouin ne le voit ni ne l'entend plus. A-t-il de lui-même renoncé à aller plus avant et à crier à l'aide? Soudain plus lucide, Drouin n'ose l'imaginer, couché sur le sol gelé, attendant sa fin. Il a déjà des remords. Il va l'attendre. Et s'il ne le voit pas venir, il ira à sa recherche, sinon à son secours. Il s'assied sous un abri rocheux et se met à grignoter un quignon de pain dur. Son exaltation est tout à fait tombée. Il a de nouveau des sensations normales, et même ses engelures se rappellent à lui. La nappe de brouillard a progressé et va bientôt l'envelopper d'un manteau humide. Un renard passe devant lui, un oiseau dans la gueule, indifférent à sa présence. A part ce mouvement, un grand silence, une sorte d'immobilité du monde.

Et brusquement Lascaris se dresse devant l'abri. Il semble plus grand que d'habitude. Il domine Drouin de toute sa hauteur. Il a un regard nouveau, d'une noirceur et d'une dureté effrayantes. Et un visage d'une méchanceté insupportable. Il ne dit rien. Mais tout son corps parle. Il émet une haine et un mépris si denses que Drouin les perçoit comme visibles, réels et solides. Non pas des sentiments mais une force matérielle qui le prend à la gorge, lui serre le cœur, étreint son ventre. Il ne serait pas plus terrifié s'il se trouvait soudain en face d'un ours. C'est lui qui se pétrifie. Ce n'est plus l'homme aux boutons d'or qu'il a en face de lui, mais un père terrible qui va le châtier pour un crime qu'il n'a pas commis.

Mais non, Lascaris ne dit rien, n'a pas un geste. Il tourne le dos et s'éloigne. Drouin se lève et le suit. L'apparition brutale du philosophe l'a rendu hagard. Comme s'il avait vu ressurgir un mort. Alors, sans réfléchir, il saisit une bûche et en frappe violemment la nuque de Lascaris, qui tombe en avant, se cogne la tête contre un rocher, et reste immobile face contre terre.

C'est fini. Drouin demeure les bras ballants, la bûche à la main, regardant sans le voir ce corps étendu devant lui. Il a un voile de larmes sur les yeux, qui trouble sa vue. Au-dessus de lui s'élève un grand tourbillon de corbeaux qui croassent. Un autre oiseau criard passe à toute volée et son passage réveille Drouin qui s'ébroue pour reprendre ses esprits. Mais ses mouvements sont encore machinaux. Il jette la bûche, loin dans un buisson. Il retourne le corps. Outre le coup à la nuque qui ne semble pas avoir laissé de traces, le visage est ensanglanté par la chute contre le rocher. Une vaste plaie déforme ses traits, sa bouche tordue dans un ultime ricanement. De plus, une branche de pin, très dure, lui est entrée dans l'aine et il saigne abondamment. Drouin ne savait pas qu'un mort pût saigner.

Avec répugnance, mais un calme inattendu, il entreprend de dépouiller l'alchimiste. Il arrache les boutons de son habit. Du cuivre, disait-il : c'est bien de l'or. Il prend ses bagues et sa chaîne d'argent. Il fouille les poches et se saisit de sachets dont il ignore le contenu. Puis il ouvre le gilet, la culotte, soulève les pans de la longue chemise qui, repliés entre les jambes, servent de caleçon, et, avec dégoût, tire le lacet qui retient sous le sexe cet autre sachet si bien caché. Puis il inventorie les biasses où sont des pépites, des pièces de monnaie de toutes valeurs et de tous pays, de petits lingots en forme de poisson, des morceaux informes et de la limaille d'or et de cuivre, deux fioles remplies de mercure, et ces fameux paquets de plantes, de mousses, de moisissures.

Il prend aussi les dernières provisions de route, des bouts de fromage, un talon de lard rance, des châtaignes... dont la pauvreté contraste singulièrement avec la richesse des lingots. Il y a même une boule de pain, si vieille et si dure que Drouin la jette, puis, se ravisant, la ramasse et la prend avec le reste. Peut-être un jour le sauvera-t-elle de la faim!

Revenant au corps, il le fouille une dernière fois, tâtant les coutures et les doublures, cherchant la dernière cachette. Dans une des basques de l'habit, il trouve une liasse de papiers, des lettres, des feuilles couvertes de dessins et de chiffres qu'il ne prend pas la peine de regarder. Et plusieurs sauf-conduits à des noms différents : César Gubernatis, Élie Ashmole, Jean de L'Isle et... Ulysse Lascaris. C'est ainsi qu'il apprend le prénom, étrange en vérité, de son maître. Enfin, dans le double fond de son chapeau il découvre un autre sachet, tout aplati et soigneusement fermé. Peut-être l'élixir de longue vie...

Il reste les instruments que Lascaris n'a pas voulu abandonner dans la grotte du Chat. Drouin ne prend que les plus légers, et le plus petit des fourneaux. Les autres, il les brise et les disperse avec les sacs sous des tas de feuilles. Quant au cadavre, il le traîne dans un cône d'éboulis et le recouvre de pierres. Peu à peu disparaît à ses yeux celui qui fut son initiateur et son tentateur. Malgré le froid, Drouin est trempé de sueur. La dernière pierre posée, après s'être assuré qu'il ne laissait aucune trace du drame, il s'éloigne rapidement, cherchant un abri pour reprendre ses esprits, calmer les battements de ses tempes et de son cœur. Il marche naturellement au hasard, mais en descendant instinctivement vers la vallée pour fuir cette forêt brutalement tragique, théâtre de son forfait.

Forfait, crime, assassinat? Ces mots ne pénètrent pas sa pensée. Il ne se sent pas plus coupable que si l'homme était mort au cours d'une rixe après boire. Un accident, c'est tout. Quand il trouve enfin une hutte abandonnée par des charbonniers, il reste longtemps l'esprit vide, un creux au ventre, qui n'est pas celui de la faim. Soudain pris d'une immense fatigue, il s'endort, d'un sommeil lourd et sans rêves. Il dort ainsi toute la nuit et une grande partie de la matinée. Il a alors le sentiment de se réveiller après avoir été assommé au point de perdre connaissance. D'abord, il reste hébété. Ensuite, il se refuse à penser. Il tente de demeurer dans cet état rassurant d'inconscience. Enfin, il s'astreint à de menus faits et gestes, se force à manger un bout de fromage, mais il n'a pas faim, à se déchausser et à badigeonner ses engelures avec la graisse de marmotte. Il évite de regarder les sacs qui renferment le butin. Il faut les cris lointains d'un laboureur invectivant son bœuf pour qu'il se secoue et prenne la décision de continuer le voyage.

Le brouillard a disparu. Il aperçoit en contrebas un torrent encastré dans des gorges étroites. Le Bachelard, sans doute. Il faut en suivre le cours pour gagner la vallée de Barcelonnette. Mais Drouin n'a plus de raison d'aller en Italie. Ne parlant pas la langue, il ne saurait y exercer ses talents. En fait, il est libre, libre d'aller où bon lui semble. Et riche, riche non seulement de tout ce que lui a appris le philosophe, mais aussi de ses réserves d'or et d'argent, de sa bourse, de ses bijoux. Il ne veut pas faire maintenant l'inventaire ni regarder ce que contiennent les sachets scellés. Ce n'est guère le moment. Pour l'instant, il lui faut fuir loin d'ici. On découvrira sans doute assez vite le cadavre et, l'ayant identifié, on se mettra à la poursuite de son assassin. On interrogera les nombreux témoins qui les ont vus ensemble, marchant le long de la frontière, de Daluis à Allos, et disant se rendre en Italie. C'est donc du côté de Barcelonnette qu'on cherchera le meurtrier. La fuite n'est possible que vers le couchant. De plus, il veut quitter le piège de ces montagnes pour retrouver la liberté des vallées, sortir de ces solitudes pour se perdre dans le monde des hommes.

En marchant au-dessus des gorges du Bachelard, il trouve refuge dans un cabanon d'alpage, couvert de bardeaux. Une lucarne, un fourneau à bois, une petite table avec un tabouret bas, une litière de buis entre quatre planches à même le sol de terre battue. Ces gîtes de bergers ne sont occupés que pendant la belle saison. Il est trop tôt pour qu'on vienne l'y déranger, mais il se retient d'allumer le poêle dont la fumée pourrait trahir sa présence. C'est peut-être dangereux de s'arrêter là, au lieu de fuir à toutes jambes. Mais il est terriblement las, il a besoin de mettre de l'ordre dans ses idées, de décider de son proche avenir. Il n'y restera qu'une nuit. La lune est à son plein et éclaire jusqu'à l'intérieur de la cabane. Malgré sa fatigue, il ne peut dormir. Alors il fait l'inventaire de tout ce qu'il a pris dans les affaires de Lascaris pour se débarrasser du superflu, réduire le poids de son bagage.

Il ouvre d'abord le sachet secret que le philosophe portait sur son ventre : il contient une poudre d'un rouge sombre, d'une odeur indéfinissable... A n'en pas douter, la fameuse poudre de projection dont il ne lui a jamais révélé la composition. Quant au petit paquet trouvé au fond du chapeau, il est plein d'une limaille d'or brillante et presque cuivrée. Tout cela n'a probablement pas une grande valeur commerciale mais ce sont les matières premières secrètes de ce grand œuvre qu'après tout il se sent capable de réaliser à son tour. Il ne lui manque, mais n'est-ce pas l'essentiel? que la petite fiole remplie d'eau mystérieuse dont Lascaris se servait au dernier moment pour parfaire sa transmutation. Il ne l'a pas trouvée sur le corps ni dans les sacs.

Ce n'est que quelques jours plus tard que Drouin, affamé et se résignant à ronger la dernière boule de pain dur conservée par Lascaris, et la faisant longuement tremper dans l'eau d'un ruisseau pour l'attendrir, découvre dedans la fiole enveloppée de cire protectrice. Une cachette que le plus malin des voleurs aurait évidemment dédaignée.

II

Les aventures expérimentales

Au début de l'été de 1707, Drouin arrive à Sisteron. Pendant des mois, il a erré dans les montagnes qui séparent le haut Verdon de la Durance. Dans cette immense solitude, habitée de villages et de hameaux épars qu'il évitait prudemment, il a vécu en solitaire, n'approchant ni les bergers ni les bûcherons, s'éloignant des chemins muletiers et des drailles de transhumance, se cachant dans les bois, se nourrissant de salades sauvages et de toutes les bêtes qu'il parvenait à piéger, des poissons qu'il arrivait à pêcher. Dans cet art du braconnage, il est devenu d'une très grande habileté. Cette longue errance a endurci son corps et affiné son esprit. Ses relations avec la nature ont changé. S'il continue à ne pas l'apprécier sur le plan de la beauté, il s'y est par contre parfaitement intégré. Il en fait partie, alliant l'intelligence de l'homme à l'instinct de l'animal. N'ayant personne à qui parler, il a appris à écouter le cri des oiseaux et les bruits de la terre avec une acuité dont il n'était pas capable sur le plateau de Canjuers, à déceler le moindre mouvement dans les buissons, à sentir de très loin la présence d'un être humain. Il peut se vanter qu'au cours de ce lent voyage personne ne l'a rencontré ni même aperçu.

A Sisteron, il découvre un bourg curieux, agrippé à l'une des deux falaises qui face à face étranglent la Durance et forment un verrou ouvrant et fermant la porte de la Provence. Sur le vieux pont qui enjambe la rivière, il s'arrête pour contempler ce qu'il n'a pas vu depuis si longtemps : des maisons! Celles-là sont entassées les unes dans les autres sur une hauteur prodigieuse, et ceinturées par d'énormes fortifications que domine une citadelle impressionnante dressée face à la montagne nue, parfaitement verticale, plissée comme les draps d'une lessive de géants, encore colorée par la cendre de bois. Et pour conforter cette image qui lui vient à l'esprit, il aperçoit sur la rive droite, côté ville, une lavandière en train d'étendre son linge dans un petit jardin que borde la rivière. Spectacle banal mais charmant qui met une note de gaieté dans ce paysage austère. Drouin, regardant cette femme essorer et tordre de grandes pièces de toile blanche, se souvient de ce que Lascaris lui disait de la récolte de la rosée matinale. Est-ce un signe posthume que lui adresse l'alchimiste ou celui que le ciel lui envoie pour lui indiquer la route qu'il doit suivre?

Il ne peut détacher ses yeux de la lavandière aux pieds nus dans l'herbe qui semble danser sur place en accrochant son linge aux fils qu'elle a tendus d'un arbre à l'autre. Descendant la rampe qui part du pont pour rejoindre le bord de l'eau, il se dirige vers elle. C'est une belle femme, bien en chair, aux beaux bras levés sous lesquels s'épanouit une touffe de poils d'un blond roux qui fait surgir en lui un désir depuis longtemps éteint. Elle le regarde avec de grands yeux clairs et interrogateurs. Elle doit savoir qu'elle est belle et qu'elle inspire l'amour. Mais elle ne joue pas les coquettes. C'est avec un calme teinté d'indifférence qu'elle demande à l'étranger ce qu'il attend d'elle.

– L'adresse d'une bonne auberge, dit-il en s'étonnant du ton de sa voix qu'il n'a pas entendu depuis des mois.

Elle hésite avant de répondre. L'homme est sale, pauvrement vêtu, le chapeau cabossé, chargé de hardes et plus misérable apparemment qu'un soldat déserteur. Mais il est grand, mince et, malgré son habit fripé, d'une certaine élégance. Avec un visage intéressant, des yeux vifs et moqueurs, des mains fines et longues.

– J'ai de l'argent pour payer, ajoute-t-il en montrant une bourse pleine d'écus.

– Venez chez moi, dit-elle en reprenant son panier vide.

– Chez vous?

– Mais oui, c'est mon mari qui tient Le Mouton Blanc, au-dessus de votre tête. Croyez-vous que tous ces draps soient de mon trousseau?

Elle monte devant lui, en balançant ses hanches d'un mouvement naturel qui n'a rien de provocant. L'auberge est là, tout de suite, près de la porte du Dauphiné, une très longue bâtisse à la façade grise percée de nombreuses fenêtres et d'une porte charretière. Ici on loge à pied, à cheval et en voiture, dit une inscription en lettres noires. A l'intérieur, Drouin découvre une salle immense, capable de recevoir plusieurs noces et banquets à la fois, avec de grandes tables communes. Il y fait frais et une douzaine d'hommes occupent les bancs. Malgré le nombre des fenêtres, la salle est sombre et semble s'enfoncer sous la ville. Murs et plafonds sont grassement enfumés. Au fond s'entassent des sacs debout, comme chez un marchand de grains. Aux solives pendent divers objets, lampes de fer, pièges à rats, claies où se morfondent de gros pains, des crochets à puits d'où pleurent des jambons poussiéreux. Bien qu'on soit en été, on a une impression de veillée hivernale et l'on s'étonne que la cheminée soit éteinte. Mais sur les tables la vaisselle, les verres, les pichets brillent d'une propreté exemplaire. On y reconnaît la main d'une femme. Celle-ci que Drouin a prise pour une lavandière est la véritable patronne de l'auberge. Son mari n'est que le mari. Souverain à la manière du roi honoraire des monarchies où le mariage ne donne à la reine qu'un époux et un sujet de plus. Il ne règne ni ne gouverne, mais il témoigne de son autorité factice en tenant le haut de la table et en buvant avec les rouliers, réclamant qu'on le serve en premier. Pour le reste, il s'en remet à sa femme qui fait marcher toute la maison. Il s'appelle Aluis, maître Aluis. Beaucoup plus vieux que sa femme, lourd et même balourd, le visage couperosé et mou, mais avec des yeux qui donnent à se méfier de son apparente bonhomie. Affable et courtois, il laisse parler les autres et n'élève un peu la voix que pour réclamer un autre pichet que lui apporte la servante, une fille pâlotte et muette.

L'hôtesse prend Drouin en charge et lui montre sa chambre. Une chambre pour lui tout seul, petite mais propre, avec une table, deux chaises paillées, un lit à baldaquin avec des rideaux de bure, une cuvette avec un broc d'eau et une serviette, et vue sur la rivière. Il lui semble que le bonheur tient tout entier dans cette pièce.

Quand elle lui demande s'il va rester longtemps, il s'entend répondre sans réfléchir : Oh oui, longtemps! Elle a remarqué avec quelle voix gourmande il a dit cela. Pendant qu'elle arrange le lit, il tourne autour d'elle, à distance respectueuse mais avec un désir qui le rend maladroit. Il a bien vu à son regard qu'elle n'était pas femme à se laisser culbuter par les voyageurs. Et quand elle est partie, en lui adressant un demi-sourire, il entreprend un récurage minutieux de tout son corps. Le broc d'eau y suffit à peine, mais il n'ose descendre en chercher un autre. Il jette l'eau sale par la fenêtre. Reste l'odeur de ses vêtements, mais, comme disait sa mère, mieux vaut un corps propre dans des habits sales qu'un corps sale dans des habits propres.

Puis il va faire un tour en ville. Sisteron a la particularité d'être bâtie à la verticale. Il n'y a point de rue qui ne monte ou descende, ce qui tempère l'ardeur des voyageurs à la visiter. Les voies sont fort étroites et glissantes, en raison de l'épaisse couche de buis et de lavande qui tapisse la calade. Les maisons noires se serrent si frileusement les unes contre les autres qu'elles semblent se pénétrer et s'encastrer, et elles sont si hautes qu'elles paraissent se rejoindre au sommet, ne laissant apercevoir qu'un filet de ciel vide. Et si vieilles qu'il a fallu les conforter de béquilles de bois et d'arceaux de pierre qui, tous les dix pas, les tiennent à bout de bras. Les passages voûtés, qu'on appelle ici des andrones et qui servent de rues intérieures, y sont innombrables et forment un dédale de venelles sans nom où l'étranger chercherait en vain une adresse. Il n'y a plus d'auvents, comme dans les Alpes, et le passant doit sans cesse se garer des urines que des ménagères pressées versent par la fenêtre sans prendre la peine de crier gare.

Drouin ne monte pas jusqu'en haut. Que trouverait-il dans ces nids-de-pie? Il préfère se promener le long de la Durance, où sont les jardins et les moulins. Il s'assoit au bord de l'eau qui, passé le goulet, bouillonne impétueusement. Il ne sait pas ce qui lui a pris quand il a annoncé à l'hôtesse qu'il allait rester longtemps. La femme, plus que la ville, est évidemment pour beaucoup dans ce coup de tête. Il a envie d'elle. C'est la première fois qu'il désire posséder une femme au-delà d'une brève étreinte. Mais de là à s'installer à demeure...

Et pourtant, il reste. Les jours passent. Il ne fait rien d'autre que de rêvasser entre les repas et le sommeil. Il se plaît dans cette chambre où, pour la première fois aussi, il se sent chez lui, une impression bizarre; voilà son lit, sa chaise, ses affaires. Il fait la grasse matinée. Il s'habille de vêtements propres, que Mme Aluis a nettoyés, ravaudés, repassés. Au fait, elle s'appelle Anne. Elle est aux petits soins pour lui, s'occupe de son ménage, lui sert à table les meilleurs morceaux. La nourriture est bien la meilleure qu'il ait jamais mangée. Des salades fraîches venues du jardin, des tians d'aubergines, des aïolis à la morue, des tranches d'agneau aux haricots, des tourtes aux fruits... Il aime assez s'attabler avec les rouliers qui sont nombreux à passer là, sur la grande route de Marseille à Grenoble. Il y a aussi des bouscatiers qui, après avoir descendu la Durance avec leurs trains de bois au milieu des rapides, des débordements de la rivière, des orages qui charrient des arbres déracinés, des ponts rompus et des naufrages, remontent à pied, leur nœud de cordes autour des reins, s'arrêtant dans chaque bégude et y laissant aux cartes et aux filles le plus gros de ce qu'ils ont si péniblement gagné à la descente. Il écoute leurs histoires à dormir debout et sourit à leurs galéjades. Il veille tard avec eux et paie son écot quand vient son tour. De l'argent, il en a bien assez. Un écu suffit à tous les frais de la semaine.

Et puis personne ne lui demande rien. Ni d'où il vient ni où il va. On est discret, dans ces villes de passage où personne n'est jamais vraiment en règle avec la loi, pas même ceux qui ont en charge de la faire respecter. Il est un monsieur qui voyage pour ses affaires. On se contente de cela.

Pourtant Drouin, avant d'arriver à Sisteron, a longuement réfléchi au danger qu'il court d'être reconnu. Les autorités sont probablement averties de la disparition de Lascaris et ont lancé leurs limiers sur les traces de son compagnon. A d'autres moments, il s'est dit qu'après tout rien ne prouvait qu'on eût découvert le cadavre et qu'il se passerait peut-être des années avant qu'un renard n'en déterre le squelette méconnaissable.

De toute façon, il ne pouvait passer le reste de sa vie dans la montagne tel un ours pourchassé. Avec tout l'or dont il est chargé, il trouvera bien des protections. Il a seulement pris la précaution de changer d'identité. Il a changé son nom de Jean Drouin en celui de Jean Delisle, un des patronymes des faux passeports de Lascaris et qui sonne agréablement à son oreille comme le tintement du marteau sur l'enclume.

En fait, seul l'aubergiste semble le surveiller, et pour bien d'autres raisons. Sans jamais rien dire, le père Aluis le suit du regard, guette ses allées et venues et plus particulièrement quand ce M. Delisle, sous prétexte de demander ce qu'il y a au souper se rend dans la cuisine où Anne officie. C'est vrai qu'il s'y attarde en faisant mine de s'intéresser à la préparation des plats. Et comme il s'y connaît en fourneaux, il commente les degrés de cuisson, la façon de tisonner le feu, d'augmenter la chaleur du potager, jusqu'à ce qu'Anne le chasse parce qu'il y a des rouliers qui commencent à jaser sur leur compte. Dans la salle, aux heures des repas, ils évitent de se regarder. De temps en temps, il la rejoint sur le pré où elle étend son linge, sans toutefois lui proposer de l'aider : c'est pour lors que les langues se mettraient à frétiller. Il dit qu'il s'intéresse aussi aux procédés de la lessive, l'interroge sur la qualité des cendres, selon le bois utilisé, qu'elle utilise pour sa bugadière, sur les pains de savon qu'elle fait venir de Marseille. Quand elle va en ville pour ses achats, il s'offre à l'accompagner, ce qu'elle refuse, sans s'étonner de le retrouver au marché ou devant l'étal des boutiques où elle fait ses emplettes. Il passait là par hasard. Vous n'avez donc rien de mieux à faire? lui dit-elle en forçant un peu sa voix. Mais il voit bien qu'elle est oppressée quand il lui parle et que depuis quelque temps elle fait des efforts de toilette. Elle ne cesse de se regarder dans un miroir et de rectifier l'ordonnance de sa chevelure. Bref, ils se tournent autour, se frôlent, se respirent. Dans les yeux d'Anne il y a par moments des appels de détresse.

Et puis un après-midi, à l'heure où Aluis fait la sieste, ils se heurtent par hasard dans l'escalier qu'elle monte et qu'il descend. La porte de la chambre est là, sur le palier, ouverte. Delisle ne sait pas s'il y pousse Anne ou si c'est elle qui l'y entraîne. C'est une étreinte rapide, maladroite, elle jouit dès qu'il la touche et lui-même gâte trop vite son plaisir. Mais enfin, ils sont l'un à l'autre.

Dès lors, ils n'ont de cesse de se retrouver, de faire l'amour dans toute la maison, là où Aluis ne saurait les surprendre. D'aïolis fortement aillés Anne repaît l'aubergiste dont les siestes s'allongent pesamment. Le corps d'Anne est beau, ferme et potelé. Il aime son odeur et particulièrement celle de ses aisselles touffues qui l'ont si violemment séduit la première fois qu'il l'a vue. Mais, caressant cette peau au grain parfait, il n'a plus les curiosités qu'il avait autrefois pour la chair secrète des femmes. Il regarde plus souvent ses yeux clairs, étonnés de plaisir, que cette bouche d'ombre où s'enfonce son sexe. Avec elle, il découvre une certaine tendresse qui n'a plus rien à voir avec le rut animal qui jusqu'ici le poussait à renverser les dames de Bargemon. Après l'étreinte, il n'éprouve plus le besoin d'aller boire un verre d'eau-de-vie : il reste contre elle, sa main dans la sienne.

Lors de ses promenades en ville, le regard de Delisle ne cesse de se porter sur le rocher de la Baume qui, de l'autre côté de la Durance, forme comme un rideau aux plis épais fermant la scène de ce théâtre d'illusions qu'est une ville de province. On lui a dit qu'au pied de cette falaise abrupte s'ouvrent de longues galeries, nommées les grottes de l'Argent parce qu'on y déterre des pièces de monnaie anciennes à l'effigie des rois d'autrefois. La plupart sont en argent, très rarement en or, et des antiquaires des environs les rachètent aux enfants pour en orner leur médaillier, malgré les édits royaux qui interdisent de conserver ce précieux métal, n'eût-il qu'une valeur historique. Delisle se promet d'aller lui aussi gratter ce sol fertile. On le prévient contre cette entreprise. Les natifs du lieu évitent de pénétrer dans ce dédale qu'ils prétendent surveillé par le diable lui-même qui gîte en face, dans une échauguette de la citadelle, et punit de malheurs divers les téméraires chercheurs de trésor.

En réalité, il a mieux à faire. Il visite les trois forges de Sisteron et bavarde avec les maréchaux-ferrants, en curieux qui s'intéresse aux arts mécaniques sans dire qu'il y a travaillé. Il retrouve avec plaisir le contact des outils et l'odeur de la limaille de fer. Mais il ne reconnaît pas là l'ambiance qui présidait à celle de Bargemon. Ici, on travaille en gros. Les ateliers sont presque des fabriques. Les apprentis nombreux œuvrent dans le bruit et la précipitation, obéissant à des ordres impératifs et brutaux. La présence même d'un flâneur est une gêne évidente et il n'ose s'attarder. A l'un des forgerons tout de même il demande s'il ne fait pas aussi de la serrurerie, des ouvrages plus délicats et plus précis que ces roues de charrette et ces socs énormes. Pour cela, lui dit-on, il faut voir le père Jacquème, qui tient son échoppe sur le champ de foire.

Plusieurs fois, Delisle est passé devant cette boutique sans la remarquer, tant elle est modeste et peu soucieuse d'attirer le chaland. Il n'y a même pas d'inscription au-dessus de la porte. A l'intérieur, une cave s'enfonce tout en longueur, mal éclairée sur le devant par des carreaux de papier huilé. Il faut du temps pour apercevoir, tapi dans l'ombre, le serrurier assis derrière son établi. Il est vieux et tout rétréci, avec un grand crâne chauve sur lequel il a posé une rondelle de tissu. Sous le prétexte de voir des verrous, Drouin examine l'outillage. Il reconnaît avec bonheur ceux de sa jeunesse, la collection de limes, la bâtarde, la feuille de sauge, le pignon, l'écouane. Et sur les étagères les scies et les marteaux, la drille avec son archet qui la fait tourner et ses forets, sa langue d'aspic. Sur l'établi, la bigorne, cette petite enclume spécialement adaptée au forgement du fer. Et partout des clefs, des serrures, des loquets, dont il prononce les noms avec gourmandise.

– Vous êtes du métier, vous! lui dit Jacquème. Exercez-vous quelque part?

– J'étais apprenti quand j'étais enfant, mais loin d'ici, vers Nice, si vous connaissez... et il y a longtemps. Depuis, j'ai fait bien du chemin.

Et il interroge le serrurier sur sa pratique. La profession se perd, il n'y a plus de conscience professionnelle, les jeunes ne veulent plus travailler dans les conditions traditionnelles, ils veulent gagner de l'argent tout de suite sans prendre le temps d'un long apprentissage ni supporter les contraintes de la discipline compagnonnique. Alors ils bâclent le travail, se moquent des chefs-d'œuvre et ne respectent plus l'expérience d'un maître. D'autre part, les bourgeois font venir de loin des serrures de luxe avec des mécanismes compliqués. Je ne suis pas outillé, dit Jacquème, pour leur donner satisfaction. Je me contente de réparer les ferrures et de refaire les clefs perdues. Pourtant, dit Delisle qui s'enhardit à regarder dans le fond de la boutique, vous avez là des instruments de haute précision. Ils ne servent plus? Ils me viennent de mon père, qui lui était un artiste, monsieur : il ciselait à merveille et n'avait pas son pareil pour décorer les fusils. La guerre a tué cette industrie, le luxe est devenu trop cher.

Delisle revient régulièrement voir le serrurier qui l'accueille toujours avec empressement. Il n'a visiblement pas beaucoup de clients. Pourtant son échoppe est bien placée, au coin du champ de foire, au rez-de-chaussée d'une haute et solide maison. Elle est trop grande pour moi, dit-il, et depuis que ma pauvre femme m'a quitté je loge chez ma sœur dans la ville haute. Les chambres de l'étage sont à l'abandon, ainsi que le petit jardin qui est derrière. Voyez-vous, monsieur, mon désir était de faire le paysan. J'aime le travail de la terre, vivre au grand air sous le soleil ou la pluie, respirer les bonnes odeurs des plantes et les regarder pousser. Mon père ne l'a pas voulu et j'ai obéi. Me voilà vieux à mon tour, tout seul : alors peu me chaut de faire fortune. Je laisse aller le train et me contente de faire des clefs par-ci par-là.

– Vous pourriez prendre un ouvrier.

– Je n'aurais pas de quoi le payer. Non, tout ceci, ajoute-t-il en jetant un regard navré autour de lui, va disparaître avec moi et plus vite que vous n'imaginez...

A l'auberge, Delisle ne cesse de penser à cet atelier. Plutôt que de courir les routes à la recherche de la pierre philosophale, ne serait-il pas plus sage de mettre sac à terre et de s'installer ici, où, grâce à son habileté, il pourrait faire de la serrurerie au goût du jour? Nul doute qu'avec les outils qu'il a examinés chez le père Jacquème il ne soit à même de répondre aux demandes les plus exigeantes.

De jour en jour, l'idée se précise. Il en parle même à Anne. On vivrait ensemble, lui dit-il. Tu es fou! répond-elle. Mais elle ne dit pas non. Depuis qu'elle a un amant, elle n'est plus la même. Au lieu de la routine ordinaire et sans illusions de sa condition d'aubergiste, elle mène une double vie. Elle prend conscience de la médiocrité de son état, elle passe des brefs instants de plaisir, sinon de bonheur, aux longs moments de mélancolie. Le travail à l'auberge lui devient une corvée. Elle finit par consentir.

Et ton mari? lui demande Delisle. Ce n'est pas mon mari : je suis née Anne Caille et le suis restée. J'ai commencé ici comme servante et puis... Aluis était célibataire, il était brave, il s'est montré bon. Je suis devenue sa femme aux yeux de tout le monde. Personne n'a rien demandé. Et pourtant, si je pars, cela va être terrible pour lui. Ce n'est pas tant à moi qu'il tient, mais à son auberge, et qui la tiendra à ma place?

– Il est capable de me tirer comme un lapin! dit Delisle, pas plus courageux qu'un autre.

– Non, je ne crois pas. Tel que je le connais, il se mettra à boire et continuera d'aller chez les filles. Voilà des années qu'il ne me regarde plus.

Reste à convaincre Jacquème à céder son fonds. C'est beaucoup plus facile. Avec une poignée de pièces d'or posée sur la bigorne, l'affaire est faite. A la fin de l'été, Delisle ouvre boutique. L'atelier est remis à neuf, les murs chaulés, les carreaux de papier huilé renouvelés, les étagères renforcées, les outils nettoyés et soigneusement rangés. Deux pièces au premier étage sont transformées en logement où Anne s'affaire avec autant d'efficacité qu'à l'auberge. La séparation d'avec Aluis s'est faite avec cris, coups et menaces, puis la colère du faux mari s'est tournée en eau de boudin. Lui aussi vend boutique et se retire à Marseille où il a de la famille. Au début Anne essuie les quolibets des commères qui prennent ouvertement le parti de l'ordre et du respect des engagements conjugaux et l'envient bien vite de s'être trouvé un bel homme, jeune et avenant.

Delisle, quant à lui, commence à séduire la pratique par son savoir-faire. On lui tend des pièges, on trafique volontairement des serrures pour voir de quoi il est capable, on l'oblige à ouvrir des coffres dont la clef est soi-disant perdue.

Il s'en tire si bien que les badauds commencent à venir le regarder travailler, ce qui est partout la marque d'un grand intérêt.

Évidemment, il n'entend pas en rester là. Dans le fond de la boutique, il remonte la vieille forge qui occupe un cul-de-sac voûté où s'est trouvé jadis un four à pain. C'est là qu'il veut installer un laboratoire de fortune où il pourra répéter les manipulations apprises de Lascaris.

En attendant, il profite des derniers beaux jours de l'été pour renouveler sa provision d'herbes, en particulier ces lunaires dont les exemplaires du philosophe ne sont plus guère que poussière. Avec Anne, il herborise aux environs de la ville, sur le plan d'Entrais, un hermas à garennes au-dessus des limons du Buech et des graviers de la Durance. Ces longues promenades à pied lui donnent l'occasion de réfléchir à ses projets. Manipuler les métaux pour persuader qu'il fabrique de l'or, il sait déjà le faire. Mais, pour mieux convaincre les détracteurs éventuels, il lui faut accompagner ses projections d'une mise en scène efficace. L'introduction au début des opérations des herbes réduites en poudre est, il le sait assez, d'un effet spectaculaire. Évidemment, il pourrait se contenter des premières plantes venues, comme ce buis qu'il suffit de ramasser dans la rue devant sa porte. Mais la présence de végétaux plus rares et connus de tous pour leurs vertus, comme ces lunaires qu'il a le bonheur de trouver, ajoutera à la crédibilité de son art et il veut prendre soin d'en accrocher quelques bouquets frais aux murs de son laboratoire, là où ses visiteurs privilégiés ne manqueront pas de les reconnaître.

Et puis, après tout, il doute de ses propres doutes quant à l'efficacité de cette poudre de projection. Il ne pouvait y avoir seulement de la tricherie dans les manipulations de Lascaris. Il est évident que certaines de ces herbes, comme ces mousses et ces moisissures, ont sur le comportement du métal chauffé une action dont d'autres seraient incapables. Delisle ne cesse, depuis la disparition de son maître, de vouloir mettre de l'ordre dans ses idées. Il croit sans y croire tout en y croyant à la possibilité de modifier la nature des métaux. Il tient pour certain qu'il y a dans l'alchimie opératoire une grande part d'habileté manuelle, mais il est moins persuadé qu'il n'y entre pas aussi quelque phénomène dont l'adepte aurait percé le secret. A vrai dire, il ne sait pas assez de chimie et de physique pour trancher là-dessus. Il sait seulement que, d'une façon ou d'une autre, un homme averti de ce secret peut faire apparaître l'argent ou l'or à l'issue d'une opération longue et difficile, comme l'a fait Lascaris devant lui. Ne pourrait-il lui-même, après de patientes tentatives, parvenir à ce résultat? En commençant par duper ses dindons, en faisant surgir des morceaux d'or préalablement dissimulés dans une gangue de métaux plus vulgaires, ne devrait-il pas parvenir un jour à en produire d'authentiques? L'aventure est trop belle pour n'être point tentée. Il lui faut seulement du temps et des moyens, de l'argent, et de l'or d'abord dont sa provision s'épuise. Les boutons de Lascaris, ses lingots, ses limailles et ses rognures de monnaie, il les a déjà fondus en masses informes : une réserve à laquelle il ne veut pas toucher. Quant aux écus et louis d'or, il en a dépensé une partie dans l'acquisition de l'atelier de Jacquème. Cette bourse n'est pas inépuisable. Pour trouver de nouvelles ressources, il lui faut donc vendre cet or plus cher qu'il ne lui coûte à la fabrication. C'est là toute l'astuce. Et grâce aux dons, aux prêts qu'on pourra lui consentir dans l'espoir de le voir transmuer le plomb en or, il pourra poursuivre ses recherches et découvrir à son tour le secret de cette opération réussie. C'est là le pari qu'il se fait à lui-même et qui flatte l'orgueil qu'il se reconnaît. Il n'est pas seulement plus malin que les autres, il est aussi plus intelligent. De cela, il ne doute pas.

Il met donc tout en œuvre pour installer le laboratoire où il pourra se livrer, devant une assemblée choisie, à des projections impressionnantes. Mais cette entreprise n'est pas sans dangers. Il pourrait être dénoncé pour cette activité illégale.

Afin d'éviter les regards trop curieux des clients de la serrurerie, il tire un rideau masquant le fond de la boutique et le cul-de-four. Et, craignant la visite impromptue d'un émissaire du Roi chargé de surveiller le trafic de fausse monnaie, il cache dans le jardin sa réserve de métal précieux. Il y enterre aussi les pots de terre contenant ses poudres, ce qui lui permettra, les y allant chercher pour ses expériences, de dire bien haut que ces ingrédients ont besoin de mûrir dans le sol, comme l'affirmait Lascaris.

Il s'efforce dans le même temps d'assurer sa réputation d'habile ouvrier. On peut le voir toute la journée limer, ciseler, forer, driller, bigorner avec une ardeur qui plaît aux oisifs qui le regardent. Après les réticences inévitables que suscite dans une petite ville l'établissement d'un étranger, les chalands se font de plus en plus nombreux, satisfaits de ses services. On oublie le rapt de la belle aubergiste pour ne plus considérer que l'artisan faisant honneur à sa profession.

Il a pour clients quelques notables de la ville qui apprécient ses travaux moins chers et tout aussi estimables qu'en Avignon ou à Marseille. Parmi eux, M. de Fauville qui est médecin-apothicaire. Un érudit qui se pique de belles-lettres et se flatte de correspondre avec les savants de la région. Se plaignant du bas niveau de la culture sisteronaise, il trouve chez le nouveau serrurier une oreille attentive et des réflexions dont l'intelligence l'étonne. Il s'aperçoit avec une agréable surprise qu'il est entendu quand il parle de ses herborisations et de son herbier qu'un jour il lui fera l'honneur de lui montrer. Il est tout autant ébloui par le discours que lui tient Delisle sur les lichens et les mousses, des plantes, avoue-t-il, sur lesquelles il n'a jamais songé à se pencher. Elles entreraient difficilement dans vos albums, dit Delisle. Mais elles intéressent mes recherches en pharmacopée, répond M. de Fauville.

Comme il prend ses aises dans la boutique, et s'y déplace comme le Roi à Versailles, avec des moulinets de canne et des effets de manchettes, il ne tarde pas à remarquer ce qui se cache derrière le rideau, des instruments qui ne doivent rien à l'art de la serrurerie. Il examine, après en avoir sollicité poliment l'autorisation, les fioles et cornues que Delisle y a disposées.

– Feriez-vous de la chimie, monsieur?

– Je me contente de rectifier les métaux qui me sont utiles.

Fauville lui lance un regard intrigué mais n'insiste pas. Ce jour-là en tout cas. Mais chaque fois qu'il revient, et c'est de plus en plus souvent, il ne manque pas de demander, avec une indifférence affectée, où Delisle, son cher Delisle comme il l'appelle désormais, en est avec ses métaux. A la fin, mis en confiance et pensant qu'il a là le premier pigeon à prendre à la trappe, Delisle jette négligemment dans la conversation le terme d'alchimie, une science à laquelle il a la faiblesse de s'intéresser, en amateur évidemment. Un soir, boutique fermée, il se livre devant l'apothicaire à une première expérience toute simple, l'extraction d'un peu d'or contenu dans un morceau de cuivre.

– Vous êtes doué, mon ami, et sans doute capable d'aller plus loin. Mais peut-être y êtes-vous déjà parvenu?

– Je n'en suis, monsieur, qu'aux balbutiements, mais si vous ou quelque autre de vos confrères émérites aviez la curiosité de vous intéresser à mon travail, je me ferais un plaisir de réaliser devant vous quelques expériences amusantes.

– Amusantes! Tiens, il me plairait de m'amuser de la sorte. Ce genre de distraction est plutôt rare dans Sisteron.

– Il faudrait toutefois en garder le secret, dit Delisle. Je ne voudrais pas paraître ridicule aux yeux des ignorants et passer pour un sot prétentieux!

– Je comprends fort bien vos scrupules. L'affaire n'en est que plus émoustillante. Je vous promets de n'en rien dire à personne!

Il en parle si peu autour de lui qu'à ses visites suivantes il est toujours accompagné de quelques-uns de ses amis. Un notaire, deux consuls et le gouverneur de la citadelle lui-même qui, la nuit tombée, prennent bientôt le chemin de la serrurerie dans laquelle ils pénètrent avec l'air furtif qu'ils ont pour se rendre chez Mme Claude qui tient son bouge sous les remparts.

Devant eux, Delisle se livre à des manipulations de plus en plus compliquées qui consistent à séparer l'argent ou l'or des métaux vils qui les contiennent à l'état naturel. Il le fait en silence, tandis que Fauville, s'autorisant de sa science d'apothicaire, explique et commente en un discours farci de sottises grosses comme lui. Il importe peu, les autres ne l'écoutent pas, trop attentifs aux gestes de Delisle dont ils essaient de surprendre l'artifice. Enfin, le gouverneur ne peut se retenir de demander, avec la mine gourmande d'un enfant, si leur ami ne serait pas qualifié pour faire de l'or, c'est-à-dire produire de l'or à partir de matières n'en contenant pas déjà. L'or! Le mot retentit soudain comme une inconvenance. Personne n'y songeait, voyons! Mais une grande excitation les saisit tous. C'est vrai qu'après tout, dit Fauville, il serait plaisant d'en voir apparaître, là, sous des doigts si habiles. Je me suis laissé dire, ajoute-t-il, que certains philosophes y sont parvenus.

– Vous pensez bien, dit Delisle, que je ne serais pas ici, pauvre serrurier, si j'avais découvert ce secret.

– Peut-être vous en manque-t-il les moyens? dit le notaire. Si vous formiez quelque espoir d'y réussir, mes amis et moi nous ferions un devoir de vous aider. De l'argent, sans doute?

– Pas de la monnaie, mais du métal, répond Delisle. Ou plutôt j'aurais besoin d'instruments qui me font cruellement défaut, le matériel essentiel de l'apprenti chimiste, des cornues, des tubes de verre, des coupelles, un fourneau dont je pourrais vous indiquer le modèle... bref, des objets que je ne saurais me procurer dans votre bonne ville.

– Je me charge de les faire venir de Marseille, dit Fauville. Si vous m'en donnez la liste et le détail... Les frais seraient à notre charge, n'est-ce pas, messieurs?

– Il faudrait aussi, ajoute Delisle, que vous m'assuriez de

votre protection. Les agents du Roi n'aiment guère qu'on se mêle de métaux précieux. Joailliers et orfèvres sont de nos jours étroitement surveillés.

– Je me porte personnellement garant de votre sécurité, dit le gouverneur. Nous-mêmes n'avons pas intérêt à ébruiter ces... expériences amusantes.

Il faut plus d'un mois pour que Delisle dispose d'un vrai laboratoire qu'il aménage autour de la forge. Anne l'aide sans comprendre à quoi il joue. Elle croit qu'au commerce de la serrurerie il veut adjoindre celui de la bijouterie, et ce n'est pas pour lui déplaire. Elle se voit assez bien vendre des parures et des colifichets. Elle s'étonne seulement que l'argent et l'or qu'elle trouve dans les coupelles demeurent en fragments informés ou en paillettes. Mais elle a confiance dans les talents de son amant, qu'elle couvre d'attentions, se plaignant un peu que certaines nuits il néglige son lit pour ses fourneaux. Delisle se couche tard, ne parvenant à s'endormir qu'assommé de fatigue. L'habitude sans doute des nuits passées à la belle étoile. Ou la mauvaise conscience, peut-être? Il a souvent peur de retrouver dans ses rêves le fantôme de Lascaris se dressant devant lui avec son œil noir et sa bouche tordue de colère. Il a fait plusieurs fois des cauchemars au cours desquels l'homme aux boutons d'or lui faisait avaler de force cette gelée immonde et verte, ce crachat de lune qui lui soulevait le cœur, ou lui prenait les doigts qu'il plongeait dans la braise de la forge pour les marteler ensuite sur l'enclume et les transformer en lingots de sang noir coagulé. Anne prétend qu'il lui arrive de gémir ou de crier dans son sommeil et d'avoir même, une nuit, dressé sur sa couche, hurlé ces mots étranges : Vade retro, Satana! Il en a ri le lendemain, mais d'un rire sardonique. Ces maudits rêves dont le philosophe lui-même disait qu'ils étaient les déchets de l'esprit, naturellement évacués comme les excréments du corps...

A la fin de l'automne, Delisle est enfin prêt pour une

expérience spectaculaire à laquelle il invite Fauville et ses amis, tard le soir. Il y faut un certain cérémonial. Il a soigneusement occulté la fenêtre, laissé l'atelier de serrurerie dans l'obscurité. Seuls sont éclairés le coin de la forge et la table sur laquelle il opère. De grosses chandelles de suif font danser les ombres sur les parois voûtées. Une lumière jaune qui contraste avec le rougeoiement des braises portées à la rutilance.

Un des consuls, Aillaud, se signe. En raison de la chaleur qui règne dans cette espèce de four, les assistants quittent leur veste et retirent leur perruque, comme ils ont laissé leur épée à la porte, selon la tradition des chambrettes. Sans doute perdent-ils à cela un peu de leur dignité mais ils se donnent l'impression d'œuvrer eux-mêmes à cet art de l'alchimie qui a gagné ses lettres de noblesse. En se dépouillant des attributs extérieurs de leur fonction sociale, ils se fondent dans le moule d'une société secrète. Ces notables sont flattés dans leurs goûts aristocratiques de faire partie, un instant, d'un compagnonnage dont le rituel fait allusion à des connaissances refusées au vulgaire. Ils se sentent confortés dans leur appartenance à une élite intellectuelle dans le même temps qu'ils se rendent aux arguments et aux injonctions d'un simple ouvrier, élevé, il est vrai, et par leur seule présence, au rang d'initié et d'initiateur. Et puis, les séduit cette idée de se livrer à une séance de débauche de l'esprit, à la volupté de plaisirs philosophiques interdits. Le penchant pour le merveilleux, inné à tous les hommes en général, mon goût particulier pour les impossibilités, l'inquiétude de mon scepticisme habituel, mon mépris pour tout ce que nous savons et mon respect pour tout ce que nous ignorons, voilà les mobiles qui m'ont engagé à venir ce soir, a déclaré Fauville à ses amis en franchissant le seuil de la serrurerie.

Ils sont ainsi très attentifs et très respectueux à l'égard des premières projections de Delisle. Préparés à croire l'incroyable, ils s'étonnent tout de même de ce que, dès le début de l'expérience, la compagne de l'alchimiste, cette charmante femme devant laquelle ils s'inclinent, leur apporte à déguster des rôties, ces tranches de pain grillées au feu de bois et copieusement arrosées d'une huile d'olive vierge. Cette collation est sans doute agréable mais risque de distraire leur attention. Je vous en prie, messieurs, leur dit Delisle, il ne s'agit là que d'un moyen efficace de vous protéger contre les vapeurs nocives des vapeurs qui vont se dégager de mes opérations. A cette déclaration inattendue, le consul et le gouverneur ne répriment pas un sourire. Mais l'apothicaire Fauville coupe court à leur scepticisme. Notre ami a raison, dit-il, cette graisse boira les émanations nuisibles à notre estomac. C'est un remède qui a fait ses preuves, ne serait-ce qu'à l'égard des vapeurs des vins ou de l'eau-de-vie.

Pour ces premières démonstrations effectuées devant des personnes intelligentes mais non averties des secrets de l'art alchimique, Delisle n'entend pas risquer le grand œuvre. Il se contente de se livrer aux manipulations élémentaires que lui a apprises Lascaris et concernant la modification que subit la couleur des métaux sous l'influence de certaines substances chimiques. C'est ainsi qu'il commence par exposer une lamelle ou un oripeau de cuivre à l'action des vapeurs d'arsenic et qui prend à la fin une belle couleur blanche. Pour impressionner ses spectateurs, il cite saint Thomas d'Aquin dont nul ne saurait mettre en doute le traité sur l'essence des métaux : « Si vous projetez sur du cuivre de l'arsenic blanc sublimé, vous verrez le cuivre blanchir. Si vous ajoutez alors moitié d'argent pur, vous transformerez tout le cuivre en argent véritable. » Ensuite, il renouvelle l'opération en traitant un autre oripeau de cuivre par la cadmie, cette suie verdâtre qui s'attache aux parois intérieures des fourneaux où l'on fond des métaux et que les adeptes recueillent pour l'utiliser sous le nom de tutie. Le cuivre prend ainsi une vive couleur jaune et brillante qu'il présente comme de l'or.

Ces premiers résultats impressionnent vivement ses invités, mais il sent bien qu'ils réclament des preuves plus éclatantes de son talent. Un autre soir donc il se résout à fabriquer devant eux de l'or sophistiqué qui fera illusion. Dans un creuset de fer, il place du mercure et du vitriol de cuivre contenant un peu d'eau. Le sel de cuivre, se dissolvant dans l'eau, se trouve réduit à l'état métallique par l'action du fer, et le cuivre ainsi réduit se combine au mercure en formant un amalgame épais. Le produit de cette opération est soigneusement lavé pour en séparer les parties solubles. Il le soumet ensuite à la compression pour en faire écouler l'excès de mercure non combiné. Enfin, il fait fondre cet amalgame, en prenant soin de ne pas atteindre la température à laquelle il se décomposerait. Très malléable, il offre alors la couleur et l'aspect de l'or. Vous avez compris, n'est-ce pas? demande-t-il à ses visiteurs qui bien évidemment se gardent de répondre par la négative. Ils ont bien de la chance, songe Delisle en les raccompagnant à la porte.

En aidant Anne, qui nettoie le laboratoire comme si elle desservait la table d'un souper et rangeait le désordre d'une soirée conviviale, il manifeste un certain mécontentement. Est-ce si malin d'abuser ainsi le monde? Il éprouve quelque remords à tromper des gens qui lui font confiance. Mais surtout il a le sentiment de se duper lui-même. Il n'a rien à prouver à ces amateurs, rien à gagner à leur faire prendre des vessies pour des lanternes. Au contraire, tout à perdre en leur proposant des simulacres dont un jour ou l'autre ils vont découvrir la nature véritable. Surtout, à ce jeu, il risque de se déconsidérer à ses propres yeux. Se regardant dans son miroir, et n'y voyant que l'image d'un imposteur, il perdra la face. Et sachant bien qu'il est encore fort loin d'avoir atteint le degré d'initiation propice à la transmutation véritable, il se doit au moins de produire à ses examinateurs de l'or authentique, fût-il extrait par manipulation d'un métal qui en contient déjà.

C'est à cela que, lors des expériences suivantes, il s'emploie, multipliant les projections à partir de ses poudres et de ses huiles, suant lui-même à grosses gouttes devant son potager, et torturant soufre et mercure jusqu'à ce qu'ils rendent leur âme aurifiée. Concentrant toute son énergie à cet effort, il se souvient d'une remarque de Lascaris : l'alchimiste, devant le vaisseau, souffre, pleure, tremble, se tourmente et se lamente, avant de s'extasier et de se réjouir. A certains moments, Anne doit lui éponger le front alors que ses mains sont tout occupées à opérer. Les assistants n'en éprouvent que plus de respect pour l'alchimiste. Sans doute seraient-ils déçus de le voir manipuler ses matières avec l'apparente facilité d'un passeur de muscade. Et quand enfin, dans la coupelle, rayonne un morceau d'or, avant même de féliciter le souffleur, ils le réconfortent comme une accouchée.

Durant cet hiver 1708-1709, la boutique du serrurier n'est plus seulement un théâtre d'opérations alchimiques. Elle devient insensiblement un salon où se rencontrent les beaux esprits. Les notables de Sisteron n'avaient pas jusqu'ici de lieu où confronter leurs idées avancées et leurs réflexions éclairées. La dignité de leur charge ou de leur situation les empêche de fréquenter la chambrette locale où se réunissent les petits bourgeois et les cultivateurs aisés. Les soirées chez Delisle, vite devenu la coqueluche du beau monde, leur permettent désormais de s'enrichir de discussions philosophiques et scientifiques. De nouveaux venus ou des visiteurs de passage y participent, tel le père de Rome, présenté par Fauville comme abbé, oratorien, botaniste et quelque peu chimiste. C'est un vieil homme mais qui a gardé toute sa fraîcheur d'esprit. Il vit au prieuré d'Ardenne, près de Lincel, au-delà de Forcalquier, où il est né et entend bien mourir. Il y a créé un jardin botanique qui, paraît-il, attire les savants de toute l'Europe. Ses connaissances étendues en médecine et son utilisation judicieuse des plantes ont fait de lui un bienfaiteur des populations de la contrée. Il conseille aux autres curés de pratiquer la médecine par les simples afin de venir en aide aux malades que les médecins ordinaires ne daignent pas aller visiter, et ce à moindres frais. Il prépare d'ailleurs un gros volume sur ce sujet, ainsi qu'un inventaire des plantes médicinales de la Provence. Intéressé par les projections de l'alchimiste, il l'invite à visiter son jardin.

Mais ces personnages respectables, dont l'habit et le maintien contrastent avec la pauvreté de la pièce, assis sur de mauvaises chaises et buvant du vin chaud comme au cabaret, profitent de ces réunions pour s'entretenir des affaires du temps et des difficultés croissantes. Ils évoquent les embarras du Trésor et ces mesures draconiennes prises par le Roi pour trouver de l'or et dont ils se disent les premières victimes. A l'ordre royal de faire fondre et d'envoyer son argenterie à la Monnaie, les plus en vue ont manifesté leur mécontentement. Le comte de Grignan lui-même, lieutenant général de la Provence, a, dit-on, été bien obligé de se résoudre à liquider sa vaisselle, tout en épiant la grimace de l'intendant Lebret contraint de s'incliner afin de ne point passer pour un madré ou un vilain. Cette affaire les a rendus tous deux, dit Fauville, de fort méchante humeur et, tant pour ne pas déplaire au Roi que pour s'en venger, ils mettent tout en œuvre à passer leur colère sur les trafiquants de fausse monnaie dont la chasse n'a jamais été si obstinée.

D'autant, ajoute le gouverneur de la citadelle, que Sa Majesté elle-même donne le mauvais exemple. N'a-t-elle pas demandé au contrôleur général Chamillart de lancer sur le marché des pièces de dix sols qui ne contiennent que six sols et trois deniers de métal? Mauvaise monnaie qui chasse la bonne et annonce le pire. Chamillart a écrit au Roi pour lui dire son épuisement physique, moral et intellectuel. D'ici à ce qu'il soit remplacé... On parle déjà de Desmarets, un des neveux de Colbert, un homme remarquablement intelligent et fort cynique.

Ces désordres intérieurs ne sont en fait que la conséquence des menaces extérieures. Depuis que les troupes françaises se sont retirées de l'Italie, la frontière a crevé comme le boyau d'un boudin. On s'attendait à ce que les troupes du duc Victor-Amédée de Savoie et les Impériaux du prince Eugène se ruent sur Lyon à travers le Dauphiné. Ce fut vers Toulon qu'elles se sont précipitées. M. de Grignan, dont l'âge très avancé est garant d'une longue expérience, l'avait prévu et en avait prévenu les ministres dont il dut essuyer les quolibets. Mais quand, au cours du mois de juillet, Victor-Amédée força le passage du Var, s'empara d'Antibes et, par Grasse, Draguignan et Fréjus, s'enfonça dans la Provence jusqu'à mettre le siège devant Toulon, les troupes régulières françaises durent en hâte assurer la défense de ce port et ne le délivrèrent que de justesse. Et si le duc de Savoie s'est vu obligé de repasser le Var, il a laissé derrière lui des traces sensibles de son séjour. On sait assez ce que coûtent au peuple ces guerres incessantes. Outre le trouble monétaire et le recours officiel à la fausse monnaie, il faut ajouter les violences de la soldatesque, la chasse aux déserteurs, la cherté des blés, le trafic des accapareurs, le pullulement des mendiants et des brigands, la peur et le désespoir des paysans. Un climat général d'insécurité rend les gens nerveux et prompts à la gâchette. Et chacun de rapporter ce qui se colporte autour de Sisteron : villages désertés ou décimés par le pourpre, la rougeole, la cagade, voyageurs détroussés et assassinés, soldats égarés et morts de froid, bandits de grand chemin victimes de règlements de comptes entre factions rivales... En écoutant toutes ces histoires macabres, Delisle ne peut s'empêcher de penser que parmi tous ces cadavres celui de Lascaris a peu de chances d'être identifié. On a dû, si on l'a jamais trouvé, l'enterrer sur place, avec une croix de bois anonyme, sans plus chercher à savoir qui il avait été.

Bien que fort soucieux de ne pas se compromettre, Delisle ne peut éviter que ses opérations fassent grand bruit. Toute la ville en parle, à voix basse mais avec le souffle irrésistible de la rumeur. L'alchimie, dont beaucoup découvrent l'existence à cette occasion, alimente les conversations des salons et des soupers, du moins chez les notables. Si faire de l'or, mon cher, est à la portée d'un simple serrurier, nul doute qu'un jour chacun de nous y puisse parvenir. L'affaire prend d'autant plus d'importance que le métal précieux ne circule plus. La vaisselle d'argent remplacée par des pots de terre, l'or se cache, sommeille et nul ne profite plus de sa beauté intrinsèque. Aussi, les quelque dix ou douze personnes qui forment à Sisteron la bonne société se flattent d'abriter dans leurs murs un artisan aussi intéressant. Elles parlent de la boutique du champ de foire comme d'une grotte miraculeuse où se manifeste le Veau d'or. Le qu'en-dira-t-on les empêche seul d'y aller faire publiquement leurs dévotions. Nul non plus ne songerait à inviter à sa table cet homme mystérieux, ni même à être vu avec lui sur la place.

Seul l'auguste aréopage groupé autour de l'apothicaire de Fauville et du gouverneur de la citadelle, M. de Châteauvieux, se targuant d'un rationalisme éclairé qui se moque des convenances, prête attention à la personne du nouveau prophète. Lors des réunions hebdomadaires qui ont lieu chez le consul Aillaud, auxquelles d'ailleurs on omet d'inviter l'alchimiste, on se pose des questions sur lui. On ne sait ni qui il est ni d'où il vient. Qu'a-t-il fait avant d'arriver à Sisteron? D'où tient-il ces pièces d'or sorties de son gousset? A-t-il seulement un passeport en règle? Nul n'a vu son sauf-conduit. Le gouverneur de la citadelle, qui n'a pour la police du Roi qu'un respect modéré, n'entend pas le faire vérifier. Si jamais l'on démasquait en ce Delisle un imposteur, la honte et le ridicule en rejailliraient sur ceux-là mêmes qui depuis quelque temps l'assaillent de leurs bontés et participent à ses manipulations. Il faut être d'une grande prudence, dit Fauville, sans risquer pour autant de passer au large d'une découverte magistrale. Car, messieurs, vous l'entendez bien, il s'agit moins d'un vulgaire intérêt pour une fortune trop vite acquise que d'un événement scientifique et philosophique.

Quant aux représentants sisteronais de l'Église, ils condamnent évidemment ces rumeurs concernant un apprenti sorcier, adepte d'une science maudite. L'évêque lui-même ne prend pas ouvertement parti parce que cette activité ne relève pas, dit-il, de sa compétence et qu'il a suffisamment à faire pour conserver une autorité sans cesse contestée par une partie importante de la population demeurée huguenote. Mais il conseille vivement à ses paroissiens aisés de ne pas se laisser leurrer par cet or des fous. Ce sont les abbés qui sont le plus empressés à dénoncer en ce serrurier une incarnation du diable qui, s'ennuyant dans son échauguette, a trouvé ce dernier moyen de tenter les esprits faibles. Et les vieilles de se signer quand elles passent devant la boutique. Anne elle-même, quand elle va aux provisions, se fait invectiver par les commères.

Cette animosité des gens d'Église fait craindre le pire. Delisle, qui déjà redoute qu'on ne découvre en lui le compagnon de l'homme trouvé mort dans la montagne, s'inquiète maintenant des conséquences de sa réputation de faiseur d'or. Les autorités ne peuvent manquer d'être avisées de son activité. Il a confiance dans l'honnêteté de Fauville et des membres de sa société, mais non dans leur capacité à taire ce secret. L'un ou l'autre d'entre eux va, quelque jour, se vanter en haut lieu de « sa » découverte et montrer fièrement ces petits lingots de fabrication illégale.

Et cela ne manque pas d'arriver. Un beau matin, au début du printemps, le gouverneur le fait mander à la citadelle. Une invitation pressante à laquelle, lui dit-on, il n'est pas question de se dérober. Delisle n'est jamais monté si haut dans la ville. Il découvre le formidable appareil de cette forteresse, censée défendre la Provence contre le Dauphiné et le Dauphiné contre la Provence. Il découvre surtout l'apparat des appartements occupés par le gouverneur, sa famille et sa suite. Comment peut-on habiter sous des plafonds si hauts et dans des salles si grandes? Les meubles et les tapisseries ont un air inutile et c'est, semble-t-il, ce qui leur donne du prix. La pièce où le reçoit M. de Châteauvieux est elle-même aussi vaste que l'auberge du Mouton-Blanc. Mais il n'a guère le loisir d'en contempler le décor. Le gouverneur le fait asseoir et, restant lui-même debout, tourne autour de lui avec agitation. Son attitude contraste avec celle qu'il adopte d'ordinaire dans la boutique du champ de foire.

– Votre situation, mon ami, me paraît soudain assez fâcheuse. J'ai reçu, vous concernant, un courrier qui m'embarrasse. On me demande des renseignements sur vous que je suis bien en peine de fournir. On sait aussi que sans être de mes relations vous êtes une personne que j'ai pu rencontrer à l'occasion. Or ma position ne justifie pas, comme vous pensez, que j'aie besoin de me rendre dans votre échoppe pour m'y procurer une nouvelle serrure. Ma citadelle, sur ce point, en est assez pourvue. On me réclame aussi des précisions sur les personnes qui vous visitent et je serais fort gêné de dire que ce sont mes amis. Il ne semble pas qu'une enquête officielle soit ouverte sur vous, mais on vous soupçonne à la fois de fausse réforme, c'est-à-dire de fabrication de fausse monnaie, et de trafic de métal monnayable. Vous savez combien le Roi est strict là-dessus. Finalement, il n'a point souci d'un ciron de votre taille mais monsieur l'intendant de Provence, M. Pierre-Cardin Lebret pour ne pas le nommer, semble sur vos traces et peut-être à vos trousses. C'est un homme redoutable dans son acharnement à poursuivre le crime, et plus singulièrement le crime commis contre l'État.

– Je vous sais gré, monsieur le Gouverneur, de m'en prévenir. Mais que dois-je faire, s'il vous plaît? Quitter la ville, m'enfuir, me cacher?

– Nous n'en sommes pas à ce point. Mais il vous faudrait quelque protection plus efficace que la mienne. Vous savez combien je suis, avec mes amis, attaché à votre personne et admirateur de vos talents. Vous comprendrez cependant que notre situation, dans une ville de province comme Sisteron, nous interdise de nous mêler d'une façon ou d'une autre à des entreprises pouvant paraître suspectes. Nous ne saurions donner notre aval à vos activités, aussi éclairantes soient-elles sur ces sciences nouvelles qui nous attirent. Non, mon cher, il vous faut rencontrer une personne dont la haute autorité se porte garante de votre honnêteté et de votre respect des lois.

– Et comment la trouverais-je, monsieur, moi qui suis sans relations et sans fortune?

– Il y a bien quelqu'un, dit le gouverneur en s'asseyant enfin, qui pourrait vous accueillir et peut-être répondre de vous. C'est Mgr Soanen, l'évêque de Senez. Il a entendu parler de vous, je ne vous dirai pas par quel hasard. C'est un grand prélat, un haut dignitaire de l'Église dont le dévouement à son ministère ne fait aucun doute. Mais il a les curiosités d'un esprit éclairé. Au bref récit qu'on lui a fait de vos exploits, il a prêté, me dit-on, une oreille amusée, ce qui veut dire presque intéressée. Une supplique déposée à ses pieds aurait probablement l'heur de retenir sa bienveillante attention. J'ai assez d'estime à votre égard pour me proposer à la lui faire parvenir, si vous le voulez bien.

S'il le veut bien? Delisle n'a pas le choix. Si le gouverneur dit vrai, et comment imaginer qu'il en soit autrement, l'atmosphère de Sisteron devient lourde de menaces. Il a sans doute eu tort de croire que d'acquérir pignon sur rue suffisait à établir un état civil assurant sa sécurité. Cet atelier est probablement un piège qu'il a lui-même amorcé. De même, la réussite de ses manipulations peut lui jouer un mauvais tour. Sera-t-il la victime de son succès?

Il reste plusieurs jours à tergiverser et atermoyer, néglige son travail de serrurerie et interrompt ses expériences. Il commence à débarrasser son laboratoire de fortune des objets les plus voyants. Il lui arrive même de fermer boutique et de s'en aller marcher le long de la Durance, sans autre but que de calmer son inquiétude. La solution que lui propose le gouverneur lui semble sage. Trop sage. Que va-t-il faire, réfugié dans les surplis d'un évêque comme un poussin effrayé sous sa mère poule? Il n'a guère la vocation d'enfant de chœur et se voit mal domestique apprivoisé d'un prélat. Il veut voler de ses propres ailes, avec ce sentiment de liberté sauvage auquel il s'est habitué. D'autre part, il n'a plus envie de courir les routes en se cachant sous le masque d'un colporteur. Il a de la peine à s'avouer qu'il a pris goût au bien-être d'une maison, d'une femme, d'une certaine notoriété. Enfin, il se dit qu'auprès de cet évêque il trouvera peut-être une sinécure momentanée, le temps de lasser les soupçons qui pèsent sur lui. Une maison épiscopale n'est pas un château italien, mais elle doit bénéficier d'une troupe de courtisans devant qui il pourrait recommencer et perfectionner ses expériences. Un nouveau pas dans ce monde de la fortune qu'il jalouse et méprise à la fois.

A la fin, il s'en remet au gouverneur, le prie humblement de s'entremettre auprès de l'évêque de Senez et attend quinze jours une réponse favorable. On l'attend, on est prêt à le recevoir.

Le gouverneur met à sa disposition une voiture particulière, tirée par un cheval assez fringant pour couvrir en une seule journée les quelque vingt lieues qui séparent Sisteron de Senez, à condition de partir dès l'aube. Il le confie aussi aux soins – mais n'est-ce pas plutôt à la surveillance? – d'un de ses hommes à tout faire, nommé Terrasson, un grand jeune homme pâle, élevé en cave et craignant la lumière, fort bien instruit au demeurant, poli et distant, qui a tout l'air d'un abbé en civil. Son attitude est équivoque. Delisle ne sait s'il se conduit en valet efficace ou en mentor condescendant. Au début du voyage, il ne dit mot et Delisle somnole, insensible aux beautés de la Durance dont ils suivent la rive gauche. Ce départ est-il définitif? Il a quitté Anne encore endormie et sans lui dire au revoir. Il ne sait pas dire ces choses-là. Il a seulement jeté un long regard sur ce corps dénudé qui lui donne de brefs instants de plaisir où son cœur n'est pas engagé. Certes, il a une tendresse certaine pour cette femme qui l'aime, dit-elle, et lui prodigue toutes les marques d'un attachement sincère. Mais pour Delisle ce plaisir n'atteint jamais à la volupté ni cette tendresse à l'amour. Du moins à ce que les gens entendent par ce mot, trop vite prononcé.

En préparant son bagage, la veille, il lui a dit qu'il partait pour ses affaires, chez un haut personnage qui l'invitait pour quelque temps et désirait le voir opérer devant lui sans témoins. Anne n'a pas osé demander plus de précisions, mais dans la nuit elle a exigé de lui des caresses nouvelles dont il ne la savait pas curieuse ou avide. Puis elle s'est endormie en se serrant contre lui. A l'aube, il a dû littéralement se détacher d'elle.

Profitant de la grandeur de la voiture, il a emporté une malle pleine de ses instruments, de ses sachets et de ses métaux. Il a laissé, comme oubliée par négligence, une poignée d'écus dans une aumônière qu'Anne lui a confectionnée. De toute façon, elle n'est pas à la rue puisque la boutique est aussi à son nom et qu'elle possède toujours le joli pécule qui lui vient de son travail à l'auberge. Soudain, Delisle se rend compte qu'il pense à elle comme s'il ne devait jamais revenir. En fait, il sait déjà qu'il ne reviendra pas.

A Malijai, la route de Castellane abandonne le val de Durance pour traverser la Bléone, dont elle remonte le cours. Nous quitterons celle de Digne, dit enfin Terrasson. M. de Châteauvieux m'a bien recommandé d'éviter cette ville. Je me demande pourquoi. Par là, la route était plus facile. Ce raccourci que nous empruntons va nous secouer les tripes et ralentir notre course. Et puis à Digne je connaissais un relais fort accueillant. Enfin, puisque tels sont les ordres de M. le gouverneur! Il doit avoir de bonnes raisons pour vous faire prendre les chemins de traverse...

Il n'en dit pas plus. Mais, s'il se montre discret, Delisle, lui, ne cache pas sa curiosité et s'enquiert de cet évêque de Senez qui l'attend. Le connaissez-vous, monsieur?

– J'ai eu l'honneur de lui être présenté lors d'une de ses visites épiscopales. C'est un homme de grand mérite et qui rallierait à lui tous les suffrages de son diocèse s'il n'y était considéré comme un étranger. Un Auvergnat, monsieur, nommé par le Roi, ce qui a fort déplu aux gens d'Église. Être un étranger n'est sans doute pas une tare, tout au plus un désavantage. Quand il est arrivé, il y a une douzaine d'années, il n'entendait pas le patois du pays et son latin rocaillait avec un accent qui fit rire. Et chpiritouche chanctouche... Vous imaginez l'effet produit à ses messes! Depuis, sa langue s'est adoucie, d'autant qu'il a commencé sa carrière à l'Oratoire de Paris, comme prédicateur.

Mais sa venue a bouleversé bien des usages. Il a voulu s'élever contre les coutumes et les pratiques ancestrales qu'il jugeait d'origine païenne. Il prétendait avoir trouvé son diocèse dans un état de dérèglement qui lui perçait le cœur. Le clergé et le peuple vivaient sans joug ni discipline. Il n'y avait nulle instruction, même chez les prêtres. Dans les paroisses, dimanches et fêtes, l'office s'expédiait à la va-vite et l'après-midi se passait en danses et en débauches. C'était dans l'église même et lors de la messe qu'on élisait le roi du bal, par un bouquet qui était porté aux sons des violons, du tambour et de la flûte, au jeune homme qu'on décorait de ce nom. Les curés eux-mêmes ouvraient cette danse rustique. Les autres jours, ils allaient à la chasse et les chanoines surtout n'y manquaient pas...

Il a voulu remettre de l'ordre dans ce désordre, sans ménager personne et en dérangeant tout le monde. Il a commencé par interdire les charivaris et les pelotes, et jusqu'aux bravades, et à la fête des pétardiers à Castellane, au jeu de boules devant l'église et à tous ces jeux qu'il appelait des exactions criminelles, bruits séditieux, batteries et profanations. Il a condamné avec violence les marchés du dimanche et les foires aux jours de fête. Vous imaginez la fureur de ces braves gens qui, travaillant toute la semaine, voyaient leur dimanche tout entier occupé de religion et privé des pauvres distractions qu'ils se donnaient. Plus de chasse, plus de cabarets, plus de bals. Il fut même interdit de prendre une voiture et de voyager ce jour-là, ou d'arroser les jardins, de faire la veillée au moulin... Quoi encore? Même les romérages par lesquels les villageois honorent leur saint patron devenaient à ses yeux des manifestations du paganisme.

Et non content de se mettre à dos les laboureurs, il réussit à réunir contre lui les inimitiés des notables dont il dénonçait en chaire les petites turpitudes, étalant au grand jour les désordres de certaines familles et en exigeant la contrition des pécheurs sur le parvis de l'église. Il n'était plus question pour les jeunes garçons et filles de s'initier aux jeux du mariage et pour les adultes de se livrer aux plaisirs de l'adultère sans que l'évêque ne les mène par l'oreille au confessionnal public. Bien des femmes durent renoncer à leurs galants et retourner à leurs confitures. Quant aux hommes, ils durent se contenter de leur épouse. Enfin, après les vivants, il s'en prit aux morts dont il voulait encore sauver l'âme et préserver le repos. Il vitupéra l'état déplorable dans lequel on laissait les cimetières, sans clôture ni protection aucune contre les chiens errants et les loups qui venaient y ronger les cadavres sans cercueil. Il dénonça l'habitude des femmes d'y aller faire sécher leur linge et celle des hommes d'y étaler leurs grains au soleil. Même les vieilles bigotes ne trouvèrent point grâce à ses yeux, qu'il accusait de ne fréquenter si assidûment l'église que pour économiser leur poêle.

– Voilà, dit Delisle, un homme bien redoutable à approcher. M. de Châteauvieux ne m'avait en rien prévenu d'une intolérance dont j'ai tout à craindre!

– Je ne sais, monsieur, ce que vous attendez de lui, ou ce qu'il attend de vous, mais vous devez faire confiance à M. le gouverneur. S'il vous envoie à lui, c'est qu'il l'estime grandement. Ce prélat, tout puritain qu'il soit, ou peut-être en raison de cela, doit être un homme juste, préoccupé de vérité et de sincérité. Quel que soit le cas que vous devez lui exposer, il vous entendra, n'en doutez pas, d'une oreille complaisante et ne se contentera pas des rumeurs qui ont pu être transportées à votre propos.

– Vous ne me rassurez qu'à moitié. J'ai bien envie de sauter de voiture et de m'en aller à travers ces bois vers un destin moins sombre.

– N'en faites rien! et oubliez tout ce qu'imprudemment je vous ai confié. Ne regardez là-bas qu'un homme de grande intelligence et de savoir, un esprit délié et attentif aux combats de la raison comme aux exigences de la religion. Je me suis laissé dire que Mgr Soanen s'était secrètement converti au jansénisme.

– Qu'est-ce que cela, s'il vous plaît?

– Une doctrine qui va quelque peu à l'encontre de celle enseignée par l'Église catholique, et selon laquelle la volonté de l'homme, depuis la chute, n'est jamais vraiment libre intérieurement car elle est soumise soit à la concupiscence, soit à la grâce, et que cette grâce n'est accordée qu'aux seuls élus pour qui est mort Jésus.

– Voilà qui demande réflexion. Je ne suis pas assez instruit pour en débattre, mais qu'il y ait des élus, la chose me plaît assez. S'agit-il d'une société secrète?

– Dans la mesure où l'Église comme le Roi condamnent cette prise de position, on peut ainsi dire. Dans sa ville et dans son diocèse, cet évêque est bien seul et se doit de taire ses opinions profondes.

– Je préfère cet aspect de sa figure et, s'il n'y a point de témoins, je pourrais peut-être m'entretenir avec lui d'homme à homme.

– Dieu vous entende!

– Je préférerais ne pas mêler Dieu à tout ceci.

La voiture arrive trop tard à Senez pour que Delisle puisse se présenter à l'évêché et il partage avec Terrasson une modeste chambre dans une hostellerie vide. Il s'attendait à ce qu'une cité épiscopale fût grande, belle, propre et illuminée. Ce n'est qu'un trou noir, avec des rues sales, des maisons mortes, de rares passants qui ont l'air égaré. Le seul bâtiment d'importance est la cathédrale qu'il découvre le lendemain matin. Encore ne diffère-t-elle d'une église de village que par sa grandeur et sa hauteur. L'évêque réside à côté, dans un presbytère étroit qui donne sur un jardin de curé mal entretenu.

Mais le prélat qui le reçoit en fin de matinée surprend dans ce décor décevant. C'est un homme qui a atteint la soixantaine, au visage fin et souriant, avec une bouche pleine d'ironie amère. Une figure avenante plantée sur une cape à rabat de la largeur d'un plat à barbe qui cache ses avant-bras d'où sortent des manchettes de dentelle cachant elles-mêmes des mains dont on voit que les doigts chargés de bagues. Introduit par une domestique âgée, Delisle s'étonne de ce que Mgr Soanen ne soit pas entouré d'abbés et de vicaires empressés à le servir. Non, l'évêque est un homme simple qui l'invite à partager son dîner frugal : du bouillon et du bouilli. La vaisselle est en bois ou en terre, les cuillers en étain. Dieu, dit-il d'une voix douce, ne m'a pas accordé le don de transformer ce métal ordinaire en argent brillant! C'est la seule allusion qu'il fasse, pendant le repas, aux talents de son visiteur. Il parle de sa solitude, de l'isolement de son diocèse, de la pauvreté spirituelle et intellectuelle de ses ouailles, mais sans découragement ni animosité. Il ne souffle mot des scandales, profanations et tintamarres contre lesquels, au dire de Terrasson, il tonne en chaire.

Delisle qui, au début de l'entrevue, ne savait comment se tenir, tournant et retournant son chapeau entre ses mains, se détend peu à peu jusqu'à s'enfoncer confortablement dans sa grande chaire dont le dossier monte plus haut que sa tête. Comme l'évêque ne l'interroge pas, il se contente de petites phrases banales et polies. Il sent bien cependant qu'on l'examine, le juge à sa figure et qu'on surveille ses gestes. Il se sait emprunté, peu habitué à manger en face d'un personnage important. Ses mains, d'habitude si habiles, lui paraissent soudain lourdes et maladroites, et pour leur redonner un peu d'aisance il tord les dents de sa fourchette, ce qui lui attire un premier regard réprobateur.

Après le dîner, l'évêque l'emmène se promener dans le jardin où il retrouve son naturel. Cette fois, le prélat l'entretient de son invitation, lui dit d'abord tout le bien qui court sur lui, la chaleureuse recommandation de son ami Châteauvieux et l'intérêt qu'il peut porter lui-même à un homme qui cherche à s'élever au-dessus de sa condition par son seul mérite. Sans enfreindre évidemment la loi ou la morale. De temps en temps, il regarde Delisle avec l'air de vouloir apprivoiser un oiseau sauvage.

Et doucement il en vient à parler d'alchimie. Vous ne serez pas étonné, dit-il, de me trouver, en tant que dignitaire de l'Église, assez réticent devant une science qui peut égarer les esprits faibles en leur faisant croire que l'homme peut défaire ce que Dieu a fait et faire ce qu'il n'a pas fait. Si, comme on le dit, l'alchimie a pour but essentiel de produire de l'or, elle est mauvaise, et peut-être maudite. Si, comme on le prétend, elle ne considère la transmutation des métaux que comme un rituel illustrant la quête d'une vérité supérieure, elle mérite qu'on la considère. Avec méfiance mais attention.

Désignant brusquement d'un doigt tendu les feuilles du prunier sous lequel ils passent (mais sans doute entend-il désigner le ciel), il émet gravement cette sentence : Lucrativus est luciferus! Ce qui est lucratif est luciférien. Mais cela ne sonne bien qu'en latin.

– Je ne doute pas, poursuit-il, de vos protestations d'honnêteté ni de la véracité du récit que Châteauvieux m'a fait de vos expériences. Mais je suis un vieil homme sceptique et je préférerais y assister. Il me plairait assez de voir de mes propres yeux non seulement ce que vous dites produire, mais de quelle manière vous vous y employez. Sans être un savant, j'ai des notions élémentaires de physique et de chimie qui vous interdiraient de me tromper grossièrement. Me feriez-vous la grâce de m'inviter à vos manipulations? Vous avez, je crois, laissé votre bagage à l'auberge où vous attend ce bon Terrasson. Renvoyez celui-là, avec mes compliments à son maître, et attendez mon appel. Je ne manquerai pas, un jour prochain, de vous aviser de la nécessité d'un autre voyage. Ces expériences dont je désire être le témoin ne peuvent se faire ici, vous le comprenez. Il me faut trouver un endroit où vous serez en sûreté et moi-même à l'abri des bavardages, caquetages et papotages dont mes ouailles sont friandes. J'ai déjà quelque idée là-dessus mais il me faut prendre des dispositions. Là, maintenant, quittez-moi, c'est l'heure de ma sieste. Je ne vous donne pas ma bénédiction puisque de toute évidence vous n'en avez que faire.

Delisle baise quand même la main du prélat, comme le lui a recommandé Terrasson, ou plutôt le magnifique rubis qu'il porte par-dessus son gant.

A Senez, il s'ennuie mortellement. La ville est d'une tristesse à faire pleurer les arbres. Les gens, dans la rue, ne saluent point et répondent à peine quand on leur demande son chemin. Il lui faut trouver tout seul l'unique cabaret où se manifeste un semblant de chaleur humaine. Encore celle-ci est-elle monnayée. Il faut boire pour être pris en considération et accepter les faux sourires de trois ribaudes qui entraînent à la consommation une douzaine de bonshommes, voyageurs égarés plutôt que petits bourgeois habitués, qui parlent pour ne rien dire. Solitaire dans son coin, Delisle se contente de regarder ces trognes, ces mufles et ces groins aux regards vides de toute expression. Pendant trois jours ainsi, il se morfond. Enfin, on le mande au presbytère. Monseigneur le reçoit avec une affabilité qui lui remet un peu de baume au cœur.

– Mon ami, vous voilà délivré. J'ai trouvé le refuge où vous pourrez sans souci vous livrer à vos recherches. Mon ami Savinien de Demandolx veut bien vous héberger en son château de La Palud et vous y fournir les moyens de poursuivre vos travaux. C'est un homme estimable, fort érudit, d'un esprit très ouvert. Il a en outre l'avantage d'habiter une bastide où personne, à moins que vous ne soyez dénoncé, ne songerait à vous aller chercher. C'est un endroit perdu que l'absence même de route rend à peu près inaccessible. Et je crois savoir que la solitude ne vous effraie pas.

– Où se trouve ce château, s'il vous plaît?

– Dans la moyenne vallée du Verdon, en un site où la nature, faisant preuve d'une imagination folle, s'est plu à multiplier les sublimes horreurs et les décors les plus terrifiants. Venez là, que je vous montre sur la carte!

Delisle n'a jamais vu de carte. Quoi, ce fouillis de lignes et de traits représenterait un pays? La carte n'est pas le territoire, dit l'évêque, elle n'en est que la figuration réduite et je vois qu'il me faut vous orienter. En haut se situe le nord, parce que les géographes en conviennent généralement ainsi. Voici Sisteron d'où vous venez, le cours de la Durance, puis le chemin que vous avez emprunté pour arriver ici, à Senez, où nous sommes. Plus bas, la ville de Castellane que vous traverserez pour tourner vers le sud-ouest, longer le torrent du Verdon et gagner La Palud de Moustiers, quelque part par là, trop modeste pour figurer sur ce plan.

Delisle ne peut s'empêcher de demander si figure sur ce plan Bargemon, un village, dit-il, d'où viennent de lointains parents. Soanen cherche un moment, hésite, chausse ses lunettes et colle son nez sur la carte encadrée. Voilà, dit-il enfin, c'est hors de mon diocèse.

Delisle ne distingue qu'un mot, écrit en toutes petites lettres, et rien vraiment, dans ces caractères, n'évoque son bourg natal. Et Barcelonnette, monsieur? Cette fois, l'évêque n'hésite pas. Si haut que cela? Eh oui, mon ami, la carte ne représente que le Comtat et la Provence. La vallée de Barcelonnette n'en fait point partie.

Du doigt, et sans plus se soucier de ce que son geste peut

être révélateur, Delisle remonte de Bargemon à Barcelonnette, puis redescend sur Sisteron, sur Senez, sur le lieu présumé de La Palud. Tout étonné, il découvre qu'il n'a fait un si long voyage que pour tourner en rond et se rapprocher du lieu de son départ. Mais n'est-ce pas Lascaris qui comparait un voyage d'initiation à un jeu de l'oie?

Il semble que Soanen n'ait pas prêté attention à l'imprudence de son invité. Il s'en est retourné à sa table, consultant des papiers.

– J'ai là, dit-il, une lettre de M. Lebret vous concernant. C'est, vous le savez, l'intendant de la Provence qui est en même temps premier président au Parlement d'Aix. Inutile de vous rappeler que son pouvoir est quasiment illimité. Cet agent du Roi dispose du pays, et pour son maître, sans contrôle ni contrepoids. Un personnage redoutable. Et voici qu'il me signale l'existence d'un prétendu alchimiste, soupçonné de fabriquer ou de trafiquer de la fausse monnaie, errant et déguisé sous divers masques, allant de domicile en domicile dont le dernier connu serait à Sisteron. Vous voyez qu'on est sur votre piste et qu'il vous faut partir au plus tôt pour une nouvelle cachette. Je ne crois pas que l'intendant ait sur vous des preuves justifiant votre arrestation mais un interrogatoire est toujours chose fort désagréable et j'aimerais vous éviter cet inconvénient. Vous mesurez la confiance que je vous porte et le risque que je prends en me livrant à une entreprise contraire à ma charge. Il faut que l'intérêt de certains de mes amis aux découvertes de l'alchimie soit assez vif pour que je me prête à cette intrigue. Partez donc, monsieur, sur-le-champ et gagnez au plus vite le château de La Palud avec ce mot qui vous fera reconnaître. Une voiture vous attend mais je crois bien que vous serez obligé de finir la route à dos de mulet.

Le lendemain, à l'aube, Delisle monte dans une vieille calèche découverte dont le soufflet arrière résiste aux efforts que fait le cocher pour le relever. Espérons qu'il ne pleuvra pas, dit cet homme dont le manteau ressemble à une soutane. La route de Castellane est longue et tortueuse, suivant les caprices d'une rivière qui coule en contrebas. Blasé, Delisle n'a pas la curiosité de regarder le pays qu'il traverse. Une clue chasse l'autre. Le monde est ainsi fait et chaque route se croit obligée de copier un torrent. Ou de chevaucher une montagne comme ce col de Leque qu'il faut franchir au pas, avant de redescendre, tous freins serrés, par des lacets dont les courbes soulèvent le cœur. Le cocher est à vrai dire assez peu pressé. La plupart du temps, il somnole et laisse à sa monture le soin de trouver son chemin. Ils couchent à Castellane, dont Delisle ne voit rien, assommé par ce voyage monotone et ne songeant qu'à dormir, les jambes détendues.

Le second jour le tient plus éveillé. La route qu'ils suivent maintenant longe ce fameux Verdon dont l'évêque lui a vanté les sublimes horreurs. C'est effectivement assez impressionnant et l'on comprend que les âmes sensibles répugnent à s'aventurer dans ces gorges vertigineuses au fond desquelles la rivière gronde et frappe avec rage les obstacles qu'elle rencontre. Pour une fois, Delisle est sensible à la couleur des eaux qu'il entrevoit aux tournants de la corniche. Elles sont d'un vert d'émeraude avec des reflets d'un bleu de turquoise. Un serpent de pierres précieuses se lovant dans un écrin de pierre brute.

Au petit bourg de Chasteuil, le cocher fait boire son cheval à une fontaine remarquable par l'abondance de son débit et le nombre de ses cascades. Nous n'irons pas plus loin avec la voiture, dit-il, notre route s'arrête là. Pour gagner La Palud, il faut emprunter un chemin où seuls des mulets peuvent passer. Au relais, il loue trois de ces bêtes. Monseigneur m'a bien recommandé de vous accompagner jusqu'au château. Donnez-moi seulement la main pour charger vos bagages dans lesquels vous transportez sans doute des cailloux... Mais, avant de repartir, nous allons nous restaurer ici. C'est encore un ordre de monseigneur, et puisqu'il paie la note...

Ce n'est qu'en fin d'après-midi que les deux hommes

parviennent à La Palud, après avoir contourné les contreforts d'une montagne pelée, abusivement déboisée par la main des hommes. C'est que, lui dit le cocher, il y a dans la région d'importantes fabriques de faïence dont les fours font une grosse consommation de bois, enrichissant les uns et ruinant les autres. Ici et à La Palud, nous sommes dans le quartier pauvre. La terre s'en est allée avec les pluies et le gibier a disparu. Les chèvres ont fait le reste et apprêtez-vous à manger beaucoup de fromage avec fort peu de pain.

Le château de La Palud est une énorme bâtisse, carrée, flanquée de quatre tours d'angle, aux murs percés de multiples fenêtres sur quatre étages. Certaines de ces fenêtres sont cependant closes avec de vieux volets de bois ou obstruées par des moellons mal ajustés. L'ensemble, toutefois, ressemble à un vrai château, selon l'idée que Delisle peut s'en faire.

A son arrivée, il est accueilli par un personnage apparemment vêtu avec somptuosité, couvert de fanfreluches et de velours bleu, coiffé d'une magnifique perruque d'un blanc neigeux, affublé de faux mollets en carton, d'un jabot de dentelle mousseuse, le visage peint au blanc de plâtre avec des taches roses aux joues et les sourcils soulignés au crayon noir. L'homme lui fait mille civilités, lui donne la main pour descendre du mulet, et le précède sur l'escalier d'honneur avec des démonstrations exagérées de politesse. Delisle, qui a horreur des mondanités, ne sait comment remercier le seigneur de La Palud, murmure des mots sans suite où se mêlent les excuses, la considération, la reconnaissance... que l'autre n'écoute pas. A sa suite, il pénètre dans un grand vestibule au milieu duquel se tient un autre personnage, beaucoup moins impressionnant, l'allure un peu gauche, emmitouflé malgré la saison dans une vieille houppelande à col plat et à longues manches flottantes et évasées. D'un geste, il congédie l'homme poudré. Merci, Julien, laissez-nous! C'est celui-là le maître de maison, l'autre n'est que le domestique. Étrange univers où le valet est mieux habillé que le seigneur!

Noble, Savinien de Demandolx a le visage pâle d'un homme qui ne sort que la nuit, attrapant plus facilement des coups de lune que de soleil. Il y a de la bonté sur sa figure, de la douceur dans sa voix. Il parle lentement et sans aucune intonation, mais ce qu'il dit est aimable.

– Monsieur Delisle (et il appuie légèrement sur la première syllabe du nom qui dans sa bouche se transforme en particule), je vous souhaite la bienvenue. Ma maison est la vôtre et vous m'honorez en acceptant ma modeste hospitalité.

Il le fait entrer dans un cabinet assez sombre, orienté au nord et meublé d'une table de noyer couverte d'un vieux tapis façonné de filoselle, de trois chaises à bras garnies de drap violet, d'une grande armoire et de coffres à banc. Au fond, une grande bibliothèque bourrée de livres qui, posés en désordre, assurent qu'ils sont abondamment consultés. Au mur, un tableau représente une femme nue, mollement allongée à l'entrée d'une grotte qui s'ouvre sur un paysage montagneux : son immense chevelure déroulée, en se torsadant autour d'elle, parvient à cacher d'une boucle serpentine le bas de son ventre; elle lève au ciel un visage extasié et des yeux reconnaissants de bonheur. Un bel hommage aux plaisirs de l'amour qu'elle vient de connaître, pense Delisle. C'est Marie-Madeleine en son ermitage de la Sainte-Baume, dit Demandolx en souriant.

Le faisant asseoir, le seigneur de La Palud lui dit de se considérer comme chez lui. Qu'il disposera d'une chambre indépendante, que Julien sera à sa disposition et qu'il partagera ses repas avec la famille. Ma femme n'est plus, dit-il, mais il me reste deux filles, Agnès et Angélique, âgées respectivement de dix-sept et de dix-neuf ans, de grandes enfants qui ne sont point encore allées dans le monde mais en connaissent les usages. Elles ne vous importuneront point de leurs espiègleries et vous voudrez bien les considérer comme des jeunes personnes fragiles et rêveuses. L'isolement où je les ai jusqu'ici maintenues en a fait des fleurs rares, des pierres précieuses. Elles sont un peu sauvages, quoique fort civilisées, et leur éducation est suffisamment avancée pour qu'elles profitent de votre conversation. N'abordez cependant qu'avec beaucoup de prudence, s'il vous plaît, le sujet qui doit nous occuper. En tant que femmes, elles n'entendent rien aux choses de la science et leur religion pourrait être choquée par des expériences mécaniques ou chimiques qui prétendraient déranger l'ordre établi par Dieu dans la nature.

Mais venons-en à l'objet de votre séjour. Pour ma part, je ne sais rien de l'alchimie pratique. J'ai lu quelques ouvrages qui en parlent, sans donner de recettes, et se contentent de décrire les cheminements mystérieux d'une quête mystique. Je suis catholique, savez-vous, et bon chrétien sans bigoterie. J'ai longtemps cru que la transmutation des métaux relevait d'une tentation diabolique et qu'on risquait fort de perdre son âme à chercher de l'or qui ne soit honnêtement gagné par le travail ou acquis par les privilèges d'un héritage. Il se trouve pourtant qu'une lecture récente m'a fait changer d'avis. Et, se levant, il va prendre un petit livre relié à ses armes.

– Un ouvrage très édifiant que je vous prêterai volontiers : les mémoires de saint Vincent de Paul qui, captif des infidèles à Tunis, servait de garçon à un souffleur arabe. Voici ce qu'il rapporte de son expérience : « Ce vieillard, médecin spagyrique, souverain tireur de quintessence, homme fort humain et traitable, avait travaillé cinquante ans à la recherche de la pierre philosophale, en vain quant à la pierre mais fort heureusement à une autre sorte de transmutation des métaux. En foi de quoi, je l'ai vu souvent fondre autant d'or que d'argent ensemble, les mettre en petites lamines, puis mettre un lit de quelques poudres, puis un autre de lamines et puis un autre de poudres dans un creuset ou vase à fondre des orfèvres, le tenir au feu vingt-quatre heures, l'ouvrir et trouver l'argent être devenu de l'or. Et plus souvent encore congeler ou fixer de l'argent vif qu'il vendait pour donner aux pauvres. Mon occupation était de tenir le feu à dix ou douze fourneaux. En quoi, mon Dieu, je n'avais pas plus de peine que de plaisir. » Connaissiez-vous ce témoignage?

– Hélas non, monsieur, mon maître ne m'a jamais parlé de ce saint. Mais lui-même l'avait peut-être rencontré!

Demandolx ne peut s'empêcher de sourire en refermant son livre.

– Il eût fallu que votre maître fût bien âgé!

– Il l'était, monsieur, et disait être né voilà plus de cent ans.

– Cent ans? Voilà qui le rend assez étrange, en vérité. Ne croyez-vous pas qu'il vous abusait?

– Il prétendait avoir trouvé l'élixir de longue vie.

– Et où est-il à présent?

– Il s'en est, je crois, retourné en Allemagne, d'où il était venu. De plus loin même, il me semble. Il parlait de sa jeunesse étudiante dans une ville russe du nom de Prague.

– Ce n'est point en Russie mais en Bohême. Sans doute était-il juif?

– Je n'en sais rien. En tout cas il n'était en rien usurier.

– Il n'y a pas que des usuriers chez les Juifs, dit Demandolx en souriant de nouveau. Il y a aussi chez les gens de cette nation d'éminents kabbalistes et de savants astrologues dont les travaux ont fait autorité. J'ai là deux ou trois de leurs grimoires que vous pourrez consulter. Ils sont ornés de figures bien énigmatiques et vous m'aiderez sans doute à les déchiffrer.

Delisle n'ose dire à son hôte qu'il lit fort mal, qu'il ne sait pas ce qu'est un grimoire et qu'il n'a jamais vu de figures énigmatiques. Comme Demandolx l'interroge de nouveau sur son maître, il est embarrassé pour répondre. L'évêque de Senez n'a pas eu de ces curiosités à l'égard de cet initiateur obligé auquel il n'a jamais fait que de brèves allusions. Il lui faut maintenant déguiser la vérité, égarer les soupçons pouvant ramener ses ennemis sur la piste de Lascaris et le lieu de sa disparition. En inventer un autre, lui donner un nom, lui attribuer une vie...

– Mais je vous vois fatigué, dit heureusement Demandolx. Ce voyage a dû vous épuiser. Je vais vous faire conduire à vos appartements et nous reprendrons demain cet entretien.

Et il sonne Julien avec une longue brassière qui tombe du plafond. De près, le domestique fardé n'a plus rien d'un maître. On dirait au contraire d'un comédien qui sort de scène, son grimage défait. Il roule des hanches en montant l'escalier devant Delisle et parle d'une voix de fausset.

– J'ai préparé la chambre de Monsieur au premier étage. Monsieur y sera bien. Il aura de l'air.

Effectivement, la fenêtre ne ferme pas et deux carreaux sont cassés. Les murs ne sont pas crépis et Delisle s'amuse à y voir du salpêtre. En déballant son bagage, il s'étonne qu'une demeure seigneuriale soit si mal tenue. C'était plus propre chez sa mère, toute pauvre qu'elle fût. Il retrouve ici le dénuement rencontré chez le baron Agénor. Tous les seigneurs sont-ils donc logés à la même enseigne? Enfin, il ne va pas se plaindre : il dispose d'un châlit de poirier garni d'une paillasse, d'un matelas de plumes, de deux linceuls de toile et d'une courtepointe de coutonine d'un bleu lavé. Pour le reste, un pétrin, une garde-robe, une table ronde et deux chaises paillées.

– Si Monsieur a besoin de moi, dit Julien en train de préparer le lit comme s'il se fût agi d'une couche nuptiale, il n'a qu'à m'appeler. Monsieur m'a bien recommandé d'être aux petits soins pour Monsieur.

– Cela va bien, dit Delisle, excédé par ce personnage équivoque en train de fouiller ses affaires sous le prétexte de les ranger. Laissez cela, je m'en chargerai moi-même.

Et il le chasse presque brutalement. Il va devoir se méfier de cet individu. Désormais, chaque fois qu'il quittera sa chambre, il prendra soin de bien fermer ses sacs et de tendre un piège à sa curiosité en collant un cheveu sur l'ouverture.

Au souper, Delisle fait la connaissance des autres personnes vivant au château. Nanou, la servante, une fille de la campagne, un peu rude et forte, qui doit avoir des complaisances pour son seigneur qu'elle traite avec une autorité bougonne. Assez délurée, elle toise l'étranger avec un coup d'œil habitué à jauger sur pièces les caractères et les tempéraments. Delisle a fait des efforts de toilette, s'est lavé les mains, débroussaillé les cheveux, a brossé son habit. Il est presque élégant. Après tout, il a tout intérêt à plaire, même à Nanou, s'il veut profiter de cette hospitalité et se faire choyer par les demoiselles Demandolx. Les voilà qui entrent. Agnès, la plus jeune, Angélique, l'aînée. Elles ne sont ni jolies ni vilaines, mais elles ne montrent en rien, au premier abord, cette nature fragile et rêveuse dont parlait leur père. Elles ont au contraire un air décidé et volontaire, l'aisance naturelle des filles élevées à la campagne et habituées aux rudes conditions de la vie rurale d'une province isolée. Deux corps robustes, pas du tout embarrassés de toilettes et de falbalas. Elles sont mieux habillées pour les travaux des champs que pour les réceptions de salon. Il remarque qu'Agnès a les yeux bleus, Angélique les yeux noirs. Toutes deux ont belle bouche et belles dents.

Elles lui sourient aimablement en esquissant une révérence et le prient de s'asseoir à table en face d'elles. Demandolx qui préside le repas sert lui-même le vin dont elles boivent avec modération mais une visible habitude. Ce premier soir, la conversation porte sur les voyages et leurs conditions déplorables. Naturellement curieuses, elles demandent des nouvelles du monde, de celui d'où il vient. Elles brûlent sans doute de poser des questions plus précises mais, bien élevées, elles ne poussent pas plus loin leur investigation. Delisle prend conscience qu'il lui faut décidément apprendre à mentir, à s'inventer une vie, comme celle de son maître disparu, donner quelque véracité à des aventures imaginaires et parler de pays qu'il est censé connaître. Comment y parvenir quand on n'est jamais sorti de Bargemon, dont il faut taire le nom, que pour ne voir de l'univers que montagnes et précipices, forêts profondes et alpages déserts?

Après le souper, on passe au salon, une grande pièce abondamment meublée, dont un coin seulement semble habituellement occupé. Demandolx et Delisle se font face dans de vieux fauteuils cabossés mais confortables, devant une vaste cheminée éteinte. Les filles cousent devant une filiole. C'est une curieuse sensation que produit à Delisle cette scène familiale dans laquelle il est introduit. Est-ce là la vie quotidienne des grands seigneurs? Ceux-là ont l'air passablement désargentés, des marmiteux comme on dit chez lui, or ils se conduisent en personnes riches, oisives, insouciantes des tracas et des événements. Le temps paraît passer ici plus lentement qu'ailleurs. Personne ne parle, les hommes regardent l'âtre vide, les filles leur ouvrage. Quand Nanou apporte des tisanes, chacun boit en silence, en faisant durer ce qu'il prend pour un plaisir. Demandolx ne fume pas, ne lit pas de gazette, ne prend pas de livre (il y en a pourtant dans ce salon autant que dans son cabinet). Il rêve, peut-être. Ou attend paisiblement le moment de vieillir. Delisle se laisse aller à ce farniente auquel il n'est pas accoutumé. Il se sent bien. Il a fort agréablement mangé. Malgré la pauvreté apparente du château, la nourriture est saine et bonne, de la vraie cuisine préparée avec soin, une excellente soupe de légumes, des œufs frais, des fromages fins. Le tout venant de la propriété, a précisé Demandolx en se donnant des airs de gentilhomme campagnard.

Vers les neuf heures, les demoiselles se retirent. Le maître de maison se lève et va chercher dans un petit meuble d'angle une bouteille et deux verres.

– Eh oui, mon ami, je bois en cachette de mes filles. Non par vice mais pour ne point leur donner le mauvais exemple. Je suis veuf et si les livres me consolent l'esprit, mon cœur a besoin d'être réconforté par un peu d'eau-de-vie. Elle m'aide à me plonger dans de douces rêveries qui prolongent mes lectures. Car, vous le voyez, ma bibliothèque est désormais ma seule passion. J'y perds mes yeux à la lumière de ces chandelles, mais j'y gagne une certaine sérénité et le sentiment de ne point vivre en vain, comme plusieurs des seigneurs de ce pays qui s'ennuient à mourir quand ils n'ont plus de procès à soutenir ou de tracas financiers à supporter. L'ennui, c'est le prix de l'orgueilleuse solitude de ceux qui ne sont pas en cour et que le Roi n'appelle pas à lui. Cet ennui, j'en ai fait un sujet d'étude et j'ai lu là-dessus les philosophes, les poètes, les fabulistes, les doctrinaires. J'ai cherché dans leurs œuvres quelque chose qui me tînt éveillé et réclamât mon attention. N'étant doué ni pour les vers ni pour le théâtre, je me suis tourné vers la science, la médecine, la botanique et la minéralogie, la physique et la chimie. Je n'ai pas d'expérience et seulement dans ma tête un fatras de connaissances disparates dont je ne saurais tirer profit qu'en y mettant beaucoup d'ordre. Et, seul, je ne saurais y parvenir. Il me faudrait quelqu'un à qui parler, à qui je ferais part de mes idées vagabondes, et qui, me regardant comme un miroir, me renverrait par ce phénomène de réflexion des images plus claires et mieux ordonnées. Je n'ai hélas pas assez de fortune pour m'offrir un homme de bonne compagnie qui veuille bien se prêter à ce jeu. Aussi, quand mon ami Soanen, avec qui je dîne de temps en temps à Castellane et avec lequel j'ai de profondes affinités, m'a parlé de votre situation, de vos talents et de votre ambition, m'a dit que vous cherchiez un abri, c'est avec espoir que j'ai voulu vous recevoir sous mon toit, le temps qu'il vous faudra pour échapper à vos ennemis. Vous voyez que vous n'avez pas à me remercier. C'est moi qui serai votre débiteur si vous voulez bien m'écouter.

En se levant pour redonner un peu d'eau-de-vie à son hôte, il ajoute :

– L'évêque m'a également mis dans la confidence de vos

travaux et rapporté le succès de vos expériences. J'avoue que je n'en espérais pas tant. Assister à des opérations alchimiques, voilà qui excite furieusement mon esprit. Et, croyez-moi, ce n'est pas tant la perspective de voir apparaître de l'or qui me séduit que de comprendre comment cela se peut. Dans ce château où vous ne serez point poursuivi, vous pourrez effectuer vos projections en toute tranquillité et je vais faire mettre à votre disposition les moyens d'y réussir. Vous me direz seulement ce qui vous est nécessaire en me donnant le temps de me le procurer sans éveiller de soupçons.

A vrai dire, ajoute-t-il après un troisième verre, je ne serais pas fâché de jouer un bon tour à quelques-unes des personnes qui vous surveillent ou vous recherchent, en particulier ces agents du Roi qui ont voulu me dépouiller de mon argenterie et me tourmentent à propos d'impôts impayés. Et singulièrement ce Lebret, intendant général de notre province, qui fourre son museau de fouine dans tous les terriers du pays. C'est un fonctionnaire redoutable parce que obséquieux et serviteur dévoué de Chamillart. Vous ne connaissez pas Chamillart? Celui-là est tout aussi dangereux, quoique innocent. Ce vieil homme (il a mon âge) a dirigé les finances du Royaume jusqu'au tournant du siècle, puis on l'a nommé ministre de la Guerre. Il paraît qu'il doit cette faveur à son adresse au billard. Sa modestie et sa probité notoires l'ont recommandé à Mme de Maintenon et le Roi, à qui il avouait son incapacité à tenir cette charge, s'est fait gloire de le diriger et de l'instruire. En raison même de ses qualités d'honnête homme, il a été en dessous de tout. Vous le savez, la guerre fut mal conduite, le désordre n'a fait que croître dans les finances à cause des expédients malheureux et de la faiblesse de l'intelligence de ce Chamillart. Grâce à lui, le Royaume est épuisé. Mais le Roi ne lui en veut pas, le bonheur du peuple n'ayant jamais été pour Sa Majesté un objet de gouvernement. Ce sont ces deux hommes-là qu'il vous faut redouter. Et d'autres encore, dont je vous entretiendrai.

– Je ne vois pas, monsieur, qu'un ministre prête attention à un pauvre hère comme moi et demande de ses nouvelles!

– Détrompez-vous, mon ami. Le plus grand souci de l'État est de trouver de l'argent pour remplir ses caisses percées et payer ses mercenaires. D'avoir fondu notre vaisselle ne lui a guère rapporté et des impôts supplémentaires rendraient la France exsangue. Alors, quand on lui parle de faiseurs d'or, d'alchimistes convaincus de transformer le plomb des balles en écus au soleil, il n'écoute plus les détracteurs d'une science dite maudite et prête au contraire une oreille attentive aux rumeurs selon lesquelles un homme tel que vous en a le secret. Bien sûr, il commencera par essayer de vous le ravir par la force et, se saisissant de votre personne, croira posséder le trésor, sans bourse délier. Votre maître a dû vous mettre en garde contre les tortures auxquelles ont été soumis tous ceux qui prétendaient le détenir. Ne faites jamais confiance aux gens de gouvernement. Le pouvoir rend les plus honnêtes méchants et cupides.

Sur ces belles paroles, Demandolx demande à Delisle de l'excuser. D'avoir tant parlé et déboutonné sa conscience lui a donné sommeil.

– J'espère, ajoute-t-il, que tout ceci ne vous empêchera pas de dormir!

– Monsieur, je vous baise les mains. Vous m'avez au contraire fort réconforté.

Le lendemain, feuilletant les livres de la bibliothèque qui concernent l'alchimie, Delisle s'arrête surtout sur les illustrations. D'étranges images qui représentent des personnages, hommes et femmes, dont le visage a forme de soleil ou de lune, un vieillard sautant à la corde, des lions se dévorant, un oiseau se perçant la gorge pour donner à becqueter à ses petits... et quantité de figures incompréhensibles où se mêlent planètes et signes hermétiques. Entre ceux-là, il en reconnaît quelques-uns que lui a enseignés Lascaris sur le sable de la grotte du Chat ou qui sont représentés sur les papiers qu'il a trouvés sur lui. Voici le dessin représentant l'or, un petit soleil, et l'argent sous forme de lune, et puis tous ceux qui indiquent les opérations chimiques, la distillation, la putréfaction, la cristallisation, d'autres enfin qui désignent les instruments, la retorte cornue, la cucurbite, l'athanor...

En partant de ces illustrations, qu'il montre à Demandolx, Delisle dresse la liste des appareils dont il a besoin : les fourneaux, les alambics, les aludels, les pélicans et tous les flacons, fioles et coupelles, dont il recopie adroitement les plans au trait. Il recommande aussi de veiller à leur matière, du verre ou cristal de très grande qualité, de la terre non poreuse, du grès cérame... Tout cela embarrasse un peu le seigneur de La Palud qui va devoir commander ces objets insolites à des verriers, potiers ou apothicaires, s'il en trouve d'assez habiles et d'assez discrets à Castellane. Mais il rassure Delisle. Il ira s'il le faut jusqu'à Marseille. Et puis, dit-il, nous avons près d'ici, à Moustiers, des faïenciers passés maîtres dans l'art du feu et qui se servent probablement de quelques-uns de ces ustensiles. Il me faudra seulement du temps et à vous de la patience.

– L'alchimie, dit Delisle, est justement un apprentissage de la lenteur et de l'attente. Vous le verrez assez quand je commencerai à opérer. Contraindre la nature, oui, mais avec la plus grande douceur.

Les jours suivants, Delisle ne fait rien. Il passe ses matinées dehors, à demi couché sur un talus, une herbe entre les dents, à savourer le plaisir de n'avoir ni faim, ni soif, ni chaud, ni froid, ni mal... Le bonheur! Au château, il est l'objet de tous les soins. Ceux de Julien, mais de ceux-là, trop empressés, il se passerait bien. Ceux des demoiselles Demandolx, beaucoup plus agréables. Elles semblent guetter ses moindres désirs. Il est vrai que la présence de cet homme au château bouleverse leur mode de vie et emplit toutes leurs pensées. Il est là, partout, avec sa maigreur élégante dans ses habits serrés, ses longues mains fines qui ne cessent de voleter comme des papillons sans jamais se poser, son sourire énigmatique, son regard ironique, ses réflexions souvent à double sens. Il a le don de les décontenancer. Au lieu de leur faire la cour, il les taquine avec des remarques qui les plongent dans le plus grand désarroi. Quand elles croient qu'il va les féliciter pour une nouvelle toilette, et Dieu sait si elles font des efforts en ce sens, il leur parle d'astrologie. Je suis sûr, dit-il à Agnès, que vous êtes née sous le signe du taureau, dont vous avez la force tranquille. Et vous, dit-il à Angélique, sous le signe du bélier, dont vous possédez la volonté têtue. Il dit n'importe quoi, se souvenant vaguement de quelques leçons de Lascaris dont il n'a presque rien retenu. Et son étoile est si bénéfique que, sans le vouloir, il tombe juste. A d'autres moments, il amuse leur attention avec des histoires de lichens et de mousses sur quoi il est intarissable et qui les déroutent tout à fait. Elles s'étonnent qu'un homme raisonnable puisse trouver plus de beauté à ces taches de la pierre qu'aux fleurs de leur jardin. Aucun des jeunes gens qu'elles ont pu approcher à Castellane n'a eu ce comportement bizarre à leur égard. Alors elles ne s'occupent plus que de lui, harcèlent Nanou pour qu'elle prenne soin de son linge, lui apporte des rafraîchissements l'après-midi et des tisanes le soir, s'inquiètent auprès de Julien de savoir si sa chambre est propre et son lit bien tenu. Nanou grogne en prétendant qu'on a introduit le loup dans la bergerie mais que l'innocence n'est peut-être pas du côté des agneaux.

Un après-midi, Angélique s'enhardit à lui demander ce qu'il pense de l'amour.

– La rencontre désirée entre la lune et le soleil.

– Et j'imagine, monsieur, que la femme joue le rôle de la lune!

– Pleine lune au regard du soleil ardent.

– Mais le jour et la nuit ne se rencontrent pas!

– Ils se confondent un instant, une fois le soir, une autre

fois le matin, deux moments très courts, l'un de désir, l'autre de désespoir.

– Tout cela est bien noir!

– L'amour est nocturne, il se cache, il œuvre dans l'ombre et la lumière doit s'éteindre pour que ses feux s'allument.

Il dit tout cela sans rire et Angélique s'en retourne désemparée. Décidément, ce jeune homme rêve trop aux étoiles pour avoir les pieds sur terre et voir ce qu'on voudrait lui montrer.

Une autre fois, c'est Agnès qui vient le retrouver sur l'herbe, sans qu'il lève la tête ou lui donne le bonjour. Ils restent là, longtemps, sagement couchés, comme des gisants, lui les mains jointes sur la poitrine, elle les bras allongés le long du corps, la paume des mains offerte au soleil. Ils ne se parlent pas. Mais ils sont ensemble. Puis il la laisse partir, sans la retenir. Curieusement, elle a l'air contente.

A vrai dire, il ne sait comment se comporter avec les femmes. Il a séduit Anne sans lui faire la cour, la laissant venir à lui. Il fera de même avec l'une ou l'autre de celles-ci. Laquelle, d'ailleurs? Il n'a pas de préférence. Il ne veut pas non plus devenir l'ami de l'une pour se faire une ennemie de l'autre. Et puis a-t-il vraiment envie d'elles? Solitaire trop longtemps, son corps s'est habitué à une chasteté tranquille. Aux plaisirs de la chair, il préfère ceux de la table ou ceux de l'esprit. Il a aussi quelque honte, ou mépris, de son propre corps. Cela le gêne de le confronter à celui d'une fille. Il aimerait faire l'amour sans paraître physiquement, invisible et impalpable, son esprit jouissant seul du plaisir qu'il pourrait donner. A d'autres moments, il se dit qu'il voudrait être aimé plutôt que d'aimer. Et séduire plutôt que d'être séduit.

De toute façon, il est là pour travailler. Quand Demandolx revient enfin de Castellane avec trois baudets chargés de cages à claire-voie utilisées pour le transport des verres et de la poterie fragile, il ne songe plus qu'à son laboratoire. Ses mains, beaucoup plus que son sexe, ont des désirs refoulés. Il leur faut caresser du métal, manier des matières, toucher des pépites, retrouver le doux contact du verre ou du cuivre.

Demandolx met à sa disposition une grande chambre inoccupée du second étage, pourvue d'une des rares cheminées du château qui ne fument pas. S'y enfermant et refusant l'aide de Julien qui ne cesse de l'épier de façon fort embarrassante, il passe deux jours à installer ses fioles et ses cornues, à remonter fourneaux et alambics livrés en pièces détachées, à réparer serpentins, chapiteaux, cucurbites et réverbères qui ont souffert du voyage. Pour le reste, il se sert à la cuisine, la dévalisant de ses pots de terre, écuelles, bouteilles, entonnoirs, grils et chantepleures, au grand dam de Nanou qui craint soudain pour son emploi. Cet étranger ne va-t-il pas lui faire une concurrence déloyale? Vous ne voulez pas aussi mon tablier? lui crie-t-elle à la fin.

Puis il prépare ses poudres, classe ses fragments métalliques. A Julien qui proteste que le froid est encore loin, il demande de déposer dans le corridor, devant la porte, un gros tas de bûches, en exigeant du chêne et du genévrier. Enfin prêt, il allume son feu et entretient la braise du potager aménagé avec quelques briques et chantignoles. Et sans plus attendre, il s'entraîne à reproduire les projections que Lascaris lui a apprises. Cette fois, il n'entend plus se contenter, comme à Sisteron, d'extraire l'or du soufre et du mercure. Il veut tenter une véritable transmutation. Il connaît la technique de l'œuvre au noir, il entreprend l'œuvre au rouge. C'est que dans sa tête s'est opérée lentement une autre transmutation. Presque à son insu. D'abord sceptique sur la réussite d'une telle opération, puis se satisfaisant d'une habile manipulation, il se dit n'avoir rien à perdre en faisant confiance à son maître et en suivant ses conseils. Il lui faut en avoir le cœur net. L'alchimie n'est-elle qu'un moyen de jeter de la poudre aux yeux ou celui de produire véritablement de l'or? Il faut à cela, disait Lascaris, un don particulier que seuls quelques élus partagent dans le monde. Et pourquoi ne serait-il pas l'un d'entre eux? Son aventure personnelle n'est-elle pas marquée d'un caractère miraculeux? Qui donc a conduit ce philosophe mystérieux jusque dans cette forge où il végétait sans le savoir? Si Lascaris l'a choisi entre tous, c'est qu'il a deviné en lui son digne successeur, capable de pénétrer plus avant dans les arcanes de cet art hermétique. Et quelle est donc cette force inconnue qui l'a poussé, lui le disciple, à tuer le maître pour prendre sa place? à faire de lui un coupable mais non un responsable?

Une nuit, alors qu'il vient à peine de s'endormir, fort déshabillé en raison de la chaleur, Delisle est éveillé par un bruit léger. La porte qui grince. Dans l'entrebâillement et la faible lueur du corridor apparaît une forme humaine, ou plutôt un fantôme vêtu d'une longue chemise d'un blanc diaphane. Puis la porte se referme sur la chambre parfaitement obscure. Il retient son souffle. Le fantôme doit glisser sur les tomettes car il ne l'entend pas. Mais bientôt il a la sensation que des mains frôlent son lit. Il cherche à tâtons son briquet, sans le trouver. Et soudain un corps s'allonge sur le sien, celui d'une femme, nue elle aussi. Elle rampe sur lui, se colle à lui, se frotte, se tord, s'ouvre et le fait pénétrer en elle. Il se laisse faire. C'est elle qui lui fait l'amour et rythme leur étreinte. C'est elle aussi qui gémit la première, ahane, soupire, geint et crie enfin. Mais qui, elle? Il écarquille les yeux dans le noir pour la reconnaître. Agnès ou Angélique? Il tente de ses mains qui maintenant la caressent de l'identifier. Il respire sa chevelure en cherchant une odeur, un parfum. En vain. Et puis qu'importe! il se laisse toujours faire. Elle reprend son va-et-vient qui le comble de plaisir. Il la sent se dresser au-dessus de lui, arc-boutée sur ses bras tendus, et il a sur sa bouche un sein lourd et chaud. Et c'est lui cette fois qui geint et crie. Épuisé, il n'a plus la force de palper des hanches douces. Alors elle se sépare de lui, se lève et s'efface dans le noir. Il ne voit même pas la porte s'entrouvrir.

Le lendemain, il les regarde toutes deux, avec curiosité mais discrétion. Aucune ne se trahit. Elles ont leur figure quotidienne, le même regard à la fois innocent et futé. Il guette un geste, un battement de cils, une crispation de la bouche. Rien. Leur attention à son égard est celle des autres jours, sans plus. Et lui-même prend soin de ne pas modifier son attitude.

La nuit suivante, il attend le fantôme aux pieds nus. Il ne vient pas.

Ce n'est que la troisième nuit qu'il reparaît. La même scène se déroule, avec la seule différence qu'il ne dort pas. La porte grince, s'entrouvre, une robe blanche est brièvement éclairée de l'extérieur puis c'est l'obscurité, le silence. Cette fois, elle tarde à s'approcher du lit. Alors il se lève doucement et se dirige vers un corps qu'il sent irradier de la chaleur, vers un souffle infime qu'il perçoit à peine. Quand il la prend dans ses bras, elle pousse un petit cri. Elle a gardé sa chemise, qu'il relève vivement. Dessous elle est nue. Alors il la porte sur le lit et se couche sur elle. C'est lui qui lui fait l'amour. Tout en la caressant, il cherche à reconnaître ces seins, cette taille... Ce n'est pas la même, c'est l'autre. Angélique ou Agnès? Celle-là est moins experte et fait preuve d'une pudeur que la première était loin de manifester. Pourtant elle geint, gémit et crie de la même façon. Puis elle se sauve, plus vite peut-être que le premier fantôme. S'il n'était sous le coup de son violent plaisir, il la suivrait. Mais c'est si bon de laisser mourir lentement ces vagues de volupté qui l'ont envahi! Il verra bien demain.

Il ne voit rien. Aucun signe ne dénonce sur le visage des jeunes filles le souvenir de ces baisers volés. Après tout, c'est aussi bien. N'a-t-il pas dit lui-même que l'amour était une rencontre nocturne? Il regarde, en essayant de les deviner sous les robes, ces corps qu'il n'a pas vus et que seules ses mains connaissent. Elles font celles qui ne voient pas ce qu'il cherche à voir. Et lui-même joue le jeu, ne change rien à son comportement à leur égard, ne se permet aucune allusion, aucun sourire équivoque. Nanou semble ne se douter de rien et continue de craindre, visiblement, pour la vertu de ses maîtresses. Elle surveille Delisle avec des airs de duègne espagnole quand elle le voit avec elles. Quant à Demandolx, il paraît ravi de la politesse et de l'affabilité des rapports entre ses filles et son invité.

Les demoiselles de La Palud ne posent pas non plus de questions à propos de la pièce où s'enferme désormais Delisle, avec le mystérieux contenu des banastes apportées par leur père, où ni Nanou ni Julien ne sont autorisés à pénétrer pour faire le ménage. Ce sont ces deux-là, au contraire, qui cherchent tous les prétextes pour s'approcher de la porte close et ne se gênent pas pour dire à voix haute ce qui les intrigue et les inquiète. Parbleu, ils soupçonnent l'étranger de se livrer à des occupations coupables, de la magie peut-être, de la fausse monnaie sans doute. Mais comment leur maître, qu'ils respectent pour son honnêteté, peut-il se prêter à ce jeu? Faut-il que sa fortune soit si fortement ébranlée qu'il doive accepter de se livrer à de tels procédés? Nanou ne sert plus Delisle qu'avec répugnance et se signe dans son dos. Ce n'est plus le loup dans la bergerie mais le diable dans le bénitier.

Un soir tout de même, à l'heure des tisanes, Demandolx se décide, après avoir consulté Delisle, à mettre ses filles dans la confidence. Il ne veut pas les tromper plus longtemps par un faux mystère ni laisser leur imagination vagabonder dangereusement. Aux premiers mots, elles comprennent. Elles connaissent les livres d'alchimie qui sont dans la bibliothèque et dont leur père ne leur a jamais interdit l'accès. A vrai dire, elles y ont moins prêté attention qu'aux quelques romans et ouvrages philosophiques avec lesquels elles ont parfait leur éducation. Les voilà maintenant tout excitées à l'idée que sous leur toit vont se dérouler des expériences scientifiques. Et le regard qu'elles jettent ensemble sur Delisle en dit long sur leur sentiment. Comment? Ce garçon dont elles ont toutes deux, et complices, fait secrètement leur amant, bien loin d'être un réfractaire, un exilé, un hors-la-loi que par bonté leur père protège, se montre maintenant sous les traits d'un savant? Bas le masque, monsieur, vous nous avez trompées! Mais on vous pardonne parce que vous restez charmant et qu'en vous accordant nos faveurs nous n'avons pas dérogé. Un savant! Quand jusqu'ici elles n'ont connu que quelques jeunes bergers de la montagne où il leur est arrivé de s'égarer!

– Aurons-nous la permission d'assister à vos recherches? demande Angélique.

– D'y assister et peut-être même de m'y assister, dit Delisle. Vous feriez de bien jolies apprenties, mesdemoiselles, et pourriez m'aider utilement dans les manipulations délicates où les doigts d'une femme sont plus habiles que les mains d'un homme.

– Y eut-il jamais, interroge Agnès, des femmes se mêlant d'alchimie?

– Mon maître m'en a cité deux ou trois seulement. Je me souviens d'une Marie Ziglerin qui en Allemagne fut brûlée dans une cage de fer pour avoir trompé un prince en lui promettant fallacieusement le secret de la transmutation, mais c'était il y a fort longtemps, je crois. Et puis certains grands adeptes se sont fait aider dans leur art par leur épouse avec, paraît-il, beaucoup d'efficacité. Il y a dans l'alchimie opératoire certaines ressemblances avec les feux de l'amour. Et l'on a souvent comparé la transmutation des métaux au mystère de la génération.

– Et vous-même, monsieur, n'avez-vous jamais été marié? demande Agnès.

– Non, mademoiselle, je suis bien trop gauche pour espérer plaire aux dames.

Il y a comme un éclat de rire dans les yeux des deux jeunes filles.

– Et quelles robes devrons-nous mettre, s'il vous plaît?

– Celles que vous portez pour donner à manger aux poules suffiront bien, répond leur père.

Delisle introduit donc les jeunes filles dans son laboratoire où elles pénètrent avec curiosité et respect, comme dans une église étrangère dont on vient admirer les trésors artistiques sans oublier que c'est un lieu sacré. Elles montrent de l'intérêt pour ces instruments qui sont étranges, c'est vrai, mais conformes à l'idée qu'elles peuvent se faire de l'arrière-boutique d'un droguiste ou d'un apothicaire. Ce sont après tout les ustensiles d'une cuisine plus savante, aux recettes plus subtiles, aux préparations plus compliquées. Toutefois, certaines formes d'alambics et de cornues les étonnent et les troublent. Elles ne sont pas assez prudes pour ne pas y voir quelque ressemblance avec les organes de la reproduction. Au sourire d'Agnès caressant un pélican, Delisle voit bien à quoi elle pense. Et, loin de l'en distraire, il insiste sur cette analogie. Pour blanchir, digérer, épaissir la matière première nécessaire à l'œuvre, dit-il, les alchimistes utilisent des récipients à la forme des mamelles et des testicules conçus pour l'élaboration de la semence mâle dans le réceptacle féminin. Il ne faut point vous choquer de ce langage, familier à tous ceux qui font profession de médecine ou désirent s'instruire dans les mystères de la nature. La pudeur n'a pas à rougir de la façon que les amours portent leurs fruits et que la science découvre ses méthodes.

Agnès ni Angélique ne sont des pédantes. Ce qu'elles ont appris, de leur adolescence à la campagne comme de leur éducation livresque, elles l'ont assimilé avec bon sens et sans pudibonderie. Elles sont, à l'exemple de leur père, raisonnablement attachées à la religion et religieusement respectueuses des progrès de la raison.

Mais c'est Agnès, la plus jeune, qui se montre la plus intelligente. Elle répond avec une grande vivacité d'esprit aux explications que leur donne Delisle sur l'usage des plantes et la préparation des huiles et des poudres. Et lorsqu'il leur montre comment réaliser quelques faciles projections, elle les exécute avec une précoce habileté. Elle prend même des initiatives et déchiffre pour lui les références mythologiques qui masquent les illustrations énigmatiques des livres de la bibliothèque. Elle fait aussi preuve d'une intuition qui n'est pas celle de Delisle, d'une sensibilité différente.

Au cœur de l'été, Delisle recommence à herboriser pour renouveler ses sachets. Il propose à Angélique de l'accompagner, ce qu'elle accepte avec un plaisir visible. Vous m'indiquerez le chemin, lui dit-il, je vous montrerai les plantes utiles. Il lui décrit lesquelles, hésitant sur leurs noms parce que si loin de Bargemon et de Canjuers il y a des différences de mots, et confusion incessante à propos des plus banales. Mais c'est sans importance : les plantes, elles, ne changent pas.

Au levant de La Palud s'étend un vaste plateau qui se termine brutalement, au sud de Rougon, par une falaise abrupte tombant à pic sur le Verdon. Au contraire d'Angélique, agile comme une chèvre, Delisle est sujet au vertige et n'a aucune envie de s'approcher de cet abîme. Et puis il a son content de précipices. D'autant que le plateau est riche en espèces végétales intéressantes. Il y fait provision de lunaires et découvre même un ellébore à fleurs vertes. Avez-vous jamais vu, mademoiselle, une fleur verte? C'est une couleur bien rare et l'on n'a jamais su pourquoi la nature en privait systématiquement les fleurs. Il lui explique aussi le rôle des plantes dans les projections alchimiques et la manière d'en extraire le suc. Angélique connaît mieux les simples et les herbes aromatiques, préfère les bouquets qu'elle fera sécher dans sa chambre aux lichens dont son compagnon embarrasse la poche de son tablier. Elle fait des brassées de fleurs de sumac qu'on appelle ici l'arbre à perruque en raison de ses longs filaments soyeux comme des cheveux, et cueille des chardons à carder qu'on nomme cabarets des oiseaux parce que leur feuille retient l'eau de la pluie.

Et puis, lasse d'explorer ce plateau qu'elle connaît trop, elle réussit à le convaincre de descendre dans les gorges par un sentier scabreux, un lit de cailloux et d'éboulis qui glissent sous les pieds et menacent de les entraîner. Sous un formidable à-pic contre lequel le torrent d'émeraude se rue avec colère, des hommes ont réussi à implanter des jardins suspendus, d'étroites terrasses bordées de pierres sèches et régulièrement comblées de terre apportée à dos d'homme, dans des banastes. L'endroit, à l'abri du vent, bénéficie d'un ensoleillement exceptionnel et des légumes y poussent, qui dépériraient sur le plateau. Mais pour atteindre ces jardins clos, quel courage ne faut-il pas! On y descend de la falaise par des échelles formées de grosses chevilles de bois enfoncées dans des trous péniblement forés dans la pierre sans faille. Certains de ces trop rares espaces fertiles sont même si dangereux d'accès que des familles ont préféré s'y installer à demeure, se coupant volontairement des avantages de la civilisation, retournant à l'état de nature, dormant dans les nombreuses grottes voisines et s'y reproduisant sans souci de l'état civil. Angélique a pu en apercevoir de loin quelques représentants qui ont une démarche d'ours et semblent n'être vêtus que d'écorces ou de peaux. Mais certaines de ces grottes sont également, dit-elle, occupées temporairement par des faiseurs de fausse monnaie, comme la Baume argentine que vous voyez là-bas, où sont encore des fours à fondre le métal. Ne voulez-vous pas que nous y allions? Il suffirait d'une heure de marche. De voltige plutôt, bougonne Delisle qui n'a aucune envie de prolonger ces exploits bons pour les chamois. Il ne veut pas non plus risquer d'être surpris là par quelque sbire lancé à la chasse des faux-monnayeurs : ces rapaces ont, lui a-t-on dit, le pied assez montagnard pour affronter ces gouffres infernaux. Et il est fort satisfait lorsque Angélique lui propose de remonter sur un plancher plus solide. Une autre fois, lui dit-elle en lui donnant la main pour franchir un mauvais pas, je vous emmènerai plus loin, dans un de mes endroits secrets, une petite plage à l'abri des courants et des regards. Quand il fait par trop chaud, je vais m'y baigner. Il n'ose lui demander en quel appareil, et pourtant il aimerait bien voir en plein jour ce corps dont il continue de jouir dans l'obscurité.

Car il sait bien maintenant que c'est Angélique qui vient, deux ou trois fois par semaine, le retrouver dans sa chambre, quand Agnès se fait plus rare. Il le sait parce que, au cours de ces herborisations en plein soleil, il a pu s'approcher d'elle et reconnaître l'odeur de sa peau surchauffée. Et puis elle porte au cou une chaîne avec un bijou d'une forme particulière, une croix de Malte, blanche d'un côté, noire de l'autre, qu'elle n'enlève pas pour faire l'amour et qu'il reconnaît sous ses doigts. C'est Angélique, donc, et ce n'est pas elle. Pas celle en tout cas qui marche à ses côtés sur le plateau, qui se comporte avec lui comme une compagne de jeu mais pas du tout comme une amante. Ses familiarités sont d'une décence parfaite. L'amitié sincère qu'elle semble lui porter ne reflète en rien la passion amoureuse dont elle fait preuve la nuit. Comment peut-on se dédoubler ainsi? Delisle se demande si c'est le propre de toutes les femmes ou si celle-ci est un être exceptionnel placé lui aussi sur son chemin comme un signe de ce pouvoir dont il est investi. Angélique, le jour, et toute gracieuse qu'elle soit, se comporte physiquement comme un garçon, rompue aux durs exercices du corps, comme elle le montre assez dans leurs escalades de la montagne, montant à cheval à cru, portant aux moments des lessives des charges sous lesquelles lui s'affaisserait. Et la nuit, en femme dans toute sa plénitude. Delisle songe à cette illustration d'un livre d'alchimie qui représente un androgyne, figure par laquelle les chimistes hermétiques prétendent représenter la matière purifiée de la pierre après la conjonction de deux métaux antagonistes. Il rit alors d'herboriser et de baiser en même temps avec les deux faces de cet être singulier et pluriel.

Cette double nature de la femme qui étonne Delisle trouve un jour un début d'explication. Depuis quelque temps, il est intrigué par l'un des tableaux du salon qui, au contraire des autres, est vide, alors que le cadre est demeuré majestueusement en place près de la cheminée. L'a-t-on perdu, ou vendu? et que représentait-il? Il finit par s'en ouvrir à Angélique qui, soudain, se montre fort embarrassée. C'était le portrait d'une proche parente, que mon père a fait enlever parce qu'elle fut dans sa vie l'objet d'un scandale. Sachez seulement qu'elle se nommait Madeleine de Demandolx, fille d'Antoine, de la branche marseillaise de notre famille. Elle était, il y a quelque cent ans de cela, une jeune fille innocente de seize ans faisant retraite au couvent des Ursulines de Marseille, quand elle fut mise en présence d'un personnage très équivoque, l'abbé Gaufridy, curé des Accoules. Cet homme, né à Beauvezer près de Senez, fut d'abord berger et acquit là des rudiments de magie. Quand il fut ordonné prêtre, il ne cacha pas longtemps son jeu et employa, pour séduire les femmes dont il avait une faim jamais assouvie, les moyens les plus diaboliques. On dit qu'il les « soufflait ». Mais ce « souffleur » n'avait rien d'un alchimiste : ce n'était qu'un être dénaturé et pervers. Il « souffla » la tendre Madeleine et l'enflamma au point qu'elle se donna à lui dans un concours de sabbat et d'orgie collective qui eurent lieu dans les grottes de la Baume Rolland, dans la montagne de Marseilleveyre. On a depuis raconté sur ces cérémonies obscènes les choses les plus infâmes. Et prétendu que Madeleine en perdit la raison, eut des visions, confessa un commerce charnel avec les démons, au point qu'il fallut l'exorciser en grande pompe dans l'ermitage de la Sainte-Baume où des tortures lui firent expier ses crimes. La pauvre a survécu à ce cauchemar pour mourir il y a une trentaine d'années, vieille et repentie. Elle avait été déclarée coupable, elle n'était que victime d'un monstre déguisant sa passion charnelle sous le couvert de la sorcellerie. Notre père n'a pu supporter le regard que, de ce cadre, elle posait sur lui et il a fait brûler son portrait. A vrai dire, elle est toujours là, et ce n'est point le mur que nous voyons encore dans ce carré vide, c'est son visage qui persiste dans l'œil de notre mémoire.

Au mois d'octobre, ce sont les bergers, les chasseurs et les ramasseurs de champignons de cette région du Verdon qui sont bien surpris de voir, sur le chemin de Rougon à La Palud, une étrange caravane : une douzaine de mules harnachées avec une bimbeloterie de cuivre et des fanions de couleurs vives, chargées de coffres comme les chameaux des Rois mages, et montées par des personnages curieusement vêtus. En tête, des valets costumés comme dans les comédies de village, précédant un grand escogriffe en habit de prélat qui les bénit de la main avec un geste onctueux et paternel, un gros curé de campagne rond comme une boule de pain, ayant visiblement fort mal aux fesses, et trois abbés de ville dont le maintien dénonce assez qu'ils ont plus l'habitude de se tenir à table qu'en selle. Et venant enfin, à cent toises en arrière et criant qu'on l'attende, un bourgeois ridicule coiffé d'un chapeau de mousquetaire, l'épée au côté.

C'est dans cet équipage que l'évêque de Senez, Mgr Soanen, fait son entrée au château de La Palud, sur le perron duquel l'attendent, alignés comme des soldats à la parade, la famille et le personnel au complet, M. et Mlles de Demandolx, Delisle, Nanou et Julien, plus un anonyme marchand de peaux de lapins saisi par l'événement au moment où il prenait congé, ses dépouilles lui faisant au cou un somptueux collier de fourrure, et obligé, sur un signe impératif du seigneur, de demeurer là, immobile et respectueux.

Ces beaux messieurs glissant ou tombant de leur mule, l'évêque fait les présentations avec un cérémonial exagéré en regard de l'habit fatigué des voyageurs et de la vétusté du château. Seules Agnès et Angélique ont fait des frais de toilette et semblent deux roses trémières au milieu de ces corbeaux noirs. Voici donc, derrière le prélat, ses deux neveux : l'aîné d'abord, celui qui a l'air d'un gros curé de campagne, le père Bérard, de la congrégation de l'Oratoire et venu de Paris – le cadet ensuite, le mousquetaire retardataire, qui vient lui aussi de Paris, M. du Bourget, dont l'évêque ne précise pas la mission. Quant aux trois jeunes abbés de service, Soanen les désigne vaguement de la main sans prendre la peine de les nommer.

C'est le branle-bas au château. Dès l'annonce de cette visite officielle, Nanou et Julien ont frotté, astiqué, balayé tant bien que mal, sans réussir à chasser les poules de la salle à manger ni les pigeons des chambres destinées à des hôtes aussi illustres. Mais ils ont fait des prouesses pour assurer un souper digne de ces ecclésiastiques qu'ils croient ne pas toujours manger à leur faim. On a sacrifié un sanglier, si vieux qu'il s'en venait familièrement partager la ration des cochons et se rouler dans la poussière de la cour. Après le souper, tout le monde s'en va coucher, les voyageurs brisés de fatigue, les hôtes épuisés de tant d'efforts. On a mis l'évêque dans la plus belle chambre du château, la seule dont les fenêtres ferment vraiment et à posséder un grand lit à baldaquin réservé aux visiteurs de marque, deux grands fauteuils à joues pleines et trois caquetoires. C'est plus qu'il n'en faut à un prélat habitué à courir son diocèse pour ses tournées épiscopales et à dormir dans des presbytères insalubres. Le père Bérard et M. du Bourget partagent une autre pièce située dans une tour d'angle qui sert d'habitude de poste de chasse, et les abbés un galetas du second étage d'où l'on a précipitamment retiré les réserves de pommes dont l'odeur persiste avec obstination. Quant aux valets, ils sont confinés au grenier qui fait office de garenne domestique où les loirs pullulent plus que les lapins, et sous les combles où s'entassent de vieilles chaises, un berceau rompu, tout un arsenal d'épées, d'arquebuses et de mousquets.

Le lendemain, après une messe basse dite dans la chapelle du château, le seigneur de La Palud fait visiter à ces messieurs, avec toute la pompe requise, le laboratoire dont il s'enorgueillit et prononce un vibrant éloge de M. Delisle à qui il doit cette superbe réalisation scientifique. L'intéressé a l'air ailleurs, peu enclin aux démonstrations honorifiques et assez mécontent d'être ainsi montré du doigt. Mais il n'en est pas moins secrètement touché qu'on prenne garde à lui et qu'on lui reconnaisse des talents que ces hommes plus instruits que lui ne partagent pas.

Au panégyrique de Demandolx, l'évêque croit devoir répondre par la justification de sa présence. Il dit aussi, brièvement, tout le bien de cet artiste qu'il a pris sous sa protection, mais il tient à souligner que l'intérêt qu'il porte aux travaux d'un alchimiste n'engage en rien sa fonction de prélat. Je vous citerai, dit-il, un texte de saint Thomas d'Aquin, le Docteur angélique, qui fut savant autant qu'homme d'Église et croyait que la foi et la raison ne se contredisent pas : « La transmutation des métaux peut s'accomplir artificiellement au moyen du changement de l'essence d'un métal en l'essence d'un autre, parce que ce qui est en puissance peut évidemment être réduit en acte, comme dit Aristote. Les alchimistes savent que les espèces ne peuvent jamais être l'objet d'une transmutation, excepté le cas où l'on a opéré la réduction à la matière première. Or, cette matière première de tous les métaux se rapproche beaucoup de la nature du mercure. Mais bien que cette réduction soit pour une large part l'œuvre de la nature, il n'est pas inutile de l'aider artificiellement. » Dois-je ajouter, dit-il encore, qu'à mes yeux et à ceux de mes amis, l'alchimie a moins pour but de faire de l'or que de montrer les pouvoirs considérables de la grâce accordée par Dieu à ses élus. Je ne bénirai pas les expériences auxquelles M. Delisle nous convie mais, si elles réussissent, j'en attribuerai volontiers le mérite à Dieu.

Et l'évêque se signe, comme s'il préférait se bénir lui-même.

C'est alors que M. du Bourget s'avance et s'adresse particulièrement à Delisle :

– Avant que vous ne commenciez, monsieur, à travailler ces métaux, il me faut par honnêteté vous avertir que je ne suis là que pour me convaincre de vos talents et faire part de votre réussite aux personnes de la Cour encore sceptiques à votre égard. Tout ce que vous ferez sera soigneusement consigné et fidèlement rapporté à qui de droit. Ne considérez point cela comme une enquête mais comme l'expression de notre volonté à vous aider à convertir l'entourage du Roi et Sa

Majesté elle-même. Dans ce but, j'ai fait exprès le voyage de Paris en Provence, avec le père Bérard, en prenant soin d'apporter avec moi du plomb et de l'argent vif, et deux creusets avec lesquels vous voudrez bien opérer. Ainsi, vos détracteurs ne pourront vous accuser d'utiliser des métaux préparés d'avance.

– Puis-je voir cela, s'il vous plaît? demande Delisle qui examine soigneusement les creusets et ajoute aussitôt : Ils se briseront, monsieur, n'ayant point la solidité requise.

– Nous verrons bien, dit M. du Bourget. Et si vous voulez bien, commençons. Nous sommes impatients de voir vos projections.

Dans un silence religieux, et sous le regard attentif de tous les assistants, pressés autour de lui, ne perdant pas un de ses gestes, Delisle verse le contenu de deux sachets de poudre dans un poêlon de cuivre rempli d'eau et posé sur le fourneau allumé. Ce sont, dit-il, les sucs de deux plantes, la grande et la petite lunaire. Et, pendant que chauffe le poêlon, il prend un petit flacon de verre épais d'où il fait couler une matière grise liquide aux reflets métalliques dans une autre fiole de verre contenant déjà de l'eau transparente. Voilà, dit-il, un grain de mercure philosophique transporté dans une eau magistrale. En remuant ce mélange, l'on obtient, comme vous pouvez l'observer, une liqueur blanche et laiteuse. Je retire du feu, au premier frisson, le poêlon contenant le suc des lunaires, je verse dessus, hors du foyer, la liqueur obtenue en confrontant le mercure philosophique et l'eau magistrale et je remets le tout à chauffer jusqu'au premier bouillon. Là, j'arrête la coction et retire du feu. Passez-moi, je vous prie, cette bassine de cuivre emplie d'eau froide. J'y jette le contenu de mon poêlon, je remue avec une spatule de bois, doucement, et je verse avec précaution le trop-plein d'eau. Voyez, messieurs, ce qui demeure au fond de la bassine : une nouvelle poudre brune qui n'est autre que la poudre de projection. Il faut maintenant qu'elle sèche. Je vous ferai gagner du temps en l'approchant de cette source de chaleur, mais en vérité il y faudrait les rayons d'un soleil ardent. Je crains que cette poudre trop vite obtenue ne soit bonne qu'à produire de l'argent et non de l'or. Peut-être vous en contenterez-vous pour une première expérience.

– Je serai déjà satisfait de voir de l'argent naître de ce magma métallique que vous présentez comme du mercure philosophique, dit du Bourget. Maintenant, ajoute-t-il, pour la seconde partie de l'opération, me serait-il possible d'y mettre moi-même la main, en suivant scrupuleusement vos ordres : ainsi pourrai-je attester qu'il n'y a point de votre part quelque manipulation d'escamoteur?

C'est un risque à prendre, évidemment, pour Delisle. Mais quel succès en cas de réussite!

– Je vous demanderai alors, monsieur, de vous laver soigneusement les mains, de vous gratter le dessous des ongles et de relever vos manchettes de telle sorte qu'aucun bouton de métal de votre habit ne puisse entrer en contact avec mes poudres. Et puis encore de vous recueillir un instant. Il faut que vous soyez dans l'état le plus calme, qu'aucune sueur n'affecte le bout de vos doigts, que votre souffle soit reposé, vos gestes lents et précis comme ceux d'un chirurgien.

Du Bourget, sans protester, se rend à ces recommandations qu'il trouve conformes à la délicatesse de l'expérience. Suivant les directives de l'alchimiste, il place l'un de ses propres creusets sur le feu, y dépose un petit morceau de plomb qu'il fait fondre doucement. Mais, comme l'a prévu Delisle, le creuset se rompt soudain et du Bourget doit le retirer précipitamment du feu. Du plomb fondu est tombé dans le foyer et sur le dallage de pierre. Delisle demande à l'un des valets d'en recueillir les fragments et de les mettre de côté. Il faudra les purifier de nouveau.

Légèrement confus, du Bourget demande la permission de recommencer, ce que Delisle lui accorde avec un sourire un peu ironique. Du Bourget place son second creuset sur le foyer avec un autre lingot de plomb. Cette fois, le creuset résiste et le plomb est bientôt fondu. Delisle s'approche de l'opérateur et lui tend une fiole contenant une liqueur rousse. C'est l'huile de soleil, dit-il. Versez-en une seule goutte sur le plomb fondu. Ajoutez-y un scrupule de cette poudre brune. Couvrez le creuset avec cette écuelle pleine de charbons ardents. Dès lors, il nous faut attendre une grande heure en surveillant attentivement le feu qui doit tout ce temps brûler avec une chaleur égale.

Tandis que Delisle et du Bourget demeurent en faction devant la cheminée, les autres assistants se détendent en examinant les instruments qui emplissent le laboratoire. Il y a un siècle ou deux, déclare le père Bérard, la Sainte Inquisition nous aurait sans doute condamnés pour fréquenter un tel endroit, où elle n'aurait vu qu'antre de sorcier et fabrique diabolique. Espérons qu'en nous prêtant à ce jeu, nous ne faisons pas celui du démon!

Une heure plus tard, Delisle conseille à du Bourget de retirer l'écuelle de terre et de brasser le contenu du creuset avec un bout de sarment de vigne écorcé. – Ne sentez-vous rien, monsieur? – Quelque chose de mou et de pâteux, dit l'opérateur improvisé. – C'est preuve que la poudre de projection et l'huile de soleil ont agi et fixé le métal. Continuez de touiller afin que cela n'attache pas. Nous allons attiser un peu ce feu.

Du Bourget continue de remuer doucement, avec le sentiment d'être un peu ridicule. Il a l'air d'un marmiton passant son examen d'apprenti. Au bout d'une dizaine de minutes, il n'en peut plus, le poignet lui fait mal et des yeux il implore qu'on le délivre de cette corvée. N'est-ce pas assez touillé, monsieur? – Que sentez-vous maintenant? – Je ne sens plus rien, ma main s'engourdit et le bâton tourne à vide!

– Voilà qui est fait, messieurs. Nous allons voir ce que ma poudre et mon huile ont produit. Cessez donc de tourner, je vous prie, et retirez du feu votre creuset avec ces pinces pour le poser sur cette pierre plate.

Tous se penchent avidement et découvrent, au fond du creuset, une liqueur brillante comme de l'or.

– Mais c'est de l'or, messieurs! dit Delisle en s'écartant avec modestie. Attendez qu'il refroidisse et vous pourrez le peser.

Personne ne dit mot, trop ébahi pour commenter ce résultat extraordinaire. Du Bourget saisit délicatement avec des pincettes le fragment de métal étincelant et l'élève devant ses yeux. Une magnifique pépite! dit-il en regardant Delisle. Avec un curieux regard, comme s'il lui tendait un piège.

– Non, monsieur, dit l'alchimiste sur ses gardes, une pépite est d'or naturel. Cet or-là est de nature différente, plus pur encore, puisque extrait de l'essence d'un métal vil.

Sur la balance de précision, le morceau d'or accuse vingt-sept scrupules et six grains. Grâce aux appareils qu'il a apportés, du Bourget le soumet à l'épreuve de l'eau-forte. Il lui faut se rendre à l'évidence, Delisle a réussi la transmutation. Avec regret, il tend le lingot à Delisle. Il est à vous, dit celui-ci, vous l'avez mérité.

Du Bourget tourne et retourne dans sa main, avec un dernier air d'incrédulité, ce morceau d'or qu'il passe à ses voisins. Chacun le manie comme si c'était un objet venu d'ailleurs, une de ces pierres inconnues tombées du ciel. Tous les regards se portent avec admiration sur l'adepte qui tente de cacher sa fierté derrière une apparente indifférence. En réalité, il est fort ému et son cœur bat comme il ne l'a jamais entendu. Il n'est pas le dernier surpris de cette réussite. Il suffit d'avoir la foi, s'entend-il déclarer à l'évêque.

Visiblement impressionné, du Bourget piétine devant le foyer, examine encore le creuset et les fragments du premier lingot de plomb. Il semble chercher quelque chose qui tout à l'heure lui aurait échappé. Mais c'est par conscience professionnelle. En son for intérieur, il est convaincu.

– Permettez-moi de me retirer, messieurs, dit-il, je voudrais sur-le-champ rédiger mon rapport et ne rien omettre de cet événement mémorable. Le moindre détail aura son importance et portera ses fruits dans l'esprit de nos détracteurs.

Curieusement, au lieu de se rassembler pour commenter cet « événement mémorable », les membres de cette docte assemblée se dispersent dans le château. Chacun semble vaquer à ses propres idées, emportant avec soi ce mélange d'incrédulité et de révélation. Ces hommes dont la foi n'est pas douteuse réagissent ainsi qu'ils le feraient face à un miracle produit sous leurs yeux. Ils y croient en même temps comme on croit en Dieu et comme on croit qu'il va pleuvoir.

Lors de la projection suivante, le père Bérard tient à faire une déclaration un peu solennelle.

– De même que nous ne saurions commencer un repas sans remercier le Seigneur de nous donner à manger, nous ne pouvons assister à ce nouveau mystère sans une prière préalable. Louons et bénissons en ce lieu le Très Glorieux Créateur de toutes les natures de ce qu'Il a daigné nous révéler les médecines que nous connaissons par expérience. Car c'est par Sa Sainte Inspiration que nous nous appliquons à les rechercher, avec bien de la peine. Courage, donc, fils de la science, cherchez et vous trouverez infailliblement ce don très excellent de Dieu réservé à vous seuls. Et vous, enfants de l'iniquité, qui avez mauvaises intentions, fuyez bien loin de cette science car elle est votre ennemie et votre ruine, parce que la providence ne permettra jamais que vous jouissiez de ce don de Dieu qui vous est caché et défendu !

Parmi les visiteurs autorisés à assister aux projections de Delisle paraît bientôt l'abbé de La Clue, curé de Moustiers, confesseur et directeur de conscience de la famille de Demandolx. Un petit homme rond, assez jovial, toujours affamé et assoiffé à force de courir la montagne sur un bourriquet beaucoup plus efflanqué que lui. Cet abbé ne s'intéresse pas particulièrement à l'alchimie mais il s'ennuie si fort dans sa paroisse isolée que tout lui devient prétexte à distraction.

Quand il a su que le château de La Palud hébergeait un hôte mystérieux, il a sauté sur son âne pour venir aux nouvelles, sans même prétendre au hasard. Demandolx le connaît assez pour compter sur sa discrétion. L'abbé fait partie de ces prêtres campagnards, nés sur la glèbe, qui en multipliant les preuves de leur attachement à l'Église et au Roi n'en prennent pas moins, en bons pasteurs, le parti et la défense de leurs ouailles. Celui-là, élevé dans une région réfractaire, n'a cessé de cacher des exilés et des fuyards sans demander quel était le crime dont on les accusait. Apprenant au château que ce Delisle est un faiseur d'or soupçonné de fausse monnaie, il le considère avec une certaine sympathie. Delisle la lui rend bien parce que l'abbé, passé le benédicité, manie la fourchette avec dextérité, boit comme un laboureur et n'assomme pas la société avec des considérations péremptoires sur la grâce et la prédestination comme le père Bérard. Lui raconte des histoires de confessionnal qui font rire toute la table, et sans que ces demoiselles y trouvent matière à rougir. Mais son visage rubicond s'éclaire de deux yeux vifs qui ne perdent rien de ce qui se passe autour de lui. Et comme il est le confesseur des filles de la maison, il s'amuse à déceler une certaine connivence entre l'aînée et l'alchimiste. Sans avoir l'air d'y toucher, il remarque à haute voix que ces demoiselles ont beaucoup grandi.

L'abbé n'est pas un homme très cultivé. Il ne lit guère, et mollement encore, que son bréviaire. Mais il est plein de bon sens et quand on s'entretient devant lui d'alchimie, il accepte comme une merveille de plus que le plomb puisse engendrer l'or. On lui a bien recommandé au séminaire de croire avec modération aux miracles qui aident tant de gens à vivre que celui-là ne lui semble pas plus extraordinaire qu'une guérison inexpliquée par la médecine. Les alchimistes ne peuvent être plus méchants que ces marchands de fausses reliques qui, dans de petites boîtes ou sur de minuscules coussinets de velours, proposent des rognures d'ongles, des mèches de cheveux, des éclats d'os, des bouts de tissu ayant appartenu à des saints locaux, en même temps que des images pieuses et des flacons d'eau bénite. Lui-même ne couvre-t-il pas de son autorité ce simulacre de baptême des enfants mort-nés dont son église est le théâtre?

C'est vrai qu'à table, en face de lui, et sollicité de parler de son art, Delisle toujours prudent parle moins de transmutation réelle que de quête mystique. Il a du mal à se rappeler ce que Lascaris lui disait là-dessus. Il confond le Graal et le saint chrême, l'élixir de longue vie et la résurrection des morts. Mais l'abbé est assez intelligent pour ne pas le trouver bête. La plupart de ses paroissiens en savent encore moins, qui ne se soucient que de leur salut immédiat.

A sa troisième visite, impromptue comme d'habitude, M. du Bourget est là, poursuivant son enquête et rendant compte à Delisle des derniers rebondissements de l'affaire qui le concerne.

– Pour démonter vos adversaires, dit du Bourget, et calmer les esprits prévenus contre vous, il ne suffit pas que des profanes comme moi fassent un rapport favorable sur vos expériences. Il faudrait l'opinion d'un homme de science, d'un chimiste par exemple, qui pourrait assurer l'authenticité de vos opérations et l'absence de toute tromperie. Non plus un agent subalterne de l'État, mais un praticien dont le mérite, l'honnêteté et l'estimation ne sauraient être mis en doute.

– Mais où trouver un tel personnage? demande le seigneur de La Palud.

C'est alors qu'intervient l'abbé de La Clue qui jusqu'ici s'est contenté d'écouter les conversations sans se permettre d'y prendre part. La solution, avance-t-il, est peut-être tout près d'ici. Vous savez que dans ma paroisse, Moustiers, travaillent depuis peu plusieurs faïenciers qui jouissent maintenant de la plus grande réputation. Voyez comme les desseins de Dieu sont imprévisibles : il a suffi que le Roi, pressé de renflouer son trésor de guerre, décrète ses taxes somptuaires et condamne à la fonte ses vaisselles d'or et d'argent, en incitant la noblesse à suivre son exemple, pour que cela même qui fait ailleurs le désespoir de tant de gens apporte à ceux de Moustiers travail et prospérité. A la nécessité de trouver une matière de substitution assez distinguée et raffinée pour prendre place sur la table des personnes aisées, ils ont répondu par la création originale de la poterie émaillée qu'ils appellent faïence. Il y avait en ce pays un grand rassemblement de manieurs d'argile, la meilleure de tout le pays, qui fabriquaient des tuiles, des briques, des tomettes et des cruches, et qui ont vite compris que leur intérêt leur dictait de se convertir en fabricants de vaisselle de table en copiant seulement les modèles des objets disparus. Ils avaient sans doute moins de mérite que vous, monsieur l'alchimiste, en passant de l'argent à l'argile, mais sachez que leur art n'est pas négligeable et qu'on aurait quelque intérêt à surprendre certains de leurs secrets de fabrication. L'un de ceux qui se sont montrés en ce domaine des plus inventifs est un de mes amis, M. Clérissy, dont la production a acquis une telle renommée qu'il l'expédie jusqu'à Marseille et, me dit-on, jusqu'à Paris. C'est un homme sage autant qu'habile. Il connaît à coup sûr la chimie des métaux et des éléments dont il use pour la préparation mystérieuse de ses pâtes et de ses couleurs. Un tel homme ne saurait être abusé par de fausses manipulations et reconnaîtrait sans hésiter la véritable nature des travaux de M. Delisle.

– Je ne doute pas, dit Demandolx, des qualités de votre fabricant d'assiettes dont j'ai entendu vanter l'élégance, encore que la terre ne remplacera jamais l'argent, mais, si adroit soit-il, ce n'est qu'un ouvrier et je ne vois pas que son avis soit entendu, en haut lieu, comme celui d'un expert.

– J'en suis moins sûr que vous, monsieur, rétorque du Bourget. L'idée de l'abbé n'est pas mauvaise si l'on considère que l'apparition sur le marché de cette nouvelle matière propre à fabriquer les objets nécessaires aux plaisirs de la table suscite bien des intérêts et des convoitises. Ce n'est en rien diminuer le mérite des artisans de Moustiers que de rappeler qu'à l'étranger de semblables expériences se poursuivent. Je me suis laissé dire qu'en Allemagne on faisait grand cas de cette autre invention récente qu'est la porcelaine, imitée des Chinois, et dont on avait jusqu'ici renoncé à percer le secret. Dans les deux cas, les gouvernants pensent y trouver une source de profits non négligeables, ne serait-ce qu'en imposant lourdement cette production. Ainsi, l'avis de l'un de ces fabricants pourrait effectivement retenir l'attention de ces messieurs et aider à les convaincre qu'avant de condamner un fou il est peut-être plus raisonnable de chercher à savoir s'il ne dit pas la vérité. Pour ma part, je serais assez favorable à cette idée de l'abbé et prêt, en cas de succès, à appuyer le rapport de cet ouvrier.

– Il reste à le persuader, dit Delisle, de venir assister à mes projections !

– J'en fais mon affaire, dit l'abbé.

– Il ne faudrait pas qu'il tardât, dit du Bourget. Lebret s'impatiente et M. le comte d'Artagnan, qui de Grasse dirige toutes les opérations de police, a de furieuses démangeaisons.

Ce n'est qu'un mois plus tard, fin novembre, qu'apparaît au château, en compagnie de l'abbé de La Clue, le faïencier de Moustiers. Il est vêtu comme un paysan mais sa stature en impose. Très grand et très fort, il a la voix autoritaire de celui qui a l'habitude de commander à ses façonniers et de dicter ses conditions à ses marchands. Le château ne semble guère l'impressionner et il considère avec quelque ironie le délabrement de la façade. Il toise même avec un peu de dédain ces gens en robe ou en habit qui n'ont point acquis la fortune par leur travail et ne se dépensent qu'à dépenser. Le seigneur du lieu non plus ne parvient pas à lui inspirer un respect exagéré. Par contre, il considère avec intérêt ce garçon dont l'abbé lui a dit tant de bien. Il paraît d'abord le juger comme une bête à la foire, un cheval rétif en l'occurrence qui n'a pas l'air de vouloir se laisser examiner de trop près. Les deux hommes se jaugent en silence. Sans doute sont-ils assez satisfaits l'un de l'autre puisqu'ils se saluent avec déférence.

Le seigneur de La Palud entend faire les honneurs de son château et a fait préparer une collation. Mais le faïencier est pressé, ses affaires le réclament, ses fours nécessitent sa surveillance. C'est avec une certaine brusquerie qu'il demande qu'on passe dans ce fameux laboratoire et que l'alchimiste veuille bien officier sous ses yeux.

Delisle renouvelle devant lui la projection qu'il a réalisée déjà plusieurs fois devant du Bourget. Pendant toute l'opération, Clérissy reste attentif mais muet. Il semble ne pas écouter les explications qu'on croit devoir lui donner. Il se contente de regarder, de près et avec une application tendue. Les autres restent à distance respectueuse et se font oublier. Delisle est un peu nerveux. Il sent peser sur lui un regard averti et peu complaisant. Il a l'impression d'avoir derrière lui Lascaris en personne et n'ose le regarder. Et c'est avec beaucoup de difficulté qu'il parvient à réussir sa projection. Enfin, il peut montrer au faïencier le fragment d'or qui repose au fond de son creuset.

Clérissy le prend en main, le soupèse, le flaire, le caresse. C'est de l'or, à n'en pas douter, dit-il à la fin. Je n'ai pas vraiment compris comment vous êtes parvenu à ce résultat, car je ne sais de quoi sont composées vos poudres et votre teinture, mais, à première vue, il n'y a point tromperie. J'ignore encore si vous êtes capable de changer un fer à cheval en lingot d'or mais vous êtes certainement un ouvrier remarquable et j'aimerais fort en compter deux ou trois de votre espèce dans mon atelier. Si un jour, mon garçon, vous cherchez du travail...

– Ce qui importe pour le moment, l'interrompt du Bourget, c'est de savoir, monsieur, si vous seriez prêt à témoigner de la bonne conduite d'une telle opération et si un artiste aussi qualifié que vous se porterait garant de l'honnêteté de notre ami?

– Sans doute, sans doute! Encore que je ne voudrais pas que cela m'attirât des ennuis ou me causât des tracas. Je n'ai guère le temps, messieurs, de me rendre devant un tribunal, si c'est cela que vous attendez de moi, ni de répondre à de longs interrogatoires. Mais s'il s'agit de seulement signer un document...

– On ne vous en demande pas plus...

Avant de repartir, Clérissy s'entretient un instant avec Delisle.

– Venez voir mon atelier de Moustiers. Vous y rencontrerez des manouvriers versés dans les arts mécaniques qui entendront les ressorts du vôtre et vous montreront leurs chefs-d'œuvre. Comme vous, ils cherchent la perfection et la trouvent quelquefois. Ils ne fabriquent pas d'or mais ils apportent la richesse à leur village qui sans eux ne serait qu'un relais de muletiers.

C'est ainsi que trois semaines plus tard, par un fort beau temps sec et froid, Delisle se rend à Moustiers. Un voyage qui selon l'abbé de La Clue qui le guide ne doit être qu'une promenade. Il se repent bientôt d'avoir accepté cette invitation. L'un sur son âne, l'autre sur une mule revêche, ils gagnent la ville des faïences par un chemin très inconfortable qui suit le lit d'un torrent desséché. Le paysage est d'une tristesse à bâiller. A main droite, ce n'est que montagne pelée où les chèvres même n'ont plus rien à brouter. Ce sont ces faïenciers, dit l'abbé, qui pour entretenir leurs fours ont par trop déboisé. Les pluies diluviennes sont venues là-dessus et ont emporté le peu de terre arable qui s'accrochait là. Que voulez-vous, c'est encore un signe des misères de ce temps : pressé par la nécessité du présent, l'homme ne peut envisager l'avenir, il lui faut sauver sa vie avec ce qu'il a sous la main et il dilapide ce qui le nourrirait demain.

En approchant de Moustiers, l'abbé se croit obligé de décrire à son compagnon le spectacle dont il va jouir. C'est pour un ecclésiastique volontairement démuni de toute fortune une façon de se donner des airs de propriétaire. Étant du pays, le pays lui appartient. Du moins au regard d'un étranger. Delisle, qui ne supporte plus ces « sublimes horreurs » que la nature lui distribue si généreusement depuis son départ de Bargemon, ferme les oreilles, et les yeux, au discours du curé.

Moustier est, voyez-vous (non, il ne voit pas, il ne veut pas voir), bâtie en amphithéâtre sur une masse de tuf, au pied d'une chaîne de rochers calcaires d'une hauteur prodigieuse, coupée par deux ravins qui bordent la ville à ses extrémités. Celui qui est au midi donne naissance à une source assez vive qui alimente des moulins à triturer les métaux qui entrent dans la composition de la faïence. Mais ce que Moustiers offre de plus remarquable, c'est une grande chaîne de fer qui relie deux pics d'égale hauteur qui se font face. Elle a plus de cent toises de longueur et, du faubourg, l'œil aurait de la peine à l'apercevoir, s'il n'avait pour guide l'étoile qui est pendue au milieu et ne paraît d'ici que comme un point noir. On dit qu'un chevalier croisé, prisonnier des infidèles, fit jadis le vœu de relier ces deux pics réputés inaccessibles par une chaîne en or et d'y accrocher un ex-voto en forme d'étoile en reconnaissance de la délivrance qu'il attendait de Notre Dame. Sauvé, et de retour à Moustiers, il entreprit de réaliser sa promesse. Mais, à la réflexion, il jugea qu'un tel poids d'or le ruinerait définitivement, que sa pauvreté ne servirait en rien la Vierge, et qu'enfin un collier d'une telle valeur ne saurait qu'attirer les voleurs. Il s'en entretint avec l'évêque de Riez, qui reconnut qu'une chaîne de fer ferait aussi bien l'affaire, à condition toutefois que le seigneur lui remît une partie de la somme économisée pour la réfection de sa chapelle personnelle.

On donne, ajoute l'abbé, une autre origine à cette chaîne d'un poids considérable et dont on se demande encore quels hommes ont pu la soulever et la tirer si haut. Les rochers au pied desquels la ville est bâtie, séparés par des crevasses profondes, menacent sans cesse de se détacher et d'écraser les maisons sous leur masse. Aussi les habitants eurent-ils l'idée d'attacher ainsi, symboliquement, les montagnes qui les dominent. Pour ma part, j'aime mieux la première leçon. Ne trouvez-vous pas plaisant, monsieur l'alchimiste, que cette fois de l'or se soit converti en fer? Mais je me tais enfin, nous voici arrivés chez notre faïencier.

Après les politesses d'usage, Clérissy fait visiter à Delisle son entrepôt où, sagement rangées sur des claies, s'offrent les pièces les plus diverses, celles de la table, aiguières, rafraîchissoirs, soupières et saucières, drageoirs, pots à épices, huiliers, beurriers, moutardiers, coquetiers, confituriers, tisanières... et celles de la chambre, bouquetières, écritoires, plats à barbe, tasses à moustaches, boîtes à poudre, bonbonnières, bénitiers et cagadous placés là dans un rapprochement inattendu. Sans compter celles dont se servent les apothicaires et les chirurgiens. Toutes sont de formes élégantes et joliment décorées de motifs en couleurs, bleu, vert ou rouge.

A l'entrée de l'atelier s'entassent d'énormes fagots de genêts destinés à l'entretien des fours et des tas d'un sable particulier que Clérissy fait venir d'Apt. A l'intérieur, Delisle reconnaît dans des caisses ses ingrédients familiers : étain, lapis-lazuli, jaune de Naples, soufre, minium, cristal de roche, paille de fer, potasse, vitriol, manganèse, et l'indispensable salpêtre. Il y a même de la rouille de fer. Le contenu d'un tonnelet l'intrigue, un liquide d'un jaune sale et d'odeur nauséabonde. C'est de l'urine, dit Clérissy en regardant son visiteur avec ironie. J'en connais l'usage, dit Delisle, et m'en sers quelquefois.

Clérissy le guide ensuite dans la fabrique où travaillent une douzaine de personnes. Il lui explique la préparation de l'émail, obtenu dans des moulins à vernis à partir de calcine, soit un tiers d'étain et deux tiers de plomb. A ce mélange soumis à l'oxydation, on ajoute du sable siliceux, du sel de mer, du cobalt. Le mélange est broyé et cuit jusqu'à fusion. Le produit obtenu, qu'on appelle la fritte, est réduit en morceaux, nettoyé à sec, concassé, pulvérisé, broyé à l'eau et tamisé. Il n'y a rien là de bien sorcier, dit le faïencier. Par contre, ajoute-t-il, les formules de composition des couleurs sont jalousement gardées. Du moins au regard des profanes, car d'un concurrent à l'autre ces méthodes ne diffèrent que par de légers détails, mais ces recettes ne sortent point de Moustiers et nous devons nous méfier des contrefacteurs qui, sous le déguisement de gros marchands, ne cherchent qu'à nous voler notre technique.

A vous, qui exercez un art si voisin du mien, je confierai la préparation de la coloration rouge que nous nommons réverbère. Elle prend trop de temps pour que vous y puissiez assister utilement, d'autant que mes ouvriers n'en sont, à cette saison, qu'à la phase initiale. Mais elle ne saurait laisser indifférent un alchimiste. Il y faut d'abord de l'or, le plus pur, le meilleur étant celui des sequins de Venise à la marque de la Vierge. On le bat en oripeaux ou lamines, pendant que sur le côté on fait chauffer de l'esprit de nitre sur de la cendre chaude. Quand le liquide se met à fumer, vous y jetez en petits fragments une noix de sel ammoniac. Lorsque le bouillon se fait violent, vous y placez votre or qui fond jusqu'à prendre l'aspect de l'huile d'olive. C'est une dissolution que vous connaissez bien. Après refroidissement, passez l'or dissous à travers un taffetas. Prenez une fiole de verre comme celle-ci, pleine d'eau, et faites-y tomber quelques gouttes de la dissolution. Empruntez une baguette d'étain et, après en avoir trempé le bout dans l'esprit de nitre, plongez-la toute chaude dans la fiole en tournant doucement et régulièrement jusqu'à ce que le liquide prenne la couleur de la lie de vin. Il faut éviter les grumeaux. Transvasez ce liquide dans un pot de faïence et recommencez l'opération tant que vous n'avez pas une quantité suffisante pour emplir ce vase aux deux tiers. Ajoutez alors de l'urine, ou du sel de tartre, à ras bord. L'or et l'étain se précipitent au fond du vaisseau, épais et couleur du sang. Changez l'eau cinq ou six fois tant que l'odeur de l'urine n'est pas dissipée. Faites reposer, sans laisser sécher.

Par ailleurs, pour obtenir le fondant, prenez quatre onces de borax calciné, deux de cristal de roche et une de calcaire. Pilez le tout au mortier de marbre, passez au tamis de soie et faites cuire dans un creuset, en haut du four, pour produire une matière luisante et blanche que vous pilez encore et broyez très fin. Mêlez alors ce fondant à la dissolution rouge et mélangez jusqu'à ce que vous parveniez à la couleur désirée. Un jeu d'enfant pour un alchimiste!

– Mais d'un enfant très doué! dit Delisle, impressionné.

Naturellement, maître Clérissy offre à son visiteur l'hospitalité de la maison qu'il habite à la sortie du bourg. Une vraie bastide avec ses écuries, ses étables, sa porcherie, son poulailler. Ici, dit-il, un artisan reste toujours un paysan. Nous sommes trop éloignés de tout pour ne pas vivre de nos propres ressources. Il n'est guère que la morue qui nous vient d'ailleurs.

En fait, il n'y a pas que la merlusse qui vienne de Marseille. Au faîte de sa réussite, le faïencier a meublé sa demeure comme un bourgeois de la Canebière, tout ébloui par les richesses de l'Orient dont il se croit dépositaire. Une profusion de tapis et de tentures, de plats de cuivre, une curieuse pipe à eau du nom de narguilé, et un étrange lit à sieste que Clérissy appelle sa radassière... Il n'est pas jusqu'à ses latrines qu'il prétend à la turque. Drouin sait, par Lascaris, tout ce que l'alchimie doit aux Arabes, mais il n'imaginait pas que cet apport civilisateur allât jusqu'aux commodités du corps.

– Voyez-vous, dit Clérissy, la faïence ne représente qu'une étape dans mes recherches et toute ma passion tend à une autre découverte, celle du secret de fabrication de la porcelaine. Vous en avez entendu parler?

– Mon maître, qui vécut longtemps en Allemagne, m'en a touché deux mots, sans plus. D'après lui, cette matière nouvelle permettrait à nos fourneaux de supporter des chaleurs plus intenses et rendrait nos creusets incassables. Mais je crois bien qu'il ignorait tout de sa composition.

– Il ne le pouvait pas, si vous parlez de lui au passé.

Jusqu'à ces dernières années, on a cru que la porcelaine qui nous vient de la Chine ne pouvait être fabriquée que là-bas, qu'elle était un don particulier dont la nature avait favorisé les Fils du Ciel et que la terre dont elle est faite n'existait que dans leur pays. En Europe, les princes ont offert des sommes considérables aux chimistes susceptibles de découvrir la composition de cette précieuse matière qui étonne par son éclat, sa dureté, sa légèreté et sa translucidité. En vain. Et puis voilà qu'il y a quelques années seulement, un alchimiste de la Saxe a découvert, peut-être par hasard et ne cherchant alors qu'à trouver une nouvelle poterie réfractaire pour ses creusets, de quoi était composée cette pâte mystérieuse : c'était de l'argile blanche, très pure, à laquelle nos Chinois donnent le nom de kao-lin et qui n'existe en Europe que dans cet État de la Saxe. Encore y est-elle légèrement teintée de jaune ou d'incarnat, coloration qui disparaît au feu. Il paraît qu'il en existe une autre variété en notre royaume, du côté de Limoges, mais nul ne s'en soucie. Toujours est-il que cet alchimiste allemand a réussi à produire un grès cérame fort proche de la porcelaine chinoise. A cette nouvelle, l'électeur de Saxe s'est empressé de se saisir du savant et de l'enfermer avec son secret dans une forteresse militaire dont personne ne s'est jamais évadé, en lui donnant toutefois les moyens de poursuivre dans sa cellule ses travaux de chimie et de minéralogie. J'imagine que le malheureux moisit toujours sur la paille humide de son cachot en méditant sur la vanité qu'il y a à apporter la fortune aux grands de ce monde. Grâce à sa découverte, on a pu là-bas fonder une fabrique aussi bien gardée qu'un trésor royal. Nul étranger ne peut en franchir le seuil et les ouvriers reconnus coupables d'indiscrétion sont condamnés à la détention perpétuelle. Je tiens ces renseignements d'un mien correspondant qui s'occupe de vendre mes faïences à travers l'Europe et m'a dit qu'on assurait à Meissen qu'une fabrication de porcelaine valait mieux qu'une transmutation alchimique. Je donne assez raison à cet argument, car mieux vaut gagner de l'argent que de faire de l'or. Cela n'ôte rien au respect que j'ai pour votre talent. Et voilà bien où je voulais en venir en vous invitant ici : ce secret de l'argile blanche à laquelle il faut, semble-t-il, ajouter une certaine quantité d'un métal inconnu, nommé par les chinois pétonzé, je donnerais la moitié de mon crédit pour le découvrir. Et si j'ai d'excellents ouvriers, obéissant scrupuleusement à mes directives, je n'en ai point qui ait votre esprit d'invention et vos dons de manipulation. Je ne sais ce qui vous retient chez le seigneur de La Palud, hors de ses filles qui ont l'air de vous aimer beaucoup, ou peut-être les dangers que vous courez à être reconnu, mais je suis certain qu'à mes côtés vous pourriez trouver le chemin de votre fortune et de la mienne.

– Avec, au bout de ce chemin, l'hospitalité d'une forteresse!

– Les choses ne se passent pas ainsi en France. Le Roi a trop besoin d'artisans de notre sorte et il n'a rien fait, que je sache, pour m'empêcher de distribuer ma faïence. S'il ne m'a pas accordé de récompense, du moins a-t-il acheté plusieurs services de table que vous pourrez admirer à Versailles lorsque votre mérite vous y fera convier.

La proposition du maître faïencier est assez séduisante pour que Delisle y songe longtemps avant de trouver le sommeil. Fort épris de sa liberté et peu soucieux de se retrouver en cage, fût-elle dorée, il est quand même las de courir les routes, de fuir les souvenirs, de chercher des refuges. L'atelier de Moustiers n'en serait-il pas un, définitif et sûr? Il pourrait s'y livrer en toute tranquillité à des recherches fructueuses, s'abandonner à la protection d'un évêque, d'un seigneur et d'un abbé, avoir pour charmantes maîtresses la tendre Agnès et l'ardente Angélique. Un sort bien enviable, en vérité.

Il se donne le temps de réfléchir. Il reste une semaine chez Clérissy, travaillant sous ses yeux et apprenant patiemment à produire les dissolutions colorantes. A celle du rouge, il ajoute celle du vert, obtenue en calcinant au four trois quarts de cuivre avec seize onces de minium et six de cailloux. Et celle du bleu de cobalt, en prenant du bel azur à quatre feux, en le mêlant à parties égales avec du sel de nitre, le tout chauffé puis broyé avec de l'huile et de la gomme avant d'être attendri avec du soufre. Mais il est encore loin de connaître tous les arcanes de cet art délicat. Il y faudrait certainement des années, une vie entière peut-être. En attendant, que serait-il ici, sinon l'ouvrier – le meilleur ouvrier – de la fabrique et toujours l'élève du maître, comme il le fut de Blauvac et de Lascaris?

C'est cette dernière considération qui le décide à remercier Clérissy de sa proposition et du soin qu'il a pris de lui. Il désire reprendre sa route et rester son propre maître. Le faïencier le comprend bien, qui sait qu'on ne fait pas un mulet docile d'un cheval rétif. Va, mon garçon, garde-toi seulement de divulguer mes procédés comme tu sais ne pas révéler tes secrets.

A son retour à La Palud, Delisle retrouve l'énorme bastide figée par le froid. L'hiver sera rude, assurément. M. de Demandolx fait barricader le château contre le vent du nord, ordonne de boucher les fenêtres avec des sacs, d'entasser des provisions de bois dans le grand vestibule, de tuer deux cochons qu'on met au saloir.

Condamnant les étages supérieurs abandonnés aux lapins, la famille tout entière se replie dans les pièces du bas et organise dans la grande salle un campement précaire. Les demoiselles déménagent et s'installent dans le salon. Demandolx couche dans son cabinet de travail. Si Nanou reste dans sa chambre, Julien se fait un lit sommaire dans la cuisine. Quant à Delisle, aguerri par sa vie vagabonde, il demeure dans sa chambre du premier étage, à proximité de son laboratoire dans lequel il entend continuer à travailler, en forçant les feux. Mais il comprend fort bien que l'ardeur amoureuse des deux jeunes filles cède devant les rigueurs du climat qui règne autour de sa couche et que leurs visites noctambules se fassent plus en plus rares.

Le château vit désormais dans une atmosphère calfeutrée,

envahie des odeurs de la fumée et des soupes. Dehors, c'est un univers mort. La couche de neige s'épaissit de jour en jour et obstrue les chemins. Le dernier homme à passer, le marchand de peaux de lapins, dit que le Verdon est gelé, qu'on le traverse à pied sec et que les gens, pour trouver de l'eau à boire, sont obligés de rompre la glace à grand-peine. On ne compte plus les animaux morts, sangliers ou chamois dont les carcasses sont débitées à la hache. Les oiseaux eux-mêmes ont disparu, sauf quelques pies et corbeaux qui s'obstinent à voleter de cime en cime sur les arbres enfouis jusqu'au feuillage. Puis les vitres se couvrent de givre, formant d'étranges dessins rayonnant comme l'intérieur d'une géode cristallisée, diffusant une lumière d'un blanc éclatant.

Vers Noël, le froid devient si intense qu'on entend gémir et craquer les oliviers et les amandiers. Dans la cave du château, c'est la catastrophe : les jarres à huile se fendent et Julien doit en recueillir le contenu en fragment solides qu'il entasse dans des caisses de bois. Le vin gèle dans les tonneaux. Il faut transporter la plupart des provisions dans la cuisine transformée en boutique d'épicier. Les pains et les jambons sont durs comme des pierres et l'on doit les casser à la masse. Nanou passe son temps à faire chauffer de l'eau dans de grosses marmites de fonte où fondent les derniers légumes, choux, raves ou poireaux qui se brisent comme du verre. Sur son feu, entretenu avec les soins d'une vestale, elle surveille une soupe sans cesse renouvelée, un bouillon où se succèdent de semaine en semaine des os de jambon, des quartiers de lard rance, des saucisses de ménage, et dans laquelle les occupants de la bastide viennent à tout moment puiser une louche de liquide brûlant qui les revigore un instant.

Dans le laboratoire, c'est un autre désastre. Malgré le feu qu'il n'arrête pas de tisonner, Delisle contemple avec désespoir ses fioles et ses flacons de verre qui éclatent avec un bruit qui chaque fois le fait sursauter. Dans ces conditions, il lui est impossible de travailler. Les métaux lui brûlent les doigts, déjà engourdis et maladroits. Alors il se résigne à attendre et descend dans la salle où toute la famille, emmitouflée dans des couvertures et reniflant de concert, se tasse devant la cheminée. Plus personne ne se lave vraiment, mais le froid est assez vif, dans la maison, pour geler jusqu'aux odeurs corporelles. Demandolx cite un auteur du nom de Rabelais qui racontait que de son temps les paroles elles-mêmes se pétrifiaient au sortir de la bouche, ce qui fait rire ces demoiselles. Celles-ci ne perdent pas leur bonne humeur. Des hivers pareils, elles en ont déjà connu et de plus terribles peut-être. Et puis leur père les autorise, le soir, à boire un peu de cette eau-de-vie dont il fait lui-même une consommation qui menace sa réserve.

Delisle profite de cet hivernage forcé pour apprendre à lire ces volumes de la bibliothèque qui parlent d'alchimie. Il fait en ce domaine des progrès sensibles. Les mots qu'il épelait difficilement lui deviennent aussi familiers que des objets et ces longues phrases compliquées lui semblent maintenant aussi claires que celles de Lascaris. Il ne comprend pas tout, bute sur des expressions qu'il ne connaît pas, se heurte à des allusions mystérieuses à des dieux antiques ou à des contes de fées où se rencontrent des rois et des reines, des astres et des planètes. Mais tout ce qui touche au travail des métaux et aux méthodes de projection, il le digère comme son pélican se nourrit de métal. Il jongle avec des mots, alcaest, rebis, menstrue... qu'il prononce avec des mines gourmandes et qu'il explique aux filles penchées sur son épaule. Il leur montre aussi, de son doigt issu d'une mitaine mitée, les étranges figures illustrant les travaux de laboratoire. Vous voyez bien, dit Agnès en désignant les planches d'un *Mutus liber,* que les femmes assistent les hommes et que partout c'est un couple qui opère.

Mais dans le même temps, le froid persistant finit par pétrifier aussi les esprits. Le cerveau semble se congeler à son tour. Delisle ne pense plus qu'avec lenteur. Pour parvenir à ses lèvres gercées, où elles se métamorphosent en phrases chuintantes, ses idées mettent un temps considérable et elles se déforment elles aussi. Une vague de stupeur paralyse les habitants du château qui vivent désormais hors du temps et de l'espace, coupés du monde, dans ce nid glacé, par des immensités de neige durcie au vent, ne voyant plus rien de l'extérieur, ne sachant même plus s'il fait nuit ou jour, leurs corps s'engourdissant à la façon des marmottes. Ils restent de plus en plus longtemps couchés sous un quintal de couvertures, le bonnet de nuit enfoncé jusqu'aux yeux et ne respirant que par les narines enguirlandées de givre.

La provision de bois s'épuise, et quand tout de même il fait beau, que le mistral se calme, qu'un soleil blanc émet une lueur pâle comme celle de la lune, Delisle et Julien trouvent le courage d'aller autour de la bastide couper des arbres dont le bois vert enfume toute la maison. Et comme ils les scient au ras de la neige, nul doute qu'au dégel le château ne sera plus entouré que de moignons d'un mètre de haut, ce qui désole profondément Demandolx. Dans l'écurie, une mule est morte, l'autre demeure debout dans un état d'immobilité stupide. Heureusement que Nanou a fait rentrer les poules dans la cuisine, où elles restent assises en se refusant à pondre. De toute façon, dit Julien, les œufs seraient durs avant de leur sortir du cul.

Cette hibernation rappelle à Delisle celle de la grotte du Chat, ce qui ne contribue guère à lui relever le moral. Dans les moments de torpeur qui les retiennent dans la salle, il lui arrive de considérer Demandolx sous les traits de Lascaris, et dans ses rêves les plus désagréables se mêlent les apparitions de son père, de l'alchimiste, de l'évêque en un seul portrait menaçant. Cette étrange figure lui ordonne de réussir ses opérations sous peine des pires châtiments, alors qu'il n'en a aucune envie et ne songe qu'à s'en aller jouer avec les garçons de son âge.

Et puis un jour, enfin, le givre des fenêtres se met à fondre.

Les magnifiques cristallisations deviennent des larmes coulant lentement sur les vitres à travers lesquelles on commence à voir que dehors la neige se tasse sur elle-même. Ce n'est pas encore le printemps, loin de là, mais c'est déjà la fin de l'hiver. Il était temps. Les habitants du château étaient bien près de se muer en morts vivants, transis près d'un feu de plus en plus faible, amaigris par un régime de raves et de pois chiches, énervés par une trop grande promiscuité.

Mais le soleil est là, avec sa promesse de verdure et de lent réchauffement. Les chênes blancs se défont de leurs feuilles mortes et les humains de leurs hardes de laine. Agnès et Angélique sortent les premières, avides de respirer de l'air pur. Hélas, autour de la bastide, c'est la désolation. La neige s'est transformée en boue sale. A quelque distance, les chicots noirs des arbres coupés évoquent le système défensif d'une cité assiégée et rendue.

La mauvaise impression ne dure pas. On est sorti du purgatoire. On lâche les poules qui titubent, ayant perdu le sens de l'équilibre, on fait sortir la mule survivante qui consent à s'ébrouer et part à la recherche d'une herbe fraîche. Peu à peu les autres prisonniers sortent à leur tour et gesticulent pour retrouver l'usage de leurs membres engourdis. Delisle est le dernier à vouloir goûter cette vie renaissante. Ce qui lui importe, c'est l'état de son laboratoire. La pièce semble abandonnée depuis des années. De la neige s'est entassée dans les coins, après avoir pénétré par les carreaux cassés. Beaucoup d'objets en verre ont été brisés par le gel. Mais le reste n'a pas trop souffert. Il rallume le feu avec un fagot de genêts et bientôt des flammes joyeuses raniment ce tombeau. Angélique l'aide à remettre de l'ordre et à faire le ménage. Il dresse l'inventaire de ses poudres et de ses teintures. Il va pouvoir se remettre au travail.

Ce long engourdissement l'a encore mûri. En fait, il a vieilli de plusieurs années, lui semble-t-il. Sans accéder à l'état parfait, il sort de sa chrysalide comme ces cigales qui, après avoir végété cinq ou six ans sous terre, se débarrassent de leur vieille peau et se mettent à vivre à l'air libre. Ses aventures précédentes lui paraissent très lointaines, ses rêves, des cauchemars oubliés. Un passé définitivement enterré. Drouin comme Lascaris ne sont plus que des disparus, morts sans laisser de regrets. Et quand Angélique l'oblige à se déshabiller pour prendre un bain dans le grand chaudron de cuivre, il a bien l'impression de changer de peau. Il se frotte le corps avec un bouquet de lavande séchée et revêt les habits neufs d'un homme nouveau : M. de l'Isle, faiseur d'or. Bien décidé cette fois à réussir dans cette entreprise que d'aucuns disent insensée mais à laquelle il croit de plus en plus fortement.

Pendant des semaines, aidé d'Angélique qui lui prépare ses teintures, il multiplie les essais, se heurte à de nombreux échecs, se réjouit de certains succès. Il ne s'agit plus d'extraire de l'or de matières en contenant déjà, mais de le faire naître à partir de métaux n'en recelant pas. A vrai dire, il cherche sans réfléchir, il ne pense pas à ce qu'il doit faire : il laisse son instinct agir, ses mains œuvrer, les poudres faire leur effet. Il tâtonne mais s'acharne. Tout ce qu'il a appris jusqu'ici, il l'enfouit dans la mémoire de l'oubli pour laisser sa chance au hasard, celui qui fera que soudain la bonne composition provoquera le résultat voulu. Ainsi essaie-t-il toutes les combinaisons possibles. Il y épuise ses réserves de soufre et de mercure, torture son plomb et son étain, réduit son cuivre. Mais il sent bien que la solution réside dans la qualité de sa poudre de projection et de son huile de soleil. Alors il lui faut retourner chercher des plantes fraîches, des lis martagons, des lunaires surtout, les enterrer dans des pots de terre et attendre patiemment qu'elles mûrissent. Il doit aussi renouveler son salpêtre, recommencer la préparation de ses teintures. Dans ce but, il fait le voyage de Moustiers et rachète à Clérissy des sacs de soufre, de tartre, de vitriol, d'antimoine, de sel de verrerie, tous ces ingrédients que le faïencier fait venir de Marseille.

Et c'est là qu'il entend de nouveau parler de lui. Clérissy a reçu, aux derniers jours de cet hiver cruel, des émissaires de l'intendant Lebret. Ils ont inspecté son atelier, vérifié l'origine de ses achats, et puis, l'air de rien, sur le pas de la porte, ont posé des questions sur les faux-monnayeurs qui continuent d'infester la région. Il en est un en particulier sur lequel ils aimeraient bien mettre la main, un prétendu alchimiste convaincu de fabriquer des pièces d'or. Ils sont sur ses traces, sans savoir vraiment où il se cache. Il semble que le bonhomme ne reste jamais en place et coure d'un lieu à l'autre où il trouve refuge et complicité.

Clérissy raconte cela à Delisle, d'un ton très dégagé. C'est une affaire qui ne les concerne ni l'un ni l'autre. Elle n'intéresse que ces messieurs des finances, harcelés par le Roi et harcelant le pauvre monde. Énervés par cette recrudescence de la fausse réforme, ils frappent à toutes les portes. Savez-vous, dit le faïencier, que les personnes les plus haut placées se mêlent elles aussi de tricher avec le Trésor public. Le comte d'Artagnan vient d'arrêter à Cagnes le seigneur de ce lieu, le marquis Honoré de Grimaldi, noble rejeton de la branche cadette des princes de Monaco. Chargé de l'enquête qui a abouti à cette décision, M. de Saint-Maurice, président de la Monnaie à Lyon, a découvert au château, dans un trou sous un rocher, la barre de fer d'un balancier et une lingotière, et dans un autre trou un sac contenant des marcs et des louis d'or de la nouvelle fabrication. Et puis encore, dans une cave voûtée, de la grandeur d'une boutique, une petite forge éclairée par un jour pratiquée dans la muraille. On y a pris au collet un certain Gardiol, vicaire du bourg de Châteauvieux, qui a avoué travailler au château et fabriquer des pièces de dix francs, sur les ordres du marquis. Où en sommes-nous, mon Dieu, si les nobles et les ecclésiastiques eux-mêmes donnent l'exemple de la fausse monnaie! Mon marchand de Nice, qui vient de me rapporter le fait, m'a dit que là-bas tout le monde en riait fort. Malheureusement, il faut s'attendre à ce que les contrôleurs des finances redoublent de zèle et s'acharnent sur des suspects ou des innocents.

C'est un avertissement à peine déguisé que Delisle entend bien. Aussi ne s'attarde-t-il pas à Moustiers malgré les protestations de Clérissy, trop heureux de revoir son alchimiste et très avide de savoir où il en est de ses recherches.

Au château de La Palud, Delisle fait part de ses craintes à Demandolx. Il serait navré de lui attirer des ennuis, dit-il. Ma présence sous votre toit, si elle venait à être connue, pourrait être fatale à votre réputation, sinon à votre liberté. Et fort compromettante pour vos demoiselles. Le marquis, touché de cette attention, rassure son hôte. On ne s'attaque pas à un personnage de mon rang, affirme-t-il un peu vite. Mais tout de même, ajoute-t-il, je vais en avertir Mgr Soanen et lui demander conseil.

Une semaine plus tard, l'évêque s'annonce à La Palud. Il n'ose faire venir jusqu'à Senez l'alchimiste, que l'on pourrait facilement intercepter en route, alors qu'il est si bien caché dans les replis du Verdon. Lui-même a suffisamment donné l'habitude des tournées pastorales pour ne pas éveiller les soupçons. Il faut croire, dit Demandolx, que monseigneur vous a en grande considération pour se déplacer à votre seul bénéfice.

C'est en mars seulement que Soanen arrive enfin à la bastide. Il n'est pas seul. Il s'est fait accompagner d'un personnage d'une grandeur prodigieuse, haut d'une toise pour le moins, à la mine sévère et au visage d'aigle, œil noir et bec de rapace, parent et allié du marquis et descendant d'une des familles les plus prestigieuses des confins de la Provence et de la Savoie, le chevalier de Glandèves. Il regarde Delisle comme le spécimen rare d'une volière mais le salue fort courtoisement.

Devant lui et le prélat, Delisle se livre à l'une de ses projections et réussit, à partir de fers à mulet que lui remet le chevalier, à faire apparaître un clou long d'un doigt, dont le corps est mi-fer, mi-argent et la tête en or. Un prodige!

s'écrie M. de Glandèves qui en perd de sa superbe : ce clou vaut bien celui du duc de Florence, qui n'est fait que de deux métaux!

Delisle ignore tout de cet autre clou, mais il est assez fier de son exploit. Dans le salon qui a retrouvé sa fonction première, après un souper fin pour lequel Nanou a sacrifié le dernier paon de la basse-cour, ces messieurs écoutent l'évêque de Senez faire le point sur l'affaire qui les occupe.

– J'ai reçu confirmation, dit-il à Delisle, des menaces qui pèsent sur vous. Je sais que le contrôleur général des Finances, Chamillart, a été avisé par l'évêque de Glandèves, César de Sabran (ce qui explique la présence du chevalier à mes côtés), qu'un homme déguisé réside dans la région depuis des mois, peut-être des années, et qu'il y change le fer en argent grâce à une poudre de sa composition. Cet étranger est l'hôte volant de plusieurs gentilshommes et ne reste jamais plus de quelques jours sous le même toit, de sorte qu'il est insaisissable. Chamillart a transmis ces renseignements à l'intendant Lebret, qui vient d'ordonner une enquête plus serrée. Celle-ci semble piétiner et s'orienter sur les traces d'un faux-monnayeur déjà condamné à mort sous un nom d'emprunt. Il y a dans cette erreur une bonne et une mauvaise nouvelle. Lebret croit avoir affaire à un faux-monnayeur connu et n'est donc point sur la piste d'un serrurier de Sisteron. Mais, cherchant un contumace, il mettra tout en œuvre pour le retrouver, s'acharnant sur sa proie et finissant par découvrir peut-être son vrai gibier. Je pense pour ma part, poursuit l'évêque, qu'il n'est pas dans votre intérêt de toujours vous cacher. D'abord, ce ne serait point une vie agréable que d'errer comme un Juif errant de refuge en refuge, sans cesse aux aguets et sur la défensive. Vos travaux ne pourraient être poursuivis avec succès dans des conditions aussi précaires. Et quels que soient les appuis dont vous pourriez bénéficier auprès de personnes convaincues de la justesse de votre cause, vous seriez toujours à la merci de la dénonciation d'un domestique ou d'un cocher. Croyez-moi, mon ami, il vous faut régulariser votre situation et supplier en haut lieu qu'on vous accorde un sauf-conduit en bonne et due forme qui vous assure l'impunité pendant un temps déterminé et devant lequel les autorités régionales ne pourront que s'incliner.

– Mais comment obtenir un tel certificat dans l'état de clandestinité où je suis?

– Les malheurs du temps, dit Soanen, ont quelquefois des effets positifs. Les guerres et les épidémies, les exils et les pèlerinages ont jeté sur les routes de nombreuses personnes qui, un jour ou l'autre, se voient dépouillées de leur fortune et de leur passeport. Et comme le village dont elles sont originaires a souvent été dévasté, il n'est plus possible de trouver des archives prouvant leur bonne foi. Il faut bien les croire sur parole ou faire confiance aux témoins qui s'en portent garants. Ce n'est pas à un prélat de mon rang de vous dire que ces témoins-là sont parfois très complaisants à qui les récompense de leurs déclarations. Je n'entrerai pas dans de telles intrigues, mais quand il s'agit d'un personnage de votre importance dont l'invention peut servir la cause commune et aider le Roi à résoudre l'un de ses problèmes, j'admets qu'il y a matière à composer avec la loi. Car, mon fils, je dois vous avertir d'un projet que mes amis et moi avons formé à votre égard. Convaincus que vous réussissez à produire de l'or là où il n'y en a pas, et quel que soit le secret de vos opérations, nous pensons que le Roi lui-même serait fort intéressé par vos talents. Je me suis laissé dire que Sa Majesté, tout en condamnant officiellement toute pratique illicite de la chimie, s'intéresse personnellement aux travaux des apothicaires et des médecins spagyriques. On dit même qu'elle a fait installer secrètement, en son palais de Versailles, un laboratoire où deux religieux, le capucin Aignan, dit le père Tranquille, et son acolyte le père Rousseau, s'emploient à fabriquer des baumes, tels que la véritable eau de la reine de Hongrie et d'autres onguents à base de crapauds vifs jetés dans de l'huile mêlée à une teinture de laudanum. L'un de ceux-là a, paraît-il, eu le meilleur effet sur Chamillart lui-même! D'autre part, notre bon souverain accorde à l'or un pouvoir particulier qui dépasse singulièrement sa valeur monétaire. A ses yeux, l'or, symbole solaire par excellence, a un caractère sacré. Il est l'attribut du père que Dieu a donné à la nation. Le Roi considère que l'or doit être utilisé, non pour le peuple qui en ferait un usage vulgaire, mais pour le monarque seul, ses plaisirs, sa renommée, son éclat et son éternité. Rassemblant en ses mains tous les biens du Royaume, confondant sa personne avec l'or qu'il amasse autour de lui, au détriment de tous les investissements productifs, il accroît en même temps sa force magique, son rayonnement surnaturel autant que son autorité. C'est dire qu'il peut, dans le secret de son cabinet, prêter une oreille attentive aux confidences d'un alchimiste. Il vous faut donc, mon ami, trouver des protecteurs que le Roi accepte d'écouter. Par mon ami le chevalier de Glandèves, on peut toucher le contrôleur général Chamillart et porter à la connaissance de ce génie du billard que le personnage recherché par Lebret est en réalité moins un faux-monnayeur qu'un véritable alchimiste, qu'il a fait ses preuves devant des personnes dignes de foi et que devant moi-même, évêque de Senez, il a transformé un fer de mule en clou d'or.

Le chevalier assure à son tour que, fortement impressionné par ce qu'il a vu, et ne mettant pas en doute les spectaculaires pouvoirs de l'adepte, il va s'employer à convaincre les amis qu'il a à la Cour. Outre Chamillart, précise-t-il, je suis bien introduit auprès de M. de Pontchartrain, présentement ministre de la Marine et membre de la Maison du Roi. Le comte est chargé du soin des Académies et se montre toujours favorable à ce qui peut perfectionner les sciences. Il a proposé à Sa Majesté d'envoyer dans tous les pays étrangers des voyageurs susceptibles d'y faire des observations sur tout ce qui regarde le commerce, la religion et les mœurs. C'est à lui que notre grand botaniste, Pitton de Tournefort, doit d'avoir pu financer son périple méditerranéen. Nul doute qu'il n'entende l'appel d'un homme aussi sincère que vous. Et comme il a l'oreille du Roi, il persuadera probablement celui-ci de faire cesser l'odieuse enquête qui vous concerne.

– Je ne sais, monsieur le Chevalier, comment vous remercier de vos bontés, dit Delisle. Vous accepterez peut-être, en témoignage de ma gratitude, ce modeste clou que j'ai eu l'honneur de forger devant vous.

– Je le prends comme une preuve de votre talent.

En avril, un mois après la visite de l'évêque et du chevalier, Delisle travaille au ralenti. Le cœur n'y est pas. Il est inquiet sur son sort, il guette sans cesse l'arrivée au château des ennemis qui le cherchent. L'alchimie ne le distrait pas de cette inquiétude. Et ne l'amuse plus. Il est las de recommencer cent fois les mêmes expériences, d'aller d'échec en réussite et de réussite en échec. Changer des mors de fer en or n'est intéressant que si des connaisseurs sont là pour admirer sa virtuosité.

Il s'ennuie aussi au château. Les charmes d'Agnès et d'Angélique ont mal résisté aux rigueurs de l'hiver et perdu de leur pouvoir de séduction. Les jeux dans le noir ne l'excitent plus. Elles-mêmes ne viennent plus le retrouver, tour à tour, que de temps en temps, quand elles ont du vague à l'âme ou des émois soudains, des montées de sève printanière. Il recommence à herboriser, mais sans proposer de les emmener. Il craint d'ailleurs de s'éloigner de son refuge. Les livres de la bibliothèque le fatiguent de leurs répétitions et du touffu de leurs explications. Quant aux conversations avec le marquis, elles s'espacent depuis que cet hiver celui-ci a pris froid et ne se relève pas d'une mauvaise grippe. Le seigneur de La Palud a été fortement touché par la désolation de ses terres. Les oliviers, les amandiers, les noyers sont morts ou en piteux état. Il faudra une quinzaine d'années pour qu'ils portent de nouveaux fruits et Demandolx sait bien qu'il ne sera plus là pour le voir. Le cheptel a été décimé. Il ne reste que quelques poules étiques qui refusent toujours de pondre. En outre, le marquis est assailli de demandes de secours de la part des paysans des environs qui croient toujours que le seigneur du château est le maître du pays, défenseur et protecteur, quand il n'est plus, hors son titre et sa bastide, qu'un fermier comme les autres. Les habitants de La Palud en sont réduits à des soupes d'épeautre, des bouillies de glands, des quignons de pain noir. Ils ont mangé jusqu'aux semences qui, aujourd'hui, leur font défaut. Beaucoup d'enfants sont morts en bas âge, les jeunes s'en vont sur les routes et rêvent de travailler en ville, les vieux s'accrochent à leurs maisons que le poids de la neige a souvent ruinées. Mais le marquis n'y peut rien. Ses rentes lui permettent à peine de faire survivre sa famille dans des conditions précaires. Toute la fortune qui lui reste ira à l'établissement de ses filles. Et ses dernières forces à ce garçon dont il a fait secrètement son fils, et qui, si on ne le muselle pas, si on lui en donne les moyens, réalisera en grand ce qu'il réussit en petit : la production de tas d'or qui libéreront le Royaume et le peuple des servitudes de la misère imposée.

Justement, sortant de ses réflexions, Demandolx demande à Delisle, à brûle-pourpoint, de l'éclairer sur ce point.

– Dites-moi, mon ami, vos projets immédiats et peut-être à long terme. Je vous ai vu, avec d'autres, faire jaillir sous vos doigts de l'or en morceaux ou en poudre, mais en si faibles quantités que le revenu m'en paraît au-dessous de vos moyens. Vous distribuez ces objets aux personnes qui vous soutiennent ou les laissez dormir sur vos planches. Que manque-t-il enfin à votre science pour qu'elle fabrique des masses de ce métal précieux assez considérables pour vous assurer une grande fortune et faire de vous l'un des importants personnages de ce royaume où tout s'achète? Vous semblez jouer avec vos projections comme un enfant avec son petit moulin de rivière en bois. Vous avez du génie dans les mains et paraissez n'en faire que des colifichets. Tout se passe comme si vous ne preniez pas au sérieux le succès de votre art!

– Vous touchez là, monsieur, un point bien sensible. J'ai

appris de mon maître le secret de la poudre de projection et de l'huile de soleil, avec lesquels se peuvent effectivement transmuer les métaux vils en métaux nobles. Cependant c'est une opération délicate et subtile qui semble ne réussir que sur des petites quantités. Pour exercer ce pouvoir sur de plus grandes masses, il faudrait des appareils considérablement plus volumineux, d'énormes fourneaux, des alambics géants, de gros vaisseaux en cristal bien épais, une forge de Vulcain, un atelier immense...

– Mais nous avons tout cela dans nos fabriques modernes! N'êtes-vous jamais allé à Toulon ou à Marseille visiter ces savonneries, ces ateliers de la marine, ces manufactures d'armes?

– Je me vois mal diriger de tels établissements. Et cela serait-il seulement possible? Voyez-vous des ouvriers brasser dans des chaudrons gros comme des foudres des centaines de livres de mes herbes ou régler le feu d'une douce combustion sous vingt litrons de mercure? Il ne resterait rien de cette subtilité qui guide les gestes de l'adepte, de son flair à deviner l'éphémère instant de la juste coction, de son habileté à reconnaître le degré de la couleur qui lui indique la métamorphose de l'œuvre... Et comment concilier la délicatesse des alliages avec la grossière manipulation des terrassiers? Hélas, monsieur, je crois bien qu'il faudra nous contenter encore longtemps de ces colifichets, comme vous dites. Encore qu'avec beaucoup de travail on puisse produire assez d'or pour emplir l'arrière-boutique d'un orfèvre. C'est à cela que je m'emploierai, si les agents du Roi m'en laissent le temps et la liberté.

– Et si vous ne répandez pas trop loin ce bruit selon lequel vous ne pouvez fabriquer que de petites quantités d'or! Laissez croire plutôt que seules les conditions qu'on vous impose vous empêchent de le produire en grand!

A la fin du mois d'avril, M. de Demandolx reçoit, de la main d'un commissionnaire venu de Rougon où s'arrête le facteur des postes, un pli que lui adresse Soanen. En port dû.

Non pas que l'évêque soit avare, mais il est alors discourtois d'envoyer une missive en acquittant au départ le prix de son transport, procédé qui mettrait le correspondant dans l'obligation d'accepter une missive dont il ne voudrait pas. Monseigneur fait état de la lettre qu'il a envoyée personnellement au comte de Pontchartrain et de la réponse de celui-ci, qu'il résume ainsi. Un ministre des Finances assailli par de graves soucis d'argent ne peut rester insensible aux arguments présentés par les amis de cet alchimiste. Officiellement, sa fonction l'oblige à repousser ce subterfuge. « L'alchimie, écrit-il, est tombée dans le mépris depuis qu'un grand nombre de mauvais artistes en ont imposé aux gens trop crédules et ignorants, par leurs supercheries. Un homme se présente, il sait le moyen de faire croître dans votre maison la minière de tous les trésors, sans autre risque que celui d'une partie de ceux que vous possédez. Sur son verbiage, dont on ne connaît pas le faux parce qu'on ignore le procédé de la nature, on se laisse gagner, on sème son or, et l'on ne recueille que de la fumée, on se ruine, on finit par détester l'imposteur et douter de la vérité de l'alchimie parce qu'on n'est pas parvenu au but qu'elle se propose en prenant un chemin opposé à celui qui y conduit. » Mais officieusement rien ne lui interdit de croire aux promesses d'un faiseur d'or qui le délivrerait de la perspective de cet abîme au bord duquel il se trouve : le vide des caisses de l'État. Aussi s'est-il résolu à vaincre le scepticisme des hauts fonctionnaires et a-t-il obtenu du contrôleur Chamillart qu'il accorde à ce M. Delisle un sauf-conduit de quinze jours à fin de parfaire ses expériences et de venir en présenter le résultat au Roi lui-même. Car Sa Majesté, informée de ce qu'un alchimiste prétend produire de l'or à volonté, s'est montrée désireuse de voir le fameux clou d'or en possession du chevalier de Glandèves et de le faire examiner par ses directeurs de la Monnaie. Elle a même ajouté, en présence de Pontchartrain, qu'en cas d'avis favorable de ces éminents experts, elle daignerait recevoir le jeune prodige.

Mais, ajoute Pontchartrain, ce sauf-conduit ne saurait être délivré qu'à une personne faisant état d'un domicile. L'évêque conseille donc à Delisle d'indiquer son actuel lieu de séjour, si le seigneur de La Palud veut bien prendre le risque d'être importuné. La question est délicate. Pour Demandolx, c'est avouer qu'il cache un fugitif recherché. A moins que l'on ne réussisse à convaincre l'intendant Lebret que le faux-monnayeur, condamné par contumace, qu'il recherche n'est nullement ce faiseur d'or sur les traces duquel il s'est jeté. Pour Delisle, c'est révéler sa cachette et se livrer à ses poursuivants. Il ne peut être couvert que par le sauf-conduit mais le sauf-conduit ne peut lui être consenti que s'il se découvre. Peut-on faire confiance à un ministre? Et ne peut-on demander à celui-là de mettre d'abord fin à l'enquête policière? Delisle n'en dort pas de la nuit. Les questions se bousculent dans son esprit sans trouver de réponses. Le passeport arriverait-il avant le mandat d'arrestation? Il faut à la fois prendre le temps de s'assurer de la haute protection du ministre et se presser de demander ce passeport.

Au matin, tout de même, il décide, en accord avec le marquis, de s'en remettre à l'avis de l'évêque et de révéler son adresse. Si les postes fonctionnent bien entre Senez et La Palud, il n'en est pas de même dans l'autre sens. Il faut envoyer Julien porter le pli à Castellane, en espérant qu'il ne l'oubliera pas dans quelque taverne de bord de route où ses mœurs dissolues ne manqueront pas de l'entraîner. Il faut ensuite attendre que l'évêque en accuse réception et espérer que la lettre parvienne à Paris dans les meilleurs délais. Delisle ne cesse d'être inquiet, malgré les assurances que lui donne Demandolx et les encouragements que lui prodigue Angélique en le poussant à se remettre au travail.

Le jour de Pâques, il est d'usage que le seigneur de La Palud et sa famille entendent la messe qu'un capucin venu de Rougon dit à la chapelle des Pénitents où se retrouvent les habitants des fermes isolées et des quelques maisons qui forment le bourg. Delisle n'a pas voulu faire figure de mécréant et, sans aller jusqu'à se confesser, il suit avec les autres cet office qui lui rappelle son enfance. C'est, depuis qu'il a quitté Bargemon, la première fois qu'il pénètre dans un lieu consacré. L'habit du prêtre, l'odeur de l'encens, la lumière des cierges, la psalmodie et le rituel du sacrifice font monter en lui des bouffées de mélancolie. Que sont devenus son père et sa mère, sans doute navrés d'avoir perdu ce fils après l'autre, les deux Jean Drouin? Et soudain il se souvient de ce que sa mère lui disait à propos de son frère aîné mort-né : c'est près d'ici, à Moustiers, au sanctuaire de Notre-Dame, qu'elle avait apporté le petit corps inerte dans l'espoir que la Vierge lui redonne vie le temps d'un baptême. Serait-ce donc ce Dieu qu'il fait semblant de prier qui a commandé que, dans son errance, ce Jean Drouin soit conduit sur les lieux mêmes où l'âme de son frère s'est envolée avant de s'incarner dans ce nouveau corps? Comment, lorsque l'abbé de La Clue lui a montré la chapelle accrochée à la montagne, n'a-t-il pas ressenti une douleur au côté ou un éclair dans la tête? Pourquoi le fantôme qu'il porte en lui, comme dans une crypte intérieure, ne s'est-il pas manifesté? Enfin, est-ce cet abbé lui-même qui trente ans plus tôt a baptisé l'autre?

Malgré son scepticisme naturel et la dérision avec laquelle il considère ordinairement le monde et ses avatars, Delisle est en proie à une profonde émotion. Les lumières de l'autel se mettent à trembler et à s'entourer de grandes auréoles. Le capucin qui dit la messe a soudain le dos et les épaules de Lascaris. Va-t-il se retourner et montrer son visage sanglant et hagard? Cette maison de Dieu sent la mort. N'est-ce pas au service de ses propres funérailles qu'il est en train d'assister? Il est pris de frissons et devient si pâle qu'Angélique, à ses côtés, le tire par la main.

– Ressaisissez-vous, monsieur, il va vous falloir tout votre courage, murmure-t-elle.

Mais que se passe-t-il? De son doigt qu'elle agite vivement, elle montre sa poitrine. Il met du temps à comprendre qu'elle désigne en fait quelque chose ou quelqu'un derrière elle. Ne vous retournez pas, dit-elle encore. Il y a au fond de la chapelle, derrière l'assistance, des gens d'armes. Un officier et trois soldats.

– Ils viennent m'arrêter, souffle-t-il.

– Pas encore. Profitez du désordre que je vais provoquer pour vous enfuir par la petite porte de la sacristie et courez vous cacher.

– Où?

– A la Baume argentine, la grotte des faux-monnayeurs sous la falaise du Verdon. Attendez là, je vous rejoindrai avec les moyens de vous échapper. Maintenant, préparez-vous à courir!

Et lorsque le capucin lève les bras au ciel, Angélique quitte son banc, passe devant Agnès et Demandolx en disant : Aidez-moi, mon père! et se précipite au fond de la chapelle, secouant ses jupes, criant, se jetant poings fermés sur la poitrine de l'officier, hurlant et trépignant, se roulant à terre en simulant une crise de convulsions et s'accrochant aux jambes des gardes. L'officier tente de se débarrasser d'elle tandis que les soldats qui ont posé leurs armes se gênent mutuellement en voulant l'aider. Demandolx et Agnès se sont à leur tour précipités, comprenant la situation, et s'accrochent aux uniformes. La confusion est générale. Tandis que le capucin lève toujours les bras, mais cette fois d'indignation, les fidèles rassemblés, se voyant en nombre suffisant, font cause commune avec la famille de leur seigneur et bloquent la porte par laquelle Delisle s'est déjà esquivé. Empêché de tirer son épée, l'officier parvient enfin à sortir en courant, suivi de ses soldats. La placette est vide.

Menaçant le marquis de vives représailles, il ordonne à ses hommes de se disperser autour de la chapelle et de fouiller le village, tandis que lui-même se porte vers le château au galop de son cheval. Là, une longue altercation oppose l'officier furieux d'avoir été joué et le marquis drapé dans sa dignité. L'un parle de rébellion caractérisée, de voies de fait sur la personne d'un représentant du Roi, d'entrave à la justice. L'autre proteste qu'on n'arrête pas dans une église et qu'on n'appréhende pas sur une propriété privée sans présenter d'abord un mandat. Puis la discussion se calme. Demandolx, conciliant, propose des rafraîchissements aux gardes qui reviennent bredouilles et les fait servir à la cuisine. Puis il invite l'officier à entrer au salon, où Angélique elle-même apporte à boire. Le lieutenant Besson dit avoir reçu l'ordre de l'intendant Lebret de se saisir de la personne de ce Jean Delisle, recherché pour faux et usage de faux et condamné aux galères.

Les galères! tiens, voilà qui est nouveau. Jamais Delisle n'a été menacé de cette peine. Mais, après tout, on vit à une époque où la moindre vétille vous envoie ramer pour le Roi.

– Je crois que nous sommes quittes, monsieur l'officier, dit Demandolx. Vous n'aviez pas le droit de pénétrer en armes dans cette chapelle et je n'avais pas celui de vous en empêcher. Et si vous m'accusez de cacher un criminel, vous n'avez pas l'autorité de vous en saisir chez moi. Restons-en là!

L'officier a retrouvé ses esprits. Cet homme n'ira pas loin, dit-il, il n'y a nulle part où se cacher dans ce désert et l'on va le piéger comme une bête au premier sous-bois. Et quand il sera pris, monsieur le marquis, vous ne pourrez plus le défendre. La justice du Roi est plus expéditive que la coutume de votre noblesse. Sur ce, je vous salue.

Il appelle ses soldats, occupés à boire du vin que leur sert une Nanou empressée à se défendre de leurs familiarités. Ils ne sont pas d'ici, dira-t-elle à Angélique, ils ont l'accent piémontais. Donc ils ne connaissent pas le pays.

Non plus que la grotte où s'est réfugié Delisle. Celui-ci sait bien qu'il a tout intérêt à attendre Angélique. Il n'a sur lui ni argent, ni couteau, ni briquet, ni pistolet. Rien qui puisse l'aider à survivre dans la montagne en se cachant des trois soldats à pied et de l'officier à cheval. D'ici, au moins, il les verra venir et s'il le faut se jettera dans le torrent qui l'emportera en le protégeant de ses tourbillons ou en le fracassant contre un rocher. Ce n'est pas par là qu'ils le suivront.

Il a faim. Il est assourdi par le rugissement des eaux. Il patiente toute la journée, puis toute la nuit, sans dormir. Une matinée encore se passe sans que rien n'arrive. Pour rompre le temps, il examine les fourneaux ruinés qu'ont abandonnés les faux-monnayeurs. Ils sont de fabrication rudimentaire et n'ont guère pu servir qu'à forger des pièces grossières. Il trouve une lime à écouaner, c'est-à-dire à réduire les pièces d'or à un plus faible poids. C'est un outil qui peut lui servir. Alors il se met à fouiller le sable de la baume, les recoins et les caches possibles. Ce n'est pas à lui qu'échapperaient des objets dissimulés. Pourtant, il n'y a rien, sinon quelques silex coupants.

Puis il s'enhardit à descendre au bord de la rivière pour boire et chercher des herbes comestibles. La saison n'est pas assez avancée pour espérer trouver des baies. Il ramasse des glands et se prépare à monter des lèques, ces pièges à petits oiseaux dont il faisait usage sur la crau de Canjuers, quand Angélique apparaît.

Elle a dû attendre d'être sûre que l'officier ne la surveillait pas. Elle lui apporte à manger et d'abord il ne fait que cela, ne pense qu'à cela, avant même de la remercier. Elle le regarde avec amusement. Cette aventure semble lui plaire. Elle doit goûter ce que lui apporte de romanesque cette défense du proscrit par la demoiselle du château. En parle-t-on ainsi dans les romans? Puis elle lui donne des nouvelles. Les soldats sont partis, mais ils n'ont pas abandonné la chasse. Ils doivent rôder dans la montagne, fouiller les cabanes, interroger les laboureurs et les bergers. Ils ne sont que quatre pour couvrir toute une région désolée. Il sera relativement facile de les éviter. Elle a amené la mule, cachée là-haut sous un abri naturel de la falaise. Avec des provisions de route, une couverture, des chandelles et un briquet. Elle a ajouté les sachets de poudres et les fioles d'huile de soleil, ainsi que la limaille et les lingots d'or, et toutes les monnaies que sans gêne elle a trouvées dans ses affaires. Mais elle n'a pu emporter les fourneaux ni les alambics. Je vous les ferai parvenir plus tard, dit-elle, quand vous serez en sûreté.

– Mais où, s'il vous plaît?

– Mon père vous recommande de gagner le village de Saint-Auban, dans le val de l'Estéron. Voici un dessin qui vous servira de carte. Là-bas, vous irez voir le curé, l'abbé Aguilhon. C'est un ami de Mgr Soanen. Il vous logera au château qui appartient à notre famille, mais dont l'occupant, notre parent, est absent. Il vit à Aix, ne pouvant supporter cette solitude trop rigoureuse. Le pays est en effet aussi désert, et peut-être plus encore, que celui-ci. Vous donnerez à l'abbé cette lettre de mon père qui fera de lui votre protecteur.

Delisle sait bien où se trouve Saint-Auban, au couchant de cette clue d'Aiglun qu'il a traversée avec Lascaris. Et pas si loin de Bargemon! C'est étrange comme la providence s'obstine à vouloir le ramener malgré lui au berceau de son enfance!

– Allons, ne perdons pas de temps, dit-elle avec autorité. Venez prendre la mule, je m'en retournerai à pied et il me faut être au château avant la nuit.

Au moment de se séparer d'elle, il ne sait quoi dire. Embrassez-moi, dit-elle. C'est la première fois qu'il la tient serrée contre lui en plein jour, tout habillée, qu'il baise ses lèvres en la regardant dans les yeux et en voyant son regard. Il a l'impression de l'embrasser pour la première fois aussi, sans lui avoir jamais fait l'amour. Mais son baiser à elle n'est pas celui d'une jeune fille prête à se laisser séduire, c'est bien celui d'une femme à son amant.

– Va-t'en maintenant, dit-elle doucement en le repoussant. Et, faisant voleter sa jupe, elle s'en va sans se retourner. Il la regarde un long moment et s'aperçoit seulement qu'elle l'a tutoyé.

Il attend le soir pour quitter son abri. Dès lors, il se dirige à l'estime, toujours vers l'est, en se guidant sur les étoiles mais en regrettant amèrement de n'avoir point tiré de meilleures leçons des cours d'astronomie du Fanaou. Dans la journée, il se cache et dort dans un fourré.

A l'aube du second jour, Delisle tombe, au détour d'un chemin, sur un contrebandier, reconnaissable de loin au long fusil qu'il porte et au mulet lourdement chargé qu'il tient par la bride. Les deux hommes se toisent un instant, et se reconnaissent instinctivement comme de la même espèce. Et quand bien même Delisle n'a pas de fusil, il ne saurait passer pour un de ces gardes chargés de surveiller les carrefours : ceux-là vont toujours par paire ou en compagnie d'un officier. Tandis que les bêtes se flairent à leur tour, les deux hommes engagent la conversation. Delisle dit aller vers Entrevaux et y chercher du travail. L'autre fait partie d'une troupe qui est là, derrière, dans une clairière où elle a passé la nuit. Ils font le commerce du tabac qu'ils vont acheter dans le Comtat pour le revendre vers Annot et Colmars. Il lui propose de se joindre à eux pour la dangereuse traversée de la route d'Avignon à Grasse sur laquelle on lui a signalé d'importants mouvements de soldats. Et l'emmène pour le présenter à ses compagnons. Il y a là cinq hommes et deux femmes. Leur camp provisoire ressemble à celui des bohémiens, mais Delisle reconnaît bien en eux ces rudes gavots des Piémonts alpins, éternels nomades pour qui la contrebande de tabac ou d'indienne, de coton, de cartes à jouer, de tout ce qu'il est interdit de faire passer du Comtat en Provence, est le seul métier auquel ils peuvent prétendre. Ceux-là ne se cachent pas du nouveau venu dont ils n'ont visiblement rien à craindre, et ne le questionnent pas sur sa présence en cet endroit isolé. S'il se trouve sur cette piste à peine tracée à travers bois, c'est qu'il a de bonnes raisons d'éviter la draille de transhumance qui est pourtant la voie la plus courte pour gagner le haut pays.

Avant de lever le camp et d'éteindre le feu, une des femmes lui offre une écuelle de soupe chaude. Elle est sans âge mais encore avenante. Il est difficile de deviner si elle est la sœur de l'un ou la maîtresse de l'autre. Peut-être même est-elle indépendante, n'appartenant à aucun. On rencontre de plus en plus de femmes se livrant à la contrebande avec le courage et l'astuce des hommes, et loin d'être les dernières à porter les lourdes et encombrantes balles qui contiennent le tabac haché dont elles chiquent en crachant à trois pas. Dans les bandes dont elles font partie, on les respecte, sans exiger d'elles qu'elles fassent la cuisine et la vaisselle, ou se prêtent au plaisir des mâles. Dans cette situation clandestine, elles ont une liberté et une indépendance que la société leur refuse.

Au contraire des compagnies de soldats ou de gardes, il n'y a point chez les contrebandiers de hiérarchie. Personne ne songe à commander les autres et ils prennent les décisions en commun. Si l'un d'eux n'est point satisfait, il s'en va. Tous sont égaux quand il faut se battre et quand il est temps de partager les bénéfices. Ils n'ont que des sobriquets et emploient des mots qu'ils sont seuls à comprendre, que Delisle n'entend pas. Ils utilisent aussi des signes de reconnaissance dont ils balisent leurs itinéraires, branches croisées, touffes de laine dans les buissons, pierres dressées sur les chemins, qui indiquent à ceux qui viennent après la proximité d'une troupe de gardes ou d'une embuscade. Pendant les deux jours qu'il passe avec eux, Delisle apprend ainsi des choses fort utiles à son état de fuyard.

Puis il les quitte au col de Saint-Barnabé, entre Demandolx et Soleilhas, deux bourgs qui figurent sur le plan d'Angélique. Sa route l'entraîne maintenant vers le levant, suivant à mi-pente le flanc d'une longue montagne pelée qui lui rappelle les paysages de son enfance. Bargemon est quelque part là-bas, derrière une de ces crêtes, et il lui semble respirer un air familier.

C'est le troisième jour que, sans encombre, il atteint Saint-Auban, un village accroché à la paroi d'une barre abrupte et niché sous le rocher. Une douzaine de maisons et une petite église qui n'est sans doute qu'une chapelle. C'est la fin de l'après-midi. Le soleil éclaire de sa lumière frisante des façades closes. Il n'y a guère d'animation qu'en bas, dans le vallon, près d'une fontaine où s'affairent des lavandières. Dans la seule rue du bourg, il ne voit que des poules étiques et un chien jaune. Il sait bien que des yeux le regardent, à l'abri des volets, et que la nouvelle de son arrivée pénètre en courant d'air dans tous les foyers. Ces gens-là doivent être rassurés en voyant l'étranger frapper à la porte du curé, après avoir attaché sa mule à un arbre.

L'abbé Aguilhon vit dans un trou. C'est la première impression de Delisle quand il pénètre dans un long couloir sombre qui semble s'enfoncer sous terre, puis en entrant dans une pièce que n'éclaire qu'un faux jour, percé très haut et qui doit donner sur une cour intérieure, elle-même assombrie par la falaise. Mais il est surtout surpris par l'énorme tas de cendres qui déborde de la cheminée et coule jusqu'au milieu de la chambre. Les meubles sont noirs, comme les murs. Et comme l'abbé lui-même qui ressemble à un vieux sarment noueux, enveloppé d'un drap vert bouteille.

Son accueil est pourtant fort chaleureux. Après avoir pris connaissance de la lettre du seigneur de La Palud, il invite Delisle à prendre place sur l'unique chaise tandis que lui-même s'enfonce dans un petit fauteuil crapaud qui n'a plus de pieds et dont le siège repose sur le sol et le tas de cendres.

– Vous m'êtes, dit-il, si chaudement recommandé que j'ai honte de vous recevoir dans un si piteux décor. A vous qui avez l'habitude des châteaux, je n'ai à offrir pour ce soir que maigre pitance et mauvais grabat. Je ne pouvais prévoir la visite d'une personne de votre rang et suis vraiment confus.

Delisle proteste. La situation prête à rire. Ils sont là, deux bonshommes mal attifés, mal coiffés et mal lavés, à cent lieues du monde, partageant une soupe d'épeautre et du pain de méteil, buvant de l'eau claire dans des pots ébréchés, et conversant avec les mots précieux et les phrases policées dont on use dans les salons. L'abbé a d'ailleurs l'esprit vif et la pauvreté ne l'empêche pas d'être cultivé. Tâtant le terrain avec des questions prudentes, puis s'engageant plus avant, il entend à demi-mot ce que son hôte veut bien lui dire de son art hermétique. Je suis fort loin de tout ceci, dit-il, et ne connais rien à la physique. Ma seule passion se tourne vers les insectes et je vous montrerai demain, si vous le voulez, les plus étranges de ceux que j'ai pu trouver.

En attendant, Delisle chasse les mouches dont l'abbé doit faire l'élevage si l'on en considère le nombre incroyable qui bourdonnent autour de la table.

– Vous dormirez dans mon lit, dit Aguilhon, et je coucherai dans la soupente.

Delisle refuse avec énergie. Il a tellement l'habitude de reposer sur le sol, à la belle étoile... Il n'a surtout pas envie de goûter aux draps empreints de l'odeur de cet homme pour qui l'usage de la savonnette doit relever d'une paillardise coupable.

Après souper, il l'interroge à son tour sur le village. On y vit six mois sous la neige. C'est-à-dire que toute l'année les gens ne vivent qu'en fonction de cette morte-saison. Entre des printemps et des automnes trop courts, les étés se passent à couper du bois pour se chauffer l'hiver. On engrange, on met en réserve, on fait des conserves... on déploie une activité fébrile pour se préparer à une longue vie inactive et stérile. Et quand la neige recouvre tout le pays, ceux de Saint-Auban hivernent comme des ours, ne communiquent plus que par des galeries souterraines creusées dans les congères ou par les caves des maisons qu'ils ont jugé commode de relier entre elles, ce qui leur permet les rencontres, les veillées, les palabres et les nouvelles. Mais tout de même ils ne restent pas à rien faire. Le bois de hêtre qui abonde ici sert à tourner des cuillers à pots, des fuseaux, des égrugeoirs à sel, des mortiers, des coquetiers, des jattes, des écuelles, des boules et des quilles, que sais-je encore... que des marchands passent acheter au printemps. Et si vous me demandez de quoi se nourrissent ces marmottes, dit encore l'abbé je vous citerai toutes les variétés de pois secs, de pois chiches, de haricots, de fèves et de lentilles, d'où vient je crois qu'on les appelle les pétardiers. Pour les fêtes, ils mettent un peu de cochon salé dans la soupe ou de la morue, plus salée encore, sur la braise. Il faudra vous y habituer.

– J'ai encore dans mes bagages, dit Delisle, un jambon que je n'ai pas entamé, vous me ferez l'honneur d'y goûter, s'il vous plaît!

– C'est trop de bonté! Lors, il est près de neuf heures, allons nous coucher. Demain, je vous mènerai au château.

De la soupente où il s'étend sur une litière d'herbes sèches, Delisle regarde l'abbé se préparer pour la nuit, en longue chemise grise de pénitent, le bonnet de nuit enfoncé sur les oreilles, son bougeoir à la main qui s'en va barricader la porte comme s'il craignait les voleurs ou le retour des huguenots.

Le château de Tracastel, où le conduit l'abbé, est aux abords de Saint-Auban la forteresse chargée de garder la clue de l'Estéron. C'est une montagne coupée en deux, formée de roches de pierre vive, taillées à pic et d'une hauteur de soixante toises. Le torrent y coule avec fracas mais il est quasiment impossible à l'œil de suivre son cours au fond du précipice d'où s'élève un bruit sourd. La surface aride du rocher, les arbrisseaux attachés par leurs racines à des poignées de terre, la solitude et le silence du lieu, interrompus seulement par le cri des corbeaux rendent ce passage ténébreux et effrayant. La plus belle horreur qu'il y ait en France, dit l'abbé : la Suisse elle-même n'offre rien de si curieux à voir. Mais Delisle regarde ailleurs : le monde n'est-il donc fait que de chaos inhumains et n'y a-t-il nulle part un jardin qui ressemble au paradis?

Quant au château de Tracastel, il n'a pas meilleure mine, construit à flanc de falaise par un architecte dément. On ne voit pas comment des ouvriers ont pu monter et accrocher là les lourdes pierres de son enceinte et de ses tours. Seul y grimpe un mauvais sentier taillé dans le roc, dont le parapet s'est en partie écroulé dans l'abîme. La poterne et la première cour franchies, on s'étonne du nombre et de la grandeur des salles qui le composent. Un véritable labyrinthe de pièces et de corridors reliés d'un étage à l'autre non par des escaliers, mais par des pans inclinés. Le curé explique que le seigneur y pénétrait à cheval jusque sous les combles. Au temps jadis, du moins.

– Je comprends, dit Delisle, que M. de Saint-Auban préfère sa bastide aixoise à cette prison de pierre.

On doit y brûler en été, geler en hiver, malgré ces cheminées dans lesquelles entreraient des arbres entiers (mais qui les porterait jusqu'ici?). Les murs sont de moellons à nu, sans crépi. Les meubles rares mais énormes, abusivement torsadés et contournés selon la mode de feu le roi Louis le treizième. Dans les chambres, les lits à baldaquin paraissent avoir été conçus pour abriter les ébats de trois couples à la fois et les ciels sont assez hauts pour qu'on puisse se déshabiller debout.

– Il faut imaginer, dit l'abbé, ces lieux occupés par des seigneurs de guerre, leurs dames, leurs domestiques, leurs lévriers, des oiseaux rares en cage, ces tables couvertes de nappes fleuries, de chandeliers étincelants, de plats de venaison et de corbeilles de fruits... et ces murs tendus de tapisseries et de trophées...

Oui, il faut imaginer... et avoir de l'imagination. Pour le moment, Delisle en manque. Il cherche le coin où il pourra s'installer sans risque de s'égarer. Son choix finit par se porter sur la cuisine où, malgré ses vastes dimensions, les fourneaux et les potagers mettent une note d'intimité dans cette forteresse abandonnée en lui rappelant son laboratoire de La Palud. Et puis la pièce est au rez-de-chaussée, donne sur la cour, donc de plain-pied sur un sol ferme. Là-haut, dans les étages, il a eu l'impression que sous ses pieds n'était que le vide et que chaque pièce dominait directement le torrent, pouvant y glisser à tout moment le long de la falaise.

L'abbé Aguilhon approuve sa décision. Vous y serez fort à l'aise. Je vais vous y faire monter quelques provisions par un de mes paroissiens, et du foin pour votre mule. Quant au bois de cuisine, vous en trouverez en suffisance dans la cave où il est resté au sec.

Dans son château vide, Delisle souffre d'insomnie. Le soir, après un frugal souper, et fatigué d'une nuit précédente sans sommeil, il se couche et s'endort d'abord comme une masse. Mais il se réveille au milieu de la nuit. Ne supportant pas de se tourner et retourner sur son grabat, de somnoler entre des pensées désagréables et des rêves mauvais, il préfère se lever. Et pour quoi faire, sinon maugréer sur son sort en contemplant la pauvre lumière d'une chandelle. Ce n'est qu'au petit matin qu'épuisé il se rendort, un peu apaisé, pour deux ou trois heures. Après le dîner, un coup de fatigue le pousse à une sieste trop longue dont il émerge péniblement, le cœur brouillé, la tête vide. Ce sont les rêves qui l'empêchent de dormir en paix, des rêves aux allures de cauchemars dont il tente, par des efforts violents, de s'évader en s'éveillant. Des rêves où abondent ces moisissures et cette pourriture dont Lascaris voulait faire sa matière première mais qui ne sont plus que pièges gluants ou fumier où il s'enlise. Des rêves où son corps pourrit comme celui des pestiférés, rongé par la vermine et la gangrène. Des rêves où il est poursuivi par les sbires de Lebret qui le prennent dans leurs filets, le soumettent à des interrogatoires au cours desquels ils cherchent à lui extirper son secret, non de sa tête, mais de son ventre, et le condamnent, le pendent au gibet où, encore vivant, il se balance, sa chair becquetée par les corbeaux. Des rêves surtout où revient Lascaris, jaillissant ensanglanté de son tas de pierres, couvert de mousses et de lichens qui ont pris la place de ses habits, des vers immenses lui sortant des narines pour rentrer dans les orbites ou dans l'anus. Des lambeaux de sa veste qui éclatent sur son ventre ballonné naissent des boutons d'or qui roulent sur le sol sans jamais s'arrêter...

Alors, le soir, il laisse la chandelle allumée, entretient la braise du foyer. Il a peur dans le noir. Il ne veut plus dormir, c'est-à-dire se livrer pieds et poings liés, demeurer sans défense, ne voir ni n'entendre avec la crainte d'être surpris dans son sommeil par ses ennemis ou ses fantômes. Le château est beaucoup trop vaste pour qu'il puisse s'y barricader. Il ne peut en fermer toutes les entrées. Il ne dort plus que le jour, tout habillé.

L'abbé qui voit sa mine défaite lui conseille l'aigue-boulide, deux feuilles de sauge avec une gousse d'ail en décoction. Mais les tisanes n'y font rien, Delisle a la fièvre et claque des dents. Il se sent vide comme une chrysalide abandonnée. Malgré les bouillons que lui apporte l'abbé et les couvertures dont il le couvre, il est malade toute la semaine. Il délire, raconte des histoires épouvantables auxquelles le curé essaie de ne pas prêter attention, divague tout haut au point de dire qu'il veut caguer des étrons d'or ou que l'art alchimique n'est que fabrique de merde. L'abbé, tout habitué qu'il soit au franc-parler des confessions, en est violemment retourné. Il attribue naturellement ce trouble d'esprit à la trop longue exposition de l'adepte à l'odeur de charbon respirée dans un lieu clos et aux exhalaisons qui naissent des substances métalliques sur lesquelles il travaille. Alors il essaie sur lui divers remèdes, l'armoise, l'eau de cannelle, l'arquebuse, l'eau de mille-fleurs, le suc de millepertuis, la fleur d'oranger, l'huile de castor, jusqu'à épuiser sa droguerie. En vain. Le malade vomit ces médecines sur les tomettes et des injures à l'égard de tous les curés.

Enfin, Delisle retrouve ses esprits, la fièvre tombée. Il se force à sortir de son trou, prend le soleil sur le chemin de ronde, sans toutefois s'approcher du précipice. Le château, qui lui avait paru terrifiant, lui semble maintenant purement défensif. Verrouillant la clue dont il défend l'entrée, il est aussi la porte secrète par laquelle on peut gagner, en peu de temps, à travers le val de Briançonnet ou celui de Chanan, les terres toutes proches du duc de Savoie. Sans doute y faut-il bon pied bon œil. L'unique passage est constitué d'un sentier étroit et tortueux, surplombant l'à-pic. Une troupe de soldats avec ses chevaux ne saurait l'emprunter mais un piéton seul, aguerri et déterminé, pourrait y passer. Je me souviens, dit l'abbé, qu'il y a aussi, vers le sommet du rocher, vis-à-vis de la falaise, et dans sa partie la plus inaccessible, une grotte dont l'ouverture est en partie l'ouvrage des hommes. Selon toute apparence, ce trou était une cache au temps des guerres civiles et, puisqu'on l'avait aménagé dans un endroit où l'on descend seulement au moyen d'une corde, au péril de sa vie, il fallait qu'on mît un grand prix aux choses qu'on y cachait.

Au début de l'été, un roulier arrive à Saint-Auban, chargé du laboratoire volant de Delisle, avec une lettre du seigneur de La Palud et, surtout, le tant espéré sauf-conduit qui autorise le sieur Jean Delisle à résider et à circuler en Provence dans un délai de douze mois. Selon le seigneur de Demandolx, c'est Mgr Soanen qui a réussi à convaincre le ministre de la Marine Pontchartrain à signer ce document, dont un double a été transmis à l'intendant Lebret et au lieutenant général comte de Grignan. Ainsi cessent provisoirement les poursuites engagées contre lui. Mais il y a une contrepartie à ce geste de bienveillance : l'alchimiste devra rendre compte de l'état et du résultat de ses travaux à qui de droit, en l'occurrence aux inspecteurs des finances qui seront délégués auprès de lui, et se rendre dans les meilleurs délais à la Cour pour présenter au Roi cet or dont il se dit le fabricant.

Dans sa lettre, le marquis ajoute que son ami doit abandonner tout sujet de crainte et travailler paisiblement à fournir les preuves de son talent dans sa retraite de Saint-Auban, désormais connue des autorités, et en particulier de Lebret. Celui-ci ne relâchera certainement pas sa surveillance, furieux d'avoir été joué au château de La Palud, mais il exécutera scrupuleusement les ordres de Paris que lui transmet le comte de Grignan. Delisle ne sera plus importuné, même s'il ne doit point s'étonner de voir autour de Saint-Auban rôder quelques-uns des agents du Roi.

Enfin, l'abbé Aguilhon est chargé de rendre compte régulièrement à l'évêque de Senez des travaux de l'alchimiste, dont celui-ci lui décrira les progrès. Sans pour autant entrer dans des détails trop particuliers à cet art : le ministre veut seulement savoir à quel moment ce Delisle sera prêt à fournir à ses examinateurs la preuve irréfutable de son pouvoir.

Assuré d'une impunité relative, Delisle reprend courage. Il installe une fois encore son laboratoire de fortune dans l'une des salles basses du château pourvue d'une vaste cheminée qui permet une bonne disposition des fourneaux. Rien ne manque de ce qu'il utilisait à La Palud, sauf – et c'est fort regrettable – la fiole contenant l'huile de soleil, qui s'est brisée pendant le voyage. Il va lui falloir la recomposer en tâtonnant pour retrouver la formule de Lascaris, et devoir herboriser, chercher des lunaires, les préparer, les laisser mûrir en terre... bref, recommencer le cycle des opérations préparatoires. L'été y suffira à peine.

Au mois de juin, l'abbé Aguilhon annonce à Delisle qu'on vient de le prévenir de l'arrivée imminente au château de Saint-Auban de M. de Saint-Maurice, président de la Monnaie de Lyon, récemment nommé en Provence pour y réprimer plus sévèrement le faux-monnayage. Il instruit pour l'instant à Cannes, où siège son tribunal, et avec un tel zèle que chacun dans la région se sent coupable et tremble devant cet inquisiteur qui juge avec la plus grande rigueur, envoyant aux galères ou à la potence des dizaines de malheureux trouvés en possession de pièces falsifiées. Comme celles-ci sont devenues monnaie courante, et s'échangent partout sans scrupule ni restriction, tous ceux qui font commerce craignent soudain pour leur liberté ou leur vie, à la merci d'une dénonciation ou d'une suspicion. M. de Saint-Maurice apporte à sa tâche une telle ardeur que le Roi lui-même lui a recommandé un peu plus de modération et de souplesse à l'égard des gens de marque fatalement compromis dans cette procédure. Cet homme, ajoute l'abbé, a la réputation de ne se laisser duper ni émouvoir. Il entend trancher dans le vif pour prévenir la gangrène, et tant pis s'il coupe un membre sain de la communauté. Son dévouement à Sa Majesté est à ce prix. Vous voilà prévenu!

Ce M. de Saint-Maurice ne laisse guère à l'alchimiste le temps de se préparer à cette rude épreuve. Il arrive au château deux jours plus tard, accompagné de son prévôt, M. Le Noble, d'un sieur de Rouffe, subdélégué à l'intendance de Provence, et de trois valets au physique de gardiens de bagne. Il a également invité l'abbé Aguilhon et le premier consul de Saint-Auban, un nommé Malbec que Delisle n'a jamais vu et qui ne comprend pas ce qu'il fait là. Devant cet aréopage impressionnant, Delisle est sommé de présenter ses projections.

– Ainsi, monsieur le faiseur d'or, dit Saint-Maurice avec un moulinet de canne, nous attendons de vous une démonstration sans équivoque des talents que vous prétendez avoir. Ne cherchez pas à nous berner, il en irait de votre tête. Je n'ai point fait ce voyage épuisant jusqu'à ce trou à rats pour assister à un spectacle de baladin.

Delisle les invite à le suivre dans son laboratoire, sur lequel l'inquisiteur jette un regard dédaigneux. L'ordre et la propreté qui y règnent ne semblent pas l'impressionner. Il s'attendait sans doute à découvrir l'antre d'un magicien au milieu de ses grimoires et de ses pentacles, de parchemins couverts d'hiéroglyphes cabalistiques, de chouettes empaillées et d'un crocodile pendu au plafond : il en est réduit à toiser un homme jeune, bien fait de sa personne, aux mains soignées, dont l'attitude est respectueuse sans être obséquieuse. Aussitôt, il le presse de commencer.

Mais Delisle n'entend pas être bousculé et se permet un petit discours sur le caractère rituel de l'opération, sur la nécessité de se concentrer, tant lui-même que les assistants, et sur l'obligation de s'en remettre d'abord à Dieu sans lequel le succès ne saurait être assuré. Il se lance ensuite dans des explications compliquées, farcies de termes obscurs, sur la fixation des métaux et la lente préparation de la matière première nécessaire à l'obtention de la pierre philosophale. Saint-Maurice, vite excédé, l'interrompt brutalement. Il ne demande pas un cours de chimie, à laquelle il n'entend rien d'ailleurs, et désire que la projection commence au plus vite.

Delisle les emmène alors dans le jardin du château, creuse un trou et déterre un pot de terre dans lequel un linge enveloppe une espèce de mâchefer pesant à peu près une demi-livre, qu'il expose au soleil de longues minutes. Puis, suivi de sa troupe, la rapporte au laboratoire. Là, il pose le mâchefer dans une cornue de verre qu'il place sur un fourneau préalablement allumé. Sous le bec de la cornue, hors du feu, il pose une coupelle de grès. Il demande à M. de Saint-Maurice de bien vouloir ne pas quitter des yeux ce récipient car il va y voir se précipiter, hors de la cornue, une liqueur jaunâtre en forme de boule de mercure, du volume d'un gros pois. Il faut veiller en même temps, précise-t-il, à ce que l'huile visqueuse qui coulerait ensuite de la cornue ne tombe dans la coupelle. Cette huile, qu'on appelle dragon dévorant, ferait vite évaporer le petit grain de mercure philosophique s'y trouvant déjà. Cela fait, il verse ce mercure philosophique sur trois onces de mercure ordinaire déposées dans un creuset, y ajoute deux gouttes d'huile de soleil et met le tout sur le feu, le temps d'un miserere. Enfin, il fait couler le contenu du creuset dans un moule qui en se refroidissant se révèle être un petit morceau d'or de trois onces environ.

Pendant toute la projection, Saint-Maurice n'a rien dit, se contentant de regarder attentivement. Visiblement, il ne comprend rien à ce qui se passe sous ses yeux. A l'apparition de l'or, il a tout de même un grognement dont il est difficile de savoir s'il est un signe de contentement ou d'incrédulité. Il demande au subdélégué de peser ce morceau de métal brillant et quand on lui dit qu'il est d'or vrai et pur, il pousse un gros soupir tout aussi énigmatique.

– J'aimerais, dit-il à Delisle, que vous recommenciez l'opération. Vous m'avez tout à l'heure demandé de ne point quitter des yeux la coupelle de grès et je vous ai machinalement obéi. N'était-ce pas pour détourner mon attention d'autres gestes que vous ayez pu faire hors de ma vue? Si je suis convaincu que vous me montrez là de l'or, je le suis moins quant à la manière dont vous l'avez obtenu. Montrez-moi, s'il vous plaît, une autre projection. Et cette fois vous voudrez bien opérer à partir d'une matière que j'ai moi-même fait apporter et que vous n'avez pu manipuler auparavant.

Il fait signe à l'un des valets qui sort d'une gibecière des balles de plomb qu'il demande à Delisle d'examiner, en reconnaissant que c'est là du plomb très ordinaire.

– Eh bien, voyons ce que vous pouvez en tirer!

Delisle prend trois de ces balles et les place dans un creuset, en y ajoutant une pincée de salpêtre ainsi que quelques cristaux blancs qu'il dit être de l'alun. Le tout étant fondu et mêlé, il demande à M. de Saint-Maurice de verser lui-même dans le creuset un peu d'une poudre brune, environ la moitié d'une prise de tabac, qu'il lui tend dans un minuscule cornet de papier. Puis d'y mettre encore deux gouttes de son huile de soleil. Il faut laisser chauffer un bon quart d'heure. Enfin, il recouvre la matière qui emplit le fond du creuset d'une fine couche de salpêtre, laisse encore sur le feu le temps de boire un rafraîchissement qu'apporte un valet. Après quoi, il retire le creuset du feu et en verse doucement le contenu fondu sur une plaque de fer où il se solidifie bientôt sous la forme d'une plaque d'or, mince et étale comme un jaune d'œuf jeté dans la poêle.

Devant ce nouveau résultat, Saint-Maurice demeure quelques instants perplexe. Il se tourne vers le subdélégué en lui demandant s'il a soigneusement et scrupuleusement tout noté. Sur sa réponse affirmative, il lui demande d'ajouter : « Lesdites expériences attestées être véritables et avoir été faites au château de Saint-Auban par nous, conseiller du Roi, président en la cour des monnaies de Lyon, nommé pour la recherche de la fausse fabrication des espèces tant en Provence, Dauphiné que Comté de Nice... Fait le... et cætera. » Vous me donnerez à signer.

Quant à vous, monsieur, dit-il en se tournant vers Delisle, je ne peux que vous féliciter de votre habileté. Je reconnais sur-le-champ et devant témoins le succès de vos expériences. Et je vais faire mon rapport en ce sens. Mais ne vous croyez pas quitte envers Sa Majesté. Vous lui devez le secret de votre poudre de projection et de cette huile de soleil sans quoi, selon vous, la transmutation ne saurait se faire. Préparez-vous à être convoqué par le ministre et invité à lui fournir tous les éléments nécessaires à la composition de ces remèdes miraculeux dont nos finances ont bien besoin. Je vous salue, monsieur.

Dégagé des poursuites qui le menaçaient, Delisle n'en est pas moins enfermé dans un nouveau piège. Astreint à une résidence forcée, il n'obtiendra sa totale liberté qu'en se rendant devant ses juges. Et qu'a-t-il pour plaider sa cause, sinon son talent de manipulateur? Est-ce suffisant? Certes, pour impressionner un évêque, un seigneur, voire un Saint-Maurice ignorant tout de la chimie des métaux! Mais probablement pas un ministre des Finances secondé par des agents de la Monnaie, rompus à la science des alliages. Transformer une cuiller d'étain en clou d'or est relativement facile, mais remplir les caisses de l'État à partir d'un arsenal de boulets de canon réclame plus que de la dextérité.

– Si j'en crois à demi-mot, lui dit l'abbé Aguilhon, la lettre que Mgr Soanen m'a envoyée, on vous en donnerait les moyens. Le Roi, paraît-il, est aux abois. Ses ministres s'arrachent la perruque. Ils donneraient n'importe quoi pour trouver le moyen de rétablir les finances. Alors pourquoi pas recourir à l'alchimie puisque cet art a fait autrefois ses preuves, et si l'on peut retrouver son secret perdu, ou bien caché? Vous êtes en train de devenir un personnage important du Royaume, mon ami. Songez que de hauts commis de l'État vous prennent en considération et que ces fonctionnaires sans foi attendent de vous un miracle! Entre nous, ils n'en sont plus à un expédient près. Quand on sait qu'ils se résolvent à fabriquer de la monnaie en papier dont personne ne veut! Il n'y a plus d'huile dans la lampe, mon fils, et la France est moribonde, veillée par des vieillards dont la force dernière est de croire aux pratiques superstitieuses et aux tours de magie. A Versailles même, on fait des économies de bouts de chandelles et on soupe dans la vaisselle d'étain. Allez-y, monsieur, et transmuez tout cela en pièces sonnantes et trébuchantes, vous finirez ministre, et certainement plus intègre que ces falsificateurs de budget! J'ai bien vu les grimaces de ce M. de Saint-Maurice, obligé de croire avec ses yeux ce que sa raison froide lui interdisait de reconnaître...

Au cours de l'été, Delisle est invité par l'évêque Soanen à se rendre à Senez, avec ses poudres et ses huiles, pour effectuer de nouvelles projections devant des personnes fort disposées en sa faveur et prêtes à témoigner en haut lieu des résultats dont elles seraient témoins. Monseigneur insiste sur l'importance de ces expériences pour convaincre un peu plus ses protecteurs de l'honnêteté de ses travaux et ruiner au contraire les arguments de ses détracteurs. Il pourra dans le même temps apprendre ce qui se trame autour de lui et le bruit que fait jusqu'à Paris sa prétention de faiseur d'or.

Après un voyage éprouvant pour lui et pour sa mule, en particulier une descente terrifiante de Demandolx aux rives du Verdon au cours de laquelle il manque cent fois de se rompre le col, il arrive à Castellane où il décide de laisser sa monture pour prendre le coche qui le mène plus confortablement jusqu'à la capitale de l'évêché où il est accueilli avec les démonstrations d'une affection toute paternelle. Soanen lui dit l'état de son affaire qui prend des proportions considérables. Il semble qu'on ne parle que de lui dans l'entourage du Roi. Les choses évoluent avec une vélocité incroyable. D'autant que des changements importants affectent le gouvernement. En bien et en mal. Chamillart, favorablement acquis à l'alchimiste, vient de céder la place de contrôleur général des Finances à Desmarets, évidemment prévenu contre Delisle par l'opinion même de son prédécesseur. Ce neveu du grand Colbert est, dit-on, d'une intelligence éclatante et cynique, doué d'une redoutable efficacité. Le Roi, réduit à mendier dans son palais de Versailles, lui a commandé de trouver de l'argent à tout prix : cet anthropophage de Desmarets s'emploie à en déterrer partout et par tous les moyens, y compris ceux sur lesquels la morale est appelée à fermer les yeux. Le bruit court qu'il amnistie les dilapideurs du Trésor, innocente les faussaires, pardonne aux concussionnaires. Et c'est en cela que, d'une manière paradoxale, il peut servir la cause de Delisle : le tenant pour vil escamoteur, au vu des rapports le concernant, il pourrait bien se résoudre à utiliser ses talents. De leur côté, le comte de Grignan et l'intendant Lebret manifestent à l'égard de Delisle une animosité grandissante, ne supportant pas que leur gibier trouve abri chez les plus grands. Ils ont convaincu M. d'Artagnan de se tenir prêt à arrêter cet imposteur et donné des ordres pour qu'il soit encore mieux surveillé.

C'est donc le moment pour Delisle de tisser autour de lui un réseau d'amitiés et de rassembler un faisceau de témoignages qui conforteront sa défense. Et le meilleur moyen demeure la démonstration éclatante de son honnêteté et de son habileté en produisant devant des personnes dignes de foi cet or que le Roi attend si impatiemment.

Il apprend encore qu'après son passage à Saint-Auban, M. de Saint-Maurice a fait parvenir à Desmarets un rapport circonstancié qu'il a conclu par ces mots : « Rien n'est plus sûr que son secret pour faire de l'or et de l'argent. » Il a également confié au monnayeur de Lyon les morceaux d'or fabriqués sous ses yeux afin que celui-ci les examine et tente d'en frapper des médailles. Mais cet or philosophique a été trouvé trop « aigre » pour être travaillé. Cet homme de l'art refuse de s'engager plus avant et déclare à son supérieur : « Je prends la liberté de vous représenter, fondé sur l'expérience et sans aucune prévention, que ces matières philosophiques me sont extrêmement suspectes et, quand il vous plaira, j'aurai l'honneur d'en donner la démonstration tant mécanique que physique. » A Paris, par contre, l'or de Saint-Auban, soumis à l'eau-forte est déclaré authentique : le cabinet du Roi le fait affiner et en tire deux écus et trois médailles.

Ceci plaide en votre faveur, lui dit l'évêque, mais ne suffit pas, semble-t-il, à vous mettre à l'abri de vos ennemis. Vous êtes donc ici pour asseoir définitivement votre réputation. Pour vous soutenir, j'ai invité vos amis de Sisteron, M. de Fauville et M. de Châteauvieux, ainsi que les consuls de Senez qui attendent impatiemment d'assister à vos projections. Puis vous voudrez bien vous rendre à Digne où d'autres personnes intéressées sont fort désireuses de vous voir à l'œuvre.

En quelques semaines, Delisle devient la coqueluche de la haute société provençale de l'arrière-pays. On le roule en carrosse, on lui fait tailler un habit convenable, on l'affuble d'une superbe perruque. Partout où il passe, on le flatte, on le gâte, on le caresse, on l'adule. On le regarde comme un homme merveilleux. On assiste à ses projections, pour lesquelles il n'a besoin que de ses poudres et de ses huiles qu'il transporte dans un sac de voyage, comme à des soirées théâtrales. On le reçoit dans les meilleures maisons, chez le gouverneur d'Entrevaux, M. de la Coutardière, par exemple. A chacun des grands personnages qui lui font l'honneur d'applaudir à ses réussites, il donne les petits lingots d'or qu'il produit sous leurs yeux. Ce ne sont pas des cadeaux mais des gages et il sait que c'est de l'argent bien placé. Aux femmes, il offre des perles d'argent.

Ces dames sont les plus empressées auprès de lui. Elles le trouvent séduisant malgré son air constamment ironique et son sourire énigmatique. Il a pour elles des mots qui les déconcertent, des compliments inattendus où il flatte leur intelligence plus que leur beauté – ce qui est de la dernière habileté – et des phrases à double sens qu'elles ne sont pas sûres de déchiffrer. Mais un homme capable de changer le plomb en or doit savoir changer un glaçon en braise. Quand elles l'écoutent commenter pour elles seules la projection à laquelle elles assistent, parler de chauffer doucement, de passer du blanc au rouge, de distiller, de sublimer, d'introduire lentement un lingot de métal précieux dans une gangue humide, elles entendent des mots amoureux d'une violence contenue et qui les troublent autant que l'apparition des gouttelettes d'or au bec de la cornue...

A Castellane, où l'entraîne l'évêque pour de nouvelles démonstrations, Delisle a le plaisir de retrouver le seigneur de La Palud et sa fille Angélique. Celle-ci est plus jolie que jamais. Il y a dans ses yeux un désir qu'il partage et n'éprouve pour aucune de ces femmes qui l'assaillent de leurs prévenances. Maintenant, il a envie d'elle en plein jour, à la lumière, aux yeux des autres. Ils se promènent dans le jardin du gouverneur, passant et repassant devant le banc où sont assis Demandolx et Soanen qui les regardent comme on regarde un beau couple, tacitement reconnu comme tel. Nous voilà presque fiancés, dit Angélique en riant. Et elle ajoute : Ne faites pas ce visage, rien n'est fait encore!

Un peu plus loin, elle lui demande doucement : Reviendrez-vous au château? Quel château? Cette chambre obscure où, dans le noir le plus absolu, il « voyait » ce corps délicat, découvrait la douceur de sa peau, la forme parfaite de ses seins, l'odeur subtile de son ventre, ses mains et sa bouche lui révélant plus que ce que ses yeux lui auraient donné à voir. L'œuvre au noir. L'or pur de ce corps ne brillant dans l'ombre que pour lui. Une transmutation que nulle alchimie ne résoudra jamais. Et maintenant, cet autre corps, à côté de lui, en plein soleil mais invisible sous de lourds tissus et se confondant avec les arbustes en fleurs : si loin. Et qui s'éloigne encore quand il lui dit adieu sur le marchepied de la voiture. Oui, chère Angélique, je reviendrai au château...

L'amour ne serait-il pas plus séduisant que l'or?

Malgré le succès croissant de ses projections, Delisle commence à trouver que la représentation a assez duré. Il n'est pas un saltimbanque, comme cet Italien de Poloni que de Castellane justement l'évêque vient de chasser sans ménagement, préférant lui accorder dix louis de dédommagement et lui faire abattre sa toile plutôt que de le laisser poursuivre ses farces de tréteau, ses activités de charlatan médical et de chanteur de complaintes. Et que fait-il, lui Delisle, sinon se donner en spectacle, faire la parade, débiter son boniment, exécuter des tours de passe-passe devant des nicodèmes poudrés? Les étapes de son voyage organisé par Soanen ne ressemblent-elles pas à celles où font ricochet les comédiens ambulants? Il a brusquement le sentiment de faire le singe, tenu en laisse par l'évêque, et songe qu'il est temps de regagner ses bois.

Un beau matin donc, il plante là son bienfaiteur, après lui avoir baisé les gants, et s'en retourne à Saint-Auban. Désormais, il ressemble à Lascaris, encore qu'il soit beaucoup plus maigre. Mais sous ce bel habit bleu taché par la poussière du chemin, la perruque décoiffée par le vent, des bagues à tous les doigts et de l'or plein les poches, il s'admire lui-même sans vergogne. Il ne lui manque qu'un valet dégourdi dont il ferait son élève et son disciple. A Castellane où il s'arrête pour reprendre sa mule, il songe un instant à vendre le diamant de son maître pour se payer un équipage et jeter les écus par la fenêtre de son carrosse. Il se contente de jouer les seigneurs dans une taverne de la ville, d'exiger la meilleure table en commandant un chapon et du vin fin et de jeter autour de lui des regards de rodomont. Personne ne lui prête attention.

A Saint-Auban, il retrouve la solitude de la forteresse de pierre, la pauvreté de l'abbé Aguilhon, ses pois chiches et ses tisanes amères. Mais le bourg a changé. Depuis qu'un étranger s'y est installé, locataire du château et protégé du curé, le comportement des habitants s'est singulièrement modifié. Dans un village où jamais rien n'arrive, hors les habituelles histoires de braconnage et rumeurs d'adultère, la présence de cet homme au comportement étrange alimente toutes les conversations, les papotages des bazarettes du lavoir et les ragots des veillées. On le sait surveillé par les gardes du Roi qui passent plus que souvent sur la route d'en bas ou campent dans les bois, par des sbires aux mines patibulaires qui, aussi vilains que des brigands, posent des questions aux laboureurs isolés sans oser toutefois entrer dans les maisons dont ils seraient chassés. Les uns pensent que Delisle est un espion du duc de Savoie qui renseigne son maître sur l'état de la très proche frontière. Mais alors pourquoi ne l'arrête-t-on pas? D'autres affirment qu'il est tout simplement faiseur de fausse monnaie. De toute façon, il va attirer des ennuis au village. Les femmes, quant à elles, se signent dans son dos, le tenant pour sorcier. N'ont-elles pas vu, certaines nuits (mais que faisaient-elles dehors à cette heure-là?), des lueurs rougeâtres éclairer les fenêtres du château et senti nettement des odeurs de soufre s'échapper de la cheminée? Leur confiance en leur curé vacille et les confessions se font plus rares, ou plus circonspectes, comme l'intéressé le confie lui-même à Delisle. On murmure que j'ai commerce avec le diable, dit-il, et en ces temps de désaffection des églises ce n'est pas bon pour la religion.

Les gens de Saint-Auban ne savent plus quoi penser quand, dans le courant de l'été, viennent au village d'importants personnages qui, sans même saluer les consuls, montent au château où ils s'enferment avec l'inconnu. Ce sont des seigneurs, à n'en pas douter, des prélats aussi, des notables sûrement dont on voit bien à leur équipage qu'ils ne travaillent pas. Certains jours, la rue principale, qui est aussi la seule, est encombrée de leurs voitures ou de leurs montures au point que les piétons sont obligés de se garer contre les façades. Le maçon Cadolive qui tient buvette le dimanche dans sa remise envisage, si ce défilé continue, d'ouvrir une auberge où il vendra à manger à tout ce beau monde. Déjà, en semaine, il se fait des sous en portant à boire aux cochers et palefreniers qui attendent leurs maîtres sous les micocouliers.

C'est que Delisle reçoit beaucoup. Tous les quinze jours au moins, d'illustres visiteurs se présentent à la porte du curé et demandent qu'on les conduise au château. Des admirateurs de Castellane et de Digne surtout, qui risquent les aléas d'un si long voyage pour le plaisir de voir opérer l'alchimiste. Des amis de l'évêque aussi, et des amis de leurs amis. Des sceptiques enfin qui ont entendu parler du faiseur d'or et sont bien décidés à le regarder faire sans s'en laisser conter. Ceux-là, Delisle les reconnaît tout de suite et les renvoie poliment comme un tavernier dont la salle est pleine. Mais, dans l'ensemble, les curieux sont discrets, attentifs, respectueux de ses silences et réservés dans leurs commentaires. Ceux que Delisle craint le plus, ce sont les fanatiques qui viennent là en pèlerinage pour toucher la veste d'un thaumaturge capable de les guérir de leur seule maladie, la soif de l'or, et les mystiques, les inspirés, les illuminés qui cherchent le Graal ou la Table d'émeraude et qui s'en repartent déçus de n'avoir vu qu'un serrurier occupé à réparer le verrou de l'église.

Et parmi tous ceux-là, combien d'espions à la solde de l'intendant Lebret? Delisle en repère deux ou trois, reconnaissables à leur mine chafouine, à leur regard biaisant, à l'odeur de leur habit civil qui sent furieusement l'uniforme. En les reconduisant jusqu'à la poterne, il leur glisse dans la main un billon de cuivre sans valeur. Tenez, mon brave, vous donnerez cette pépite à votre maître, il en tirera certainement un grand parti!

Enfin se manifeste bientôt une nouvelle espèce d'importuns : les prêteurs qui lui proposent de financer ses travaux.

Dans ce climat, Delisle s'énerve. Il ne supporte pas d'être regardé comme une bête savante, refuse d'opérer en public ou gâche volontairement ses projections pour décourager ceux qui l'entourent d'une trop grande curiosité. Il ferme sa porte désormais et ne l'ouvre plus, avec la complicité de l'abbé, qu'aux familiers qui prennent le soin de s'annoncer. Par contre, il reçoit de plus en plus de lettres. Le facteur des postes, qui ne montait jamais à Saint-Auban qu'une ou deux fois l'an, doit dorénavant y venir si souvent qu'il envisage de réclamer un commissionnaire pour l'aider dans cette tâche supplémentaire. C'est l'évêque de Senez qui écrit avec la plus grande ponctualité afin de tenir l'alchimiste au courant du déroulement de son affaire et lui donner copie des missives que lui-même envoie à Paris. Il y multiplie les protestations de soutien à son protégé « qui vit dans un climat d'alarme et craint pour sa sûreté, alors que sa conduite est irréprochable, qu'il ne fréquente que des gens honnêtes... ». En août, à Pontchartrain qui lui répète que le Roi serait bien aise de voir le résultat de ces fameuses expériences et s'impatiente du retard manifesté par Delisle à lui donner satisfaction, Soanen répond : « L'ajournement de son voyage à Paris me fait autant de peine qu'à vous... Les gardes de M. de Grignan en sont responsables. Delisle souffre des soupçons qu'on fait peser sur lui, alors qu'il force ses propres juges, à l'hôtel des Monnaies, à déclarer que ses lingots sont bons, qu'il les multiplie dans toute la province, qu'il les offre à toutes les épreuves... Mais il aurait encore besoin d'un an pour achever ses préparations... Cependant, il se déclare prêt à aller à Paris pour la Noël de la présente année 1710, encore que tant de hâte puisse nuire au succès de ses projections... »

Un mois plus tard, l'affaire du faiseur d'or prend une telle ampleur que le contrôleur général en confie la charge particulière à M. de Nointel, conseiller d'État, avec l'ordre de la régler au plus vite. Ce haut fonctionnaire se met en rapport avec l'évêque de Senez qui ne peut que confirmer les témoignages qu'il a fournis. « On craint à Paris, lui écrit-il, que Delisle n'abuse le public. Il y a sans doute d'habiles charlatans. Mais les fourberies de cent menteurs ne prouvent pas qu'un autre le soit. La transmutation des métaux est possible. C'est l'avis de plusieurs grands philosophes. De plus, Delisle ne demande rien, il donne. Rien d'étonnant à ce qu'on ait écrit contre lui de Provence. Il peut y avoir là soit de la jalousie, c'est ce qui arrive quand un homme montre du talent, soit du ressentiment, de la part de ceux qui n'ont pu avoir cet ouvrier pour eux seuls, soit encore de l'amour-propre blessé chez d'autres qui ne veulent pas se démentir. Deux cents personnes de cette province m'ont averti qu'elles étaient convaincues du secret, qui ont assisté à ces opérations... » Et l'évêque répète ce qu'il a déjà dit de la résistance de l'alchimiste à se montrer à la Cour : « Ses préparatifs ne sont pas encore suffisamment au point pour qu'il puisse aller travailler devant le Roi. Il y faut du temps et de la chaleur. Dans les trois ou quatre mois à venir, on pourra faire des progrès... »

M. de Nointel est fort embarrassé par cette contradiction : le faiseur d'or réussit ses opérations devant des témoins de province mais il n'est pas en mesure de le faire devant la Cour. D'autre part, on a en haut lieu toute confiance en l'évêque de Senez. M. de Saint-Maurice lui-même reconnaît que « le témoignage d'un homme de cette pénétration et de cette expérience est une éclairante justification du mien et une décharge solennelle que la providence m'a voulu envoyer ». Dans le même temps, il approuve l'opinion de MM. de Grignan, d'Artagnan, Lebret et consorts qui pressent le Roi de se saisir de force de ce Delisle. Il se déclare prêt à l'arrêter lui-même : « Je ferai les choses de manière que la Cour aura lieu d'être contente et j'empêcherai que Delisle ne s'effarouche et ne soit en état de travailler devant le Roi. Il ne me paraît pas que ce soit violer le droit des gens que d'obliger un homme obsédé d'aller parler à Sa Majesté. »

Un peu plus tard, dans le courant du mois de septembre, Soanen conseille à Delisle d'écrire lui-même à M. de Nointel pour justifier son retard. Il va jusqu'à lui dicter les termes de cette lettre, sachant combien son protégé est en ce domaine encore maladroit. Très habile quant à lui, il emploie volontairement un style décousu et des tournures naïves. On s'y trompera. L'alchimiste commence par demander un nouveau sauf-conduit pour deux ans, le temps d'achever ses préparations. « M. de Senez, qui touche cela du doigt, a beau me presser et se désoler de ce délai, il ne saurait vous nier que mes matériaux ne sont point en état. Il ne vous a pas dit qu'il faut à mes poudres une partie de l'été pour boire les huiles, qu'après cela il me faudra tirer le mercure, de mois en mois, cinq ou six fois, avant de parvenir au degré de perfection nécessaire... » Et il ajoute : « Je ne demande au Roi ni biens ni récompense. D'ailleurs, j'ai mis entre les mains de M. de Senez un assez gros gage de ma sincérité puisqu'en poudres et en huiles le fonds est déjà d'environ dix mille écus, sans compter le profit qui en reviendra après l'opération. »

Cette lettre n'a pas l'effet escompté. Elle conforte l'opinion officielle selon laquelle cet homme doit être confronté en personne avec ses détracteurs. Et puisqu'il ne veut point se présenter volontairement, il faudra bien s'en saisir par la force. MM. d'Artagnan et de Grignan sont avertis de se tenir prêts à arrêter Delisle. Eux-mêmes en préviendront Lebret.

Or à Saint-Auban, c'est déjà l'hiver. Non sur le calendrier, qui n'en est encore qu'à la fin de l'automne, mais sur les routes qui se couvrent de verglas, puis de neige. Pendant des mois, le village sera inaccessible et les habitants prisonniers eux-mêmes de leurs maisons. Dans les bois, la surveillance des gardes devient pénible et vaine.

Pourtant, Delisle, averti par l'abbé Aguilhon, lui-même

mystérieusement prévenu d'une prochaine arrestation, décide de quitter le château alors qu'il en est encore temps. Il se réfugie non loin de là, au Mas auquel mène un mauvais chemin suivant les méandres du torrent de la Gironde. Le Mas n'est qu'un hameau posé en équilibre instable sur un éperon rocheux, mais c'est une étape frontalière entre la Provence et la Savoie.

Avant de quitter Saint-Auban, et profitant de ce que le passage vers Castellane et Senez est encore libre, il fait transporter par un voiturier la plus grande partie de son matériel qu'il confie aux bons soins de l'évêque. Celui-ci, ne craignant point d'être accusé de recel, accepte volontiers la requête de son protégé pour lequel, une dernière fois, il défend la cause auprès de M. de Saint-Maurice. « Delisle, lui écrit-il, est désolé du mépris et de l'indifférence de la Cour à son sujet. Il sent peut-être un peu trop le prix de son art par la vérité de ses opérations. Mais cela doit tenir à ce que des têtes de premier ordre lui font des avances auxquelles il pourrait fort bien répondre. Je l'ai engagé à ne pas quitter la région de Saint-Auban avant trois mois. Il n'y a consenti que sous la condition que j'interviendrais en sa faveur pour obtenir un sauf-conduit de deux ans. Ses expériences ayant été faites sous vos yeux, vous avez pu vous rendre vous-même à l'évidence des faits. Il ne faut pas pousser un tel ouvrier à bout par la violence... Ce qui l'empêche d'aller à Paris, c'est qu'il croit que le ministre des Finances est fortement prévenu contre lui et le regarde comme un imposteur. M. Desmarets pourrait dissiper ses craintes d'un mot, comme M. Chamillart jadis. Delisle aurait besoin d'une réponse un peu douce, et d'un peu de bonté. »

Depuis, Soanen n'a plus de nouvelles de l'alchimiste. Il le sait caché au Mas, mais les lettres ne passent plus. Saint-Auban et ses environs dorment sous un linceul de neige en attendant la résurrection printanière des corps ensevelis. Quant aux vrais morts, qu'il est impossible d'enterrer dans un sol gelé, on les hisse sur les toits, où ils durcissent sans se décomposer.

Au Mas, où il n'est jamais venu, Delisle est connu comme le loup blanc. On ignore tout ici de l'alchimie, mais chaque paysan a de solides connaissances des métaux usuels dont il se sert pour son outillage. Comme il n'y a pas de forge au village, on l'accueille avec l'espoir qu'il voudra bien se livrer à des travaux de serrurerie et à la réparation des outils, ce qu'il fait volontiers. Il a trouvé pension chez des parents de l'abbé Aguilhon qui occupent une maison plate dominant le ravin. Il couche dans l'étable, cette pièce essentielle dans l'habitat de montagne, la seule où règne une chaleur relativement douce quand ailleurs le froid pétrifie les meubles et les provisions. Ici, dans le concert champêtre du beuglement des vaches qui servent de poêles naturels, les femmes tricotent et filent, les hommes tournent le bois, fabriquent des objets domestiques, ou lisent. Delisle est surpris par cette application à la lecture qui donne à ces gens, si grossièrement vêtus et si pauvrement nourris, une aisance de langage et une richesse de vocabulaire, mêlant au patois un français châtié. Les garçons eux-mêmes ont toute la journée le nez plongé dans des almanachs et rêvent de devenir instituteurs pour aller se louer dans le bas pays. Comme les Aguilhon sont un peu riches, ils ont installé dans le coin de leur écurie un petit salon en planches de sapin où la famille s'installe autour d'une table avec des airs de bourgeois. Pourtant, à l'instar de tous les habitants du Mas, le maître de maison porte un lourd habit de drap et un vieux chapeau cabossé. Sa chaussure consiste en gros souliers dont l'épaisse semelle est garnie de clous énormes et d'un fer sous le talon, auquel il ajoute encore, pour sortir, des crampons à glace.

Dans un autre coin de l'étable, Delisle s'installe un petit atelier avec une enclume qu'on lui prête et quelques outils de maréchalerie. C'est là que tout l'hiver il retrouve, avec un certain plaisir, les gestes du forgeron et du serrurier de campagne. Ici, on ne lui demande pas de faire de l'or mais de redonner forme et vie à des instruments essentiels à la survie de tous. C'est certainement plus utile. Et le repose de ses soucis. Il en oublie presque les dangers qui menacent sa liberté et s'endort le soir, paisiblement, le ventre gavé de cette soupe épaisse faite de farine, de lard et de pâte qu'on appelle ici le brigadou.

Ainsi, enfoui sous dix pieds de neige, retiré dans son cocon, il est heureux. Presque joyeux. Et il fait part de ce bonheur aux enfants de la maison pour lesquels il se met à fabriquer, avec des pièces de serrures, des personnages et des oiseaux mécaniques, à grand renfort de ressorts et de chaînettes, qui hochent la tête, agitent les jambes ou les pattes, battent des ailes ou de la queue. Ces jouets automates, ces marionnettes de fer, confortent le respect qu'ont pour lui les gens du Mas. Le curé du lieu lui demande même de construire et d'animer la crèche de Noël. Il y travaille tout le mois de décembre, en cachant son ouvrage derrière des planches, et quand elle est prête, installée dans l'église glacée où toute la population, une trentaine de personnes, parvient en creusant des tunnels dans la neige, la stupéfaction et l'admiration sont grandes de découvrir que l'Enfant Jésus est en or massif, grand comme un pouce.

Malheureusement, à la fin de l'hiver, le 12 mars 1711 exactement, ce ne sont pas les Rois mages qui apparaissent au Mas, mais les soldats de l'intendant Lebret, un officier à cheval et trois fusiliers à pied. Personne ne les a vus arriver. Ils ont surgi du bois comme des sangliers furieux. Au petit jour. Sans hésiter, ils vont droit à la maison des Aguilhon. Delisle n'a pas le temps de résister. La porte ouverte avec fracas, devant la famille terrorisée, il est saisi au corps, maîtrisé et enchaîné. Au nom du Roi, je vous arrête! dit l'officier. Une lettre de cachet a été en votre nom, Jean Delisle, délivrée par

Sa Majesté le 30 janvier de cette année. J'ai le devoir de vous transférer à Paris où vous serez jugé pour vos crimes!

– Et quels crimes, s'il vous plaît?

– Je n'ai pas à les connaître.

– Vous ne comptez tout de même pas me faire prendre le chemin à pied!

– Une voiture vous attend hors du village.

– Sa Majesté est trop bonne!

– Allons, prenez votre bagage et suivez-nous.

Évidemment, Delisle n'a pas prévu la soudaineté de cette arrestation. Les pieds et les mains entravés, il a de la peine à rassembler ses affaires. Son sac, dans lequel il cache ses poudres et ses huiles, n'a heureusement pas été défait depuis qu'il est au Mas. Il remercie les Aguilhon de leur accueil. En l'embrassant, la mère lui donne une boule de pain et une bouteille de vin. Le père lui serre longuement les mains, sans trouver ses mots. Dans ce pays frontière où la police arrête si souvent des proscrits, des déserteurs, des exilés, on ne s'habitue pas encore au drame de chaque prise de corps.

Delisle s'étonne de ce qu'on ne le fouille pas. Ce ne peut être un oubli et l'officier doit avoir des ordres en ce sens. D'ailleurs, en dehors du fait qu'il est enchaîné et doit marcher entre deux soldats dont l'un le tient en laisse au bout d'une cadène, il n'est ni insulté ni maltraité comme le serait un vulgaire malfaiteur. A la sortie du village, une voiture attend effectivement, avec un cocher qu'il faut réveiller. Ce n'est pas un véhicule militaire mais une litière couverte, avec un cheval devant et un autre derrière. Rien, de l'extérieur, ne peut laisser supposer qu'elle transporte un prisonnier. Est-ce par attention à son égard, ou pour éviter d'être interceptés par des partisans éventuels de l'alchimiste? C'est en tout cas un moyen de transport d'une lenteur désespérante et qui contredit l'impatience qu'on a de le voir à la Cour.

Devant caracole l'officier, tandis que les soldats qui ont retrouvé leurs montures flanquent la voiture. La route suivie par celle-ci est nouvelle pour Delisle. Il n'a qu'une vague idée de l'endroit où se trouve Paris, dans le nord sans doute. Or, il constate que pour lors on l'emmène vers le midi. On traverse de petits villages qu'il ne connaît pas. En fin d'après-midi, il s'aperçoit qu'on entre dans Castellane où la troupe couche à la prison. Les formalités d'écrou sont brèves puisqu'il n'est là que pour la nuit. On le met seul dans une cellule avec un demi-litre d'eau tiède et grasse pour tout potage et un quignon de pain moisi. Il en a vu d'autres et se couche sans protester sur un lit de planches.

Le lendemain matin, avant de repartir, l'officier qui se présente à lui sous le titre de brigadier Tornier l'autorise à écrire une lettre à son protecteur, l'évêque de Senez. Delisle relate les circonstances de son arrestation et précise sa destination. Puis il en appelle à lui : « Monseigneur, je vous prie d'avoir la bonté de faire porter à Paris les poudres et les huiles, ainsi que les lingots d'or et d'argent dont vous assurez le dépôt, afin que je puisse faire voir mon secret au Roi. Je vous demande encore votre protection, puisque vous êtes le seul appui que j'aie au monde... » Il lui demande aussi de prévenir le seigneur de La Palud « et qui vous savez ». Chère Angélique! il n'est probablement pas près de la revoir!

Après Castellane, la route suivie continue de descendre vers le sud, contre toute attente. Delisle imagine qu'on l'entraîne à Marseille et soudain l'angoisse l'étreint : ne va-t-on pas le condamner aux galères, après le jugement sommaire accordé aux faux-monnayeurs et aux contrebandiers du sel? L'officier lui aurait-il menti en parlant de Paris, et dans le but d'attiédir sa résistance? Au premier gîte d'étape, la bégude d'Aups, il s'enhardit à le lui demander. Mais non, le brigadier le rassure : ils vont bien à Paris, en prenant la grand-route, plus longue mais plus sûre, celle qui relie Nice à Avignon par Aix et qu'ils rejoindront demain au lieu-dit de Saint-Maximin.

Même sur la grand-route, la litière n'avance qu'à pas comptés. Elle ne couvre guère que vingt mille cannes par jour, soit quelque dix lieues. A ce train-là, il faudra une vingtaine de jours pour atteindre leur destination, précise Tornier. Le voyage est d'une monotonie désespérante. A partir de Valence, la pluie ne cesse de tomber, froide et si pénétrante qu'à l'abri de la capote Delisle n'est pas épargné. Quant aux cavaliers qui l'entourent, ils baissent le nez dans leur manteau et arborent un air maussade qui n'engage guère à la conversation. Pourtant, d'étape en étape, il apprend à les connaître. Les trois soldats s'appellent respectivement Leydet, Audibert et Féraud. Ce sont des Méridionaux, détachés de la compagnie de M. de Grignan. La perspective de monter à Paris ne les enchante nullement et ils le font bien voir. Quant au cocher, il est suisse et se nomme Ziegler. Il ne parle jamais, sinon à ses chevaux. Le brigadier est le seul à manifester un peu d'humanité à l'égard de son prisonnier. Il lui souhaite le bonsoir après le souper frugal qu'ils partagent tous les cinq. C'est pendant ces repas que, sans jamais poser de questions indiscrètes, il lui fait un peu de conversation. Comme il est dans la troupe le seul à connaître Paris, il lui donne quelques détails sur la vie quotidienne dans cette ville immense et surpeuplée, une vraie cour des miracles, dit-il, où pullulent les gredins et les garces, où se multiplient les coupe-gorge et les mauvais lieux. Mais à la Cour? Il ne sait pas, il n'y est jamais allé.

La pluie redouble. Deux fois par jour, les soldats doivent changer l'amorce de leurs pistolets à cause de l'humidité, et pour être plus sûrs de tirer efficacement sur le prisonnier si jamais lui venait la fantaisie de vouloir s'échapper. Mais on ne peut pas dire qu'ils le surveillent étroitement, se contentant de flanquer la voiture et de regarder de temps en temps s'il est toujours dedans. Ils font évidemment confiance aux chaînes qui l'entravent et dont, malgré ses réclamations, l'officier ne veut pas le délivrer.

Ils ont bien tort, car l'homme qu'ils convoient n'est pas seulement un faiseur d'or, c'est aussi un fabricant de serrures.

Au bout de cinq jours, Delisle songe moins à s'évader qu'à se libérer de ces menottes qu'il a aux mains et de ces fers aux pieds. Le mécanisme en est solide mais simple. Ce n'est qu'un jeu d'enfant pour lui de le faire fonctionner à volonté à l'aide d'une tige de métal qu'il prélève dans l'armature de la capote et qu'il dissimule dans sa manche.

L'occasion lui est bientôt donnée d'utiliser ses talents. Passé Lyon, et après douze jours de cette reptation d'escargot sous la pluie, la litière emprunte la route royale qui traverse le Bourbonnais en direction de la levée de la Loire. La chaussée, du côté de Tarare, est étroite et en fort piteux état. Le torrent de la Turdine l'a ravagée de ses débordements. Après le col des Sauvages dont les escarpements épuisent les chevaux et les hommes, la voiture s'enlise plusieurs fois dans ces maudites tartes bourbonnaises, comme on appelle ici les fondrières provoquées par le dégel et les inondations. Et c'est l'accident. Le cheval de tête s'embourbe, l'autre continue de pousser et le véhicule se renverse, entraînant les bêtes prises dans les brancards, ruant les fers en l'air. Les soldats, mettant pied à terre, s'emploient à les dégager, avant même de s'occuper de leur prisonnier qui, obligé de se débrouiller seul, rampe comme il peut hors du trou d'eau, empêtré de ses chaînes, l'épaule meurtrie. Il n'a heureusement que peu de mal et, debout sur la route, regarde avec une ironie complaisante le cocher et les gardes s'efforcer à redresser la litière effondrée. Et soudain l'incongruité de la situation le saisit : les soldats ne prennent pas garde à lui, d'autant qu'il a l'air d'attendre sagement, à dix pas, qu'ils aient réussi à remettre la voiture sur ses roues et les chevaux sur leurs pattes, sous les vociférations de l'officier, peu empressé d'ailleurs à leur donner la main. Alors, d'un geste violent, il rompt ses manicles et sa cadène dont il a faussé le mécanisme, et s'enfuit à toutes jambes en direction d'un bois. Le temps que les gardes réagissent et retrouvent leurs montures qui se sont égaillées dans les champs, il réussit à prendre de l'avance. Féraud cependant semble le rattraper quand son cheval, faisant un écart et glissant dans un fossé, le renverse sous lui. Delisle est près d'atteindre l'orée de la forêt mais, sans en attendre l'ordre, Audibert et Leydet qui courent maladroitement à travers les mottes de terre glaiseuses, se mettent à tirer sur lui des coups de pistolet. Une balle le frappe à la cuisse, une autre dans la fesse. Il tombe en criant de douleur et s'évanouit.

Quand il revient à lui, réveillé par une intolérable brûlure dans la jambe, les soldats et le brigadier sont penchés au-dessus de lui, ne sachant comment lui porter secours. Ils parlent d'os brisé. L'officier le juge intransportable. Audibert et Leydet proposent de l'achever. Pour abréger ses souffrances, sans doute. Pour dérober l'or dont ils le savent porteur, plutôt. Nous dirons, propose Féraud qui surgit à son tour, que nous avons dû l'abattre pendant qu'il tentait de s'enfuir. Je ne veux pas entendre cela, dit le brigadier. Mais il ne fait rien pour retenir ses hommes sur la pente fatale de ce crime. Peut-être va-t-il se contenter de détourner les yeux? Déjà Leydet réarme son pistolet et en dirige le canon vers le blessé. Delisle a un sursaut de bête prise au piège et, d'un effort violent, se rejette en arrière. La douleur lui trouble l'esprit et brouille sa vue. Il va mourir là, assassiné. Comme Lascaris.

Mais le brigadier a posé, d'un geste sec, sa main sur l'avant-bras de Leydet. Non, dit-il, nous ne ferons pas cela, nous ne commettrons pas un crime pour quelques livres d'or! Oubliez, soldats, cet incident et employez-vous à emporter le blessé dans la litière! En relevant Delisle, Leydet marmonne contre Audibert : « Maladroit! tu ne pouvais pas le tuer net? » Et c'est avec une colère mal contrôlée que les deux gardes couchent l'alchimiste dans la voiture redressée.

Le reste du voyage est un cauchemar. Conduit à la ville la plus proche, Charlieu, Delisle est examiné sommairement, assommé d'une teinture alcoolique d'opium et soigné par un chirurgien qui, n'ayant rien à gagner à cette opération, se contente d'extraire la balle de la fesse sans vouloir toucher à celle qui s'est incrustée dans l'os de la cuisse. Delisle souffre horriblement dans la litière où on l'allonge de nouveau. Pris de quelque remords, Tornier ne lui remet pas les fers aux pieds, mais il exige de nouvelles manicles, neuves et soigneusement vérifiées.

A Nevers, l'état du blessé nécessite de nouveaux soins. La plaie à la cuisse est affreuse à voir. Chair, sang et toile forment une croûte immonde, collante et sèche, un amas de pourriture à l'odeur nauséabonde. Pour la nettoyer, il faut à nouveau l'endormir de laudanum. Cette fois encore le chirurgien se dit incapable de prélever la balle. La blessure n'est pas mortelle, dit-il au brigadier, mais la jambe est perdue.

Delisle a la fièvre. Alors que la litière suit désormais la levée de la Loire, les soldats, revenus à de meilleurs sentiments, se relaient pour lui éponger le front et lui donner à boire des gorgées d'eau-de-vie. L'officier lui-même ne chevauche plus en tête et se tient à droite de la voiture et, par la fenêtre, tente de distraire le prisonnier de sa souffrance en lui racontant des histoires de guerres et de massacres, plus horribles les unes que les autres. Ce sont les seules qu'il connaisse.

A Briare, Delisle a une heureuse surprise. L'évêque Soanen le rejoint, qui l'embrasse et gémit de le voir en cet état. Prévenu de l'itinéraire suivi par les gardes de M. de Grignan et soucieux de porter au plus vite à Paris les poudres et les huiles que lui a confiées son protégé, il a décidé de prendre la même route et, si possible, de le rattraper. Ne pouvant à Senez louer de voiture qui acceptât de faire un si long voyage avec un seul passager, il s'est résigné à faire le trajet à cheval, malgré le peu d'entraînement qu'il a pour cet exercice. D'étape en étape, il a appris le passage de la litière et piqué des deux éperons pour la retrouver enfin. De Lyon, averti du traitement infligé à l'alchimiste, il a écrit à M. de Nointel pour se plaindre : « Je suis fort affligé des conditions qu'on fait au pauvre captif et surtout de ce qu'on le mène avec ignominie, garrotté pieds et mains, parce que j'appréhende que cela n'effarouche cet esprit et ne soit contraire aux intérêts du Roi si cet homme prenait un travers d'opiniâtreté ou venait à mourir dans un transport de chagrin. » Il n'a pas prévu que, par la maladresse d'un cocher suisse, l'incompétence d'un brigadier, la brutalité de trois soldats et le déplorable état des routes royales, le transfert à Versailles d'un homme si désiré du Roi se transformerait en convoi funèbre. Il sait mieux soigner les âmes que les corps, mais se rend compte tout de même de la gravité de la blessure. Ah, que n'a-t-il sur lui cette poudre de sympathie dont Delisle lui a vanté les mérites sur les champs de bataille!

Il le console comme il peut et obtient de Tornier la permission de poursuivre le voyage à ses côtés, à l'intérieur même de la voiture, et qu'on attache son cheval à celui d'un des soldats. Pour Delisle, le reste du voyage s'effectue entre des accès de douleur et des états de stupeur provoqués par le laudanum. Il ne voit plus rien du pays qu'il traverse et ne se rend compte qu'on entre dans Paris que lorsque la litière traverse une place encombrée de monde et de véhicules, entourée de très hautes maisons. La place Saint-Antoine, lui dit Soanen en lui prenant la main. C'est ici que je vous quitte, mon ami. Mais rassurez-vous, je vous retrouverai bientôt. Vous allez passer quelque temps en ce château qu'on appelle la Bastille, qui est moins une prison qu'une résidence forcée et dont le gouverneur est fort bien prévenu à votre égard. On va enfin vous y donner les soins nécessaires et vous remettre assez vite sur pied pour que vous fassiez honneur au Roi. Ayez confiance, ma pensée ne vous quitte pas et mes prières vous accompagnent.

De cette Bastille, Delisle n'aperçoit que des murailles formidables et des tours colossales. Une grille d'entrée s'ouvre le temps de laisser passer la voiture et se referme aussitôt. Il entend une sentinelle crier : On y va! tandis que sonne une cloche. On passe un premier pont-levis, traverse une cour, un autre pont-levis, une seconde cour. Delisle s'étonne de voir sur son passage soldats et fonctionnaires se tourner vers le mur ou cacher leur visage derrière leur chapeau. De même, quand on le fait descendre de voiture, les témoins évitent de le regarder. Que ne lui a-t-on mis un masque? Il ne serait pas plus reconnaissable.

Delisle n'a pas le temps de dire adieu au brigadier Tornier ni à ses sbires assassins; il est immédiatement pris en charge par deux gardiens qui le soutiennent sous les aisselles et le conduisent, la jambe traînante, dans une salle où le reçoit le gouverneur en personne qui se présente à lui, M. de Bernaville, pour le servir. Il n'a aucune ironie dans ses souhaits de bienvenue. Le regard est dur, mais sans mépris. Il lui fait signer le registre d'écrou après lui avoir demandé de décliner son identité. On lui intime aussi l'ordre de vider ses poches, mais on ne le fouille pas plus avant.

Puis le gouverneur ordonne qu'il soit conduit à sa chambre. Il emploie ce mot, plutôt que celui de cellule. On l'y traîne plus qu'on ne l'y porte. Il lui faut supporter la montée d'un escalier creusé à l'intérieur d'une tour épaisse et coupé de plusieurs grilles imposantes fermées à clef. Delisle souffre trop pour s'intéresser à ce système. Jeté plutôt que déposé dans sa « chambre » par des gardiens qui n'ont pas pour lui les égards du gouverneur, il entend tout de même jouer cinq ou six serrures et autant de verrous. Une double porte ferme la cellule. Celle-ci est assez vaste, de forme octogonale, d'un diamètre de six à huit pas. Elle est éclairée d'une fenêtre en embrasure, garnie dans l'intérieur du mur de trois grilles serrées et fermée du côté intérieur d'un châssis vitré. Le sol est de brique, le plafond de plâtre. Des lieux d'aisances sont installés dans un réduit aménagé dans l'épaisseur de la muraille. Une cheminée, au conduit fermé de grilles, est pour lors vide et froide. L'ameublement est évidemment réduit au minimum : un vieux lit de serge, une table de bois, une chaise de paille, une jatte, un pot à eau. Mais le tout assez propre. Rien en somme qui ne soit familier à Delisle qui, pour l'instant, ne songe qu'à ses blessures. Il se couche et dispose sa jambe du mieux qu'il peut, tente de dormir sans trouver le sommeil. Sa seule distraction est le déchiffrement des inscriptions laissées sur le mur par les précédents locataires : mystiques ou obscènes, elles crient encore dans la pierre la souffrance de l'incarcération.

Le lendemain, il est visité par le chirurgien-bandagiste de la prison, un certain Abraham Reilhe, qui l'examine en ayant l'air de penser à tout autre chose, blasé du spectacle des chancres des vérolés et des plaies des scorbutiques qui forment sa clientèle quotidienne. Les conditions d'hygiène sont déplorables à la Bastille et le médecin se contente le plus souvent de pratiquer des saignées et de distribuer des bouillons amers. Devant la blessure de Delisle, il fait pourtant la grimace, ce qui n'encourage guère le grabataire. Il n'est pas question d'extraire la balle qui s'est logée dans l'os. On se contentera de nettoyer la plaie de ses esquilles et de consolider la jambe avec des attelles. Delisle, s'il est assez courageux, pourra marcher, avec deux béquilles que l'administration lui fournira gracieusement. Ainsi, d'ici peu, il sera chaque jour conduit à la promenade dans la cour. Si le temps le permet, ajoute le chirurgien, car la neige recouvre Paris sous un manteau glacé. Je vais d'ailleurs donner des ordres pour qu'on allume ici du feu et j'espère que vous êtes en état d'en payer les bûches.

Dans la matinée, Delisle fait la connaissance de son gardien, le porte-clefs Robin, qui lui apporte sa pitance, de la soupe aux choux dont l'odeur imprègne toute sa personne. Un homme sans âge, au visage ingrat, taciturne et calme. Il ne manifeste nullement cette brutalité qu'on pourrait attendre d'un geôlier. Mais il est indifférent au sort de celui qu'il est chargé de surveiller. Vingt ans de Bastille l'ont cuirassé contre la pitié. Il fait son travail, c'est tout. Pour lors, il bourre la cheminée d'un fagot et allume un feu qui, dans cette chambre, a l'air désespérément joyeux. De jour en jour, Delisle tente de converser avec lui. Ce n'est pas facile. Robin a pour ordre de témoigner au prisonnier douceur et politesse sans avoir avec lui aucun entretien, sinon sur la pluie et le beau temps, ce qui dans une cellule ne présente qu'un intérêt médiocre, et de ne l'écouter qu'à propos de ses petits besoins. Il lui est formellement interdit de porter des messages, dans un sens ou dans l'autre. Il est tenu en outre de rapporter fidèlement aux officiers de l'état-major du château tout ce qu'il voit, entend ou surprend. Son seul souci est d'empêcher une évasion. Mais qui s'évaderait d'une telle forteresse? A vrai dire, cette discipline s'accompagne d'une certaine souplesse. Si les prisonniers ne s'échappent pas, ou fort rarement, de leur cellule, et si chacun est en principe au secret, la communication s'établit entre quelques-uns, moyennant gratification discrète, avec la complicité de certains gardiens moins à cheval sur le règlement. Les bouts de papier circulent et distribuent des nouvelles. Mais cela reste un jeu d'enfants qui se distraient d'un rien.

A propos de distractions, Delisle apprend que, moyennant finance, il peut faire apporter dans sa chambre des livres et des objets usuels susceptibles de l'occuper. Profitez-en, lui dit Robin, parce que, en dehors du dressage des rats et de la domestication des araignées, vous ne trouverez rien ici qui vous fasse passer le temps. Delisle ne veut ni des jeux de tarot ni de la flûte à bec qu'à tout hasard lui suggère le gardien. Vous pourriez même, ajoute celui-ci, vous faire assister d'un valet pour lequel j'apporterais un lit bas. Il s'occuperait de vos affaires personnelles, vous ferait la barbe, vous servirait à table. Quelle ironie dans tout cela! Delisle imagine mal se faire offrir respectueusement par un domestique stylé son écuelle de soupe aux choux, présenter un chiffon au sortir de la garde-robe, ou habiller au saut du lit. Quant à ses affaires personnelles, elles réclament peu de soin. Il porte un justaucorps et une veste de drap brun, galonnés d'or et doublés de taffetas bleu avec une culotte de même drap doublée de peau et ses souliers à talons recouverts d'une feuille d'argent. Dans son bagage, il possède encore une culotte et une veste de drap gris, doublés de serge beige, un manteau de drap rouge, une paire de bas de soie et deux de laine rouge, trois chemises, deux coiffes de nuit. Au greffe, on ne lui a rien confisqué de ses sacs de poudres et de ses fioles d'huile. Et deux jours après son entrée, un garde vient lui rapporter un flacon de cristal, un étui d'acier et une bourse en crépine contenant quarante-cinq louis d'or que le brigadier Tornier avait conservés « par mégarde ».

Par contre, on lui confisque son or non monnayé qui est examiné et pesé, soit douze lingots d'or d'un marc, une once et demie, onze gros et trois grains, ainsi que sept lingots d'argent de deux onces, neuf gros et vingt-quatre grains, et un lingot de cuivre de quatre onces, six gros et quatre grains. Le gouverneur les fait enfermer dans une boîte scellée à ses armes et promet à l'alchimiste que ce métal lui sera remis au fur et à mesure des besoins de ses expériences.

S'il ne souffrait pas physiquement de sa blessure et moralement d'être enfermé, il trouverait la situation supportable. Il est persuadé de bénéficier d'un traitement de faveur. A ses réclamations, on répond avec courtoisie. Quand il demande qu'on améliore son ordinaire et le dispense de soupe aux choux, lui serve dorénavant du pâté et du vin, du bouillon de poule et de l'eau-de-vie, contre écus sonnants, on accède à son désir.

Le gouverneur M. de Bernaville lui fait même l'honneur d'une visite, alors qu'il est assis de guingois sur sa mauvaise chaise de paille au coin de la cheminée, et lui promet un fauteuil confortable avec un tabouret rembourré pour y reposer sa jambe. Puis il daigne lui expliquer la situation dans laquelle il se trouve.

– Le Roi, dit-il, vous a fait arrêter et conduire à la Bastille pour vous faire raisonner sur vos prétendus secrets et même vous faire travailler afin de voir jusqu'où va votre science. On pourra ensuite, suivant ce que l'on reconnaîtra, vous chasser de Paris ou vous mettre en un lieu où vous ne puissiez abuser vos dupes. Dans le cas où vos expériences satisferaient vos examinateurs, vous seriez élargi et placé au service de Sa Majesté. Je crains fort, ajoute-t-il, que dans l'état de votre santé, vous soyez incapable de vous livrer utilement à vos travaux. Mais, enfin, j'ai reçu des ordres et, quand vous serez sur pied, si j'ose dire, on vous donnera les moyens de poursuivre vos manipulations.

– Je ne m'en sens pas encore la force, répond Delisle. Il faut au Roi montrer la patience dont il a jusqu'ici fait preuve à mon égard. Ma blessure fermée, je saurai bien répondre à sa curiosité. Il me faut seulement recommencer à préparer mes poudres et mes huiles, une opération à laquelle le printemps tout entier suffira à peine.

– C'est donc à vous qu'il faudra de la patience, dit Bernaville. La lenteur du temps qui passe entre les murs de cette geôle vous incitera peut-être à accélérer le train de vos démonstrations.

Quelques jours plus tard, Delisle reçoit la visite de Soanen. Plutôt que des douceurs, le prélat a préféré lui apporter des paroles de consolation et des exhortations au courage. Fort aimablement, il lui donne des nouvelles de ses amis. L'abbé Aguilhon lui envoie ses amitiés, MM. de Fauville et de Châteauvieux sont dans la plus grande tristesse de le savoir blessé et retenu. Savinien de La Palud a fait un cabinet de curiosités du laboratoire de fortune que Delisle avait aménagé au château. La douce Agnès va se fiancer et la tendre Angélique se marier. Le prisonnier accueille cette dernière annonce avec calme et résignation. Ce mariage est dans l'ordre des choses. Leur amour était sans issue. Un bon amant fait un mauvais mari; une aimable maîtresse ferait-elle une bonne épouse?

L'évêque l'engage ensuite à songer au salut de son âme qui vaut plus que tout l'or du monde. Et à mettre un peu d'ordre dans sa conscience. Si vous avez jamais dupé quelqu'un, dit-il, il s'agit de ne point vous tromper vous-même. Toutefois, ajoute-t-il, je dois vous mettre en garde contre les confessions hâtives ou imprudentes que vous pourriez faire au chapelain de ce château. Ce confesseur est un jésuite qui fait aussi partie de l'état-major de la maison. Son rôle est des plus ambigus. On peut apprécier quelle sûreté il y aurait à être sincère avec lui, si l'on avait des reproches à se faire. Son office n'est qu'un piège ou une dérision. Si quelque jour vous éprouviez le besoin de vous confier, adressez-vous plutôt à mes amis jansénistes, abusivement détenus ici pour une opinion qui déplaît au Roi, et qui ont formé un petit groupe clandestin des amis de la vérité. Vous pourrez communiquer secrètement avec eux par le moyen de ces bouts de papier qu'ils dérobent aux enveloppes des chandelles et sur lesquels ils écrivent avec du suc de navet, d'oignon, ou du jus de citron, de pomme, d'orange, ce qui rend l'écriture invisible jusqu'à ce qu'on la chauffe devant le feu. Je vous donnerai quelques noms quand vous en aurez besoin. Ne vous fiez pas à votre porte-clefs. Il prendrait votre argent pour vous dénoncer aussitôt.

Deux mois durant, Delisle vit à l'état larvaire, physiquement et moralement. Sa vie, comme en suspens, n'est rythmée que par la routine de sa condition de prisonnier. Peu à peu, cependant, sa jambe ankylosée dans une douleur sourde mais supportable, il sort lentement de sa léthargie, il commence à s'intéresser de nouveau à son art. Contre l'ennui, la monotonie, l'absence d'événements, il se répète mentalement les opérations que lui a apprises Lascaris. C'est d'abord sans autre but que de meubler sa solitude. Puis les éléments disparates de ces recettes extravagantes s'ordonnent dans son esprit selon une certaine logique. Ce qui n'était jusqu'ici qu'approches, tâtonnements, effets du hasard, s'assemble, encore confusément, en arrangement méthodique, en mode d'emploi raisonnable. L'alchimie a ses lois comme la physique. Il suffit d'appliquer ses règles, si on les connaît assez. Il ne s'agit pas de comprendre comment cela fonctionne, mais de constater les phénomènes. Puisque nous ne pouvons expliquer ces mystères, feignons d'en être les artisans. Employons les recettes et le tour sera joué.

L'immobilisation relative à laquelle le condamne sa jambe fait que Delisle opère désormais dans sa tête plus qu'avec ses mains. C'est couché, les yeux à demi fermés, qu'il se livre à des projections. C'est un peu comme s'il se racontait une histoire pour s'endormir, mettant en scène ses désirs et sa fantaisie.

Ce n'est pas du goût du gouverneur qui, venant le visiter de plus en plus souvent, s'inquiète de son apathie, lui reproche sa paresse, proteste contre sa mauvaise volonté à répondre à l'impatience du Roi. Quand se remettra-t-il à l'ouvrage? Suivant les ordres reçus, Bernaville a fait installer un laboratoire auquel ne manque que l'opérateur. Qu'il vienne au moins l'examiner. Si des instruments lui font défaut, on les lui fournira. S'il a besoin d'aides, on fera venir des ouvriers spécialisés. S'il ne peut rester debout, on le soutiendra. Mais, de grâce, qu'il abandonne cette attitude de refus. Elle pourrait, à la longue, prévenir les autorités contre lui et finirait par le condamner au cachot pour désobéissance.

Delisle s'engage à œuvrer utilement, bientôt, dès que ses forces le lui permettront. Il proteste de son attachement au Roi, promet d'apporter sa modeste contribution au redressement des finances de l'État, et remercie M. le gouverneur des soins qu'il a pour lui. On ne vous en demande pas tant, dit Bernaville qui goûte de moins en moins l'ironie de son prisonnier.

En fait, il promet... d'essayer. Car s'il a réussi ses projections devant des examinateurs avertis, le pourra-t-il devant ce gouverneur, dans les conditions qui lui sont imposées en prison? A-t-on jamais vu un artiste créer dans sa geôle, sous la surveillance d'un gardien, et quand lui font défaut la sérénité, la concentration, l'état de grâce?

Le premier jour d'août, Delisle se met enfin au travail dans la grande salle mise à sa disposition par le gouverneur, en présence de M. de Launay de la Monnaie de Paris et de deux de ses adjoints, de l'évêque de Senez et de son neveu, M. du

Bourget. Il leur faut s'armer de patience, l'alchimiste les ayant prévenus que la seule préparation de son huile de soleil, de sa poudre métallique et de son eau magistrale requiert une lenteur naturelle identique à celle de l'éclosion des fleurs ou de la germination des plantes. Il leur faut aussi faire preuve d'une attention soutenue pour comprendre ou simplement deviner ce à quoi s'emploie l'adepte, toujours avare de ses commentaires.

Le premier jour, il se contente de chauffer et de calciner pendant plus de trois heures un quarteron de salpêtre dans un creuset et de faire fondre dans un autre une balle de plomb. Au métal en fusion, il ajoute un peu de vif-argent, retire du feu le plomb fondu, le laisse refroidir, le répand sur une feuille de papier épais, y ajoute encore un peu de vif-argent et fait du tout trois boulettes. Puis il malaxe l'une d'elles avec le salpêtre calciné et une demi-once d'arsenic. C'est tout. Il faut, dit-il, laisser reposer ce mélange jusqu'au surlendemain. Le 3 août, il fait rougir au feu un creuset dans lequel il met un quart de livre de clous ordinaires en fer et, dans le même temps, un lingot d'or qu'il dit peser une once, trois gros et six grains. Il fait chauffer puis, au bout d'un quart d'heure, ajoute un morceau de soufre de deux livres ainsi que deux livres de salpêtre. Encore une demi-heure de cuisson et il retire le mélange pour le mettre de côté. Il recommence la même opération avec douze onces de clous et une once d'or dans un autre creuset qu'il fait chauffer doucement, mais cette fois il y ajoute de l'antimoine, d'un poids de quatre onces, surveille la lente calcination et répand dessus une petite quantité de soufre pilé. Une heure plus tard, il verse dans ce creuset toujours sur le feu le mélange obtenu par la première opération et calcine le tout. Enfin, il retire du feu et laisse refroidir. Messieurs, j'en ai fini pour aujourd'hui.

Deux jours après, devant des observateurs qui commencent à manifester des signes de lassitude, il recommence l'expérience précédente, à l'aide de clous, d'or, de salpêtre et d'antimoine, mais en inversant l'ordre des opérations. Cette fois, c'est au salpêtre chauffé qu'il ajoute les clous de fer et le lingot d'or, puis le soufre et l'antimoine.

Le 7 août enfin, il se contente de reprendre les résidus obtenus depuis une semaine, les pile soigneusement dans un mortier de fonte jusqu'à obtenir un mélange homogène qu'il présente comme la poudre métallique nécessaire à la transmutation définitive. Mais il lui reste à l'envelopper dans un linge bien sec et à l'enterrer dans le jardin de la Bastille. Le gouverneur accordant cette autorisation, tout le monde se transporte sur la terrasse ensoleillée où M. de Bernaville a fait aménager son jardin potager personnel. Sur la demande de Delisle, un gardien creuse un trou au bord d'un carré de choux assez maigrichons : ils ne valent pas ceux d'Agénor et sont en tout cas responsables de cette odeur épouvantable qui, des cuisines, se répand dans tous les appartements de la Bastille. Le trou fait, Delisle y place sa poudre, isolée entre deux planchettes qu'il recouvre de terre tassée. Il fait dresser là une petite croix de bois afin que le jardinier n'ait pas la malencontreuse idée de bêcher à cet endroit. Il faut maintenant laisser la poudre mûrir à la chaleur du soleil, si tant est que celui-ci soit tous les jours au rendez-vous. Hélas, trois journées orageuses viennent gâter cette première préparation. Quand, le 18, Delisle la retire de sa cachette et l'examine, il déclare qu'elle ne sera pas d'une qualité suffisante. Ce qui énerve M. de Bernaville qui commence à trouver ces simagrées ridicules et vaines, malgré les protestations de Mgr Soanen et de M. du Bourget qui répètent avoir vu ces expériences réussir plus de dix fois en Provence. Le soleil y doit avoir des vertus qu'il n'a pas à Paris, rétorque le gouverneur. Mais il a des ordres et enjoint à Delisle de poursuivre ses travaux.

Il reste à produire, après la poudre métallique, cette mystérieuse huile de soleil. Le 20 août, devant les seuls adjoints de M. de Bernaville qui s'est fait excuser, Delisle fait chauffer dans un creuset six onces de clous et un même poids de soufre en morceaux. Il fait calciner une demi-heure et ajoute six onces d'or. Puis il fait chauffer ce mélange dans une cornue à demi remplie d'eau. Une heure plus tard, il verse cette eau dans une fiole qu'il bouche hermétiquement, et demande qu'on l'expose au plein soleil du jardin, accrochée au mur.

Au bout d'un mois, il la fait chercher et constate qu'elle contient un peu d'huile qu'il décante et transvase dans un flacon, tout aussi hermétiquement luté. Il faut, dit-il, qu'elle repose jusqu'à la fin du mois d'octobre.

Mais il prévient en même temps que les quantités obtenues de poudre et d'huile ne seront pas suffisantes pour une transmutation vraiment spectaculaire. Il a besoin qu'on lui fasse parvenir les réserves confiées à l'évêque de Senez, soit encore deux bouteilles d'huile, d'autres sachets de poudres et une fiole d'eau magistrale. Et par la même occasion, le reliquat de sa fortune personnelle, son or et ses bijoux. Le gouverneur ayant donné l'ordre d'accéder à ce désir, Delisle se voit remettre quinze jours plus tard, outre les matières premières de son art, son or monnayé, deux lingots d'argent et trois d'or, une bague avec sept diamants sertis sur un chaton d'or, un sac d'écus, des boutons d'or, une montre, une boussole et deux loupes. L'héritage de Lascaris.

Avec les huiles et les poudres de Senez, il consent à reprendre ses expériences dans les derniers jours d'octobre. Il est en réalité pressé par M. de Nointel qui, loin de l'oublier, a repris son dossier à fin d'un examen plus poussé. L'alchimiste n'est pour lors ni inculpé ni condamné : prisonnier sans jugement, il est, par lettre de cachet, simplement mis à la disposition de la justice personnelle du Roi. Il est retenu, c'est tout. A ce titre, il est censé devoir obéir aux ordres mais également bénéficier d'un traitement de faveur parmi les locataires du château de la Bastille.

Convié à dîner par le gouverneur, en compagnie de M. de Launay et de Mgr Soanen, Nointel apporte lui-même un creuset et du plomb, en priant qu'on installe le fourneau de l'alchimiste dans l'appartement même de M. de Bernaville, où le faiseur d'or ne pourrait rien dissimuler par avance. Lors de cette nouvelle expérience, à laquelle assistent aussi trois officiers dépêchés par Desmarets, Delisle s'obstine en vain à chauffer ses poudres qui, avoue-t-il, ne valent rien. Pas plus que celles enterrées dans le jardin ou celles apportées par l'évêque. Il manque assurément ces lunaires fraîches qui malheureusement ne poussent pas sur le carré Saint-Antoine. Et la saison est trop avancée pour espérer en faire venir de Provence. De toute façon, il y faudrait du temps et c'est la seule chose que ces messieurs lui comptent désormais chichement. Ils n'ont déjà que trop attendu et sont bien près de le prendre pour un imposteur. L'alchimiste se moque d'eux, c'est évident.

Delisle sent bien le vent tourner. Soanen lui-même s'étonne de tant d'insuccès. Il n'entend pas abandonner son protégé, mais sa charge qu'il a trop longtemps négligée le rappelle impérativement à Senez. Il faut dire aussi que le jansénisme qu'il professe secrètement commence à sentir aussi mauvais que le soufre de l'alchimiste. Lui-même commence à craindre pour sa sécurité quand il entend parler de fermer Port-Royal. Son neveu, M. du Bourget, restera seul défenseur du prisonnier, mais il n'a pas l'envergure d'un protecteur efficace. Lui aussi est décontenancé par le mauvais résultat des projections. Il ne sait que prier, à genoux, près du fourneau éteint. Il tente vainement de redonner courage à Delisle qui semble frappé d'apathie. C'est vrai que depuis quelque temps celui-ci a perdu son sourire goguenard et cette morgue dont il gratifiait ses juges. Ce cœur à l'ouvrage, que lui conseille du Bourget, il ne l'a plus. S'il ne réussit plus à produire les matières premières utiles à son art, c'est moins l'état des poudres qui est en cause que celui de son moral. Il ne croit plus à son pouvoir, ou ne se soucie plus d'y croire. Il souffre continuellement de sa blessure dont la cicatrisation se fait autant attendre qu'une éventuelle transmutation. Les soporifiques dont le chirurgien Reilhe l'abrutit ne font qu'endormir sa volonté de prouver ses talents. Vouloir faire de l'or lui apparaît maintenant comme une prétention dérisoire. Qu'a-t-il besoin de cette fortune et de cette renommée? Ce n'est pas un emplâtre d'or qui guérira sa jambe. Et ce n'est pas la reconnaissance d'un roi qui calmera sa douleur. Quand le soir, en se mettant au lit, il soulève le pansement qu'on vient de lui changer, il est horrifié par la noirceur de la chair qui entoure la plaie. Son genou a gonflé. Il ne peut plus poser le pied à terre sans gémir. Et, croyant le consoler, le chirurgien lui dit que Sa Majesté est frappée du même mal, que ses jambes enflent démesurément et qu'Elle risque la gangrène. La gangrène? Le mot effraie Delisle par ce qu'elle évoque de pourriture, cette pourriture qui, au dire de Lascaris, doit donner naissance à la vie, mais qui pour lors signifie la mort à plus ou moins court terme. Quelle ironie, mon Dieu! d'avoir cru que la putréfaction lui donnerait la clé du trésor!

Il ressent une grande fatigue, morale et physique. Il reste des journées entières étendu sur sa couche, derrière ses rideaux de serge verte. La nuit, l'insomnie fait place aux cauchemars que nourrit la fièvre. Il tente de se remémorer les moments heureux de sa jeunesse, si proche encore. De retrouver le visage d'Angélique et le parfum de son corps. Mais c'est la figure de Lascaris qui s'impose, avec l'odeur imaginée de son cadavre.

Et c'est dans ce moment de désespérance que le Roi, pressé d'en finir avec ce prisonnier qui coûte cher à l'État, prend la décision de le faire interroger afin qu'il soit prévenu ou non d'imposture, de tromperie, d'outrage et de crime de lèse-majesté. Il charge de cette enquête M. de Voyer d'Argenson, lieutenant général de police. Un homme redoutable qui mérite son surnom de Rhadamante, le juge des enfers. Quand il est revêtu de sa robe noire, il semble une ombre sortie de l'Achéron. On a peine à dire quoi de son chapeau, de sa perruque, de ses sourcils, de ses yeux, de son visage est le plus noir. Son visage est affreux, il est d'une sévérité terrible, d'une malice diabolique. Mais c'est aussi un magistrat intègre. Il ne sait de Delisle que ce qui se trouve dans le rapport de M. de Saint-Maurice, le mémoire de M. de Nointel auquel ont été ajoutés des lettres de l'évêque de Senez, des témoignages de M. du Bourget. De ces deux derniers défenseurs, on l'a prévenu de n'observer les avis qu'avec une extrême prudence. On lui rappelle que Jean Soanen a fait ses études à l'Oratoire où son directeur, le père Quesnel, a semé en lui la graine de Port-Royal. Et cette mauvaise graine a germé sans qu'on s'en doutât : tout son diocèse est janséniste et le prélat sent le fagot. Il est bien possible qu'un prochain jour, entêté et obstiné dans ses erreurs, il soit condamné comme hérétique, suspendu de son exercice épiscopal et renvoyé en exil dans ses montagnes à vaches auvergnates. Il en est de même de ses neveux, le père Bérard, de l'Oratoire, et M. du Bourget. D'autre part on comprend mal et on apprécie peu, dans l'entourage du Roi, ce qui entraîne un évêque si farouchement opposé aux manifestations populaires de la foi, violent adversaire des diableries paysannes, à soutenir avec autant de chaleur la cause illusoire d'un faiseur d'or. N'y aurait-il pas quelque intérêt bassement matériel?

Une cause illusoire? L'interrogation du marquis d'Argenson ne portera que là-dessus. Delisle n'est point prévenu de crime et l'on enquête seulement sur ses prétentions à transmuer les métaux. Ainsi, balayant les craintes que l'alchimiste a de devoir répondre à des questions touchant son identité, son origine, ses faits et gestes depuis qu'il a l'âge de raison, et peut-être même sur ce maître qu'il s'est donné et dont il ignore aujourd'hui ce qu'il est devenu, le lieutenant général ne lui demande que des précisions sur ses expériences alchimiques.

Le marquis, tout éclairé qu'il soit et féru de philosophie moderne, ignore tout de la chimie et de l'art hermétique. Il demande donc d'abord à Delisle de lui expliquer les rudiments de cette discipline particulière, de lui décrire compendieusement les diverses phases de ses projections. Delisle, à qui il a permis de rester couché à ses pieds, se lance dans de longues phrases qu'il ne parvient pas à finir et dans une démonstration qu'il n'arrive pas à conclure. Il a la tête vide, l'esprit embrumé, l'impression d'avoir le cerveau pétrifié par un gros rhume. Il est certainement moins habile à manier les mots qu'à manipuler les métaux. Son discours est une logomachie à laquelle le juge n'entend rien. Un verbiage où les mots savants, les termes de chimie se suivent et se heurtent sans jamais s'amalgamer dans un sens cohérent. L'alliage ne prend pas. Quand il est pressé de dire ce que sont réellement ces poudres métalliques et ces huiles de soleil, il mêle fleurs flétries et moisissures, putréfaction et mûrissement en un obscur tableau où le marquis ne voit goutte. Quant à la description apparemment minutieuse de ses projections, elle semble un fatras de recettes tirées d'un grimoire ou arrachées de force sous la torture de l'Inquisition.

Faisant preuve d'une patience inattendue, M. d'Argenson l'interroge alors sur le point capital qui a justifié son internement : le temps qu'il prétend nécessaire à la préparation de ses matières premières. Un été par-ci, une année par-là, voire une trentaine de mois selon les diverses déclarations qu'il a faites : cela semble relever de l'impuissance ou de l'impudence. Delisle se trouble, s'embrouille, se contredit, se trompe dans les dates. Et il s'énerve. Plus que le temps qui lui est, dit-il, si chichement accordé, il s'en prend au climat qu'il fait, à ce soleil parisien trop avare de son rayonnement fertile et de sa chaleur bénéfique. A bout d'arguments, il invoque même la méchante conjonction des astres. Et ce recours à l'astrologie le perd définitivement dans l'esprit du marquis qui ne voit plus en lui que l'imposteur dénoncé par ces messieurs de la Monnaie, revenus de leur illusion.

Le second jour de l'interrogatoire, Delisle se reprend un

peu. Peut-être parce que sa jambe le fait moins souffrir et que la peur d'être condamné aux galères l'emporte sur la peur de mourir, il a un sursaut d'éveil. Aux mêmes questions répétées, il n'oppose plus des réponses confuses mais des réflexions ironiques. Il justifie l'obscurité de ses explications à la nécessité de celer le secret de la transmutation des métaux. Il affirme qu'il veut bien fabriquer de l'or, et dans des quantités propres à satisfaire le Roi, mais qu'il s'est engagé auprès d'autres adeptes, et comme ceux-ci auprès de leurs initiateurs, à ne jamais divulguer la clef de ce mystère qui ne lui appartient pas. C'est un argument qui ne convainc pas le marquis. Vous vous moquez, dit-il. Ce refus de répondre peut être considéré comme un outrage à magistrat.

Il conclut donc dans son rapport que ce Delisle n'est qu'un habile manipulateur, un vulgaire escamoteur qui, sous prétexte d'art alchimique, a seulement abusé et dupé des personnes trop confiantes afin d'assurer son enrichissement personnel. Mais ces victimes consentantes ne portant point plainte, on ne saurait accuser cet homme de vol. Il faut se résigner à ne pas attendre de lui le miracle d'un or gratuit et se décider à élargir un prisonnier qui, vu son état de santé déplorable, embarrasse le gouverneur de la Bastille et coûte au Trésor public. Qu'on le renvoie donc d'où il vient, au diable peut-être, avec l'interdiction définitive d'exercer une industrie contraire à l'ordre établi.

La levée d'écrou est datée du 27 janvier 1712. Mais Delisle n'est plus en état de s'en réjouir. Il ne peut plus se lever. La gangrène a gagné toute la cuisse. Une odeur pestilentielle s'en dégage. La plaie est affreuse et le chirurgien se résout à l'amputation. Il prépare doucement le blessé à cette atroce opération.

Delisle ne veut rien entendre. Couché sur le côté, la tête enfouie dans le traversin, il s'efforce de ne plus penser à cette souffrance présente, à cette mort prochaine. Mais comment y parvenir? La fièvre le fait délirer, l'angoisse lui bloque le cœur, la peur lui noue le ventre. Ses mains tremblent et ses dents claquent. Il ne contrôle plus ni son corps ni son esprit.

Il ne parle plus. Que dirait-il d'ailleurs? Les mots ne reflètent plus qu'une ironie amère, comme les tisanes dont on conforte son agonie. Les mots avec lesquels Lascaris l'a séduit et ceux dont il a lui-même convaincu ses détracteurs. Le verbe de l'alchimie. L'alchimie du verbe. Des mots convenus, qui ont un sens caché. Les mots qu'emploie le prêtre venu « l'assister » et lui apporter « les consolations de la religion ». Cet homme qui se penche sur lui prononce des mots qui ont eux-mêmes l'odeur de son habit, une odeur de cimetière, de cette usnée verdâtre grattée au creux des crânes, une odeur de terre retournée, d'outre-tombe... Des mots qui grouillent en naissant de sa bouche. Courage, mon fils... C'est sans doute un de ces jésuites dont Soanen lui a dit de se méfier. Le prêtre est là, non pour soutenir ses derniers instants, mais pour le confesser, c'est-à-dire lui tirer les vers du nez. Mais non, l'homme dit faire partie de ces « amis de la vérité », ces jansénistes enfermés qui ont formé ici une société secrète, mais au service de qui? Bien sûr, il la veut, cette vérité, sur les projections de l'alchimiste. L'adepte ne saurait garder, encore moins « emporter dans sa tombe », le secret de la transmutation. Il n'a pas le droit de priver le genre humain d'un tel trésor.

Delisle trouve la force de ricaner. Eh bien si, il mourra sans avouer, sans révéler s'il trichait ou non. Il sortira de la scène en laissant le spectateur déçu, persuadé qu'il y avait un truc mais n'ayant pas compris lequel et préférant sauver la face en croyant que le miracle a eu lieu. A l'ami de la vérité, il ne dira rien. C'est sa dernière manipulation, qu'il ne veut pas gâcher.

Quatre jours après la levée d'écrou, il neige abondamment sur Paris. La ville continue de s'agiter, quoique au ralenti, mais on ne l'entend plus. Un silence de sourd pénètre jusque dans la Bastille où meurt Delisle. Lui aussi sous la neige, sous les pierres. Quand on lui demande quelle est sa dernière volonté, il répond : Entendre encore une fois le cri des corbeaux.

*Cet ouvrage a été composé
et achevé d'imprimer sur Roto-Page
par l'Imprimerie Floch à Mayenne,
pour les Éditions Albin Michel
en avril 1994.*

N° d'édition : 13599. N° d'impression : 35431.
Dépôt légal : avril 1994.

Imprimé en France